A GRANDE CONSPIRAÇÃO

Pelo espírito Frei Ignácio de Castela

Editores: *Luiz Saegusa* e *Claudia Zaneti Saegusa*
Direção Editorial: *Claudia Zaneti Saegusa*
Capa: *Casa de Ideias*
Projeto Gráfico e Diagramação: *Casa de Ideias*
Imagem de Capa: *Pyty/Shutterstock*
Preparação de Texto: *Rosemarie Giudilli*
1ª Revisão: *Rosemarie Giudilli*
2ª Revisão: *Jéssika Morandi*
Finalização: *Mauro Bufano*
1ª Edição: *2022*
Impressão: *Lis Gráfica e Editora*

Dados Internacionais de Catalogação na Publicação (CIP)
(Câmara Brasileira do Livro, SP, Brasil)

Castela, Ingácio de, Frei (Espírito)
    A grande conspiração / pelo Espírito Frei Ignácio de Castela ; [psicografado por] Humberto Werdine. -- São Paulo, SP : Intelítera Editora, 2022.

ISBN: 978-65-5679-022-0

    1. Espiritismo 2. Obras psicografadas 3. Romance espírita I. Werdine, Humberto. II. Título.

22-120252   CDD-133.9

Índices para catálogo sistemático:

1. Romance espírita : Espiritismo   133.9
Eliete Marques da Silva - Bibliotecária - CRB-8/9380

Intelítera Editora
Rua Lucrécia Maciel, 39 - Vila Guarani
CEP 04314-130 - São Paulo - SP
11 2369-5377
intelitera.com.br · facebook.com/intelitera

Humberto Werdine

A grande Conspiração

Pelo espírito Frei Ignácio de Castela

"Assim também é a ressurreição dos mortos. Semeado na corrupção, o corpo ressuscita incorruptível, semeado no desprezo, ressuscita glorioso, semeado na fraqueza, ressuscita vigoroso, semeado corpo material, ressuscita corpo espiritual. Se há um corpo material, também há um espiritual."

São Paulo,
Primeira Carta aos Coríntios, 15,42-44

"Comece fazendo o que é necessário, depois o que é possível, e de repente você estará fazendo o impossível."

São Francisco de Assis

"O que afirmo, irmãos, é que nem a carne nem o sangue podem participar do Reino de Deus."

*São Paulo,
Primeira Carta aos Coríntios, 15,50*

Agradecimentos

Há muitas pessoas a quem eu devo agradecer por tudo que fizeram por mim no decorrer de minha vida. Se eu fosse listar todas, utilizaria páginas e páginas. Mas há algumas que, em ocasiões especiais, em momentos de queda, me estenderam mãos amorosas.

Dentre elas, eu gostaria de destacar Sonia Dias e Dáureo Luis Pereira, irmãos queridos, com os quais tive o prazer de conviver quando iniciamos a Fundação Espírita Dr. Bezerra de Menezes (FEBEME) no Parque Perequê, em Angra dos Reis, Rio de Janeiro.

Aos amigos da FEBEME, onde aprendi o verdadeiro sentido do que é ser espírita e a importância de exercer a mediunidade com Jesus.

Aos meus filhos Nina, Piu, Lili e Binha (carinhosos apelidos que lhes chamo até hoje), frutos do amor que eu e minha esposa construímos ao longo dos anos.

À minha esposa Claudia, a qual expresso meu maior agradecimento, entre todos. Companheira de muitas vidas, amiga, conselheira, crítica, orientadora e meu amor.

Aos meus netinhos Maxi, Grace e Rafael, por terem trazidos ainda mais luz e alegria nesta última fase desta minha existência.

Aos meus irmãos Gonzaga, Sandra, Eliane e Antonio Carlos, pela presença amorosa em minha vida.

Aos meus sogros, Almyr e Gitta, por terem confiado em mim, em minhas decisões e na condução da nossa família.

À Lucia Moisés, amiga querida e grande incentivadora, para que eu publicasse este livro.

Aos revisores iniciais desta obra, Maria do Carmo Sepúlveda e Delcio Pereira, que, com suas sugestões, me ajudaram a aprimorar algumas páginas.

Ao querido Divaldo Pereira Franco, pela amizade, carinho e orientação nos momentos de decisão.

Ao Luiz Saegusa, por ter me aberto as portas da editora Intelítera e pelo carinho com que tratou esta obra.

Ao frei Ignácio, que, com sua paciência com minhas falhas e interrupções, me elegeu para contar sua riquíssima história.

E, finalmente, mas não menos importantes, a meus pais, Humberto e Nair, por terem me dado a chance de renascer.

Prefácio

Por que a Inquisição Espanhola foi tão cruel? Por que há uma cortina de censura em torno desse tema tão controverso? Por que foi retirada do ensinamento cristão a ideia da reencarnação? Da preexistência da alma? Por que Jesus nunca falou em purgatório? Por que Deus permitiu tanta tortura de pessoas que defendiam as verdadeiras ideias trazidas por Jesus?

Essas e muitas outras questões semelhantes, durante muitos anos, instigaram Humberto Werdine, estudioso, divulgador e praticante do Espiritismo. Trazendo larga experiência como médium, pôde sentir a presença de um espírito amigo – Frei Ignácio de Castela – quando esse o convidou para escrever este livro sob sua inspiração.

É na primeira pessoa que o frei franciscano nos convida a percorrer os complexos meandros que mostraram as distorções, mutilaram e acabaram por excluir, da tradição católica, as verdadeiras ideias do Mestre Jesus acerca de alguns pontos considerados heréticos, como a reencarnação e o purgatório. Seguindo os passos do meigo franciscano, o leitor irá descobrir as motivações e as ocorrências que determinaram o ocultamento dessas verdades.

É de leitura muito agradável o texto de Werdine que, além de ser um destacado engenheiro, conhecido mundialmente por sua contribuição na área da energia nuclear, apresenta também relevante atuação no Movimento Espírita, quer por meio da escrita em diferentes meios de comunicação, quer na tribuna.

A narrativa nos conduz para os idos de 1485 e nos convida a percorrer as salas e labirintos da renomada Biblioteca da Abadia de Melk, na Áustria. É lá que se passa toda a ação encetada por Frei Ignácio para descobrir passagens encobertas sobre os ensinos de Jesus. Na verdade, o que o levou até lá foi uma determinação do Sumo Inquisidor Torquemada, seu sobrinho, para que encontrasse, nos cânones e Livros Sagrados da Igreja, documentos que justificassem as horríveis torturas impostas àqueles que eram por ela considerados hereges.

Pesquisando em salas secretas, irá se deparar com duas figuras fundamentais, cujos escritos ali guardados são capazes de lançar luz sobre aquilo que procurava: John Wycliffe, teólogo inglês, formado em Oxford, e o sacerdote Jan Huss, nascido na Boêmia, na Europa Central.

À medida que avança na leitura dos cadernos com as anotações desses dois críticos da Igreja, seus conceitos vão alterando-se. Novos fatos, importantes personagens e relevantes informações terminam por trazer à tona toda a verdade, fazendo-o rever os postulados católicos por ele apregoados durante toda a sua vida sacerdotal, alguns deles que lhes causavam dúvidas inquietantes.

Não há como não se emocionar com a satisfação que Frei Ignácio sente ao ver respondidas, uma a uma, tais dúvidas.

Para os espíritas, o livro vem confirmar uma série de informações trazidas pelos Espíritos Superiores que secundaram Allan Kardec na elaboração das obras básicas da Codificação. Ele lança luz sobre evangelhos apócrifos, sobre as questões ligadas ao pecado original e purgatório, do mesmo modo que desmistifica a figura de satanás, deixando claro que a Justiça Divina se faz presente na vida de todos os homens, por intermédio das vidas sucessivas e da lei de causa e efeito.

Até descobrir que Deus é o Bom Pastor, pronto para oferecer sempre uma oportunidade para a ovelha número cem, há um longo percurso. E é esse trajeto que o leitor está convidado a percorrer com a presente obra, trajeto pleno de surpresas e encantamento, mesclado de momentos de suave beleza.

Por Lucia Moysés.

Lucia Moysés é educadora, tendo atuado por muitos anos como docente na Universidade Federal Fluminense (UFF), no curso de Pedagogia e no Programa de Mestrado e Doutorado em Educação. Atualmente, é membro da Comissão Diretora do Conselho Espírita do Estado do Rio de Janeiro (CEERJ).

Prólogo

Não há dor moral maior do que aquela sentida quando somos menosprezados e discriminados, seja pela nossa etnia ou crença religiosa. Quando alguém nos olha de soslaio, nos dias de hoje, sentimos um punhal cravado no mais íntimo da alma, e o homem velho, ainda enérgico, clama pelo troco, pela vingança, de uma maneira ou outra, cedo ou tarde. Houve períodos, porém, entre os séculos XIII e XX, que a discriminação por etnia e crença religiosa chegou a cumes inimagináveis. Alguns podem dizer, sem estarem totalmente errados, que no século atual ainda existem esses problemas e em graus mais acentuados do que naquele período. Eu me atrevo a discordar, dizendo que agora, com a tecnologia da informação, tudo nos chega muito rápido, de maneira instantânea e, assim, somos bombardeados pelas informações, dando-nos a aparência de que as situações ruins estão agravando-se e avolumando-se.

Na verdade, a tecnologia nos dá luz para saber e ver as coisas de imediato e, se temos mais luz, vemos bem mais as sujeiras que antes não víamos, por estarem veladas pelas sombras. Isto é uma das várias e surpreendentes conclusões a que chego ao final da leitura deste livro, que começou a ser escrito há alguns anos e que, por motivos vários, ficou arquivado, e agora, há poucos meses, uma força incontrolável me chegou para que eu o completasse. Eu sempre tive fascínio pela história por detrás da Inquisição Espanhola e por saber por que seus graus de crueldade atingiram níveis tão elevados, sob as bênçãos dos poderosos da Igreja e dos reis da então Hispânia. E, quando fui morar em Madri, esse fascínio aumentou e, pouco a pouco, passei a sentir que havia muito mais verdades encobertas pelos véus da censura, pois como sabemos, toda história é sempre contada pelos olhos dos vencedores...

Este livro está dividido em duas partes. A parte primeira é a principal, é o livro em si, e é contada em primeira pessoa pelo Frei Ignácio de Castela. A história, então, passada, tem seu desenrolar na Espanha, no século XV, durante a instituição da Santa Inquisição pela Rainha Isabel de Castela. É importante dizer que este livro não é meu, ele foi quase todo percebido pela minha intuição, por intermédio desse espírito querido, Frei Ignácio. Muito estranho o que ocorria quando eu escrevia, pois apesar de, na condição de médium espírita, ter já psicografado algumas mensagens, nada similar a este livro havia ocorrido comigo. Na maioria das vezes, eu não sabia o que ia escrever, o que ia acontecer nessa história tão rica em detalhes. Quando eu me sentava para escrever, precisava ler as últimas páginas, entrar no *clima* da história e, após uma oração, a intuição vinha e eu começava a escrever. Muitas vezes, ao terminar o texto do dia, tinha que pesquisar na *Internet* se aqueles fatos haviam ocorrido e aquelas pessoas, realmente existido. E eu via que tudo era uma realidade, contada pelos olhos de quem tinha vivido aquelas experiências. Não sei se haverá algumas imperfeições históricas, mas, se elas ocorrerem, a responsabilidade é toda minha e não desse espírito amigo que me escolheu para contar sua história.

A segunda parte é, na verdade, um adendo com poucas páginas, e foi escrita por mim, sob a orientação terna de Frei Ignácio, de modo que não houvesse incoerências entre essas duas partes, que são complementares e que têm, como pano de fundo, uma trama urdida pelas trevas densas a habitarem ainda nosso orbe terrestre, uma trama que dura mais de dois mil anos, e que nós chamamos aqui de *A Grande Conspiração*.

Trama que já foi identificada e que Deus, por sua misericórdia infinita, permitiu que assim fosse, para que a humanidade, por meio de sofrimentos ao largo dos séculos, pudesse munir-se de sabedoria e de doçura a fim de a dissipar com o exercício do bom combate. E um grande plano criado por Deus foi traçado, com o intuito de ser essa trama desarmada; e aqui está contado parte do plano divino. Como o livro não é meu, todos os direitos autorais são doados a instituições filantrópicas.

Um pouco de História será importante para entendermos os bastidores desta novela real. Corria o ano de 1485 de Nosso Senhor Jesus

Cristo. A Espanha era governada pelos Reis Fernando e Isabel, os mesmos que financiariam a expedição de Colombo que descobriu a América, anos depois. A Rainha Isabel, profundamente católica, tinha por confessor o frei dominicano Tomás de Torquemada. O Reino de Granada era um enclave muçulmano, o último bastião do Islamismo na Península Ibérica, denominado *Al Andaluz*. Uma guerra de anos existia, visando à retomada de Granada para o Reino de Castilla y León (Castela e Leão), a Hispânia. Por outro lado, ali viviam cerca de seiscentos mil judeus. A comunidade judaica era extremamente poderosa e tinha representantes em altos cargos públicos e políticos. Para eles, a Península Ibérica era denominada de *Sefarad*. Como observamos, havia muçulmanos e judeus vivendo na região. A nossa história se desenvolve nesse cenário conflitante, onde a busca de poder e a discriminação são atores principais.

PARTE 1

Frei Ignácio de Castela

Sumário da Parte 1

CAPÍTULO 1 - Notas finais 19

CAPÍTULO 2 - A Biblioteca do Monastério de Melk, Áustria 39

CAPÍTULO 3 - O arquivo do processo Wycliffe 48

CAPÍTULO 4 - O arquivo do processo Jan Huss 62

CAPÍTULO 5 - As anotações codificadas de Wycliffe e Jan Huss .. 72

CAPÍTULO 6 - A sala 16 77

CAPÍTULO 7 - Os cadernos de Wycliffe 87

CAPÍTULO 8 - Os cadernos de Jan Huss 235

CAPÍTULO 9 - A carta a Torquemada – o relatório final 295

CAPÍTULO 10 - A reunião com Torquemada 314

Capítulo 1

Notas finais

Estou revisando minhas notas finais desta carta que entregarei ao Supremo Inquisidor da Hispânia, Tomás de Torquemada, meu sobrinho. Se minha saúde ainda estivesse firme, não teria dúvidas de que morreria na fogueira. Ele nunca vai aceitar esta verdade tão bela e tão reveladora que tardiamente descobri, pois ela o desestabilizaria de seu poder e isto nunca poderia, mesmo eventualmente, passar por sua cabeça. É muito triste mesmo constatar esse fato, pois o conheci em sua infância e juventude. E o estimulei, incentivei a entrar na carreira sacerdotal. Ele sempre foi um garoto de feições angelicais e femininas, mas com o comportamento senhorial do espanhol, da estirpe de nobres. Quando moço, suas conquistas amorosas eram inúmeras e fatais, pois as jovens caíam por aqueles cabelos longos, olhos cor de mel e olhar sedutor.

Porém, Tomás de Torquemada jamais se apaixonou por alguém, a não ser por sua própria imagem. Mas, ele me ouvia e tinha por mim certa atenção e – por que não dizer – carinho todo especial. Eu me culpo por tê-lo induzido e convencido seu tio, meu irmão, do futuro glorioso que ele alcançaria no corpo da Igreja Católica. Eu pensava (e acreditava firmemente) que a sua beleza física seria enorme aliada às conversões de jovens ao ministério religioso. Normalmente, estes são atraídos pelos líderes imponentes, de fala forte e convincente, e ainda mais por aqueles homens de feições e beleza máscula. Acreditava eu que, ao estudar os ensinamentos e conhecer o Nosso Senhor em sua intimidade, Tomás se deslumbraria com Jesus e se tornaria um conversor de outros jovens, dando estímulo intenso à promoção da fé e a mais conversões. Que ledo engano meu!

Aqui em minha cela, neste quartinho especialmente reservado para mim, no Convento de Santa Clara, em Sevilha, estou relendo e revisando o que escrevi em meus dias finais de minha grande aventura no Monastério de Melk, na Áustria. Tudo o que meu irmão de fé, Benedetto, e eu descobrimos, compilamos em um grande volume com pouco mais de trezentas páginas, bem detalhadas e explicadas. Temos duas cópias: uma foi entregue à Biblioteca de Melk, para ser arquivada de maneira segura e inviolável. A cópia de Melk foi feita em pergaminhos da mais alta qualidade, de forma que sua durabilidade seja a mais longeva possível. A segunda cópia, que ficou com Benedetto, está em papel. O conteúdo mais significativo desses volumes será descrito aqui, de maneira sumarizada, junto com nossa história, para que vocês possam saber das verdades neles contidas. Eu sinceramente espero que, um dia, essas verdades, que redescobrimos, sejam divulgadas entre alguns irmãos mais preparados e, assim, uma ação em série possa ser desencadeada. Se alguém ler estas letras, significa que tudo deu certo e nossas descobertas estão sendo reveladas. Você, que agora está lendo estas notas, tem grande responsabilidade: assegurar que o que aqui está escrito seja disseminado, pois esta é a chave para entender os ensinamentos de Jesus em suas raízes mais profundas; é a chave para descobrirmos as razões de nossa existência e a resposta às perguntas que fazemos há séculos: de onde viemos, o que estamos fazendo aqui e para onde vamos.

Estou quase no fim de minha revisão. Vou passá-la amanhã para Benedetto, para que ele faça a crítica final e, depois, irei pessoalmente entregá-la a Torquemada. Evidentemente que não falarei da sala secreta 16; falarei das salas restritas às consultas especializadas, mas não mencionarei a sala 16, nem os manuscritos que produzimos. Esses são propriedades do Cristianismo verdadeiro, que um dia será redivivo, e não podem ser confiscados. Nove meses se passaram, nove meses para a gestação desses conhecimentos. Para mim, é o resultado do trabalho de uma vida.

Vivi mais intensamente, neste último ano, do que em quase todos os outros passados em minha carreira de teólogo. Nunca aprendi tanto, nunca descobri tanto, nunca vivi tanto. Meus tempos estão contados, meu coração fraqueja, mas creio que terei alguns dias, quem sabe? Os próximos dois dias me são importantes. Torquemada me espera!

Interessante que hoje é 25 de dezembro, um dia dedicado pela Igreja Católica ao nascimento de Jesus. É de conhecimento de todos nós, que estudamos seriamente as *Sagradas Escrituras*, que a data exata do nascimento de Jesus nos é desconhecida. Mas a escolhida pelas autoridades eclesiásticas é a mesma que os pagãos antigos usavam para celebrar o nascimento de um de seus deuses mais importantes, o *deus* Sol Invicto. Foi uma decisão estratégica de alto nível, pois agradou plenamente aos pagãos convertidos ao Cristianismo, uma vez que a data comemorativa permanecia, somente o deus é que mudava... Todavia, é Natal para nós, cristãos, e isto significa muito para todos. E penso: será por acaso, e logo hoje, que finalmente acabei esta carta, que é um relatório final da tarefa para a qual ele me comissionou? Sim, para mim isto é um presente preciosíssimo que se oferece a alguém, mas sei que Tomás se revoltará contra mim.

Benedetto foi, inicialmente, desfavorável a esta decisão de escrever toda a verdade de minhas descobertas em uma carta, como um relatório final, e entregá-la pessoalmente a Torquemada. Benedetto considerou que eu estaria cometendo um ato de loucura, pela previsível reação de Torquemada ao ler a carta e pela punição que me seria aplicada. Mas, não vejo outra maneira. Os meus dias estão contados, seja pelo lenho da fogueira ou pelas batidas cada vez mais fracas de meu coração. Os últimos dois meses em Melk foram determinantes para eu conhecer o estado de meu coração. E talvez tenha sido isso mesmo que contribuiu, de forma que eu decidisse por esta carta.

Minhas memórias

Pode ser presunção demais pensar que todos os que lerão estas memórias, relativas às minhas descobertas, tenham tido as mesmas dúvidas e inquietações que eu sempre tive, desde a minha mais tenra infância. Meus pensamentos voam... Morava eu numa *finca*[1] em um campo muito extenso, e meu pai frequentemente me dizia para ter cuidado em não ir muito ao norte, quando brincava em minhas corridas de criança, pois lá *estavam aqueles que Deus havia castigado*. Eu não entendia o que meu pai queria dizer, mas na minha interpretação de criança, de uma família católica praticante e temente a Deus, que frequentava as missas todos os domingos e aos estudos em nossa casa com meu preceptor, aquela região ao norte podia, então, ser o Purgatório ou o início do Inferno. Minha cabecinha não podia ir mais além. Um dia, porém, ouvi minha mãe conversando, dizendo que meu pai deveria vender nossas posses e mudar-se para longe dos leprosos. Foi, então, que ouvi pela primeira vez falar dessa doença. Ao perguntar ao meu preceptor o que eram os leprosos, ele me disse que se tratava de pessoas castigadas por Deus, para que Ele pudesse demonstrar a todos que, se não fizessem o que Ele queria, ficariam igualmente doentes.

Ele me olhou com olhos cheios de medo e me disse: – Meu pequeno Nacho, Deus quer que tenhamos temor a Ele, para que não nos desviemos do caminho. E, quando ele escolhe pessoas más para sofrerem Sua ira com essa doença, é para que nós aprendamos a temê-Lo. Essa é a prova e o testemunho de Seu poder. Mas, pode haver outros motivos também. Talvez eles tenham cometido erros em algumas ocasiões, e Deus os está punindo. Não saberia dizer a você a resposta mais completa, me desculpe, meu *chaval*.[2]

---

1 Finca - em espanhol: tipo de propriedade rural.
2 Chaval - menino, jovem, em espanhol.

A partir daquele momento, aos dez anos de idade, comecei a ver Deus com receio. Aos domingos, quando entrava na Igreja, eu sentia muito medo. Deus para mim era mais temor do que amor.

Dois a três anos mais tarde, ainda na mesma finca, aconteceu o fato que levou meu pai a atender ao pedido de minha mãe para nos mudarmos dali. Eu estava com pouco mais de doze anos, e o meu preceptor, Frei Enrique, deixou de comparecer à nossa casa. Meu pai foi contatado pelo monastério ao qual ele pertencia, dizendo que mandariam outro frade, pois meu preceptor estava muito enfermo e que não havia esperanças. Meu pai nada disse e, depois de algumas semanas, já com o novo preceptor, Frei Luís, perguntei sobre Frei Enrique, desejando saber notícias de sua saúde. Sua reação foi para mim surpreendente e me encheu de medo: "Senhor Nacho, Deus puniu os pecados de Frei Enrique e deu-lhe a doença dos malditos, ele contraiu a lepra"! E fez o sinal da cruz algumas vezes seguidas.

Eu lhe perguntei, surpreendido: – Mas ele mesmo me havia dito uma vez que essa doença era a resposta de Deus às pessoas más, que Deus estava castigando, a fim de mostrar Sua ira para com nossos pecados. Como Frei Enrique, que era tão santo, foi assim castigado? Por que, com qual motivo Deus o puniu, ele que era tão bom e dedicado?

Frei Luís, recriminando-me, disse: – *Chaval*, aprenda definitivamente: os desígnios de Deus são insondáveis; nunca questione suas ações e punições. Não as entendemos, mas devem ser justas, pois Ele é infalível!

A partir daquele momento, nada mais perguntei e me concentrei nas lições. Contudo, a sós, em meu quarto, em meus devaneios de adolescente, isso me recordo muito bem, começaram a germinar em mim algumas conjecturas a respeito de Deus, de Sua (in)justiça e de Sua ira para com Seus filhos. Após nossa mudança para a cidade de Burgos, passei a frequentar com muito interesse sua belíssima biblioteca e catedral; a minha assiduidade ali levou os sacerdotes a convencerem meus pais de meu possível potencial para seguir a carreira sacerdotal.

Eu era um leitor inveterado, e tudo que chegava às minhas mãos me trazia contentamento enorme. Minha destreza na leitura e na memorização de tudo o que lia era um dom de Deus a pessoas especiais, diziam os sacerdotes a meu pai. Na idade de catorze anos, com grande ansiedade e expectação, eu me mudei para a vida de estudos vocacionais e logo, aos vinte e seis anos, tornei-me Frei Ignácio, para emoção de minha mãe, meus irmãos e irmãs. Meu pai era muito reticente nessa minha decisão de seguir a carreira sacerdotal, contudo nunca se opôs. Em sua opinião, na condição de filho mais velho de uma casa com cinco – duas meninas e três *chavales*[3] –, eu deveria ter constituído família e seguido com a renda dos nossos negócios... Mas não foi assim, e agora vejo com claridade que Deus tinha outros propósitos para mim, apesar de eu ter descoberto tardiamente esses propósitos.

Agora, com idade avançada, não tenho energia suficiente para conseguir capitanear a mudança necessária nos nossos cânones... Mas, Deus sabe o que faz, certamente outros virão. Estando agora deitado para um descanso de minhas pernas e meu coração, paro um pouco e fico a pensar: 'Meu querido Jesus, como foi que seus seguidores deturparam tanto seus ensinamentos? As glórias terrenas tão passageiras, mas tão poderosas como um turbilhão, arrastam os homens em suas vaidades ensandecidas. Pensam que são imortais e que seus poderes são ilimitados. Oh! Ilusão perversa'! Penso como o primeiro Pai da Igreja, Orígenes de Alexandria, deve ter ficado assustado ao perceber que o poder da religião nascente era tão inebriador, a ponto de alterar os ensinamentos de Jesus. Sua ação foi imediata, mas de resultado controverso. Ele conseguiu convencer os líderes religiosos de que, se as lições de Jesus tivessem que ser moldadas à conveniência de uma Igreja nascente, que pelo menos esses ensinamentos profundos e verdadeiros fossem preservados e transmitidos a alguns iniciados, de modo a não caírem em esquecimento. Ele obteve a promessa de que assim seria feito. Todavia, o que Orígenes mais temia, infelizmente, aconteceu. Não apenas os ensinamentos verdadeiros de Jesus foram deturpados, mas seus próprios princípios e orientações foram considerados heréticos, proibidos de serem estudados. Além disso,

---

3 Chavales – plural de *chaval* – meninos, jovens, em espanhol.

importantes livros relacionados à sua doutrina seriam queimados em cerimônias chamadas Autos de Fé. Mas, felizmente para Orígenes, esses fatos tão destruidores se deram dois séculos após sua morte. Posteriormente, escreverei ainda sobre Orígenes. Seus ensinos foram importantíssimos para mim. Continuo em meus pensamentos íntimos...

O Comissionamento que Torquemada me ordenou

Mas como o destino dá voltas! Foi ele mesmo, na posição de Sumo Inquisidor, quem me incumbiu de buscar argumentos inquestionáveis a fim de convencer os *hereges* de que estavam equivocados em suas posições, e, a partir de então, pudessem abandonar suas crenças, aceitando a expulsão dos demônios que os levavam a pensar erroneamente. Todos os métodos utilizados eram possíveis e legais, inclusive a tortura em graus superlativos, até a morte na fogueira. Em resumo, Torquemada queria que eu encontrasse, nos cânones e Livros Sagrados da Igreja, justificativas profundas para a tortura, pois ele bem sabia que seus métodos de conseguir confissões, arrependimentos e delações forçadas começavam a ter opositores no seio da própria Igreja e que, cedo ou tarde, poderia chegar aos ouvidos da Rainha Isabel que ele estaria usurpando poderes não legitimados por ela. As justificativas, até então, utilizadas para o uso da tortura, eram questionáveis e todas elas, sem exceção, poderiam ser refutadas por um tribunal sério, caso seus juízes fossem isentos de parcialidade. Torquemada tinha ciência de todas elas e que as argumentações a favor eram passíveis de contestação.

As passagens bíblicas usadas pela Santa Inquisição

Para mais entendimento de todos vocês, que tiveram a graça de poder ler estas memórias, vou listar suas justificativas. Os defensores do uso da tortura, dos métodos e processos inquisitoriais sempre se justificaram alegando que esses já foram empregados por Deus, o que está escrito na

Bíblia. Eles empregam as seguintes passagens, para a defesa dessa argumentação, usando o primeiro livro da *Bíblia Sagrada, Gênesis*.

1. Deus castigou Adão e Eva, expulsando-os do Paraíso. Nesse caso, Adão e Eva teriam sido hereges, pois desobedeceram a Deus. E Deus teria sido o Primeiro Grande Inquisidor, iniciando o primeiro processo inquisitorial, dando aos futuros inquisidores as lições das diversas etapas do processo, da seguinte forma:

- *E o Senhor Deus chamou por Adão e lhe disse: Onde estás?* (Gn 3:9). Essa pergunta de Deus justifica a fase inicial da Inquisição, que é o *Processo Citatório*, no qual a Inquisição publica o nome do acusado e o convoca para se apresentar ao tribunal com data e hora marcada.

- Quando Adão se apresenta a Deus, Ele começa uma série de perguntas – o *Interrogatório* – de maneira secreta, somente Ele e Adão. Assim fazem os inquisidores, copiando de Deus a segunda fase, o Interrogatório dos réus, de maneira privada e secreta.

- Deus castiga Adão e Eva, privando-os das delícias do Paraíso, expulsando-os de lá e os fazendo sofrer. Isso justifica as punições severas do Tribunal da Inquisição, assim também o confisco dos bens terrenos, pois Deus confiscou a Adão e Eva o privilégio de viverem no Paraíso.

- E na *Bíblia* está também escrito que: *O Senhor Deus fez a Adão e sua mulher umas túnicas de pele e os vestiu com elas.* (Gn 3:21). Isso justifica o uso dos *sambenitos* pelos hereges, túnicas pintadas com cruzes, nas cores azul e vermelha, de diferentes tipos, para representar os diversos castigos a que os hereges estariam sujeitos.

Deus também castigou Caim por ele ter matado seu irmão Abel, e o próprio Caim disse: *O meu crime é muito grande para alcançar dele perdão.* (Gn 4:13). Essa passagem, igualmente, mostra o Deus vingador e justificaria as punições severas da Inquisição.

2. Os vizinhos e povos que zombaram de Noé, quando ele se referiu ao dilúvio, foram considerados hereges por Deus, que os castigou destruindo todos, menos Noé e sua família, que eram os justos. A *Bíblia* diz assim: *E viu o Senhor que a maldade do homem se multiplicara sobre a terra e que toda a imaginação dos pensamentos de seu coração era só má continuamente. Então arrependeu-se o Senhor de haver feito o homem sobre a terra e pesou-lhe em seu coração. (Gn 6:5-8). E disse o Senhor: Destruirei o homem que criei de sobre a face da terra, desde o homem até ao animal, até ao réptil, e até à ave dos céus; porque me arrependo de os haver feito. (Gn 6:7).* Aqui, uma vez mais, o Deus implacável dá sustentação aos métodos da Inquisição, para serem também implacáveis com os hereges que não confessam.

3. Os capítulos bíblicos que narram a destruição das cidades de Sodoma e Gomorra, *Gênesis* 18 e 19, mostram, novamente, o Deus implacável do *Antigo Testamento*. Neles está narrado que os Anjos do Senhor destruiriam as duas cidades. Está, assim, descrito: *Pois que o clamor de seus crimes se tem elevado cada vez mais até a presença do Senhor e ele nos enviou para que as destruíssemos. (Gn 18:20-21). (...) Então o Senhor fez chover enxofre e fogo, desde os céus, sobre Sodoma e Gomorra; e destruiu aquelas cidades e toda aquela campina, e todos os moradores daquelas cidades, e o que nascia da terra. (Gn 19:24-25)*

Vejam vocês que os defensores dos métodos da Inquisição utilizavam esses eventos citados para justificar que a aplicação das penas aos hereges se estendia, ademais, a seus filhos, pois Deus destruiu as cidades com todas as pessoas que lá havia, independentemente de idade, inclusive viúvas, velhos e crianças.

Os Inquisidores, igualmente, recorriam a uma passagem do livro *Números* para reforçar a justificativa acima: *O Senhor é longânimo, e grande em misericórdia, que perdoa a iniquidade e a transgressão, que o culpado não tem por inocente, e visita a iniquidade dos pais sobre os filhos até a terceira e quarta geração. (Nm 14:18)*

A escolha de meu nome

Os acusadores e detratores dos processos de tortura – que eram adversários e, por que não dizer, inimigos de Torquemada – sabiam como confrontar todas essas pseudo-justificativas e isso poderia chegar aos ouvidos da Rainha Isabel. Tomás de Torquemada, homem inteligentíssimo e profundo conhecedor da história religiosa, tinha poder de persuasão absoluto junto à Soberana; afinal, era seu confessor desde a juventude, e sua linha de raciocínio era muito lógica: se ele lhe mostrasse que seus métodos eram todos ratificados pelos Livros Sagrados da Igreja Católica, não haveria como a Rainha coibi-los. Ele era confiante nisso. Por essa razão, sua obsessão em encontrar justificativas mais sólidas e incontestáveis para a defesa de seus métodos.

Mas, a quem confiaria ele tarefa tão complexa e que exigiria, de seus pesquisadores, um sólido e profundo conhecimento das Sagradas Escrituras e das decisões dos diversos Concílios Ecumênicos e Sínodos que discutiram e aprovaram os diversos cânones e fundamentos da Igreja Católica? Creio que essa pergunta o tenha deixado insone por algumas noites, até que ele se lembrou de mim, de seu velho tio, estudioso e teólogo, que não deixava de visitar as bibliotecas dos mosteiros e assemelhados. Desconfio que Torquemada se lembrou de mim para essa tarefa, devido a uma ocasião em que estávamos jantando em casa de seu tio, meu irmão, há muitos anos. Este já era muito importante na Igreja. Tomás estava galgando seus postos. Eu era o religioso mais velho da família, mas não tinha alcançado posto algum. Minha alegria eram as bibliotecas. Lá estávamos os três juntos. Durante o jantar, meu irmão Juan, que era Cardeal da Igreja, disse a Tomás que, se eu não ficasse todo o tempo nas bibliotecas estudando, eu poderia ter sido mais um da família a ser importante na hierarquia da Igreja. Eu me lembro de ter rido muito e dito a eles que minha grande alegria seria, um dia, adentrar a Biblioteca de Melk, na Áustria, e ler seus livros mais secretos (havia rumores de que lá se achariam livros muito antigos, dos primeiros séculos do Cristianismo), em vez de estar nas cortes palacianas e de Roma. Todos riram muito...

Agora, refletindo muito nesses escaninhos de minha memória, não posso deixar de considerar um detalhe que demorei para assimilar e confirmar. Torquemada realmente acreditava que seus métodos, mesmo que levassem as pessoas à morte, limpavam suas almas, conduzindo-as ao Paraíso. Ele, firmemente, acreditava que o corpo pode ser corrompido e invadido pelo demônio e, por isso, para algumas pessoas, somente por meio da tortura prolongada, extenuante e até da morte, seus corpos sofreriam. Mas, caso não houvesse a confissão e o arrependimento, a morte faria o demônio abandonar aqueles corpos, e as almas, assim libertas, iriam para o Paraíso. Torquemada via em seus métodos o caminho único e totalmente cristão de salvar as almas das pessoas, um caminho de salvação eterna desses hereges. Ele tinha certeza de que seus métodos eram justificados e que já teriam sido usados no passado, portanto, totalmente legítimos. E, para a procura dos documentos que demonstrariam tais procedimentos, ele se lembrou de mim. Certamente para ele, eu era o melhor nome, e ele deveria ter sorrido ao pensar "vou realizar o sonho de meu tio Frei Ignácio. Vou mandá-lo a Melk"!

A respeito de Melk, escreverei mais detalhadamente. Trata-se de um Monastério, uma Catedral, um monumento importantíssimo da Igreja Católica, na Áustria, que abriga a mais completa e antiga biblioteca do mundo cristão. Dizem que ela contém salas secretas, de acesso muito restrito a pouquíssimas pessoas.

Não sei se são apenas rumores, boatos ou especulações, mas sempre foi meu sonho visitá-la e conhecer seus segredos, porém, até então, era somente um sonho meu. Contudo, o que jamais teria passado pela cabeça de Torquemada era o desenrolar final dessa aventura tão grandiosa para mim. Definitivamente, ele não poderia imaginar que, ao me comissionar esse estudo teológico, eu fosse pesquisar tão profundamente e descobrir muito mais sobre as origens dos dogmas e das tramas que culminaram na criação do Purgatório, das indulgências, do pecado original e de outras peculiaridades muito mais significativas e importantes. E tudo isso para que a religião católica, a Igreja nascente, mantivesse seu poder sobre os poderosos e o destino das almas dos fiéis (e dos infiéis), mesmo à custa da manipulação dos ensinamentos de Nosso Senhor e Salvador Jesus Cristo.

Mas, me perdoem os queridos leitores destas minhas notas, por estar avançando já para algumas conclusões. É que tenho engasgado em minha alma não somente o desejo de divulgar essas novas boas novas, mas a ilusão de que talvez, quem sabe, Torquemada possa entender e assimilar essas verdades, de modo a rever seus conceitos e conseguir, paulatinamente, por meio de sua influência, que a Igreja Católica reintroduza os ensinamentos verdadeiros de Jesus em seu cânone... Tola ilusão, eu sei, que infelizmente constato. Ingenuidade de um velho trôpego. Mas há ainda uma pontinha de esperança em minha alma. Será que ele lerá minha carta até o fim? Não sei... Frei Benedetto me diz que não. De qualquer forma, deverei ser queimado na fogueira da intolerância, se meu coração não falhar antes. Mas, se uma pontinha de dúvida ou curiosidade eu conseguir colocar em sua mente, já terei conquistado algo. Todavia, intimamente, eu sei que Torquemada jamais me perdoará por ter traído, em seus pensamentos, o propósito de minha missão. Ele poderá pensar que eu, inclusive, me deixei enfeitiçar por alguma trama do maligno poder de Satanás. Ah! Se ele soubesse que nem Satanás existe!

Mas vamos direto ao ponto: deixe-me contar esta história longa, porém emocionante. Após meus nove meses de pesquisa nos salões solitários e secretos da Biblioteca magnífica de Melk, ali estava em Sevilha, na Hispânia, finalizando a revisão de uma carta, que entregaria pessoalmente a Torquemada. Os caminhos de Deus, para que a Luz nos ilumine, são no mínimo muito estranhos. Em meu caso, tiveram origem logo após a escolha de Tomás de Torquemada na função de Inquisidor Geral da Hispânia, há dois anos, em 1483 da Era da Graça de Nosso Senhor Jesus Cristo.

Torquemada e a Inquisição Espanhola

Na realidade, a Inquisição na Hispânia foi instituída em 1478, especificamente para a Coroa de Castela, sob o comando do frei dominicano Alonso de Ojeda. Mas, depois de quase cinco anos à frente dessa tarefa, e devido às intrigas e suspeitas de conluios com importantes autoridades judaicas, ele foi retirado do cargo, e Torquemada nomeado em seu lugar, agora com abrangência muito maior, de Inquisidor Geral da Hispânia. Torquemada renegava sua própria origem. Ele era filho único de minha irmã mais nova, Maria, que morreu ao lhe dar à luz. Minha mãe, sua avó materna, tinha sido uma cristã-nova, na verdade uma judia que, para continuar vivendo no Reino de Castela, fora forçadamente convertida ao Catolicismo em 1391. Muito triste eu ter descoberto que, cerca de vinte anos antes, teve início uma campanha orquestrada pela Ordem dos Franciscanos (vejam vocês!!!) e pela Ordem dos Dominicanos para dizimar a comunidade judia em parte da Hispânia, principalmente em Castela e Sevilha. Dos trezentos mil judeus que ali viviam, mais de cem mil foram assassinados, outros cem mil foram expulsos e os restantes cem mil foram obrigados a se converter ao Catolicismo, passando a ser chamados de cristãos-novos.

E, na condição de cristãos-novos, novos nomes foram dados às famílias, que não poderiam mais usar seus nomes judaicos, mas sim os que lhes foram atribuídos. Estes seriam especiais, fáceis de ser reconhecidos como cristãos-novos e ex-judeus, correspondentes a cidades, locais, árvores e plantas. Assim, nossa mãe e avó de Tomás recebeu o nome de Ana de Torquemada, um povoado pequeno, um *pueblo*, nas cercanias de Valladolid. Ela mudou o Hannah hebraico para Ana. Logo depois, ela conheceu meu pai, que era católico, e se casaram. Este assunto era um tabu em nossa família. Minha mãe ficou muito entusiasmada quando eu optei pela carreira sacerdotal, logo após seguido pelo meu irmão Juan, pois essa atitude, em sua opinião, fortaleceria ainda mais a família enquanto católica, deixando seu passado de judia ainda mais enterrado. Minha mãe receava que, se soubessem de seu passado, nossa família seria discriminada e, quem sabe, até perseguida. Minha mãe e meu pai não tocavam no assunto, porém um dia, já no leito de morte, ela nos contou, a mim e a Juan, acerca de seu passado, fazendo-nos prometer que guardaríamos aquele segredo do resto da família.

Tomás era um menino muito alegre e sociável, porém muito mandão, constantemente cercado de seus coleguinhas. Um dia ocorreu um episódio que levou Juan a tomar uma atitude drástica; antes, porém, ele me escreveu, pedindo minha opinião e, devido à gravidade da situação, eu concordei. Tratava-se de um fato, uma brincadeira um pouco mais agressiva entre os jovens, ocorrida próximo à nossa residência. Tomás tinha doze anos, quando agrediu verbalmente dois jovenzinhos, que brincavam ao lado, dizendo: – Fora, judeus, fora daqui! E, voltando correndo para casa, exultante, contou à sua tia Carmen (que assumiu a responsabilidade de o educar, logo depois da morte de sua mãe) que ele tinha colocado aqueles judeuzinhos em seu lugar, e que ali não havia espaço para eles. Carmen imediatamente o recriminou, pondo-o de castigo e o advertindo quanto àquele tratamento dado às pessoas, simplesmente, por elas serem de outra religião. Contudo, Tomás respondeu alto, quase gritando: – Mas eles mataram Jesus Cristo, o padre falou isto no sermão ontem na Igreja e nos alertou para que a gente não se misturasse com eles.

Carmen, sem nada dizer, solicitou a presença de Juan, que já era bispo naquela época. E Juan, por sua vez, com minha anuência, procurou Tomás e lhe contou a respeito de sua avó. Juan me disse que o menino Tomás ficou lívido, o sangue quase sumiu de suas faces e ele retrucou: – É mentira, é mentira, é mentira! – E saiu correndo.

Juan ainda relatou que, depois de algumas horas, o menino voltou para casa, como se nada tivesse ocorrido, e nunca mais falou no assunto. Nenhum de nós jamais fez qualquer comentário.

Na verdade, o Sumo Inquisidor da Hispânia era neto de uma avó judia, uma cristã-nova, que para salvar sua vida e seu futuro adotou a religião católica, abandonando, verdadeiramente, tudo relacionado à sua religião de nascimento. Jamais saberei o real motivo, mas certamente esse fato contribuiu para que Tomás de Torquemada se transformasse no mais cruel dos perseguidores dos cristãos-novos, que poderiam estar professando sua fé anterior, às escondidas. Este foi o ponto inicial; posteriormente, sua ferocidade se estendeu a todos os não cristãos, judeus de modo geral e aos muçulmanos de Granada. Eles eram, desse modo, frequentemente acusados de heresia.

E, para justificar seus atos, ele instituiu que cada réu suspeito de heresia seria submetido a julgamentos baseados nos ensinamentos das Escrituras Sagradas, além de bulas e atos considerados sagrados, emitidos pelos diversos papas e concílios ao longo dos séculos. Visando estabelecer um cânone que justificasse seus atos e torturas – mais além dos mencionados anteriormente –, ele entendeu ser necessário o suporte de teólogos que procurassem, nos meandros desses documentos sagrados, outras justificativas mais sólidas para as condenações e para os seus métodos inquisitoriais. Foi dessa maneira que adentrei os serviços do Santo Ofício, para ajudar, senão escrever, esse novo cânone da Inquisição.

Torquemada concedeu-me um prazo de nove a doze meses (máximo de um ano) para finalizar a tarefa. Eu teria o privilégio de acesso a toda documentação relacionada ao assunto, inclusive aquela considerada de consulta restrita, em áreas reservadas da grande Biblioteca do Monastério de Melk e de outras bibliotecas, controladas por monges na Península Ibérica. Sempre ouvi que a Biblioteca de Burgos guardava documentos secretíssimos que, provavelmente, pensei eu, complementariam meu trabalho, mas não foi necessário, como vocês descobrirão mais adiante. Evidentemente, eu não era partidário dos métodos da Inquisição, nem podia ser, pois quanto mais eu lia os Evangelhos, mais entendia a profundidade do significado dos ensinamentos de Jesus a respeito do amor ao próximo, de dar a outra face, de perdoar setenta vezes sete vezes e de tantas outras passagens sobre tolerância e humildade.

Jesus jamais aceitou qualquer tipo de violência, nem preconceitos. Além disso, os da minha ordem sacerdotal, amantes da pobreza, já tínhamos tido muitas desavenças com os dominicanos, o clero e seu luxo desmesurado. Em nosso íntimo, sabíamos que Jesus nunca possuiu riqueza alguma e teria vivido da caridade de seus amigos e hospedeiros. Mas, como convencer os do clero? Não vale a pena lutar por esses pontos mais. Temos de continuar ajudando os deserdados de toda sorte e deixar essas discussões filosóficas para os mais jovens teólogos. Discussões filosóficas! Quantas mais deverão existir para que o Cristianismo, em sua pureza, possa ser restaurado em toda a sua magnitude de beleza e amor? Mas serão os jovens sacerdotes, mais impetuosos, que caminharão nessa senda?

Tenho minhas dúvidas, ó meu Deus e Salvador! É que já fui jovem e, com todas as minhas boas intenções, fui bombardeado e tive minha educação religiosa focada mais em dogmas da Igreja Católica, promulgados pelos diversos concílios e sínodos, do que nas verdades amorosas da palavra de Nosso Salvador Jesus Cristo. E ensinamentos, que levavam mais ao temor a Deus do que ao Seu imenso amor, prevaleciam em todas as aulas e prédicas. E, durante toda a minha formação, o estudo dos poderes demoníacos e os diversos nomes das entidades comandadas pelo anjo decaído Satanás ocupavam grande parte do tempo. E nós, jovens sacerdotes, aprendíamos mais sobre os poderes e sortilégios do Maligno do que sobre as maravilhas do amor de Deus. Mas, o interessante é que passava por minha mente que Irmão Francisco sequer falara do poder do mal, mas sim do poder do Bem.

Os ensinamentos do Irmão Francisco sempre nos diziam que devíamos temer o mal do orgulho, do amor-próprio, da satisfação pessoal egoísta. Estes, sim, consistiam em verdadeiros demônios que deveríamos exorcizar. Mas hoje entendo que a figura dos demônios, como seres reais e contrários a Deus, sempre foi conveniente aos poderes religiosos, pois ajudavam no controle do povo, tão ignorante da fé, tão sequioso de pão e tão ameaçado pelo medo do Inferno. Já bem entrado nos meus oitenta, não tinha mais medo da morte. Talvez os inquisidores tivessem pena de minha alma e me colocassem a madeira madura para uma queima mais rápida.

Mas que bobagem a minha! Estava com o meu coração fraco e talvez nem houvesse tempo para o meu julgamento. As dores, que certamente poderia sofrer, seriam intensas, é verdade, mas acabariam logo, pois minha alma se desprenderia quase de imediato e, tenho certeza, encontraria meus mestres mentores que inspiraram minhas pesquisas: o inglês John Wycliffe e o boêmio Jan Huss. E se Deus o permitisse, quiçá, o nosso Irmão Maior Francisco de Assis poderia interceder por mim junto a Deus Pai, por eu ter demorado tanto a encontrar os ensinamentos do seu mensageiro mais dileto, Jesus Cristo. É verdade. Quanta demora, quantas interrogações e quantas surpresas!

Na realidade, as cartas de Francisco me alimentavam de amor a tudo o que existe. Todavia, os ensinamentos dos dois Joões, um inglês e outro da Boêmia[4], levantaram-me o véu dos ensinamentos ortodoxos para adentrar o universo do Cristianismo espiritualizado. Caminhos tortuosos esses que Deus nos coloca à frente. Foi necessário que Tomás de Torquemada chegasse ao poder, de modo que eu fosse indicado por ele à tarefa de escrever os cânones da fé da Inquisição, tarefa que nunca concluí. Foi por meio dela que eu descobri a verdade. E foi meu sobrinho Tomás quem me possibilitou conhecê-la e chegar a essas descobertas tão maravilhosas. Somente tenho a agradecer a Deus por ter permitido, em minha velhice, redescobrir as verdades que Seu Filho Dileto nos deixou e passar à posteridade tais ensinamentos, não mais os ocultando integralmente. Sei que a nossa missão foi ambiciosa, temerária e plena de perigos.

Logo após Torquemada ter me comissionado essa tarefa, surgiu em mim a curiosidade de aprofundar mais, saber mais da história da Inquisição, como e por que ela foi criada – e confesso que descobri algo muito interessante, que passarei a vocês. A Inquisição e as Cruzadas têm uma relação íntima entre si. Na verdade, a primeira Inquisição de que se tem registro teve início em 1229, na França, para exterminar o que restava dos Cátaros, considerados heréticos pela Igreja Católica, mas que tinham existido em bom número na França e no Reino de Aragão (parte da Hispânia de então). Eles acreditavam que o mundo existia em dualidade, Deus e Satanás. Deus criou o mundo espiritual e Satanás o mundo carnal, portanto, este mundo e o nosso corpo seriam produtos

---

[4] Boêmia – parte da atual República Checa.

de Satanás. Eles acreditavam que Jesus existiu em espírito visível, sem jamais ocupar um corpo; acreditavam em vidas sucessivas, na reencarnação, pois, para eles, somente por meio de vidas sucessivas um espírito se depura e atinge o estado de perfeição, apesar de considerarem as relações sexuais um pecado.

Eles, categoricamente, afirmavam em sua doutrina algo muito interessante que, para mim, tinha uma ponta de verdade, ou seja, que Deus é puro e bom, totalmente contrário e oposto àquele do *Antigo Testamento*: o Deus da guerra, o Deus vingador, o Deus a quem devemos ser tementes.

Para os Cátaros, o Deus do *Antigo Testamento*, na verdade, era o Satanás. Eles eram total e frontalmente contrários à Igreja Católica e seus representantes, pois, de acordo com essa mentalidade, a Igreja era criação dos homens e, portanto, de Satanás. Eles também acreditavam que Maria Madalena era o apóstolo mais fiel e importante de Jesus. As relações sexuais eram evitadas, mas não proibidas, pois acreditavam que consistia em um pecado trazer um espírito que estivesse na Espiritualidade para encarnar, pois a encarnação era coisa de Satanás. Evidentemente, a Igreja era frontalmente contra eles, e missões armadas foram enviadas com o fim de dizimar os representantes daquela seita. Os Cátaros foram perseguidos pela Igreja, através de uma Cruzada. Posteriormente, foi implementada a Inquisição para dizimar o restante deles.

É lamentável dizer, mas a Inquisição, de um só golpe, fez arder uma fogueira imensa e lançou às chamas cerca de duzentas pessoas, remanescentes daquele grupo, praticamente fazendo desaparecer aquela doutrina. Vejam vocês, que tristeza e que absurdo toda essa violência!

A minha descoberta dos *dois Joões*

Passados todos esses meses das minhas pesquisas e descobertas, me pus a pensar, deitado em meu leito: Meu querido Senhor e meu Deus, os caminhos traçados por vós para nós são intrigantes. Lembro-me da minha juventude, da minha ânsia de estudar e aprender cada vez mais. Lembro-me de um fato que muito marcou a minha formação de espírito pesquisador e, por que não dizer, de contestador (em privado, somente com meus amigos mais íntimos). Foi quando, já na minha maturidade, alguns escritos considerados controversos pela cúpula da Igreja Católica chegaram até nós, os Franciscanos de Castela. Li com curiosidade, inicialmente, mas depois, pela clarividência das ideias lá contidas, as li com sofreguidão. Eram escritos avulsos, algumas poucas páginas de um contexto determinado e centenas de folhas soltas – notas de dois sacerdotes que tinham pregado conceitos revolucionários e reformistas em relação à ortodoxia, então, presente na Igreja Católica. Seus nomes, John Wycliffe, teólogo inglês, formado em Oxford, e o sacerdote Jan Huss, nascido na Boêmia, na Europa Central.

Suas ideias e ensinamentos, sua forma de analisar as incoerências do modelo religioso existente, suas interpretações dos textos sagrados tinham tudo a ver comigo. Fui admoestado por meus irmãos superiores pelo tempo que dedicava a esses estudos, mas não proibido de lê-los. Resolvi roubar algumas horas de meu sono para estudá-los e, assim, poder cumprir as minhas obrigações junto à Irmandade. Como esses ensinamentos foram fundamentais para a minha formação! Agora vejo que, sem esse proceder, talvez eu jamais teria sido selecionado por Torquemada para o mister que ele me confiou. Sei, agora, que era este sentido de questionador e pesquisador, ao lado de minha formação de teólogo, que o levou a me selecionar.

Ademais, ele sabia da minha fluência em latim, hebraico, grego, alemão, francês, italiano e inglês. Eu, invariavelmente, tenho sido muito questionador, desde a minha tenra infância, e, nesse ponto, tenho que agradecer, de coração, os conselhos de meu primeiro educador, meu primeiro preceptor e, posso dizer agora, meu primeiro amigo, Frei Enrique. Foi ele que começou a me ensinar latim e, como percebeu minha rapidez em absorver suas declinações e usá-las com toda a facilidade, me disse:
– Menino Nacho, primeiro aprenda bem o latim, fique fluente. Depois passe ao alemão e daí para os idiomas mais fáceis: o inglês, o francês e o italiano. Quando estiver fluente em todos eles, comece a estudar o hebraico. O alfabeto é bem diferente, só tem consoantes. Mas, com o

anterior aprendizado do grego, que também possui diferente alfabeto, não lhe será difícil. Você aprenderá o idioma que mais se aproxima do aramaico de Jesus e, com isto, não haverá biblioteca intransponível para você.

Mesmo com a enfermidade de Frei Enrique e sua substituição por Frei Luís, os ensinamentos e aprendizagem dos idiomas sempre foram os meus prediletos estudos. Posso ter certeza em dizer que, aos dezesseis anos, eu poderia ser considerado um jovem prodígio, pois sabia falar e escrever fluentemente em todas essas línguas e, verdadeiramente, Frei Enrique estava certo, nada havia o que eu não conseguisse ler.

Torquemada utilizou-se do que lhe era mais conveniente, pois me conhecia desde que era criança e, ao mesmo tempo, era sabedor de minha dedicação às leituras das Escrituras Sagradas. O que ele não esperava era o desenrolar das minhas pesquisas. Evidentemente, ele será muito criticado por seus antagonistas e inimigos (e ele os tem vários) pelo resultado inesperado. E, para dar a resposta adequada de sua convicção e calar seus inimigos, ele me mandará à fogueira. Por heresia, por ter-me deixado enfeitiçar pelas posições veementemente contrárias àquilo que ele esperava. Mas é assim e assim será.

Capítulo 2

A Biblioteca do Monastério de Melk, Áustria

A noite chegou e resolvi me recolher. Benedetto estava em seu quarto, e eu, em profundas reflexões. Passaram por minha memória os nove meses em Melk, onde escrevemos notas, copiamos páginas inteiras e catalogamos documentos para referência. Como eu disse, havia outra cópia em pergaminho, que foi entregue ao monge bibliotecário de Melk, de modo que ela fosse guardada ali, em suas áreas secretas, até que uma época fosse chegada, em que essas verdades pudessem ser descobertas e levadas às comunidades cristãs de todo o mundo. Seria uma época gloriosa, antevejo. Mas quanto tempo isso levaria? Meu Deus, talvez séculos? Não, não, tínhamos de fazer algo. Precisávamos discutir isso com meu irmão Benedetto e encontrarmos uma maneira de passar essas informações aos meus mais chegados irmãos de fé, aqueles de ouvidos de escutar e olhos de ver. Conservava alguns nomes comigo.

Ah! Monges bibliotecários! Posso imaginar o que ocorreu. Que bênção dos Céus essa quase sociedade secreta. Guardaram, sob o risco de suas próprias vidas, documentos religiosos que deveriam, por ordem dos diversos concílios ecumênicos, terem sido destruídos totalmente. Monges bibliotecários, cientes da importância de tais documentos, naquelas épocas tristes, tiveram o cuidado e a ousadia de esconder um ou dois exemplares desses livros proibidos em alguma gaveta, em algum escaninho dos armários mais isolados da imensa biblioteca. Os monges bibliotecários consistiam em uma irmandade à parte. Todas as informações de catalogação de todas as obras eram passadas verbalmente de um a outro, como segredos da mais alta importância. Para a imensidão da biblioteca, havia um só monge bibliotecário. Quando o tempo da senilidade de algum se aproximava, outro monge era escolhido pelo próprio bibliotecário, e havia uma passagem de guarda que podia perdurar de um a três anos. O monge que se retirava, normalmente, estava próximo de sua morte.

O processo de passagem das informações seguia uma ritualística muito especial. Durante algumas horas por dia, todos os recintos eram fechados à chave, e a troca de guarda dos livros era iniciada. Ninguém tinha acesso a todas as salas e seus escaninhos, somente o monge bibliotecário.

Ao ser comissionado para escrever os cânones do Santo Ofício da Inquisição, eu levei a Melk a autorização expressa de Tomás de Torquemada, com seu selo de lacre amedrontador. Seu nome era, então, do conhecimento de toda a Europa. Quando mencionado, era com temor, mais do que respeito. Aliás, eu me lembro agora de meu pai, como fornecedor de alimentos ao Rei de Castela, que me dizia sempre: – Temor e medo se impõem; respeito se conquista. – Jamais esse adágio usado por meu pai foi tão verdadeiro. As pessoas tinham enorme pavor do nome Torquemada, sem, contudo, nutrir o menor respeito por ele. E foi com essas credenciais que cheguei a Melk! Evidentemente, todos me receberam com total cortesia, mas com o distanciamento tão peculiar dos centro-europeus, agravado pelo selo do Santo Ofício de minha carta de apresentação. A reação dos monges copiadores à minha primeira entrada no *Scriptorium* do salão de trabalho da biblioteca foi de surpresa e uma quase indignação, pois, certamente, rumores a nosso respeito já deveriam ter chegado até eles.

O *Scriptorium* era o local de trabalho dos monges escribas, destinado à cópia dos livros originais que começavam a se deteriorar, e que deviam permanecer legíveis e à disposição da Igreja e dos fiéis selecionados para consulta. Visivelmente, não havia muitas pessoas do povo, em geral, que sabiam ler, mas isso poderá mudar no futuro – e espero que mude, pois, esse imenso manancial de sabedoria e história não deveria ficar isolado, restrito apenas a consultas de alguns privilegiados da educação das letras.

A função desses monges era fundamental à manutenção dos livros, pois o desgaste de tais documentos representava constante ameaça. O entendimento do bibliotecário, acerca das condições ambientais necessárias à conservação de tão vasto acervo, foi uma surpresa para mim. Durante os nove meses de trabalho diário, aprendi e observei como ele abria determinadas passagens, portas, acionava engenhosos mecanismos e alavancas, abria e fechava pequenas janelas, de modo que houvesse circulação de ar contínua pelos recintos mais reclusos. Nenhum tipo de alimentação nem água eram permitidos durante as consultas, para evitar insetos e roedores. Qualquer violação desses preceitos implicava suspensão de acesso por seis meses. A reincidência, por um ano. Ouvi dizer, durante minha estada ali, que houve apenas um caso de violação dessas normas, desde sua fundação.

Inicialmente, o monge bibliotecário não facilitou meu trabalho. Nos momentos em que eu precisava pesquisar nos arquivos mais secretos e isolados, ele frequentemente estava ocupado com outras atividades. Fui paciente, ajudando-o no final das atividades diárias, na arrumação em geral das salas. Como era um teólogo, constantemente, encontrava tempo e ajudava os monges escribas e copistas a elaborarem os melhores temas para suas pinturas, nos livros então de papel, não mais de pergaminhos. Como as esquinas da vida nos levam a grandes surpresas... A Hispânia, que tanto ódio e preconceito tem dos árabes muçulmanos, deve a eles a introdução do papel na escrita, em substituição aos pergaminhos, e isso vem de quatro séculos, desde 1150 d.C.! E agora, em 1485 d.C., há rumores de que um dos objetivos principais de Torquemada é a expulsão de todos os judeus e muçulmanos da Hispânia, tão logo Granada seja retomada pelos Reis Católicos. Meu Deus e bom Pai, o que sucederá depois? Há ódio crescente aos judeus e, com ele, a inveja de suas riquezas. Será que a Rainha Isabel poderia ser tão influenciada por ele, seu confessor? Mas, rezaríamos a Deus, ao bom Pai, para que a razão e o bom-senso prevalecessem.

Eu ajudava na preparação das penas de aves para as escritas e na confecção das tintas especiais para colorir os trabalhos dos copistas. Estas minhas ações, pequenas, mas constantes, foram pouco a pouco chamando atenção do bibliotecário, até que um dia ele se aproximou de mim e me disse: – Frei Ignácio de Castela, tenho algum tempo para lhe mostrar algumas salas. Chamo-me monge François LeClerk! – E saiu caminhando rapidamente, sem esperar por mim, em direção a uma pequena porta existente entre duas grandes estantes, atrás do *Scriptorium Central*. Parei os afazeres que me ocupavam junto a um dos copistas e saí no encalço de LeClerk. Quase não consegui pegar a porta aberta, pela rapidez de seu caminhar. Imediatamente, após a minha passagem, ele a cerrou à chave e começou a descer por uma escada em caracol, para logo depois caminhar por um corredor bastante estreito, de mais ou menos um metro e meio de largura, que virava ora à direita, ora à esquerda, em quase total penumbra. Seguia-o mais pelo ruído de suas vestes do que pela visão direta que, pouco a pouco, acostumava-se ao ambiente. A iluminação dos corredores me surpreendeu e fascinou. Era um jogo de espelhos que, combinados, faziam chegar a luz do sol aos caminhos devidos e nada mais. Pude perceber que o caminho era tal qual uma divisória entre dois edifícios, e que estávamos descendo, pois, a locomoção era mais fácil.

Em determinado ponto na parede do edifício adjacente, LeClerk parou, tirou seu molho de chaves e, sem pestanejar, colocou uma delas na fechadura, a qual eu não consegui visualizar, e abriu uma porta. Minha visão demorou certo tempo a se acostumar com o ambiente. Estava em um salão muito maior do que eu imaginara que pudesse existir naquele complexo. A iluminação chegava do teto, bem do alto, e verifiquei que havia outro jogo de espelhos bem maior, que recebia a luz solar, refletida por outros espelhos em outros ambientes, certamente mais ao alto. Essa captação era finalmente enviada para o interior. Fiquei deslumbrado com tudo. LeClerk me disse: – Ignácio de Castela, você tem exatamente três horas para iniciar suas pesquisas neste salão. Anote aquilo que puder e deixe marcado em suas notas quando esteve aqui. Há outros onze salões similares, e o acesso a cada um lhe será proporcionado, desde que tenha sabido utilizar seu tempo em cada acesso anterior.

Respondi emocionado e, ao mesmo tempo, chocado: – Meu irmão LeClerk, muito obrigado, mas como ficar aqui somente três horas? É tudo uma surpresa inigualável! E ainda há outros onze iguais a este!

Ele esboçou um meio sorriso e respondeu que já haviam se passado alguns minutos! E retirou-se sem me dar outra resposta.

Pensei comigo: "Mais uma surpresa, doze salões no total"! Eu tinha sido informado de que havia oito somente, além do salão principal e de alguns secundários, de livre acesso a todos, ao lado do *Scriptorium*. Mas são doze, quatro a mais! Que coisas, que informações não devem estar ali guardadas nesses quatro outros salões que ninguém lá de fora ao menos sabe da existência! Mas como tinha apenas essas três horas, respirei profundamente e passei a caminhar lentamente por entre as diversas estantes, e percebi, à primeira vista, que aquela sala continha muitos livros e quase nenhum pergaminho. Normalmente, os pergaminhos ficam enrolados em gavetas enormes ou em grandes vasos de cerâmica, mas ali havia somente estantes. Ao observar a cronologia dos livros, verifiquei que estavam dispostos em estantes que continham a numeração dos anos de Nosso Senhor Jesus Cristo de 1250 até 1550. "Curioso", pensei, "estamos em 1485 e já havia estantes vazias, preparadas para receber os livros ainda a serem editados. A produção literária religiosa de trezentos anos, de todo o mundo, está e estará ali registrada e guardada".

Eram cinquenta estantes e cada uma continha de cento e cinquenta a duzentos livros. Eram quase dez mil exemplares! Fechei meus olhos e me coloquei em prece. Pedi a meu Irmão Francisco que me desse a luz e a calma a fim de conseguir pesquisar com determinação e que encontrasse a verdade, que eu tanto anelava. Era muito mais do que a tarefa para a qual eu tinha sido comissionado pelo Santo Ofício; a oportunidade era tão grande à minha frente que senti no fundo de minha alma uma voz que dizia: – Ignácio, meu querido irmão, chegou o momento em que as palavras de Jesus têm de voltar em toda a sua plenitude, e sua missão é mostrá-las em toda a sua profundidade. Albergue-se com as orações e inicie seu trabalho. Você se surpreenderá com o que vai encontrar, mas siga em suas pesquisas. Estarei sempre a seu lado. – Era o Irmão Francisco que falava aos meus ouvidos mais íntimos, senti isso de verdade!

Abri meus olhos marejados de lágrimas e, enquanto a nuvem de águas da alma os clareava, eu olhava para uma estante, cujo nome em seu topo se lia: *Processo de Wycliffe*. E, na estante ao lado, estava no seu topo indicado *Processo Jan Huss*. Meu Deus, pensei de imediato, logo eles dois! Os autores daqueles panfletos, que li quando monge jovem, e que tinham sido excomungados e, seus livros, queimados! Que segredos não contariam essas estantes? Aproximei-me e comecei a reparar nos livros ali expostos. Alguns tinham correntes de malhas fortes, com cadeado fechado, para evitar sua leitura. Foi, então, que notei uma caixinha em cima da mesa e, ao abri-la, vi dez chaves diferentes no seu interior. Recolhi, primeiramente, os livros que continham corrente e cadeado e depois os demais.

Peguei a caixinha e fui testando chave por chave, abrindo livro por livro da estante. Como eu havia dito, tinha conhecido e lido alguns poucos escritos desse monge inglês, mas agora tinha em minhas mãos todas as suas obras, até aquelas que tinham sido condenadas a ser queimadas pelo *Concílio de Constança*, em 1414! Fechadas com cadeado, mas estavam ali, à minha frente, naquele momento abertas para minha leitura! Sim, é verdade! Como mencionei anteriormente, eu soube disso, quando alguns folhetos caíram em minhas mãos, lá na minha juventude monástica em Castela. Fui informado de que aqueles folhetos eram baseados nas obras e ensinamentos desse professor de Oxford condenado pela Igreja, após ser rotulado de herético. Certamente, alguns de seus seguidores haviam burlado essas determinações e produzido aqueles folhetos, e alguns outros os copiaram e algumas dessas cópias chegaram às mãos do Monge Benedetto que, após sua leitura, passou-as para mim. Mas uma coisa é ler alguns folhetos, baseados em sua obra, e outra é ter acesso a ela no original!

E era isso que estava à minha frente, agora, livros empilhados sobre a enorme mesa de pesquisa, dentro dessa sala magnífica de conhecimentos. Tomei um deles, sentei-me e comecei a estudá-lo; estava em latim, o que restringia sua leitura e descobertas a muitas pessoas. Li sem parar, por pouco mais de duas horas, e, meu Deus, quantas importantes informações estavam ali escritas! Parei um pouco e olhei de novo para aquelas estantes magníficas de conhecimentos. Fiquei pensando: "Que trabalho maravilhoso dessa Irmandade dos Monges Bibliotecários, ao longo de todos os monastérios e catedrais, em algumas principais cidades da Península Itálica, França, Germânia, Hispânia, Bretanha e Áustria.

Quais não teriam sido os riscos altamente assumidos, dos procedimentos e métodos utilizados por eles, para recolher e esconder alguns poucos exemplares, às vezes, somente um, dentre esses manuscritos e livros condenados ao extermínio pelo fogo? Eu nunca saberei dizer, mas, na realidade, os escritos de Wycliffe estavam todos ali, creio eu, na íntegra"! E pensei, parando um pouco e respirando profundamente: "Meu Deus, será que haverá outros tesouros assim preservados? Será que encontrarei escritos originais de meu Irmão Francisco? Será que encontrarei os Evangelhos perdidos e aqueles considerados apócrifos"? Sim, porque não sei se todos vocês, que estão lendo estas minhas notas, sabem que, na época de Jesus, logo após sua morte, seus seguidores queriam ouvir dos apóstolos tudo sobre Nosso Senhor. E, para que outras pessoas pudessem contar sobre seus ensinamentos, alguns decidiram escrever tudo o que Ele havia dito. Porque a maioria não sabia ler nem escrever, a tradição oral era registrada por alguns poucos que conheciam as letras; esses escritos foram se amalgamando, transformando-se com mais recordações dos ensinos de Jesus, e foram passados de cidade em cidade, onde novos núcleos cristãos se formavam. Contudo, como foram escritos por pessoas diversas, a partir de suas recordações particulares, havia diferenças entre eles, e algumas fundamentais, que levaram a muitas divergências e até aos Cismas.

Em discussões várias com meus colegas de estudos, passamos a considerar que os chamados Evangelhos de Jesus teriam sido escritos alguns anos depois de sua morte na cruz. Talvez vinte a trinta anos depois, não sabemos. Havia mais de cem contos ou livretos que contavam a história de Jesus, e alguns desses ensinamentos eram bem diferentes, dependendo do livreto que se lia. Ao longo dos anos e primeiros séculos, houve muita controvérsia acerca desses ensinamentos conflitantes, até que a Igreja decidiu acabar com essa *confusão,* que levava a debates filosóficos contraditórios e até violências. E, então, pouco mais de trezentos anos depois da morte de Jesus, Nosso Mestre Maior, houve um grande *Concílio na cidade de Nicéia,* na Turquia, no qual quatro desses escritos foram considerados referência para todos os cristãos; os demais, rejeitados – deveriam ser queimados todos os seus exemplares conhecidos e, sua divulgação, proibida, sob pena de prisão e morte.

Eu sempre tive curiosidade em saber o que estaria escrito nesses documentos chamados apócrifos, ou proibidos, ou secretos, simplesmente. Mas, na minha convicção de religioso, eu sabia que os quatro Evangelhos, segundo Marcos, Mateus, Lucas e João, eram de uma beleza ímpar e de ensinamentos morais para toda a nossa existência; eu sabia, mais que acreditava, que qualquer pessoa que seguisse tais ensinamentos, em seu dia a dia, certamente iria para o Paraíso depois desta vida.

Interessante registrar uma descoberta minha em Melk, de que os escritos mais antigos e fidedignos do *Novo Testamento* foram escritos por Paulo de Tarso, bem antes da produção do primeiro Evangelho, que foi o de Marcos, não o de Mateus, conforme o mundo religioso cristão, de então, acreditava. Os ensinos de Paulo são registrados em suas cartas ou epístolas às comunidades que ele havia ajudado a fundar fora de Jerusalém e fora de Israel. Não sei se vocês sabem, mas Paulo de Tarso não conheceu Jesus (assim também os evangelistas Marcos e Lucas, que não conviveram com Ele). Ainda com o nome de Saulo, Paulo estava às vésperas de se tornar Rabino da Sinagoga de Jerusalém e era defensor armado da fé judaica, quando Jesus lhe apareceu e o transformou completamente. De Saul, em hebraico, e Saulo, em grego, tomou o novo nome de Paulo. E Paulo aprendeu sobre a vida e ensinamentos de Jesus, principalmente com Maria – mãe de Jesus.

Lucas e Paulo foram fundamentais para a divulgação dos ensinamentos de Jesus. Paulo escrevia suas cartas às diversas comunidades espalhadas pelo mundo não judeu. Lucas anotava os fatos mais relevantes, relacionados aos ensinos do Mestre. Dessa forma, o livro *Atos dos Apóstolos* foi produzido por Lucas, com o fim de deixar ao mundo cristão um registro da atuação dos apóstolos após a morte de Jesus. Todavia, há algo mais sobre esses homens. Muitos estudiosos e teólogos diziam que Paulo, Lucas e demais apóstolos (que não os quatro evangelistas) teriam produzido ensinamentos considerados secretos, transmitidos a alguns poucos. "Seria isso possível"? – eu pensava, naquela ocasião. Se fosse verdade, eu queria ter a possibilidade, um dia, de acessar tais conhecimentos adicionais ou complementares, que Jesus nos teria deixado.

Corriam boatos, em circuitos muito fechados – normalmente, entre nós, que vivíamos nas bibliotecas das universidades, estudando – de que, em algumas bibliotecas de Monastérios, no mundo, poderiam existir alguns exemplares... "Será que estariam aqui alguns desses escritos apócrifos"? Estava eu divagando, parado, olhando as estantes, com as mãos sobre a mesa, quando, nesse momento, a porta se abriu, LeClerk entrou e me falou: – Irmão Ignácio, espero que tenha aproveitado essas horas. É momento de sair e de fecharmos esta sala. Pode deixar tudo como está, para facilitá-lo amanhã. Não há outra pessoa que venha aqui. – Olhei para ele e respondi: – Sim, amigo e irmão, já é hora. Obrigado por tudo. – Levantei-me e, calado, segui LeClerk, que subia lentamente o caminho tortuoso e fracamente iluminado (a luz do sol já estava fraca e os espelhos mal faziam seu trabalho), até adentrarmos o salão principal do *Scriptorium*. Fui até a mesa, onde estava anteriormente com o monge copista, e o ajudei a terminar seu trabalho, orientando-o nas pinturas de algumas passagens ligadas ao Purgatório. E, mudo, fui caminhando até nossa *casinha*. Avisei que não iria ao jantar comunitário, pois estava muito cansado. Abracei meu Irmão Benedetto, nada falei, deitei-me com paz e cansaço, há muito tempo não sentidos, e dormi profundamente.

CAPÍTULO 3

O arquivo do processo Wycliffe

O começo de um dia no Monastério de Melk não é diferente dos diversos outros que eu havia visitado. Acordávamos bem cedo, por volta das cinco horas, fazíamos nossas orações, conjuntamente, e em seguida íamos ao desjejum. Por volta das seis horas, o trabalho começava. Nesse dia especialmente, acordei com a disposição de um monge jovem. Fui chegando ao *Scriptorium* e, para surpresa minha, LeClerk me recebeu com amabilidade ímpar e me disse: – Irmão Ignácio, você quer passar algumas horas na sala de ontem ou prefere ir à segunda? – Ao que respondi imediatamente, sem pestanejar: – Não, chega de surpresas! Vou ficar na primeira sala, mas, por favor, necessitarei de todo o tempo possível hoje lá dentro. – Silenciosamente, não me chamando nem concordando, foi caminhando em direção à porta dos fundos e eu, outra vez, o segui quase correndo, para poder acompanhá-lo. LeClerk, em silêncio, andava mais rapidamente do que no dia anterior, por aquele pequeno espaço aberto entre os edifícios da biblioteca interna e externa.

Chegando à mesma sala do dia precedente, ele abriu a porta, entrou e parou por alguns minutos. Eu entrei e me dirigi à mesa e, antes de iniciar minhas pesquisas, fiz uma oração, pedindo orientação a Deus, de modo a recolher tudo o que fosse importante. O objetivo inicial de minha missão já não era mais relevante, mas, sim, apurar a verdade, conforme meu Irmão Francisco havia dito à minha alma, em minhas orações do dia anterior. Ao levantar os olhos, vi que LeClerk me examinava e pouco depois saía, fechando a porta. Reiniciei meus estudos e pesquisas ali, e a cada dia de minhas visitas, mais impressionado eu ficava com a figura desse homem tão importante, controvertido e perseguido pela Igreja Católica.

WYCLIFFE

Levei quase um mês lendo, ou melhor, *devorando,* os livros de Wycliffe e, diante das informações que colhia, pensamentos doloridos repletavam minha mente, e eu me via, sem querer, com os olhos banhados em lágrimas a escorrer sem continência. Meus irmãos, as reações que tive após essas minhas leituras foram, inicialmente, de muita tristeza. Como podia a minha Igreja ter sido tão cruel, tão insensível? Vou tentar resumir o que aconteceu com Wycliffe, e por que a Igreja o condenou.

Ele era um teólogo, sacerdote da Universidade de Oxford, na Inglaterra, e tinha sessenta e quatro anos quando morreu, há pouco mais de cem anos, em 1384. Grande pesquisador das *Escrituras Sagradas*, ele decidiu traduzir a *Bíblia*, que era em latim, para o idioma inglês, com a justificativa de que todo o povo, não somente os versados em latim, pudesse ler e estudar o Livro Sagrado. Ele dizia: "O povo comum inglês aprende e entende melhor os ensinamentos de Jesus em inglês. Moisés escutou a voz de Deus em sua própria língua; e os apóstolos entendiam Jesus da mesma maneira".

Seus estudos e reflexões levaram-no a questionar alguns dogmas do Catolicismo, e até a instituição da Igreja Católica, como o único caminho para alcançar o Paraíso. Ele não acreditava que a salvação das almas fosse obtida somente através da Igreja – um dos dogmas da fé católica. Para ele, a salvação seria alcançada por meio dos ensinamentos de Jesus e de suas práticas: ele era muito veemente nisso, complementando que o Papado era uma invenção dos homens, principalmente da Igreja, para manutenção do poder. "O Papado não está nas Escrituras Sagradas", dizia ele.

Outro ponto, ainda inicialmente controverso para mim, era que Wycliffe afirmava a inexistência do Purgatório, afiançando que nada existe nos ensinamentos de Jesus que indique a sua existência. Ele foi mais além, asseverando que o Purgatório era uma invenção da Igreja, visando que a venda das indulgências tivesse uma justificativa dogmática. Afirmava, claramente, que o Purgatório consistia em uma invenção muito lucrativa, pois os nobres e ricos pagavam vultosas quantias à Igreja, com o intuito de estagiarem brevemente nessa região de punição temporária e seguirem, sem demora, para o Céu! Wycliffe dizia que o Purgatório foi criado pelo Papa Gregório, o Grande, no ano de 593, e, de tanta controvérsia que causou, entrou como dogma de fé somente quase sete séculos depois, no *Concílio Ecumênico de Lion*, em 1245, e ainda teve de ser referendado no *Concílio de Florença*, em 1304. Posso dizer a vocês que, no início, fui contra seus argumentos, pois aprendi – como todos os sacerdotes – que algumas pseudo verdades são eternas e inquestionáveis. Era como uma lavagem cerebral e, após reflexões íntimas sobre as argumentações de Wycliffe, posso assegurar que suas teses são corretíssimas.

Ademais, outro aspecto de discordância, mesmo para mim, posso confessar, referia-se a um dos dogmas pilares da fé católica, que é o da transmutação da hóstia santa e do vinho em corpo e sangue de Jesus. Wycliffe sustentava que tal dogma era ainda resultado da criatividade dos homens; que, na verdade, o ato em si carrega tão somente um conteúdo fortemente simbólico. Em sua defesa, ele afirmava que Jesus, na última ceia, impregnou o ambiente com simbolismos a impressionarem grandemente seus seguidores. O teólogo, igualmente, ressaltava que não há menção, uma vírgula sequer nos escritos de Lucas, que formam *Os Atos dos Apóstolos* – livro que faz parte das *Sagradas Escrituras* – a respeito dessa transmutação; que um verdadeiro sacerdote, durante o ato da consagração do pão e do vinho, podia acreditar nisso, e o resultado prático para os fiéis seria o mesmo, sem que houvesse necessidade de obrigar os fiéis à crença nesse dogma de fé.

Em relação ao ministério da Confissão, Wycliffe acreditava ser mais uma criação dos homens, pois as *Escrituras Sagradas* não referenciam tal fato; caso contrário, se a confissão fosse importante e fundamental, Jesus teria recebido em confissão todos os seus apóstolos, e eles, a seus seguidores. Não obstante, na *Bíblia* não há qualquer menção a respeito. Em complemento, o teólogo denunciava os fins escusos, provenientes dos segredos de confissão, empregados, não raramente, por algumas autoridades da Igreja. Quanto a essa postura de Wycliffe, seus opositores argumentavam que ele não acreditava na salvação através da Igreja, porque era um seguidor dos ensinamentos de Orígenes, um dos primeiros Padres da Igreja, quem apregoava que as almas teriam oportunidades diversas, em novos corpos, até se purificarem para adentrar o Paraíso. Aliás, a esse respeito eu posso assegurar: nos tempos de Orígenes, o conceito de Purgatório não existia.

Como eu dizia, seus opositores jamais conseguiram provar tal afirmação. Contudo, nos escaninhos daqueles livros ali confiscados, eu pude ler detalhes de suas pregações secretas a seus seguidores mais fiéis, aqueles chamados *padres pobres,* acerca desse tema tão controverso e revolucionário. Mas, sobre Orígenes, outro capítulo deverei escrever ainda. Estou certo de que descobrirei, em algumas dessas salas, documentos, livros originais ou cópias fidedignas de seus ensinamentos. Wycliffe foi, certamente, uma luz a iluminar a escuridão que imperava nos ensinamentos ortodoxos. E essa luz deveria ser apagada, de qualquer forma – era assim que pensava a Igreja. – E, para evitar que suas ideias pudessem dar frutos e seguidores, foi desaconselhado que se publicassem, ensinassem ou as debatessem; o próprio Wycliffe foi proibido de ensinar e de pregar. Ele morreu praticamente esquecido, em 1384, após um desfalecimento, por ocasião de uma de suas prédicas em uma pequena igreja em Lutterworth, onde ainda lhe era permitido pregar, e foi enterrado, sem ostentação, no pequeno cemitério ao lado da Igreja.

Mas, apesar dos obstáculos impostos pelo clero, os ensinamentos de Wycliffe disseminaram; algumas sementes começaram a germinar e a prosperar, principalmente da parte dos chamados *padres pobres,* um grupo especial de fiéis leigos (escolhidos pelo próprio Wycliffe) e extremamente dedicados ao teólogo, quase a um ponto de veneração.

Esse grupo percorria as vilas, com o intuito de difundir as ideias de Wycliffe, o que atraía atenção do povo, mas deixava a Igreja contrariada. E mais contrariada ainda perante certas declarações – uma delas que afirmava que os sacerdotes e o clero em geral eram sujeitos à corrupção e à sodomia, uma vez que o celibato imposto era contra a natureza humana, um aspecto que levava à corrupção moral do sexo dentro da classe clerical. Além desse grupo, muito influente, havia padres, sacerdotes e teólogos que, igualmente, seguiam os ensinamentos de Wycliffe e os divulgavam, por meio de prédicas, em salões e outros ambientes fechados, uma iniciativa que perdurou por muitos anos. Alguns mais ousados realizavam suas pregações em púlpitos de algumas paróquias. E a Igreja de Roma resolveu, ainda que tardiamente, dar um golpe final nesse movimento.

Para realizar esse intento, a Inquisição declarou Wycliffe herege e o excomungou – *post mortem!* – em 1415, trinta e um anos após sua morte. E devido à ampla mobilização de seus seguidores, em favor da divulgação dos ensinamentos, a Inquisição, em 1428, ratificou a condenação e decidiu que seus ossos fossem retirados do campo santo, queimados na fogueira, e as cinzas lançadas ao rio que cruzava a cidadezinha de Lutterworth, onde seu corpo tinha sido enterrado. Todos os seus livros foram condenados a serem queimados! Isso ocorreu quarenta e quatro anos após sua morte! Imaginem vocês, a Santa Madre Igreja, mandando desenterrar os restos mortais de Wycliffe, fazendo-os arder numa fogueira. E, para que nenhum de seus seguidores (a Igreja sabia que havia muitos) recolhesse qualquer fragmento da ossada, que pudesse servir de relíquia a ser venerada, as cinzas foram lançadas à correnteza do rio que serpenteava a cidadezinha Inglesa.

Um de seus ensinamentos mais marcantes para mim, que me conduziu à profunda reflexão, afirma: "Quando a *Bíblia* e a Igreja não estão de acordo, nós temos de seguir a *Bíblia*, e quando a consciência e a autoridade humana estão em conflito, nós temos de seguir a consciência".

Na época em que eu concluía a leitura dos últimos documentos, do processo da exumação de seus restos mortais, tristeza profunda se apossou de mim. Levantei-me da cadeira, apoiando-me na mesa de leitura, onde os livros estavam espalhados, e me sentei na poltrona confortável que Frei LeClerk havia gentilmente colocado ali, logo na entrada da sala, de forma que eu pudesse descansar e refletir. Talvez ele soubesse algo do que eu iria ler, nunca saberei, porém, seu olhar demorado, após finalizar meus dias de trabalho, sugeria ser ele conhecedor de algo e tinha ciência de que eu precisaria refletir e ficar a sós, após o período de leituras e estudos. E era verdade.

Essa poltrona, trazida por ele, era ideal para esse momento de reflexão. Recostei-me e olhei o teto. Lágrimas silentes começaram a brotar e depois uma avalanche delas saiu por meus olhos, naturalmente, sem soluçar, simplesmente saíram silenciosas, da mesma forma que começaram. Após alguns minutos mirando a abóbada daquele cômodo amplo, olhei a mesa e as estantes todas, as gavetas abertas, todas ou quase todas, pois não sou uma pessoa organizada, nunca fui. Tudo estava ali à mostra, pois acreditava que vez ou outra recorreria a um ou outro documento. Ah! Esses monges bibliotecários! Com que bênção Deus deve ter ungido essa irmandade! Responsáveis pela guarda de tudo o que a Igreja produziu ao longo dos séculos, protegeram não apenas os textos oficiais, mas também e principalmente alguns exemplares daqueles banidos e condenados à fogueira. Claro que sem autorização prévia, mas sob o código de honra que era passado verbalmente de um monge bibliotecário a outro, através dos séculos. E em escaninhos inexpugnáveis, nas imensas bibliotecas dos grandes monastérios, existentes por todo o mundo. E me perguntava uma vez mais: 'Meu Deus, será que alguns dos textos originais dos Evangelhos estariam por ali? Será que teríamos por ali alguns dos textos originais dos evangelhos banidos e considerados apócrifos? Que outras surpresas ainda me aguardavam'?

Entrei em oração e pedi ao Irmão Francisco que me desse saúde e discernimento, para poder, em tão pouco tempo, extrair tudo de mais importante, de modo a não perder o rumo em digressões filosóficas que poderiam me levar à não conclusão de meus trabalhos. Após minha oração, senti paz me divisando a alma e me levantei. Alguns segundos depois, a figura de Wycliffe cresceu em minha mente e abaixei a cabeça, em sinal de respeito a um homem que teve a coragem de enfrentar a Igreja, com verdades inaceitáveis e intoleráveis para o poder eclesiástico. Ao abrir os olhos, vi o irmão LeClerk, que havia chegado. Sem dizer uma só palavra, ele me esperou à porta do salão. Saí silente, acompanhando seus passos. Ao chegarmos ao *Scriptorium*, os monges escribas pararam de trabalhar para me observar saindo cabisbaixo. Cumprimentei todos com um movimento de cabeça e me dirigi ao meu canto. LeClerk trancou a porta e continuou com seus afazeres, sem me olhar nem fazer comentário.

Ao entrar em meu quarto, eu me deitei na cama rústica e me cobri e, ao recostar minha cabeça no travesseiro improvisado, cansaço enorme me atingiu e, então, eu dormi. Havia terminado de ler os principais livros de Wycliffe e, no dia seguinte, passaria a ler os de Jan Huss. Que revelações a vida ainda me destinava naquela biblioteca?

Meu sono foi muito agitado. Pesadelos, ou recordações de meu espírito milenar assaltavam minha mente. Via livros incinerados, sepulturas violadas, pessoas queimadas em festividades grotescas, assistidas pelo populacho em algazarra sinistra e macabra. Acordei na manhã seguinte um tanto cansado, e a tristeza me tomava o peito, assim decidi não ir à biblioteca. Depois de executar a rotina diária da primeira hora, resolvi caminhar pelos jardins do imenso monastério, observando a maravilha das flores, que nada mais são do que a assinatura de Deus nos jardins do homem. Deus, em seu infinito amor para conosco, não nos abandona um minuto.

Em cada ato de respiração que eu realizava, de maneira inconsciente e automática, era Deus a me alimentar. Cada gota de orvalho que ali estava, nas pétalas de rosas e orquídeas, era como pérolas de luz brilhando ao abraço do sol e ao carinho do suave vento da primavera. O jardim terminava na subida de uma colina, e do seu topo era possível vislumbrar o rio Danúbio, serpenteando e traçando sua rota pelo vale da região de Wachau. Qualquer um que observasse a paisagem a que eu tinha o grato privilégio de usufruir, em sã consciência, jamais teria a mínima dúvida da existência de Deus, de sua proteção constante, de seu amor e cuidado para com todas suas criaturas. Os passarinhos, que pousavam nas folhagens das copas das árvores, plantadas aqui e acolá, eram mais uma prova da onipresença de Deus na decoração do lugar que cultivou para suas amadas criaturas.

Meu querido irmão de fé e de trabalho, Frei Benedetto, veio ter comigo e me perguntou por que eu estava ali, já que havia muito o que pesquisar. E eu lhe respondi: – Irmão e amigo, amigo e irmão, venha aqui ao meu lado, vamos caminhar um pouco. – Irmão Benedetto olhou-me com compreensão e iniciou a caminhada ao meu lado, sem questionar. Então, eu rompi o silêncio: – Sabe, hoje não vou às salas de pesquisa da biblioteca. LeClerk me disse que eu devia parar e refletir antes de pesquisar o segundo arquivo, ainda na sala de número um. Vou seguir seu conselho. Mas, eu quero ter uma conversa com ele, saber como foi escolhido como bibliotecário, e pedir-lhe que conte um pouco de sua vida, daquilo que pode ser contado, de sua escolha e de seu mister em geral. Creio ser de obrigação o que vou perguntar, pois o trabalho dessa Irmandade precisa ser reconhecido, tem de ser divulgado. – E continuei: – Quantos riscos esses monges não correram ao recolher, esconder e proteger esses documentos? Certamente, com códigos, senhas e reuniões secretas, como se fossem parte e membros de seitas místicas. Como eles se comunicam uns com os outros? Como eles receberam, no início, esses documentos banidos? Irmão Benedetto, eu somente vi uma sala! E há tantas outras! Creio que, na realidade, a cada uma que visitarei novo capítulo será escrito e mais minha alma estará inquieta. Será que haverá tempo para tudo?

Irmão Benedetto respirou, prolongadamente, e me disse com carinho: – Irmão Ignácio, façamos a nossa parte, acho que você está no caminho certo. Leio atentamente tudo o que você me dá para copiar, antes de colocar no papel, para que eu entre no clima da responsabilidade que este trabalho confere. E vejo com alegria, a cada página que escrevo, que a história ali registrada, ali gravada, terá um valor incomensurável para o futuro da nossa amada Igreja Católica, mais cedo ou mais tarde. Façamos a nossa parte. Estamos aqui para isso. Meu pai, que era um homem simples, de poucas palavras, um dia me disse uma frase que nunca esqueci e que agora se aplica perfeitamente a você: "Quando o trabalhador está pronto, o trabalho aparece". Você está pronto para o desafio. Estarei ao seu lado para ajudar sempre. Você saberá o que selecionar, o que escrever. Somente não se esqueça que o Inquisidor Geral vai querer um resumo do seu trabalho nas próximas semanas, pois já estamos aqui há mais de um mês. Precisamos dar-lhe algo substancial. Você já pensou nisso? Se não, aquiete, pois tenho pesquisado também, a meu modo, em documentos não banidos e secretos, mas sim nos abertos, e creio que posso escrever algo que satisfará ao Inquisidor Geral. Vou prepará-lo, então, apresento para sua análise, o que você me diz?

Olhei para ele e lhe disse: – Benedetto, querido Benedetto, você me conhece profundamente e sabe que eu não conseguiria fazer isso, não agora, depois de ver, ler e conhecer tudo que está chegando às minhas mãos. É como uma enchente, uma aluvião de informações de que eu não posso mais me desviar. Por favor, faça isso sim. Providencie esse sumário, sei que é necessário enviá-lo a Torquemada. – Frei Benedetto, em seus quase dois metros de altura, olhou-me com carinho, passou-me as mãos pela cabeça e disse-me com um tom filial na voz: – Não se preocupe, tenho já algo preparado em minha mente e em dois ou três dias você terá esse sumário. Continue com suas pesquisas, estou ansioso por suas novas descobertas!

Ao chegarmos ao fim de nossa caminhada, já no alto da colina, fizemos orações de agradecimento ao Pai e iniciamos o retorno em direção ao Monastério, enquanto Benedetto me dizia o quanto se surpreendia com os detalhes das minhas anotações; e é verdade. Minha memória sempre foi prodigiosa, e tenho facilidade de ler muito rápido e de guardar tudo que leio, como se as páginas estivessem abertas na minha mente, cada uma delas. Sempre considerei essa habilidade uma bênção de Deus, mas agora, no corrente trabalho de leitura do arquivo de Wycliffe, está sendo também tal qual uma punição rever e reler coisas tão cruéis, somente ao fechar dos olhos.

O Bibliotecário LeClerk

Logo depois da refeição do dia, voltei ao mesmo canto favorito desse caminho sinuoso, de onde se pode avistar o rio Danúbio, também chamado aqui de Wachau, serpenteando no seu curso, numa visão inigualável. Estava devidamente acomodado quando ouvi alguns ruídos de passos em minha direção e, qual não foi a minha surpresa, ao me deparar com a figura alta e melancólica de LeClerk, o bibliotecário! Ele se acomodou bem próximo a mim e assim se expressou:

– Frei Ignácio, meu bom Frei Ignácio, que descobertas você não terá feito para deixá-lo assim tão ensimesmado! Durante meu termo de mais de trinta anos na função de bibliotecário, não mais do que seis teólogos pesquisaram, com profundidade, os dois arquivos que você está analisando, os dos dois Joões, como nós, os bibliotecários, identificamos a sala 9, que, para os estudiosos e pesquisadores normais, é inacessível e inexistente. Para esses, as oito salas são suficientes. A sala 9 faz parte das totalmente segregadas, que são em número de quatro. As oito restantes estão abertas aos pesquisadores e teólogos, com justificativas importantes; muito raramente, as outras quatro, de números 9, 10, 11 e 12 são visitadas, simplesmente porque somente o bibliotecário tem conhecimento de que existem. O acesso a elas é decidido pelo bibliotecário; sou eu quem decide se a pessoa é merecedora de saber desses segredos ou não. Quando percebo que o pesquisador está necessitando de informações mais antigas e é uma pessoa séria e compenetrada, eu o conduzo à sala 9. E, daí às outras salas segregadas, eu posso levá-lo. É assim que pretendo fazer com você! Veja que a solicitação de acesso que você trouxe, com o selo do Santo Ofício, dava direito a que tivesse acesso às oito famosas salas e não às outras quatro, porque elas não existem, como lhe disse.

Tudo depende de como o bibliotecário vê o visitante, como ele enxerga suas intenções, enfim, é um sentimento de atenção e proteção que nos guia a abrir ou não as salas. Como lhe disse, nos meus mais de trinta anos aqui, apenas outras seis pessoas tiveram acesso à sala 9. E todas elas saíram como você, todos aqueles teólogos tiveram momentos de choro profundo e de isolamento e reclusão posteriores.

Não sei e nunca saberei o que vocês descobriram ali, minha função é outra. É a de guardar esses documentos e preservá-los para a posteridade. Vocês é que decidirão o que fazer com os conhecimentos e descobertas ali obtidos. Uma difícil decisão, eu posso imaginar. Mas, deixe-me contar minha história, que vai ajudá-lo a entender nosso ritual milenar. Cheguei aqui aos meus vinte anos, como monge copista, pois sabia desenhar muito bem e era muito fiel às delicadezas de cada texto. Minha maneira de trabalhar, ao longo de anos, foi notada pelo bibliotecário de então, monge Lugek. Certa tarde, ele se aproximou de mim e disse: "Irmão LeClerk, venha comigo". Passou seu braço em meu ombro e veio para cá, exatamente onde estamos agora, neste banco, vendo esta beleza à nossa frente, e me disse: "Meu filho, estou doente e preciso de alguém a quem passar minha guarda da biblioteca... e escolhi você. Eu o tenho observado por quase quinze anos, e não há pessoa mais apropriada do que você. Isto pode assustar, de início, mas você será o próximo bibliotecário. Começaremos amanhã, logo cedo". O susto e a surpresa foram grandes e perguntei: "Meu nome não tem que ser aprovado pelo irmão superior do Monastério"? Ele riu e disse que não, que os bibliotecários pertencem a uma instituição muito antiga, desde os tempos da Biblioteca de Alexandria, e que, independentemente das diversas ordens religiosas, eles são intocáveis e, seus segredos, passados de um para o outro verbalmente, sem que qualquer outra autoridade possa interferir. E me contou um caso, que lhe fora contado pelo então bibliotecário: "um dia chegou à biblioteca de Melk o próprio Papa Gregório XII e pediu-lhe uma visita guiada às famosas oito salas internas, ao que o monge bibliotecário respondeu negativamente, que somente poderia levá-lo a quatro delas. O Papa ficou enfurecido e ordenou que ele desejava ver todas as oito salas. O bibliotecário permaneceu irredutível e disse ao Papa: 'Vossa Santidade, às quatro posso levá-lo agora; às outras quatro somente com justificativas de estudo pormenorizadas e justificadas, que não é o caso aqui presente'. O Papa, perplexo, deu uma gargalhada e disse: 'Vocês, bibliotecários, são realmente intransigentes e arrogantes... Vamos, então, às quatro'! – Veja você, Frei Ignácio, nem o Papa sabia (e nenhum sabe) da existência das outras quatro salas!

Eu tive uma reação de espanto: – Irmão LeClerk, não sabia de nada disso. Vocês são uma instituição a quem as gerações futuras deverão muito pelos seus ensinamentos. – LeClerk continuou: – Monge Lugek me mostrou primeiro as quatro salas mencionadas acima, na história da visita do Papa; depois de estar exaustivamente e minuciosamente entendedor de tudo que havia ali, em todos os seus escaninhos e armários, ele me levou a uma sala de controle de espelhos, de onde se podiam manobrar os seus diversos ângulos e movimentos, para a captação máxima da luz do sol e iluminação dos ambientes das salas internas. Depois disso, outra semelhante me foi mostrada e ele, cuidadosamente, revelou como pequenas aberturas no teto e nas paredes, controladas por mecanismos engenhosos e complexos para mim, faziam circular o ar por todas as salas, com maior ou menor intensidade. Tive de estudar e praticar com ele todas as operações e manobras daqueles equipamentos, de tal sorte que fossem memorizadas como se recita uma Ave-Maria ou um Pai-Nosso.

Eu achei muita graça nessa comparação e esbocei um sorriso.

LeClerk continuou: – A mesma reação de surpresa que você teve, eu tive, ao saber que eram doze e não oito as salas internas e que estas quatro adicionais eram de total desconhecimento de todo o clero e mesmo do monastério! O monge Lugek alertou-me que nessas salas estavam arquivados pergaminhos e papiros muito antigos, muitos da época da Biblioteca de Alexandria, que haviam sido resgatados, quase por milagre, prestes a serem queimados, por monges que arriscaram a vida para carregá-los sob suas vestimentas. Alguns deles são considerados peças raras e preciosas da História da Antiguidade. Notei que podia, e na verdade tinha obrigação de informá-lo disso, quando vi sua expressão de tristeza e surpresa, ao encerrar a leitura do processo Wycliffe. Você é um sacerdote bom, procura a verdade, mesmo que essa verdade possa colocar por terra algumas crenças e dogmas que temos aprendido ao largo dos séculos. Não sei o que você vai fazer com esses conhecimentos e descobertas, e que histórias alternativas irão produzir para satisfazer o Tribunal do Santo Ofício. Posso lhe sugerir uma coisa?

E, sem esperar minha resposta, disse: – Faça deles o que for melhor para o Cristianismo, mesmo que isso possa levá-lo a castigos extremos ou até à fogueira. É que estou aprendendo a conhecê-lo e, vendo suas reações ao sair da sala número 13, percebo que você está abalado e transtornado com o que descobriu, e sinto que sua missão aqui será totalmente distinta daquela para a qual tinha sido comissionado. E isto poderá ter consequências funestas para você. Mas, para o Cristianismo, renovados ensinamentos poderão ser espalhados, e a nossa fé poderá sair reforçada. Veja que eu estou falando Cristianismo e não, especificamente, a nossa religião Católica Romana, que não aceitará facilmente tais potenciais revisitações aos seus dogmas.

LeClerk prosseguiu: – Amanhã você começará a estudar o processo Jan Huss. Posso adiantar que você ficará tão surpreso quanto no processo Wycliffe. LeClerk calou-se e fechou os olhos por breves instantes. Em seguida, levantou-se e saiu caminhando de regresso, com a cabeça baixa e, o olhar, melancólico. Pensei comigo que ele, provavelmente, era conhecedor de todas essas informações que naquele momento eu descortinava. E me indaguei: "Como ele havia conseguido calar-se, não divulgar informações tão valorosas"? Contudo, ele afirmou que não sabia, apenas percebeu as reações dos outros seis teólogos... "Um dia", pensei eu, "no momento certo, eu lhe perguntaria". Mas, eu me pegava a pensar: "E eu, que faria para divulgar o que estava descobrindo e escrevendo? Na verdade, eu não sabia! Estava sendo muito crítico para com LeClerk. Ele não merecia isso". Pedia perdão a Deus por essas minhas reações. É que estava como um caldeirão fervente, desejoso de gritar a todos os cantos, escrever, publicar e divulgar tudo..., mas sabia que isso era ilusão. No entanto, sim, algo tinha de ser feito!

Capítulo 4

O arquivo do processo Jan Huss

No dia seguinte, cheguei à biblioteca bem cedo, logo após as primeiras tarefas da manhã. Lá, no *Scriptorium,* já estavam todos os monges copistas fazendo seu trabalho. Cumprimentaram-me e um deles me pediu para revisar algumas das figuras que ele pintava, relativas ao Inferno e a seus diabos e demônios. Disse a ele que sim, que, ao final de minha pesquisa do dia, eu o atenderia. LeClerk, em sua figura comprida, melancólica e autoritária, aguardava a minha chegada à porta de entrada dos salões secretos. Ao me aproximar, ele me falou: – Vamos entrar, pois quero lhe dizer algo.

Vi que alguns dos monges que estavam em suas mesas mais próximas se entreolharam, baixando a cabeça logo depois. Caminhando pelo corredor de acesso às salas internas, LeClerk me recomendou: – Sei que você faz suas orações antes de começar sua leitura e estudos. Isto é muito importante, pois verá que aquilo

JAN HUSS

que descobriu neste primeiro mês não será exceção, mas, sim, uma regra. Peça a Deus que lhe dê forças, para que você não acabe com um desapontamento tão grande com nossa Igreja, que passe a condená-la. Lembre-se de que os homens são falíveis e corruptíveis, mas os ensinamentos de Jesus são verdadeiros. São os homens que o deturparam, nada mais.

Olhei para ele, sem nada dizer. Contudo, a mim pareceu que ele tampouco esperava alguma resposta, pois seguiu caminhando rápido por entre aqueles corredores, tão familiares para mim. Chegamos de novo à primeira sala, de número 9; ele tomou do molho de chaves, abriu a porta e entrou comigo. Qual não foi a minha surpresa quando ele, do alto de seus quase dois metros de altura, acariciou levemente a minha cabeça e me disse: – Deus esteja com você. – Deu meia-volta e saiu. Olhei a mesa, repleta de livros, resultado de minha pesquisa anterior. Peguei cada livro, fechei com cadeado aqueles que tinham correntes, e recoloquei todos em seus devidos lugares nas estantes, com muita reverência. Afastei-me e olhei cuidadosamente para cada uma delas, de onde havia retirado os livros, pois tinha memorizado cada lugar onde estavam. Isso era uma rotina que seguia, pois, com a memória prodigiosa que possuo, retenho em minha cabeça tudo o que leio e vejo. Porém, na arrumação que tinha refeito, eu constatei que havia um pequeno livro, um caderno, na verdade, a que eu não dera muita importância, deixando para depois e depois, e, por fim, não li o que ele continha.

Tomei o pequeno livro e o abri com cuidado. Sentei-me, ao ver que era como um diário, uma agenda com anotações manuscritas, feitas pelo próprio Wycliffe! Não tinha mais do que cinquenta páginas. Descobri sua letra, seu estilo de escrita. Fiquei emocionado ao ver aquele documento singelo; passei a folhear cada página com respeito e a ler as anotações diversas, alguns pontos que ele sublinhava para chamar atenção em suas prédicas, nada de importância para meu trabalho, até que, na última página, estava escrito no meio da folha, em letras garrafais a frase: MELK SHR 709 – The key (MELK SHR 709 – A chave). Não havia mais nada na página, somente essa frase. Fiquei intrigado, registrei o fato em minhas anotações, conjecturando: 'Que significado teria essa frase? E por que no meio de uma página em branco, em letras enormes? O que significaria SHR 709? Teria Wycliffe visitado Melk um dia? Teria ele conseguido acesso às salas secretas? Teria ele descoberto alguns segredos ali'? Decidi guardar meus questionamentos para discutir com LeClerk. Fiz pequena pausa, respirei fundo, guardei o diário em seu lugar e disse a mim mesmo: 'Cada coisa em seu momento. Vamos agora a Jan Huss'.

Virei um pouco a mirada para a direita e lá estavam os livros do Processo Jan Huss. Eram menos livros, comparados aos de Wycliffe. De modo similar, abri o cadeado daqueles com corrente e os selecionei. Selecionei os mais volumosos e folheei alguns deles, separando os que leria primeiro. Levei não mais do que duas semanas para ler tudo o que ali estava. A grande maioria dos escritos estava em latim e, alguns outros, em idioma boêmio. Pude constatar que sempre havia uma tradução para o latim do que estava em boêmio, o que facilitou muito o meu trabalho. Não sou conhecedor do idioma daquela região perto da Alemanha, apesar de saber que um dos centros de estudo mais famosos do mundo europeu é a Universidade de Praga que, por seu lado, durante muitos anos, foi conduzida por monges alemães, em idioma alemão.

À primeira vista, pensei encontrar alguns documentos de Jan Huss em alemão, mas não foi o caso. Li vários de seus discursos, havia mais de setenta ali catalogados, várias cartas a seus seguidores e muitas para um correligionário e amigo, Jerônimo, da cidade de Praga. Um dos mais importantes documentos que li foi um tratado escrito por ele, denominado *Acerca da Igreja*. Com esse livro, eu reafirmei as impressões que tive ao ler seus discursos, de que ele era um fiel seguidor de Wycliffe, e um de seus mais veementes divulgadores. E isso foi, certamente, a causa principal de sua excomunhão e condenação à morte na fogueira, sob a acusação de heresia. Mas havia outras causas, que estavam no libelo dos juízes que condenaram Jan Huss.

Vou tentar escrever, de maneira concisa, aquilo que descobri, para que vocês saibam da personagem fantástica, singela, comovedora, corajosa e grandiosa que foi esse homem, cujas verdades, ditas em voz alta, contra as irregularidades e excessos do clero em sua época, levaram às reações violentas e vingativas por parte das autoridades eclesiásticas de Praga e Roma.

Jan Huss teve uma vida curta, de quarenta e seis anos somente; nasceu em 1369 e morreu na fogueira em 1415. Como vemos, ele era um jovem ainda, um rapazote, um *chaval*, como chamamos carinhosamente os jovens na Hispânia, com apenas quinze anos quando Wycliffe morreu na fogueira, em 1384. E, seguramente, lá em sua pequena cidade de Husinec, de onde ele tirou seu nome, naquele tempo, ele nem de longe pensava em ser monge, em ser um teólogo; era jovem, com seus folguedos de juventude e nada mais. Porém, as dificuldades econômicas e de extrema pobreza de sua família, no trabalho duro e exaustivo do campo e cultivo de grãos, levaram seu pai a orientá-lo a seguir a carreira monástica, pois os monges eram respeitados, tinham carreira promissora, quem sabe, até de estudos universitários, sem precisar se expor ao trabalho árduo do campo e à fome. Era seu pai que, assim, o orientava. Contrariamente, sua mãe, igual a todas as mães, era mais emoção; seu desejo era vê-lo casado, pois ela desejava netos para brincar e alegrar seus dias de velhice.

Jan Huss resolveu seguir o conselho de seu pai e abraçou a carreira eclesiástica. Ele era curioso e queria estudar e, somente assim poderia cursar uma universidade, que era o sonho de muitos jovens da região de Husinec. Na condição de aluno brilhante, dedicado, muito estudioso, logo ele chamou atenção de seus mentores. Sua carreira na Igreja foi de rápida ascensão. Ele logo se formou sacerdote, começou a lecionar na Universidade de Praga e tornou-se um de seus proeminentes professores de Teologia, com apenas trinta e um anos de idade.

No entanto, algo ocorreu que mudou sua vida radicalmente, quando ele recebeu cópias de vários escritos e livros em latim, de um monge inglês, John Wycliffe, que havia sido declarado herege pela Igreja e, seus restos mortais, queimados, na Inglaterra, há quase vinte anos. Ele devorou tais leituras, que serviriam de catalisador para suas ações, dali em diante. As cópias foram levadas a Praga e entregues a ele por um sacerdote amigo, um teólogo um pouco mais jovem do que ele, chamado Jerônimo que, por sua vez, tinha posses e viajara o mundo todo. Esteve em Oxford, na Inglaterra, onde recebeu os ensinamentos de Wycliffe, e resolveu divulgá-los e levá-los a seu amigo Huss, em Praga. Os escritos de Wycliffe já haviam sido condenados pela Inquisição, mas cópias diversas existiam e circulavam, de maneira mais ou menos secreta, dependendo dos locais e das cidades e de que correntes seguiam as universidades religiosas.

Jan Huss já era uma pessoa muito contestadora quanto aos abusos da Igreja, em todas as suas formas. Na Boêmia, a Igreja era especialmente rica, mais da metade de todas as terras pertencia a ela, todos os moradores e usuários pagavam pesados impostos, que eram direcionados a seus cofres, o que levava à revolta e à indignação de moradores e produtores, pois eles viam o luxo dos representantes do clero e seus abusos em todas as áreas, incluindo a simonia, uma palavra estranha, é verdade, mas, lamentavelmente para mim, de muita vergonha e contestação. A simonia é a venda de postos eclesiásticos a ricos e a nobres. Assim, pessoas sem a mínima vocação sacerdotal eram nomeadas bispos, arcebispos e até cardeais – o que provocava, no seio da Igreja, escândalos sexuais e de corrupção de toda sorte.

O grande objetivo da Igreja, com essas nomeações, era ter o poder a qualquer preço, rivalizando com o dos reis. Tendo os nobres e ricos como parte de sua mais alta corte religiosa, mais poder contra os reis e seus decretos a Igreja alcançaria. Outra prática usada constantemente e, algumas vezes, até de maneira sistemática, era a venda de indulgências, também objeto das lutas de Wycliffe. Jan Huss aprofundou-se nos estudos das *Santas Escrituras,* a fim de verificar as chamadas bases fundamentadas pela Igreja, para a venda de indulgências, porém lá nada encontrou, que justificasse sua existência e prática. Essa era uma transação muito aceita pela parte mais rica da população e pelos nobres, pois o Papa afirmava que o tempo que as pessoas passariam no Purgatório poderia ser reduzido, caso comprassem as Indulgências Papais em vida, ou se seus parentes as adquirissem após sua morte.

Em suma, era como acelerar a saída do Purgatório para o Céu. Jan Huss usava em suas prédicas um discurso inflamado contra essa prática em particular, e isso agradava ao povo humilde que, por sua vez, não tinha o dinheiro para a compra das indulgências e que depositava naquele padre jovem e audaz a grande esperança de nova Igreja, mais justa e acolhedora.

Juntamente com Huss, Jerônimo fazia eco aos seus discursos, e, como eles eram excelentes palestrantes, a Igreja de Belém, em Praga, estava sempre lotada, quando eles faziam suas pregações.

Naquela época de Huss e Jerônimo, a Igreja estava disposta em duas partes: havia um Papa em Roma e outro na França, em Avignon. O mundo católico estava dividido em dois. Na Hispânia, reconhecíamos o Papa Gregório XII, que estava na França; a Inglaterra reconhecia o Papa Benedito XIII, de Roma. A Igreja, para resolver a situação, convocou um *Concílio Ecumênico em Pisa*, na Itália, em 1410. Ali, um terceiro nome foi aprovado, Alexandre V, que foi rejeitado pelos outros dois Papas. Assim, durante sete anos, a Igreja ficou dividida entre três Papas: um em Roma, outro em Pisa e, o terceiro, em Avignon, na França. Esse cenário era também muito criticado por Jan Huss, pois crises e brigas pelo poder temporal do Papado minavam a fé das pessoas. E tudo se complicou ainda mais para Jan Huss, pois o Rei da Boêmia e o Arcebispo de Praga, inicialmente, não aceitaram o resultado e se alinharam com Gregório XII, enquanto Huss e seus seguidores, Jerônimo inclusive, reconheceram o novo Papa de Pisa, Alexandre V.

Huss tinha grande esperança no novo Papa para realizar a Reforma da Igreja, abolir todos os seus excessos, uma vez que o Papa anterior consentia com tais aberrações, que ele abertamente criticava. Mas o novo Papa, cedendo às pressões para ganhar apoio do Rei da Boêmia e do Arcebispo de Praga (que apoiavam o outro Papa), resolveu condenar Huss e seus seguidores, que continuavam a defender as ideias de Wycliffe e a atacar os excessos da Igreja, usando o púlpito da Igreja de Belém, em Praga.

Os atos do novo Papa agradaram ao rei e ao arcebispo de Praga, que passaram a apoiá-lo. E Alexandre V intensificou os ataques a Huss, proibindo-o de predicar, rezar missas e, finalmente, lecionar na Universidade. Alexandre V morreu logo e foi sucedido por João XXIII[5], que manteve a linha de conduta contra Huss. Porém, por ter livre acesso à Igreja de Belém, com seguidores fiéis ali, Huss intensificou os ataques aos excessos da Igreja, defendendo veementemente as ideias e ensinamentos de Wycliffe, o que o levou à excomunhão.

Além da excomunhão, o Papa João XXIII declarou que, enquanto Huss predicasse na Igreja de Belém, nenhum rito religioso pronunciado por ele seria válido, significando que batismo, extrema-unção, missas e demais sacramentos não seriam aprovadas pela Igreja e, portanto, por Deus. A partir de então, surgiu grande revolta e confusão entre os fiéis que frequentavam a Igreja de Belém. Huss percebeu que os mais humildes – a grande maioria dos fiéis – estavam preocupados e consternados, pois não poderiam batizar seus filhos, enterrar seus mortos, nem receber a comunhão. Ele, por sua vez, em um ato de humildade e respeito pela Igreja de Belém e seus paroquianos, resolveu abdicar de suas funções e se exilar. Escondeu-se em casa de amigos, nos aforamentos de Praga, onde não pudesse ser encontrado pelos soldados da Inquisição.

"Deus escreve certo por linhas tortas", diz um adágio popular. Eu prefiro dizer que o tempo de Deus é diferente de nosso tempo, porém Ele jamais faz as coisas pela metade. Eu digo isso, pois foi devido a esse exílio forçado, por cerca de dois anos, de 1412 a 1414, que Huss escreveu muitos de seus artigos e tratados, inclusive a tradução da *Bíblia Sagrada* para o boêmio. Era um antigo sonho e objetivo de vida, pois, à semelhança de Wycliffe, ele dizia que Jesus ensinava a seus apóstolos em aramaico, a língua falada pelo povo, não em latim, portanto, as *Sagradas Escrituras* deveriam ser lidas, estudadas e ensinadas na língua do povo que as recebe e escuta. Foi durante esse período que ele escreveu a obra *Acerca da Igreja*, em que reafirmava seus ataques, denunciava os excessos e justificava todos os seus pontos de vista.

---

[5] Mesmo nome do Papa João XXIII da atualidade (1958 a 1963, ano de sua morte). O citado no texto acima foi um antipapa, de 1410 a 1415, quando do Cisma da Igreja Católica.

Assegurava que a Igreja não tinha autoridade maior do que a *Bíblia*, que o Papa era falível, devido à sua busca de poder e riquezas, e reafirmava que Wycliffe estava correto em todos os seus questionamentos e ensinos. Ele enviou cópias para serem lidas e divulgadas por seus seguidores na Universidade de Praga e na Igreja de Belém, uma iniciativa que reativou a fúria da Igreja contra ele. Finalmente, um Concílio Ecumênico, convocado pelo Imperador da Alemanha em finais de 1414, incluiu o item Heresias; e Huss e seus ensinamentos foram o ponto principal desse encontro. Huss foi convocado a se explicar e a se retratar. Esse Concílio se deu na cidade de Constança, na Alemanha. Contudo, ao chegar, Jan Huss foi levado à prisão. Algumas semanas depois, convocado para novas explicações, o que o fez várias vezes, recorreu à sua veemente e poderosa oratória e argumentação, ferreamente fundamentadas nas *Sagradas Escrituras,* e sempre defendendo as ideias de Wycliffe.

O Concílio, na pauta da Repressão às Heresias, tinha ainda como item de destaque os ensinamentos de Wycliffe, condenados em outros concílios, disposições reafirmadas no *Concílio de Constança*, além da ratificação de sua excomunhão, impedimento da publicação de seus livros e divulgação de seu ideário. Ademais, conforme escrevemos anteriormente, o Concílio ordenou a remoção dos restos mortais de Wycliffe do campo santo de Lutterworth, a cremação de seus ossos na fogueira e o lançamento de suas cinzas no rio que banhava aquela pequenina vila inglesa.

Ao tomar ciência de tais resoluções, Jan Huss sentiu-se mortificado, extremamente revoltado. Certificou-se que sua defesa não estava produzindo resultados, concluindo que seria condenado, o que de fato ocorreu. Os bispos que participaram de seu julgamento confirmaram sua heresia e excomunhão, proibindo a publicação de seus livros e o entregando ao braço secular da Inquisição, que o sentenciou à morte pela fogueira, em julho de 1415. Suas cinzas foram jogadas no rio Reno, para evitar que fossem recolhidas por seus correligionários e seguidores.

Nesse mesmo *Concílio de Constança*, Jerônimo de Praga, o amigo de Jan Huss que disponibilizara a ele os livros de Wycliffe, foi igualmente julgado e condenado como herege e entregue à Inquisição, que o levou também à fogueira. Agora, vou contar para vocês algo muito peculiar que me conduziu às descobertas e achados de Jan Huss. Como escrevi acima, o livro *Acerca da Igreja* foi a *pá de cal* que faltava para que a Igreja o condenasse e o levasse à morte. O que a Igreja não sabia é que havia duas cópias diferentes desse documento. Uma versão, a oficial, que foi passada a seus seguidores em Praga, para divulgação geral nas cátedras e púlpitos (e foi essa a condenada pela Igreja), e outra versão, muito mais volumosa que a primeira, que estava toda marcada com anotações e comentários.

Essa versão era um dos poucos livros que estavam fechados com correntes e cadeado, na biblioteca. Ela continha capítulos inteiros, centenas de páginas adicionais, que tratavam de seus estudos das teses de Wycliffe, com conclusões extremamente revolucionárias para uma reforma total da Igreja, seus dogmas, ritos e fundamentação religiosa e doutrinária. Uma revolução de ideias novas! Não consegui saber quantas cópias desse tratado, na versão alternativa, foram feitas. E, para minha surpresa, a última página estava preenchida com uma só frase em letras garrafais: MELK TSP 259!

Vejam vocês, outra referência a Melk, mas o número era diferente do que descobri no caderninho de Wycliffe. Meu Deus, o que significavam esses números? E as letras ali eram outras: TSP comparadas com SHR. Por que seria assim? Mil perguntas me assolavam a alma no momento. Será que Jan Huss também teria visitado Melk? Teria ele conhecido as salas secretas? Teria ele lido as obras todas de Wycliffe naquela mesma sala? Se isso ocorreu, ele mal poderia conjecturar que seus escritos, mais de cem anos depois, estariam também sendo lidos e descobertos por mim. Esse tratado, versão escondida, secreta e alternativa que eu tinha em minhas mãos, era revelador. Mil coisas, pensamentos diversos nasciam em minha mente. "Seria tudo verdade o que estava escrito ali"? Tudo tem lógica, e dá uma profunda compreensão dos ensinamentos morais de Jesus e da Justiça Divina.

Mas, como fazer para divulgar todo esse material, de modo que fosse aceito pela Igreja? Não sei, meu Deus. Precisava pesquisar mais, ir às outras três salas secretas, talvez lá encontrasse algumas referências para corroborar os escritos de Huss, não sei! Seria iminente ter uma longa conversa com LeClerk, com certeza. Afastei-me, sentei-me na poltrona, olhando para a abóboda, e senti que lágrimas desciam de meus olhos. Fechei-os, enxuguei-os com as mãos, recostei-me na poltrona colocada por LeClerk e caí em sono profundo. Fui acordado por ele, abrindo a porta, me olhando de longe e dizendo: – Já é hora, meu caro Frei Ignácio. Já é hora. – E eu pensei: 'Será que já é hora de divulgar isto tudo? Não, não é ainda..., mas é hora de sair, descansar e refletir muito nos passos a seguir'. E lhe respondi: – Já me vou, meu amigo, já me vou.

Capítulo 5

As anotações codificadas de Wycliffe e Jan Huss

No dia seguinte, fui à biblioteca, mas fiquei no *Scriptorium*, ajudando os copistas. LeClerk estava em seus afazeres, não me fez perguntas, nem mesmo se aproximou de mim. Fiquei horas por ali, depois saí e me dirigi à estradinha que levava aos campos de flores, àquela visão e cenários inigualáveis. Sentei-me naquele conhecido banquinho rústico e ali fiquei a pensar, vendo as borboletas passearem por entre os ramos das árvores, escutando ao longe algumas vozes quase imperceptíveis, às margens daquele magnífico rio. Fechei os olhos e abri, em minha mente, as páginas daquela versão alternativa de Jan Huss e permaneci assim, relendo-a. Interessante como minha mente funciona. Ao me concentrar, após alguns momentos de oração e reflexão, conseguia ver o livro totalmente aberto, em minha mente, com as letras em tamanho maior do que aquelas do verdadeiro livro. Lia e relia os textos mais polêmicos para mim, mas que levavam às deduções lógicas a que ele chegou a respeito dos equívocos de alguns dogmas da Igreja, e da proposição de mudanças profundas na interpretação dos ensinamentos de Jesus. E lá no livro, o mais chocante para mim era a constatação das manipulações realizadas pela Igreja ao traduzir os livros sagrados de O *Novo Testamento*: os *Evangelhos* e os *Atos dos Apóstolos*. Cheguei à conclusão de que tenho de escrever algo mais elaborado sobre isso, para vocês entenderem minha surpresa.

As páginas se sucediam, em minha mente, até a página final. Então, parei e abri os olhos. "Que significado teriam aquelas duas frases similares, do caderninho de Wycliffe e do livro de Jan Huss"? Naquele momento, vi que LeClerk caminhava em minha direção e logo se sentou ao meu lado; aproveitei a oportunidade e lhe disse: – Sabe, irmão, tenho grandes desconfianças de que Wycliffe e Jan Huss visitaram e pesquisaram nesta biblioteca e creio que foram às salas secretas. Algo muito peculiar me levou a esta conclusão. – E mostrei a ele o pedaço de papel em que eu tinha anotado as frases MELK SHR 709 – a chave, do caderno manuscrito de Wycliffe –, e MELK TSM 257, do livro de Jan Huss. Ele, demonstrando surpresa, segurava o papel, silente, enquanto pensava. Fechou os olhos e disse, depois de alguns minutos: – Irmão Ignácio, é muito difícil saber se eles estiveram aqui na biblioteca e nas salas secretas. Nós, os bibliotecários, não mantemos registros das pessoas que ali entram, simplesmente pelo fato de que aquelas salas não existem oficialmente e, portanto, não se pode ter anotações sobre elas, para evitar que alguém, algum dia, por alguma circunstância, possa descobrir a sua existência. Assim, nenhum registro existe da entrada das pessoas, em qualquer das salas internas, incluindo as secretas.

No entanto, após breve reflexão, o bibliotecário complementou: – Porém, todas as visitas à Catedral de Melk, por religiosos de fora da Áustria, são registradas, pois há um protocolo para ser preenchido pelos visitantes. Conheço o irmão que cuida desses registros e falarei com ele; só me dê alguns dias. Deixe-me levar esta página com a anotação; eu me interesso muito por enigmas e charadas... deixe-me analisar estas... não tenho a memória tão especial quanto a sua e, portanto, preciso dela – disse ele, de maneira jocosa, enquanto se levantava e iniciava, lentamente, sua caminhada, colina abaixo. Pensei comigo: "Que bom, meu Deus, o Senhor ter colocado essa pessoa tão prestativa ao meu lado; sem o apoio total dele, eu nada teria descoberto e continuaria na ignorância. Obrigado, meu Pai"!

Durante as duas semanas seguintes, não voltei à biblioteca; justifiquei a LeClerk que estaria em minha cela, fazendo algumas anotações e colocando em ordem minhas descobertas.

No início da terceira semana de minha pausa, durante a missa de domingo, que foi realizada de maneira especial – com a presença do coro gregoriano de altíssima qualidade da Catedral de Melk –, vi que LeClerk passou ao meu lado e me fez um sinal; logo entendi que queria falar comigo. Após o término da missa, eu me retirei para meu canto favorito, onde estava o banquinho, no alto da colina, e lá estava LeClerk, um tanto agitado, o que não me parecia normal, pelo menos para mim, que apenas o conhecia há pouco mais de dois meses.

– Irmão Ignácio – ele iniciou –, depois de alguns dias pensando e tentando decifrar o significado das duas singelas anotações que você me passou naquela folha de papel, creio que cheguei à solução da charada ali escondida. – E, diante do meu espanto, acrescentou: – Wycliffe era inglês e Jan Huss, da Boêmia. Essas siglas significam a mesma coisa em inglês e em boêmio.

– Como assim?

E ele me respondeu: – A anotação de Wycliffe é SHR 709. SHR poderia ser um acrônimo para *Secret Hidden Room*, veja você as três letras iniciais, SHR. E, para sanar de vez minha dúvida, eu peguei a anotação de Jan Huss, lá estava TSM 259. Então, fui procurar um irmão copista, originário da Boêmia, e perguntei a ele como traduziria para o boêmio essa frase *Secret Hidden Room*, e ele, para minha surpresa, me disse: – *Secret Hidden Room é Tajna Scryta Mistnot*. Veja, Irmão Ignácio, veja só, eu estava certo! Eles escreveram a mesma coisa, no idioma deles: Sala Secreta Escondida.

Eu estava perplexo, então, exclamei: – Então, eles estiveram aqui! E os números 709 e 259, você conseguiu decifrar algo? Ele me disse, com um sorriso nervoso nos lábios, não natural nele, que aqueles números indicavam a sala secreta e escondida identificada como 16! E eu lhe questionei como podia ser, e a respeito de sua certeza a respeito. Antes de responder, ele olhou minha expressão de assombro, quando eu mesmo concluí: – 7+0+9 e 2+5+9 dão o mesmo resultado, 16! Mas, só há doze salas e esta é a de número 16!

LeClerk complementou, sempre me surpreendendo: – Há outras duas salas, que são mais secretas ainda. Em todo o meu tempo como bibliotecário, ninguém teve acesso a elas. E já estou aqui há mais de trinta anos. Você, certamente, será o primeiro e único a saber da existência delas. As salas são as de números 16 e 18. Não sei por que elas têm essa identificação. Monge Lugeck mostrou-me as salas e disse-me que, se alguém viesse perguntar pela sala 16, que o deixasse entrar, sem perguntar nada, pois se ele sabia da sala é porque era merecedor.

– E agora, meu amigo Ignácio, vou passar-lhe uma informação muito preciosa: As salas de número 16 e 18 são salas pequenas, com poucas estantes e poucos pergaminhos. Estão construídas em blocos de pedra separados, com sistemas de ventilação e iluminação totalmente independentes uma da outra. Esse cuidado extremo foi tomado pelos engenheiros bibliotecários, para proteger, de maneira totalmente independente, os exemplares dos Evangelhos proibidos, os chamados apócrifos! Sim, temos dois exemplares de cada, um em cada desses edifícios especiais. Ali também temos os chamados originais dos Evangelhos aprovados, os quatro conhecidos. O mundo cristão tem conhecimento de que os Evangelhos escritos primeiro estão em grego e seriam datados do segundo e terceiro séculos. Mas, na realidade, nessas salas, há cópias muito mais antigas em aramaico! Eu vou lá, todo ano, abro as gavetas, vejo o estado desses preciosos escritos, levo-os, um a um, com todo o cuidado para um processo de preservação que somente nós, os bibliotecários, conhecemos, que vem do Egito antigo.

E LeClerk continuou fascinando-me mais a cada momento: – Estou dizendo isso para facilitar seu trabalho; sei que o seu tempo é escasso e sei que você irá se surpreender cada vez mais com verdades até então encobertas, escondidas ou manipuladas. Voltando aos dois Joões, se eles vieram ou não aqui, como eu lhe disse, deveriam ter preenchido o formulário de entradas no Monastério e na Catedral que, como eu disse, possui um irmão monge encarregado de conservar esses registros. Como você sabe, eu já lhe havia entregado os nomes dos dois Joões, como você carinhosamente os chama. E fui ter com ele que, todo sorridente, disse brincando: "Só darei o resultado de minhas pesquisas, se você me deixar entrar por alguns dias nas salas internas da Biblioteca; eu não quero entrar nas oito, não, só quero nas duas primeiras"; e escondeu as mãos atrás, com um papelzinho. Eu também, de maneira jocosa, continuei: "Irmão Lapone, venha com um pedido assinado pelo Abade Principal e eu lhe darei acesso a duas salas", e ele deu uma gargalhada típica dos italianos, de maneira alta e espalhafatosa: "Nunca, nunca, ele assinaria qualquer pedido desse, ele é muito complicado e severo". E eu repliquei: "Te levo à sala 5, mas você fica junto comigo e somente por uma hora. O que você acha"? Ele, radiante, me entregou o papel e me perguntou quando ele poderia ir lá e eu respondi: "Tem a minha palavra, você irá conhecer a sala tão logo os visitantes atuais tenham ido embora, dentro de seis meses". Ele me deu um abraço forte e acrescentou: "Ganhei o dia"! E deu uma outra risada. Saí dali e fui à minha sala reservada no *Scriptorium*, abri lentamente o papelzinho com a anotação do Frei Lapone e lá estava escrito: John Wycliffe, de 1º de abril a 31 de agosto de 1370. Quatro meses em Melk! E Jan Huss, de 1º maio de 1412 a 30 de junho do mesmo ano. Dois meses em Melk! Veja você mesmo, Irmão Ignácio.

Tomei o papelzinho, um pouco úmido pelo suor nervoso de LeClerk, e observei as datas. Cerrei os olhos e tentei buscar, nos escaninhos da memória, se tais datas coincidiam com os resultados de minhas pesquisas e, sim, faziam todo o sentido. Aqueles dois meses de Jan Huss estão inseridos no período em que ele esteve fora de Praga, na época da produção de seus livros e escritos mais importantes. Já para Wycliffe, esses quatro meses, em 1370, demonstram que ele estava no auge de sua maturidade enquanto teólogo, e pode ter sido durante esse período que ele solidificara suas teses mais controversas contra a Igreja. Revelei essas minhas conclusões a LeClerk e, sem nada falar, ele se levantou e começou a caminhar em direção ao pequeno campo de flores que se descortinava à nossa frente. Levantei-me e acelerei o passo a fim de alcançá-lo; caminhamos em silêncio por uns quinze minutos, então ele se manifestou: – Quando você quer visitar a sala 16?

Capítulo 6

A sala 16

Naquela noite, quase não consegui fechar os olhos. Após contar a Benedetto sobre a descoberta da sala 16, fui para a cama, depois de um caldo verde, que ele, graciosamente, como sempre, havia preparado para mim. Meu sono foi agitadíssimo; entrava num sonho, semiconsciente, e via fogueiras, reuniões secretas de cardeais da Igreja, discutindo, rasgando diversos livros e jogando-os no fogo das lareiras. Via monges, quando as salas se esvaziavam, apagando o fogo e recolhendo alguns daqueles exemplares, que eram folhas retangulares de pergaminhos costuradas entre si; alguns estavam intactos, praticamente. Nesse sono agitado, eu enxergava fogueiras enormes de livros e pessoas sendo queimadas com eles. Acordava em sobressalto e lá estava meu querido amigo Irmão Benedetto – me dando água, limpando meu suor e preparando um chá de ervas para me acalmar, enquanto aconselhava:

– Frei Ignácio, descanse e durma. Não precisa acordar cedo, deixe que eu faça seus trabalhos de rotina aqui. Vou deixar de manhã o *desayuno*[6] ao seu lado, como você gosta, e somente depois de um sono reparador

---
6 Desayuno: café da manhã ou desjejum, em espanhol.

– não dormiu praticamente nada – você se alimenta, e vá às suas pesquisas. Ali, na nova sala, parece que o trabalho será muito mais desgastante do que tem sido, e você deve se preparar para esse embate. Não pode adoecer, pois muito se espera de seu desempenho. Não foi o acaso que o escolheu para essa missão. Eu agradeço a Deus, todos os dias, a bênção e o privilégio de acompanhá-lo nessas suas descobertas. O que não haverá, nessa sala, que causou impressões máximas nos dois Joões?

Eu lhe agradeci muito, beijei suas mãos e olhei para ele com ternura e reconhecimento, do fundo de minha alma:

– O que seria de mim, deste trabalho, sem você ao meu lado? Obrigado, meu irmão, eu é quem agradeço a Deus tê-lo colocado para me acompanhar.

E ele sorriu, dizendo:

– E imagine você que também foi Torquemada quem me selecionou, por saber de minha amizade com você. E ele me recomendou que o vigiasse para que não se desviasse da tarefa comissionada e para que se alimentasse e dormisse, pois ele sabe que você, ao se entusiasmar por alguma tarefa, se esquece de comer e de dormir, podendo até adoecer. Ele queria que eu fosse como um guarda-costas e cuidador seu. Veja como Deus arruma as condições para que Seu plano sempre prevaleça. E eu sorri, segurando suas mãos entre as minhas, finalizando: – Um anjo da guarda, você é um anjo da guarda... – E virei para o canto e dormi profundamente.

Acordei tarde, num sobressalto; já eram quase dez horas, muito tarde para um frei franciscano; fui ao quarto de banho, que era próximo de minha cela, e depois tomei meu café da manhã, que Frei Benedetto havia deixado para mim: pão, azeite, queijo, um copo de leite e um bule de chá. Após essa pequena refeição, eu me aprontei e fui ao *Scriptorium*. Ao chegar ao local, assim tarde, os copistas, em sua maioria, levantaram seus olhos das mesas e me olharam, abaixando a cabeça logo depois, reiniciando seus trabalhos. Procurei LeClerk em sua salinha, mas ele não estava. Ao retornar ao salão, um dos monges copistas me disse: – Ele está lá dentro. – E, apontando a porta de entrada das salas internas, acrescentou: – Mas, deve voltar logo, ele não fica lá por mais de duas horas seguidas e está lá há quase esse tempo.

Comecei a ajudá-lo com as ilustrações e, cerca de vinte minutos depois, abriu-se a porta e surgiu LeClerk. Ao me ver, fez um sinal, fui em sua direção e nos encontramos em sua salinha. Ele me disse: – A sala 16 está preparada para você entrar. Coloquei também aquela pequena poltrona, para você descansar, e um privilégio especial: uma jarrinha de água para que não precise sair dali. Beba toda a água, não deixe uma gota e me entregue a jarrinha quando eu for buscá-lo. Vamos lá. Hoje você fica até o meio da tarde, quase cinco horas! – Ele me desejou bom trabalho e saiu em direção à porta de entrada das salas internas, e eu atrás dele.

Ao entrar no espaço anelar, caminhamos na mesma direção de antes, por cinco minutos, ele, à frente, balançando suas chaves, no prendedor grudado às suas vestes. De repente, ele diminuiu as passadas, virou à direita e, um pouco recuado, havia uma porta quase despercebida, visto que a luz refletida dos jogos de espelhos ali não penetrava. Eu estava crente que havíamos chegado à sala 16, mas ainda não. Ao abrir a porta, ele me disse: – Aproxime-se mais de mim. – E prosseguiu com a caminhada. Era um labirinto de entradas e saídas de corredores distintos e, após cerca de dez minutos nessa caminhada, em ziguezague ascendente, quase no escuro (ali a luz entrava fraca, mas entrava), ele abriu uma porta e anunciou: – Aqui é a sala 16.

Olhei para o teto e vi o jogo de espelhos, clareando todo o salão em luminosidade ímpar. Adentrei o espaço e respirei profundamente. LeClerk informou: – Ela é um pouco menor do que a primeira que visitou, mas aqui você encontrará a grande maioria dos livros escritos na época de Jesus, em seus originais ou cópias mais antigas. Tenha cuidado com o manuseio. Não traga a jarrinha de água para cá. Ela fica lá fora no banquinho ao lado da poltrona. Bom proveito. E saiu, sem olhar para trás.

Fui caminhando lentamente, em direção às prateleiras e armários, e puxei a cadeira para perto de mim, um pouco ainda longe das paredes das estantes e arquivos. Comecei a estudar a distribuição dos livros e notei que, na verdade, havia muitas gavetas e escaninhos nas prateleiras. Levantei-me, com reverência, e caminhei, sem pressa, em direção a esse sagrado arquivo. Olhei os livros, havia quase duas centenas, e decidi começar pelas gavetas, que eram típicas de armazenar pergaminhos. Ao abrir a primeira, vi que era profunda e ali estava um único rolo bem volumoso. A segunda gaveta continha dois pergaminhos. A terceira, somente um, e as duas seguintes, dois, e assim sucessivamente.

Havia vinte e cinco pergaminhos no total. Voltei à primeira gaveta e retirei o documento ali guardado. E notei que ali estava escrito: Marcos – e estava em aramaico! Abri a segunda gaveta e retirei seus dois pergaminhos. Estavam identificados como *Marcos*, latim, e *Marcos*, grego. Recoloquei-os no lugar, fechando as gavetas. Abri, seguidamente, as demais e constatei que se tratava dos Evangelhos de Mateus, Lucas e João, em aramaico, latim e grego, nesta ordem. Interessante que, na primeira gaveta referente a Lucas, estava o pergaminho em grego, depois o Evangelho em aramaico e, por último, a versão em latim. Eu estava frente a frente com as cópias mais antigas e, portanto, mais fiéis dos Evangelhos de Jesus. "De quando seriam essas cópias"? – falei alto e em bom som. E, antes de passar às gavetas seguintes, decidi não as abrir e voltar às de número 1 e 2 e analisar, mais detalhadamente, esses três pergaminhos. Ao retirar o que estava na gaveta 1, vi que havia pequena placa metálica, presa em seu lado inferior, onde estava escrito: 63 AD. Meu Deus! Eu tinha a informação de que as cópias mais antigas de todos os Evangelhos conhecidos eram posteriores ao ano 300, e no idioma grego! E ali eu tinha uma cópia em aramaico do ano 63 AD!

Resolvi ver as plaquinhas das demais gavetas e apurei que os escritos atribuídos a Mateus eram de 72 AD; os de Lucas, do ano 81; e o de João, de 110 AD. Minha surpresa era total. Os atribuídos a Marcos, Mateus e João estavam em aramaico e o de Lucas, em grego. Com toda a reverência, recoloquei as cópias nas gavetas, fechei-as e caminhei de volta à poltrona, ali me acomodando. E passei a uma prece. Minha oração foi direcionada aos monges bibliotecários que, ao longo desses mais de mil anos, tinham conseguido identificar, selecionar, recolher e armazenar todo esse imenso cabedal de conhecimentos. Não tinha dúvidas das imensas dificuldades que eles enfrentaram, não somente para identificar os documentos, mas para armazená-los adequadamente e protegê-los da decomposição pela umidade e roedores.

Certamente, tiveram o suporte de engenheiros e arquitetos para a construção dessas enormes bibliotecas, com toda a parafernália para controle de luz, ventilação e umidade. Deve ter havido alguns mecenas que entenderam a profundidade, seriedade e necessidade dessa preservação, e os ajudaram. E tudo em segredo, de forma que as pessoas do clero, a maioria, infelizmente, não comprometida com as verdades de Jesus, mas sim com o poder, não pudessem destruir tais documentos, vulgarizar e deturpar os ensinos de Jesus. "Meu Deus, abençoe essa sociedade secreta dos bibliotecários e guarde-os para sempre"!

Ainda sentado, senti que emoção enorme chegava à minha alma, e comecei a chorar por alguns segundos, com lágrimas brotando de meus olhos, descendo pelas faces e, ao abrir os olhos, vi duas figuras diáfanas à minha frente, que foram pouco a pouco se tornando mais visíveis; não me assustei, simplesmente estava um pouco surpreso, pois, em outras ocasiões, tive experiências similares, que atribuí à minha excitação exacerbada. Mas, naquele momento, não estava em estado semelhante, pelo contrário, sentia-me muito calmo. Analisei as duas figuras e reconheci Wycliffe e Jan Huss, que olhavam para mim! Foi muito fácil reconhecê-los, pois eram exatamente iguais às suas pinturas gravadas naquela época, apenas mais maduros e muito serenos. Suas expressões eram sérias, mas muito amistosas. Wycliffe falou primeiro: "Irmão Frei Ignácio de Castela, tem uma tarefa portentosa à sua frente. Tome todo o seu tempo aqui. Não é necessário que você visite mais qualquer outra sala. Aqui está tudo o que você precisa saber". E Jan Huss complementou: "Antes de começar a estudar os documentos, procure os cadernos que nós dois deixamos aqui com nossas anotações. Serão de grande utilidade para você. E, por favor, continue o nosso trabalho; você saberá como, não se preocupe agora, somente faça seu trabalho". Wycliffe, então, disse: "Que Jesus e seus missioneiros de luz iluminem seus passos". E suas imagens foram se desvanecendo, até sumirem de vez.

Fechei meus olhos e agradeci a Deus pela confiança depositada em mim. Interessante é que estava repleto de paz e energia, o que há muito não sentia. Levantei-me da poltrona e me dirigi às prateleiras, à procura das referidas anotações dos *dois Joões*. Ao iniciar minha busca, parei um pouco e pensei: não, não é o momento, vou primeiro ver o que há em cada gaveta, ver os diferentes documentos e livros. Vou explorar essa riqueza e depois procuro as ditas anotações. Que interessante eles me orientarem a me dedicar a esta sala somente, e é assim que vou fazer! Realmente, estava ficando preocupado com o tempo exíguo e a diversidade de documentos que deveria procurar nas demais salas, mas após o direcionamento que recebera, estava com o tempo certo para explorar tudo o que precisava. "Obrigado, meus dois amigos Joões", falei em voz alta.

As outras gavetas

Passei a explorar as demais gavetas, abrindo-as sequencialmente, sem retirar os volumes, propriamente ditos, mas para me certificar tratar-se realmente de pergaminhos ou outro tipo de documentos. Todas as gavetas continham apenas pergaminhos, à semelhança das oito primeiras, cujos conteúdos eram os Evangelhos e suas traduções. Fechei todas elas, com exceção da primeira; retirei o seu pergaminho e lá estava escrito, para minha surpresa: *Tomé,* e a data era 53 AD! Estava em aramaico.

Era o primeiro apócrifo que eu via; era tão volumoso quanto os outros quatro pergaminhos das oito primeiras gavetas. Iniciei um processo metódico e anotava em um papel aquilo que considerava mais relevante e importante. Fui abrindo cada gaveta, inicialmente, retirando seu pergaminho, anotando o nome e as datas e, assim, sucessivamente, até a última gaveta. Minha surpresa foi total, pois ali havia em cada gaveta, individualmente, escritos de Maria, a Santa Mãe de Nosso Senhor, de Felipe, de Tiago, de Maria Madalena, de Pedro, de Judas Iscariotes (sim, de Judas, considerado traidor de Jesus!), de Matias, de Bartolomeu, um pergaminho, denominado, em grego, *Ipsis Sophia,* e outros, sem identificação do autor. As datas marcadas nas pequenas placas iam de 90 a 250 AD.

Todavia, muito me impressionou a existência dos escritos de Maria, mãe de Jesus, de Maria Madalena, aquela mesma que os Evangelhos contam que seria apedrejada por adultério (assim eu acreditava), e o de Judas Iscariotes! Sim, existia um pergaminho atribuído a Judas, ao traidor de Jesus. Meu Deus, o que não conteriam esses textos?

Quanto à identificação dos pergaminhos, havia aqueles com nomes e datas, além de outros, sem nomes, mas com datas. Verifiquei que aqueles sem identificação eram todos datados de 200 a 250 AD, mais atuais do que os outros todos, que datavam, em sua maioria, do primeiro século do Cristianismo. Com reverência, guardei os pergaminhos, fechei as gavetas e comecei a apreciar os livros nas prateleiras.

Havia uma estante destacada, bem separada das demais, contendo arquivos que, aparentemente, se relacionavam entre si, nas suas diferentes prateleiras. Tomei o primeiro livro, o mais volumoso – *Imperador Justiniano e Imperatriz Teodora, Concílio de Constantinopla II*, volume 1. E havia outros quinze livros, mais ou menos volumosos, como volume 2, volume 3, até o volume 16. Recoloquei os livros em seus lugares devidos e percorri a prateleira de baixo. De maneira similar, havia três livros, bem volumosos, também sequenciais, cujo título era *Orígenes e Ário*. Já bastante curioso com a tal estante, olhei a prateleira inferior, onde havia outros cinco volumes sequenciais, com o título *Imperador Constantino e o Concílio de Niceia*.

Sustentado pelos meus conhecimentos de teologia e de estudos particulares em diversas bibliotecas religiosas, eu podia relacionar os imperadores romanos Justiniano e Constantino como envolvidos e participantes da Igreja Católica nascente, nos primeiros séculos do Cristianismo. Ao mesmo tempo, eu tinha algum conhecimento sobre Orígenes e Ário – dois teólogos também daquela época – e sabia que tinham sido considerados hereges pela Igreja Católica. Mas, por que o nome da Imperatriz Teodora, a esposa do Imperador Justiniano? E por que estavam nesta mesma sala secreta, ao lado das cópias mais antigas dos Evangelhos e escritos apócrifos dos apóstolos e seguidores de Jesus? Por que eles seriam tão importantes assim? Estariam, de certa maneira, relacionados entre si? Resolvi parar um pouco; sentei-me na poltrona, que estava bem afastada das prateleiras, bebi um pouco de água e fechei os olhos em oração. Já sabia o que havia ali, então, chegara o momento de procurar os caderninhos de anotações dos *dois Joões*.

Ao me levantar, escutei certo ruído atrás de mim, era LeClerk, entrando e dizendo-me que era tempo de sair, pois as cinco horas já haviam passado. Eu disse: – Obrigado meu amigo, o tempo voou. Amanhã continuo aqui. – E saí em sua direção. Ao chegar à porta, parei, voltei atrás e fiz um movimento de reverência, de respeito aos *dois Joões* que, certamente, estavam ali, invisíveis aos nossos olhos de carne. LeClerk olhou-me de maneira curiosa, sem dizer uma só palavra, e saímos.

Os cadernos de Wycliffe e Jan Huss

Ao chegar à nossa casinha, lá estava o Irmão Benedetto que, ao me ver entrar, deu-me lugar em uma cadeira, ao lado de uma mesinha tosca que tínhamos, e esperou que me sentasse, como fazia rotineiramente. Sentei-me e lhe disse: – Irmão Benedetto, vamos nos concentrar, exclusivamente, na sala 16 até o final de nossos trabalhos. – Irmão Benedetto, embora surpreso, pois inicialmente estava previsto averiguar todas as salas, mas sabendo que minhas decisões quase sempre eram sensatas, replicou: – Você deve ter motivos para isto, e se é para ser assim, assim será. – Levantou-se, pegou um bule com chá de camomila, sabendo que eu tanto gostava, especialmente após um dia assim tão cheio, serviu-me uma pequena xícara, além de fatias de queijo. Ele esperava que eu elaborasse algo sobre o meu dia e explicasse por que me havia decidido somente pela sala 16. Após alguns minutos, saboreando o chá com queijo amarelo, especial da região da Áustria, contei-lhe o que se passara com a visão dos *dois Joões* e a orientação deles. Eu esperava que ele se surpreendesse ou me refutasse, mas ele, simplesmente, disse: – Ótimo, assim, você pesquisa com bastante calma, pois temos mais de seis meses à nossa frente e, se Deus assim o quer, assim será.

Era o Frei Benedetto falando, sempre com sua fé inesgotável nas decisões de Deus, independentemente de seus pensamentos próprios. Ele, com frequência, me dizia: – Não cai uma gota de chuva, não cai uma folha de árvore, sem a permissão de Deus. Há muito que não entendemos, mas uma coisa eu sei no íntimo de minha alma, que Deus tem o tempo Dele, que é diferente do nosso, que Ele nunca faz as coisas pela metade... – E complementava: – É que nós não estamos ainda preparados para conhecer Sua Sabedoria e Seus Motivos. Eu invejava a sua fé em Deus, pois eu constantemente questionava o porquê das diferenças sociais, das doenças em pessoas tão boas, das crianças nascerem defeituosas, outras cegas, por que, por que, por quê? E ele me dizia, bonachão: – Ainda não sabemos a resposta, mas que há uma razão, certamente há e será justa, pois Deus é justo.

Contei-lhe sobre minhas pesquisas nas gavetas e nas estantes e ele, depois de tudo, me revelou: – Eu realmente gostaria muito de saber acerca dos escritos de Maria, Mãe de Jesus, e de Maria Madalena. E, a respeito de Judas Iscariotes, eu nunca poderia imaginar que ele escrevera também sobre Jesus, que há um evangelho dele! Isto, para mim, é inebriante. Que notícias estes todos não trarão de Jesus? As impressões de Sua Mãe Maria, da mulher equivocada, e até do traidor! O que não conterão esses textos? E por que eles foram banidos? Ah! Irmão Ignácio, terá muito o que me contar.

Terminei meu chá e resolvi ir para a cama. Esperava que, depois de um dia de emoções intensas, eu pudesse descansar melhor. Agradeci a Deus pelo dia, fiz minhas orações diárias e me deitei. Dormi profundamente, sem sonho algum. Acordei muito bem-disposto e fomos para o café da manhã, para nossa lida diária, de ajuda nos serviços rotineiros e de manutenção do Monastério. Bem cedo, ao abrir-se o *Scriptorium*, lá estava eu, ao lado de LeClerk, que continuou a fazer seu trabalho sem me dar atenção. Fui às mesas dos escribas que estavam desenhando algo e os ajudei, como frequentemente o fazia. Depois de duas horas, mais ou menos, LeClerk me chamou e nos dirigimos à porta de entrada dos salões internos. Como habitualmente, todos os escribas pararam seus afazeres e nos seguiram com o olhar. Durante quase vinte minutos de caminhada, no espaço anelar e nos labirintos das salas e portas, sem dizer uma palavra, chegamos à sala 16. Dessa vez, ele não entrou, me deu um "tapinha" nos ombros, esperou-me entrar, fechou a porta e saiu. Esbocei um sorriso, ao entrar na sala, pois já estava me acostumando com os jeitos e modos de LeClerk, e minha admiração por ele aumentava ainda mais.

Nos dias anteriores, naquela sala, eu quase havia identificado onde estavam os cadernos de Wycliffe e de Jan Huss. Estavam separados de todos os demais livros, em duas prateleiras. Observei a prateleira superior, que continha seis volumes de cadernos manuscritos, em inglês, e constatei que eram de Wycliffe. Na prateleira de baixo, havia oito cadernos; abri o primeiro, escrito em latim, como os demais volumes. Ali estavam os escritos de Jan Huss. Com respeito e reverência, comecei a leitura do primeiro caderno de Wycliffe, pensei que seria natural, pois fora ele quem viera primeiro a Melk.

Capítulo 7

Os cadernos de Wycliffe

O seu primeiro caderno começava com uma espécie de oração, sob a forma de pequeno diário, similar a um desabafo, e, em suas letras, algumas vezes, notava-se certa angústia. Vou descrever, a seguir, essa espécie de introito aos seus cadernos. Como sabem, minha memória registra e guarda tudo e, assim, vou transcrever o texto.

"Meu Pai, meu Deus, aqui é João, que se dirige a vós. Depois de meses pesquisando, revisando e, ao final, chegando às conclusões a que cheguei, peço-Vos que me orienteis como prosseguir, com qual velocidade e com qual conteúdo. Antes de vir para cá, eu tinha uma grande angústia por nunca descobrir as respostas às perguntas que sempre me perseguiram e aos meus fiéis: por que, Pai, por que tanto sofrimento no mundo? Por que tanta desigualdade, por que as doenças tão calamitosas, por que alguns nascem em berço de ouro e outros na imensa miséria? Por que raças são escravizadas por outras, por que a religião e a cor da pele causam tanto repúdio e discriminação? Por que a Igreja, que supostamente é o caminho da salvação, está tão desviada e seus representantes maiores, supostamente representantes de Seu Filho Jesus, estão assim corrompidos e vivendo no luxo, quando há imensidões passando fome? Por que os ricos teriam o privilégio de ir para o Paraíso, e os pobres não?

Meu Pai, muitas vezes, eu acreditei que tinha fracassado em passar a mensagem de Seu Filho aos meus fiéis, e que minha fé se desvanecera, pois, eu não conseguia mais aceitar os dogmas tão contrários aos Seus ensinamentos, muitos deles inventados e criados para a manutenção do poder sobre o povo fiel ignorante. Pedi perdão a Vós, acreditando estar errado, e comecei a pregar aquilo que acreditava e que estava nos Evangelhos de Jesus. Preguei com alma e com dedicação, vi crescer a afluência à minha Igreja e tive certeza de que estava no caminho certo. Mas, o poder do clero quer calar-me. Antes que isso ocorra, vim para cá, para terminar minhas pesquisas e ler, na fonte, tudo aquilo que me chegou pelos sonhos e visões que tive, ou por sonhos que tive acordado, não sei como defini-los. Aliás, a *Bíblia* está cheia desses momentos de visões de Seus Profetas. Não foi a visão de Vossa Presença como um arbusto em chamas que chamou a atenção de Abraão para sua missão? Não foi em sonhos que José foi informado da gravidez iluminada de Maria? Eu me lembro muito bem da primeira visão, já há alguns meses, quando eu estava com aquela febre, depois de uma prédica que fiz na minha Igreja.

Eu fora muito contundente contra alguns dogmas e, principalmente, contra a venda das indulgências. Disse, pela primeira vez, aos meus fiéis, que o Purgatório era invenção dos homens e que nada havia, nas *Sagradas Escrituras*, que provasse estar eu errado. E eu completava dizendo que o amor de Deus é tão imenso que somente Ele pode nos levar ao Paraíso, pois Ele nos conhece no íntimo. E fui mais além, quando acrescentei que até o Inferno não existe, pois Deus é Pai, portanto, não castiga ninguém pela eternidade. Meu Pai, como estas palavras caíram profundas no coração dos meus fiéis! Percebi, nas lágrimas agradecidas de muitas mães, a esperança de que seus filhos, alguns já mortos por alguns crimes cometidos, pudessem ser perdoados por Deus e não ir para o Inferno. Mas, eu sabia, meu Pai, que faltava algo, algum ensino de Seu Filho que pudesse explicar todas essas incoerências dogmáticas e, principalmente, a Justiça Divina. Após aquele discurso inflamado, cheguei em casa, febril, lembro-me bem.

A Irmã Piedade, que cuida de meus poucos pertences e de meu quartinho, veio trazer-me um caldo quente e me forçou a tomá-lo todo. Ela me disse que eu precisava dormir, pois estava muito vermelho e a temperatura da cabeça, alta. Ela me deu um chá de ervas com mel das abelhas que circundavam nossa casa, e dormi imediatamente. Ou acreditei ter dormido, pois a vi perfeitamente passando um pano úmido na minha testa, mas eu estava de pé, ao lado da cama. Eu vi o meu corpo deitado, corpo cansado, e senti a preocupação no rosto terno da Irmã Piedade. A sensação era estranha, mas me senti leve e fechei os olhos, e me vi voando. Na minha mente, cenas de um passado muito longínquo, e a Palestina começou a se descortinar à minha frente. Vi quando parei numa pradaria, no alto de um monte, que julguei ser em Jerusalém e no Monte das Oliveiras; reconheci-me sentado, recostado numa árvore, enquanto um ancião caminhava em minha direção. Ele estava vestido feito um rabino judeu, com as trancinhas de seu cabelo branco caindo por debaixo do chapéu. Aproximou-se e sentou-se próximo a mim, sem qualquer dificuldade, apesar de sua avançada idade. Então me disse: 'João, meu amigo João, deve estar um pouco surpreso por tudo isto que está acontecendo com você, mas não fique assim, não. Tudo pertence a um Plano Divino, de que você é parte fundamental, e do qual eu também participo.

Meu nome é Gamaliel e fui um rabino, parte da direção do Sinédrio que condenou Jesus por blasfêmia e heresia. Conheci Jesus pessoalmente, mas não pude, ou não o quis seguir, pois já estava muito velho, às vésperas de minha jubilação, mas que tinha visto Nele, no início de suas prédicas em Jerusalém, um novo profeta somente. Mas, com o tempo, e depois de sua morte, por orientação de Nicodemos, outro amigo rabino, fui ter com Pedro, seu discípulo e, após várias visitas e longas conversas, Pedro me passou às mãos alguns escritos sobre Jesus, e então constatei como eu estava errado. Ele não era um profeta, mas sim o Messias, que veio cumprir as antigas profecias e nós, eu inclusive, não o tínhamos entendido nessa profundidade. Somente Nicodemos e eu não condenamos Jesus, quando ele foi julgado à noite, por representantes do Sinédrio.

Nós dois conversávamos muito sobre aquele homem, e meu amigo um dia me disse que tinha tido um encontro, às escondidas, com Jesus, e que ele tinha saído dali assombrado e totalmente convencido de que Jesus era o Messias, mas como levar isso aos superiores? Eu pensava que

Nicodemos estivesse sugestionado, muito impressionado pela figura de Jesus, mas que era o Messias, nisso eu não acreditei. Mas, que era um novo profeta, nisso sim, eu acreditava! Como estava eu enganado.

Caifás, nosso líder, era jovem, e os mais velhos, a ponto de se aposentarem, éramos somente Nicodemos e eu. Os demais rabinos, bem mais jovens, não estavam preparados para a chegada daquele Messias (e na verdade nem eu). Contudo, votamos contra sua condenação. Ele, para mim, era um santo profeta e não merecia condenação alguma. Sabe, João, Nicodemos foi mais além. Pediu a palavra e disse da inocência daquele homem, defendendo-O veementemente, mas nunca afirmando que Ele poderia ser o Messias; não tocou no tema, só O defendeu, mostrando Sua limitação de ação, que Ele não apresentava risco algum para Israel, nem para Roma. Quando ele parou, eu me levantei e continuei: Eu não vejo erro algum neste homem, deixemo-Lo livre. Já basta Roma aprisionar nossos jovens, por que nós vamos entregar-lhe outro inocente? Ele não é ameaça a ninguém. Mas nada adiantou, pois Caifás era um zelador das vírgulas e dos entendimentos extremistas da Lei e pressionou todos os demais rabinos mais jovens a se pronunciarem, e todos, sem exceção, condenaram aquele Homem.

O restante da história de Jesus você bem conhece. Esta foi uma introdução, para dizer que você está sendo intuído em sonhos, devido às suas inquietudes dogmáticas. Você vai aprender muita coisa, nessas viagens visionárias que tem feito, e será intuído e orientado nos seus passos imediatos e futuros'.

O velho rabino levantou-se, abençoou-me e disse: 'Vá de volta, descanse e pense muito neste nosso encontro. Haverá mais um comigo, antes de você iniciar sua missão mais profunda. Por agora, diminua o ataque ao Clero, dê um passo atrás... não retire nada do que disse, simplesmente fale agora das benesses do reino de Deus, que Deus é imensamente justo e bondoso. A estratégia tem de ser mudada, para que o braço secular da Inquisição não o pegue, e nosso trabalho seja interrompido. Faça isso, e que Deus o guarde'.

O ancião saiu caminhando até desaparecer. Levantei-me, vi-me de volta à cama, num sobressalto, com a Irmã Piedade sentada próximo, velando meu sono; ela se levantou e me disse: 'A febre estava alta, mas já passou, o Senhor Padre deve ter tido alguma alucinação, pois seus olhos se mexiam rapidamente'. Eu disse a ela: 'foram sonhos, interessantes sonhos. Obrigado por ter estado ao meu lado'. Ela se levantou e saiu. Em seguida, eu tomei um banho, troquei de roupa e passei a refletir em tudo o que se passara no meu sonho. E, atendendo às recomendações de Gamaliel, mudei de estratégia, e as reações do clero foram mais suaves, me deram algumas admoestações e nada mais grave. Eu continuei em minhas pesquisas, chegando a posições muito fortes e fundamentadas contra alguns dogmas da Igreja, mas antes que eu os veiculasse, detive-me um pouco e pensei: onde estaria Gamaliel, e de que Plano Divino eu estaria fazendo parte?

Algumas semanas depois daquele sonho, uma noite eu tive novamente as mesmas sensações de febre. Nada disse à Irmã Piedade, antes me recolhi, entrando em sono agitado, e logo a cena se repetiu: vi-me fora do corpo, flutuando ao seu lado, e imediatamente uma força, tal qual um vendaval, levou-me para outro lugar. Dessa vez era no Egito, pois vi ao longe as Pirâmides e, em seguida, eu me vi numa praia caminhando, sozinho, longe de tudo. Senti a aproximação de alguém, era um padre, com a barba bem grande e um crucifixo largo no peito, que me disse: 'Que bom vê-lo de novo, amigo João, temos muito o que falar'. E eu respondi: 'Perdão, mas não me lembro de tê-lo conhecido'. E ele me disse, com um sorriso um tanto enigmático, seguido de um riso aberto: 'Desculpe-me, sou Orígenes de Alexandria, você já deve ter lido a meu respeito'.

E era verdade, como teólogo, os livros de Orígenes me foram importantes, apesar de que não concordara com algumas de suas posições, para mim um tanto extremadas. O velho sacerdote, então, continuou: 'Sou da terceira geração de apóstolos de Jesus, tendo nascido cerca de cento e cinquenta anos depois de sua morte infame na Cruz. E a minha maior tristeza, durante meu sacerdócio, foi ver que os ensinamentos de Jesus foram manipulados por alguns novos líderes daquela religião que estava crescendo assustadoramente, aos olhos do poder do Império Romano.

Eu pertencia ao grupo de seguidores de Jesus que sabiam de seus ensinos secretos aos apóstolos, também dos ensinos passados aos apóstolos pelos enviados de Deus, durante o período de preparação para o Pentecostes, logo após a morte de Jesus. Esse grupo de iniciados se contava a quase mil pessoas em todo o mundo. Tínhamos um código secreto, transmitido por meio do toque das mãos, de frases especialmente escritas em nossas cartas e discursos, para nos apresentarmos e nos identificarmos uns aos outros. Era sabido que esses ensinamentos não podiam ser conhecidos por todos, pois o mundo ainda não estava preparado para utilizá-los. Isto era verdade no tempo de Jesus, no meu tempo e é, até hoje, no seu tempo. Mas, em poucos anos esses ensinamentos voltarão, e o mundo estará preparado para que as verdades de Jesus sejam restauradas, em toda a sua plenitude. Você, meu caro João, é uma das pessoas que fazem parte da Equipe Divina para essa restauração. Não foi ao acaso sua vocação sacerdotal, nem sua inquietude pela causa do sofrimento humano e das aparentes injustiças sociais. Você é um dos escolhidos. Outros virão e você irá preparar o caminho deles'.

Nesse momento de pausa, eu perguntei com reverência: 'Apóstolo Orígenes, como fazer isso, como conseguir esses ensinos de Jesus? Não conheço quem possa ter esse conhecimento; se ele existe, está escondido'. O apóstolo, carinhosamente, respondeu-me: 'A determinação de manter os ensinamentos secretos de Jesus em sua pureza sempre foi a nossa maior preocupação, como iniciados. Depois de nos reunirmos durante várias oportunidades, resolvemos que dois originais de tudo o que tínhamos seriam guardados aqui na Biblioteca de Alexandria; esta tinha sofrido um incêndio há alguns anos, sendo totalmente restaurada, com sistemas de proteção mais seguros contra o fogo. E o bibliotecário sênior, que é também um iniciado, guardaria ali não só esses ensinos, mas pelo menos três cópias mais antigas de todos os escritos dos primeiros apóstolos sobre Jesus, que depois foram chamados de Evangelhos'.

Orígenes complementou afirmando que havia mais de cem escritos sobre Jesus! Foi, então, que lhe perguntei: – Mas, a biblioteca pegou fogo ou foi incendiada por fanáticos religiosos?

– Na verdade, ninguém sabe – respondeu ele.

– E esses escritos se perderam? perguntei.

O apóstolo carinhosamente retrucou:

– Alguns, sim, mas a maioria foi preservada, pois o bibliotecário sênior, preocupado com o exíguo número de cópias, obedeceu ao seu código de honra e resolveu fazer mais duas cópias, enviando-as às outras bibliotecas existentes fora do Egito. Suas ações foram acertadas, pois no ano de 391, logo após o Imperador Teodósio ter declarado o Cristianismo como a religião oficial do Império Romano, ele mandou destruir ou transformar todos os templos pagãos em Igrejas. A Biblioteca de Alexandria foi totalmente destruída, infelizmente, para ceder lugar a uma Igreja.

– Contudo, antes de sua destruição, o bibliotecário enviou aqueles originais para outros locais seguros e secretos, algumas pequenas bibliotecas escondidas em subterrâneos de monastérios, mas todas controladas pelos bibliotecários com seu código de honra. Esses escritos foram todos passados intactos e totalmente preservados, pois que elaborados em pergaminhos da mais alta qualidade, cujo preparo veio dos tempos dos faraós.

– Hoje, mais de mil anos se passaram, e eles estão guardados na biblioteca do Monastério de Melk, na Áustria. Então, meu caro João, agora é seu momento. Esses escritos estão em uma sala interna secreta, e somente o bibliotecário conhece a existência, a sala de número 16! Lá estarão todas as cópias de tudo o que falamos aqui.

Fiquei assustado com a responsabilidade, mas foi momentânea a minha reação. E lhe falei:

– Apóstolo amigo, vou vê-lo de novo? E Gamaliel?

E ele me respondeu com outro sorriso enigmático:

– Sim, quando começar seus trabalhos, estaremos com você, Gamaliel e eu. Vá e comece de verdade agora a fase dois de sua missão. A fase um foi esta que você fez, mexendo com os alicerces dogmáticos equivocados da Igreja. Agora vem a fase dois. Estaremos com você.

O apóstolo egípcio sorriu, tocou com suas mãos a minha testa, e eu acordei de um salto em minha cama. Acendi uma lanterna, procurei a bilha de água e tomei um copo bem grande, vagarosamente. E disse a mim mesmo: 'Parto semana que vem para a Áustria. Vou deixar as pendências de solução alinhavadas e ficar lá alguns meses'. Ao me deitar de novo, veio à minha mente: 'Como vou pedir ao bibliotecário para ver a sala 16? Qual será a reação dele? Ele me autorizará'? Quando chegar a Melk, vou registrar em um caderno isso tudo que se passou, para deixar a quem vier depois de mim, e facilitar seu trabalho."

Essas foram as palavras do introito dos registros de Wycliffe, meu caro leitor e minha cara leitora. Como vocês podem imaginar, eu estava excitadíssimo e comecei a investigar o restante dos livros nas prateleiras, com muito cuidado e atenção.

Vi o que ali havia, reordenei tudo à minha maneira, para referenciar bem mais onde estava cada documento, e reiniciei a leitura dos cadernos de Wycliffe. Foram dois meses de intenso estudo e pesquisa. Primeiramente, li todos os seis cadernos e, depois, os documentos a que eles se referiam. A sala 16 era de uma riqueza ímpar de conhecimentos. Com a orientação de Wycliffe, descobri que, para cada pergaminho original em aramaico, havia uma tradução em latim e outra, em grego. Pude observar que tais traduções teriam sido feitas pelo mesmo grupo de monges, pois as datas de todos coincidiam, variando entre os anos 120 e 130. Assim, se encerrava minha preocupação de ler todos esses Evangelhos no original em aramaico. Sou fluente em hebraico, mas há uma diferença importante entre esses idiomas, apesar de sua semelhança na escrita.

Sempre soube que o aramaico falado rapidamente difere, significativamente, do hebraico. Mas, quando se analisam os textos nestes dois idiomas, pode-se ver que se assemelham. Por minha vez, pensei: "Talvez eu possa recorrer ao original aramaico, em caso de dúvida na minha leitura em grego ou em latim". Porém, ao manusear alguns desses textos em aramaico, percebi algo a que não tinha me atentado: nos escritos em pergaminho não havia pontuação gramatical alguma; não havia pontos, vírgulas e letras minúsculas. Portanto, somente as pessoas bem letradas e conhecedoras do tema poderiam ler e entender o que estava escrito. Esse aspecto acrescentaria uma dúvida importante às minhas futuras leituras, pois sabemos que, se mudarmos a pontuação de uma frase seu sentido pode mudar completamente. A razão para tanto, da escrita direta e contínua, estava explicada por Wycliffe em um de seus cadernos. Havia três motivos para tal: o primeiro era de ordem econômica, pois tanto o pergaminho quanto as tintas eram caros. Em assim fazendo, economizava-se material. O segundo, que justificava a escrita direta objetivava que leigos e perseguidores do Cristianismo nascente tivessem dificuldade de colher provas contra os ensinamentos de Jesus, pois eram difíceis de ser lidos. E o terceiro motivo – para que somente os reais conhecedores dos ensinos de Jesus pudessem ensiná-los –, o que dava certa chancela à origem desses documentos, de modo que pudessem circular e ser copiados.

Pude, assim, ter o original em um extremo da mesa e a tradução, em grego e latim, no outro. Essas traduções eram cópias fiéis da versão em aramaico, palavra por palavra, sem pontuação nem minúsculas, uma escrita contínua. Vejam vocês a riqueza de ensinamentos que eu tinha ao meu alcance. Gostaria de ressaltar que Wycliffe tinha total ciência da incompletude de seu trabalho, ao esgotar seu tempo em Melk, tanto que escreveu, em seu último caderno:

"A você, que virá após mim, continue minhas pesquisas, com a orientação que estou deixando. Com certeza, você encontrará o restante das respostas. O que eu descobri é suficiente para o trabalho imenso que devo realizar. Minhas angústias, em sua maioria, já foram sanadas e respondidas. Existe a possibilidade de que, após a publicação dos meus escritos, eu seja condenado pela Inquisição. Mas, não importa. Tenho que fazer aquilo que me cabe. Boa sorte, meu amigo sem nome". Ele terminou assim, e eu disse a mim mesmo: "Tem nome agora, é Jan Huss"!

Um tempo de reflexões

Antes de iniciar meus estudos dos cadernos do outro João, o da Boêmia, concluí que precisava refletir sobre todo o conteúdo lido, anotado e escrito, com a ajuda de Benedetto. Ele, tanto quanto eu, estava impressionado com todas as descobertas de Wycliffe e de suas conclusões, e eu ainda tinha de amadurecê-las em meu ser. São descobertas fundamentais para o futuro da Igreja Católica, não da religião cristã, mas da Igreja, sim, pois eu não via como as tradições dogmáticas e milenares do poder eclesiástico pudessem ser revisitadas, nem eu estava seguro de que isso pudesse ocorrer sem sobressaltos importantes. Mas Wycliffe teve seus momentos de alguma irreverência, pois no último caderno, logo no início, ele conta como conversou com o bibliotecário de Melk acerca da sala 16. Vou transcrever suas próprias palavras.

"Cheguei a Melk em meio ao inverno deste ano de 1370 e me apresentei ao monge principal, o Abade Willberg, dizendo-lhe que estava ali a serviço da Universidade de Oxford, para pesquisas teológicas em outra tese para meu segundo doutorado. O Abade Willberg me recebeu muito bem e disse, de maneira um pouco jocosa: 'Você então deverá trabalhar muito nas salas da biblioteca, a principal e as internas; você sabe que terá que convencer o bibliotecário de suas necessidades, e posso adiantar-lhe que o monge LeBastian, que é como se chama o bibliotecário, não costuma atender a estes pedidos, ou quando muito, ele permite visitar quatro salas, das doze que temos. Quanto tempo você planeja passar aqui'? E eu respondi: 'Quatro meses'. O Abade esboçou um sorriso e me disse: 'Pode ser, pode ser...' Ele pediu a outro monge que o estava assistindo para me levar à cela em que eu ficaria, e me ensinar os caminhos do monastério.

No dia seguinte, fui visitar a biblioteca e me apresentei ao bibliotecário LeBastian, solicitando falar-lhe a sós, em seu pequeno despacho de trabalho. O bibliotecário olhou-me com certo grau de autoridade, com pouca atenção e disse: 'Espere-me lá', apontando com o queixo sua salinha. Encaminhei-me ao local indicado, puxei uma cadeira e comecei a ver dali os trabalhos dos monges copistas; tinha uma visão ampla e panorâmica de modo a alcançar todos em suas mesas e bancadas. Notei, sobre sua mesa, uma pequena luneta, provavelmente destinada a acompanhar de perto os trabalhos dos copistas, sem que eles percebessem. Muito inteligente, eu pensei. Após quase uma hora, chegou LeBastian e sentou-se em sua cadeira, tendo a mesa entre nós. E ele, sem me olhar, disse: 'Então, está aqui para uma segunda tese de doutorado e quer visitar as salas internas?' Ao que eu respondi: 'Não, na verdade, não vim aqui para isso. Esta foi a explicação oficial de minha visita, mas nada tão longe da verdade'. Ele parou o que estava fazendo e me perguntou:

'Então, por que você veio à biblioteca?' Eu disse, abertamente: 'Preciso estudar os arquivos da sala secreta escondida número 16!' A expressão de espanto e de surpresa foi tal que tive o ímpeto de dar uma gargalhada, mas me contive. 'Sim, irmão LeBastian, sala 16. Preciso de todo o tempo possível lá dentro'. LeBastian levantou-se, caminhou pelo pequeno despacho, por alguns longos minutos, e respondeu: 'Quando recebi o encargo de ser o novo bibliotecário, Monsenhor Pazeck, que estava saindo, me deu as últimas instruções: *Um dia alguém poderá vir para ver a sala 16. Não pergunte nada e deixe-o entrar; é uma instrução que vem sendo passada de um para outro, desde a inauguração desta biblioteca. Se tem a informação da sala, é por ser digno do que está dentro. Deixe-o passar.* Eu nunca pensei que seria no meu termo essa visita. Ninguém sabe dela, ninguém'! E complementou: 'Desculpe-me pela minha arrogância inicial, vamos lá, levo-o à sala 16'.

LeBastian foi um fiel companheiro e tornou meu trabalho mais suave. Colocou uma poltrona e uma cadeira com uma mesinha à minha disposição na sala 16 e nunca, em momento algum, perguntou algo, nem como eu soube da existência da sala nem dos resultados de minhas pesquisas. Muitas vezes, quando eu saía cabisbaixo lá de dentro, ele me acompanhava até fora do *Scriptorium* e me dava algumas folhas de chá, dizendo: 'Para você acalmar seu coração e clarear sua visão. Descanse com Deus'. E caminhava para dentro de seu despacho.

Eu posso imaginar a reação do bibliotecário de então, Monge LeBastian, como ele deve ter ficado surpreso. Porém, eles eram ótimos representantes de uma ordem especial, a que todo o mundo cristão deve muito. As muitas perguntas que inquietavam Wycliffe e que, ao final, levaram-no à descoberta da sala 16, pelas informações do Apóstolo Orígenes, eram basicamente as mesmas que eu faria. E todas elas se relacionavam à Bondade e à Justiça Divina.

Como suas respostas seriam justificadas, com tantas misérias e sofrimentos no mundo? O querido teólogo inglês iniciava seu Caderno 3 com as seguintes reflexões:

'Nunca entendi, de maneira adequada e lógica, muitas partes do *Antigo* e do *Novo Testamento*. Vou listá-las aqui, a fim de facilitar para você, que vem depois de mim; elas sempre estiveram em minha cabeça, desde os primórdios dos estudos sacerdotais. Sem uma sequência lógica, são estas as minhas dúvidas:

1. Por que Jesus, quando ressuscitou, somente se mostrou aos apóstolos e não ficou com eles todo o tempo? Por que ele aparecia e sumia?
2. Por que Jesus não se mostrou às pessoas e às autoridades, após sua morte, para provar que Ele tinha vencido a morte e era o Messias?
3. O diálogo de Jesus com Nicodemos sobre a vida eterna.
4. O diálogo de Jesus com seus apóstolos, após ter Ele descido do Monte Tabor, quando Ele esteve com Moisés e Elias.
5. A carta de Paulo a Tito, na qual ele afirma que a salvação vem com o batismo.
6. A carta primeira de Paulo aos Coríntios, quando ele fala da ressurreição do espírito.
7. A carta de Pedro sobre o pecado.
8. O diálogo de Jesus com os ladrões, quando da crucificação.
9. A incoerência de alguns textos evangélicos com a bondade, a tolerância e o perdão de Jesus.
10. As mortandades mandadas por Deus, registradas pelos profetas do *Antigo Testamento* Ezequiel e Samuel, também contidas no *Deuteronômio* e em *Números*, para citar somente alguns.
11. A morte de todos os primogênitos do Egito, a mando de Deus.
12. A fúria de Moisés, ao descer do Monte Sinai, mandando matar mais de três mil de seus seguidores.

E há tantas outras mais..., mas vou conseguir.'

Wycliffe continuou:

'Ao terminar esta lista, grande cansaço tomou conta de mim e resolvi parar por hoje. Já estava quase na hora da chegada de LeBastian e, pouco depois, lá estava ele, com sua barriga proeminente, à porta, esperando por mim. Ao chegar à minha cela, tomei um pouco de chá e fui deitar-me, cheio de dúvidas sobre como prosseguir; talvez fosse o cansaço ou um pequeno resfriado tomando conta de meu corpo, pois fazia muito frio lá fora; o interessante é que dentro da sala 16 a temperatura era constante, nem fria nem quente.

E sonhei que estava entrando na sala 16 e quem me acompanhava era Gamaliel, que me disse: *Irmão João, abandone todos os seus preconceitos e seja um absorvedor de conceitos novos. Em caso de dúvidas, procure comprovação em todos os documentos que você tem à sua disposição. E se a dúvida persistir, reze, que a intuição lhe chegará.*"

A ressurreição de Jesus

A ressurreição de Jesus é um dogma de fé da Igreja e seu maior sustentáculo. Wycliffe, no entanto, não estava satisfeito com as explicações dogmáticas e queria mais. Seus questionamentos eram totalmente válidos. Ele escrevia no seu Caderno 5:

'A ressurreição de Jesus se tornou um dogma da Igreja, e foi na verdade o que fez com que os apóstolos pudessem crer na vida eterna, pois Jesus tinha vencido o túmulo, e com isso seus apóstolos puderam espalhar seus ensinamentos. É muito estranho, pois se não fossem a morte e a ressurreição não existiria a religião cristã, e eu não estaria aqui, escrevendo para vocês. O mundo seria muito diferente, com os diversos deuses gregos, espalhados por todos os lados.

A ressurreição de Jesus tornou-se a parte mais importante da Igreja nascente e sua razão de ser. Mas, uma coisa sempre me fez pensar muito. *Os Atos dos Apóstolos* – e aqui os tenho à minha frente, mostrando que Jesus esteve com os apóstolos durante quarenta dias após sua morte, contudo, a presença física dele entre os apóstolos era esporádica. Ele aparecia fisicamente, com suas vestes e suas feridas da crucificação, durante poucos minutos ou talvez algumas horas, e depois desaparecia, ele não saía para algum lugar, ele simplesmente desaparecia! Essa peculiaridade de Jesus confundia muito os apóstolos, pois eles poderiam ter planejado mostrar a todos os judeus, ao Sinédrio que o condenara, e ao Poder de Roma, que o crucificara, que ele tinha vencido a morte, que estava de volta, e, portanto, que deveria ser seguido por todos. Todavia, não foi o que ocorreu.

Jesus certamente tinha outros planos – sua presença física não era o mais importante, mas a fé que deveria ser a alavanca do novo movimento. Mas, isso seria suficiente? Eu posso imaginar as dúvidas dos apóstolos, mais ou menos assim: Por que Ele não fica conosco e se mostra a todos? Alguns dos apóstolos poderiam ter pensado: "Eles – os do Sinédrio e de Roma – não vão acreditar e ainda vão pensar que temos outro apóstolo muito parecido e com isso estaríamos tentando enganar a multidão, o que poderia levar às novas perseguições ou até à prisão novamente deste *novo* Jesus". E as conclusões foram unânimes: "Jesus precisava desaparecer mesmo, mostrar-se somente a alguns poucos de nós. Mas, por quanto tempo Ele estaria conosco"? – eles poderiam ter pensado.

O apóstolo Tomé, aquele que somente acreditou na ressurreição após tocar o corpo de Jesus, tinha uma ideia muito peculiar a respeito do Mestre ressuscitado, a de que seu corpo era real, mas diferente de todos. Pois, ele foi o único a tocar o Seu corpo e ali ele pode ter sentido algo diferente. Tomé viu quando Jesus desapareceu, uma vez que o seu corpo se tornou menos denso e sumiu; e, nas oportunidades em que reaparecia, não era de imediato, mas se corporificava pouco a pouco. Posso imaginar que ele, Tomé, e Maria Madalena conversavam muito sobre o tema, pois ela foi a primeira a ver Jesus após sua morte, e, por suas próprias palavras, ela não o tinha reconhecido de imediato, visto que o seu corpo ainda não estava totalmente materializado, creio eu, pois logo ela, que adorava a Jesus, nunca o teria confundido com um jardineiro, como está descrito nos Evangelhos. Os demais apóstolos estavam em dúvida quanto à matéria que compunha aquele corpo. Posso até imaginar um diálogo de Jesus com seus seguidores e as duas Marias. Ele pode ter dito: *Tomé, aqui ao lado, tocou meu corpo e viu e sentiu as chagas, mas viu e descobriu que meu corpo é diferente dos seus, do que eu tinha, quando caminhava com vocês.*

Sim, teria continuado, *é verdade, ele é diferente. Mas o que importa é que eu estou aqui, para mostrar a vocês que venci a morte, que a morte é do corpo e o corpo é pó e ao pó voltará. O que verdadeiramente vive é o espírito, e ele é quem renasce do corpo que o envolvia. Por isso estou aqui, para que vocês vejam, assimilem e espalhem que morte eterna não existe. Vão pregar a todos, que quem seguir meus ensinamentos terá vida eterna ao meu lado.* Os apóstolos estavam maravilhados e com a fé totalmente renovada, dado que eles tinham a certeza de que a morte, conforme eles a conheciam, não existe. O corpo que revestia o espírito morria, sim, mas o espírito, que antes estava preso, estaria liberto!

Eu vejo agora o Jesus ressuscitado, seu espírito em outro corpo, menos denso, mais fluídico, que esteve entre os apóstolos! Mas, eles tomaram uma decisão corajosa: a de não divulgar que Jesus aparecera em outro corpo especial. Ninguém entenderia essa questão. A solução adotada foi a de que Jesus voltou da morte e esteve entre eles, e que Seu corpo desaparecera. Nenhum apóstolo falaria acerca desse corpo espiritual diferente. A prova seria a inexistência do corpo. E assim foi feito. Eles agora tinham todos os motivos para sair pregando Jesus a todos. Jesus venceu a morte. Isto era a pura verdade! E eles não temeriam mais morrer, pois sabiam que encontrariam o regaço de Jesus. A divulgação dos ensinamentos de Jesus tornou-se uma obrigação, uma honra, um privilégio, e eles sairiam pregando, imediatamente.

Tomé somente voltou a falar sobre esse tema, muitos anos depois, com o novo apóstolo Paulo de Tarso e este deu sua versão e, na verdade, uma explicação que eu agora, após ter lido todos esses livros, acredito como verdade. Creio agora que Paulo não queria deixar a verdade da ressurreição em espírito escondida de seus seguidores. Ele tinha encontrado Jesus no caminho de Damasco. O que ele vira tinha sido real. Mas, era Jesus em espírito, não em corpo. Paulo tinha, então, dois fatos em suas mãos: o relato de Tomé e o seu encontro. Sua conclusão: a ressurreição não é material, mas sim da alma, do espírito. Vou transcrever o que Paulo escreveu na sua primeira Carta aos Coríntios, 15:42: *Assim também é a ressurreição dos mortos. Semeado na corrupção, o corpo ressuscita incorruptível, semeado no desprezo, ressuscita glorioso, semeado na fraqueza, ressuscita vigoroso, semeado corpo material, ressuscita corpo espiritual. Se há um corpo material, também há um espiritual.* E no versículo 50, ele diz: *O que afirmo, Irmãos, é que nem a carne, nem o sangue, podem participar do reino de Deus.*

E segue Wycliffe, com suas conclusões lógicas e bombásticas:

'Para mim, está claro que o nosso corpo, que é de carne e sangue, não pode participar dos Céus, mas sim o corpo espiritual. Este sim, pode. Pois como o apóstolo Paulo dizia, o corpo espiritual é que ressuscita, não o corpo material. Pois não há como um corpo, que se transformou em pó, se recompor para ir de maneira sólida para os Céus, que é a moradia de Deus, que é Espírito puro, e dos Santos. Não há um registro sequer de algum Santo que haja ressuscitado seu corpo; na verdade, é com o corpo espiritual que os Santos estão comungando com a beleza de Deus no Paraíso. Agora, eu tenho uma explicação, que não posso provar, de como o corpo físico de Jesus desapareceu da tumba. Eu acho que Jesus, sendo um enviado especial de Deus, tinha uma energia, uma força que impregnava e mantinha seu corpo vivo entre nós. Se ele tinha um corpo diferente dos nossos, enquanto ele estava vivendo entre nós, não poderia dizer, eu creio que não, pois seus sofrimentos eram evidentes na narrativa da Paixão pelos Evangelistas. Mas, seu corpo desapareceu. Eu acho que esta energia agregadora, que mencionei acima, simplesmente abandonou o corpo, depois de algumas horas de sua morte. E, com o desaparecimento dela, seu corpo perdeu aquilo que mantinha suas partes juntas, E ele simplesmente desapareceu, como num passe de mágica.'

Com essa conclusão de Wycliffe, eu resolvi parar um pouco para refletir. Realmente, se o corpo de Jesus, após a ressurreição, era diferente do nosso, isso explicaria muita coisa: como Ele apareceu para dois de seus apóstolos na Estrada de Emaús, sem ser reconhecido de imediato; e porque Maria Madalena levou certo tempo para reconhecer Jesus, nos jardins do cemitério privado, onde Ele havia sido colocado na lousa fria, coberto com um sudário de linho branco.

O diálogo de Jesus com Nicodemos

Segue transcrição do diálogo entre Jesus e Nicodemos, para que vocês entendam as dúvidas de Wycliffe e as minhas também. Vou traduzir diretamente da versão grega que está à minha frente, em *Evangelho Segundo João*, capítulo 3, versículos 1 a 12:

Havia, entre os fariseus, um homem chamado Nicodemos, um notável entre os judeus. À noite, ele foi encontrar Jesus e lhe disse: 'Rabi, sabemos que vens da parte de Deus como mestre, pois ninguém pode fazer os sinais que fazes, se Deus não estiver com ele'. Jesus lhe respondeu: 'Em verdade, em verdade, te digo: quem não nascer de novo não pode ver o Reino de Deus'. Disse-lhe Nicodemos: 'Como pode um homem nascer, sendo velho? Poderá entrar segunda vez no ventre de sua mãe e nascer'? Respondeu-lhe Jesus: 'Em verdade, em verdade, te digo: quem não nascer da água e do Espírito não pode entrar no Reino de Deus. O que nasceu da carne é carne, o que nasceu do espírito é espírito. Não te admires de eu te haver dito: deveis nascer de novo. O vento sopra onde quer e ouves o seu ruído, mas não sabes de onde vem, nem para onde vai. Assim acontece com todo aquele que nasceu do espírito'. Perguntou-lhe Nicodemos: 'Como isso pode acontecer'? Respondeu-lhe Jesus: 'És mestre em Israel e ignoras essas coisas? Em verdade, em verdade, te digo: falamos do que sabemos e damos testemunho do que vimos, porém não acolheis o nosso testemunho. Se não credes quando vos falo das coisas da terra, como crereis quando vos falar das coisas do céu'?

Aqui, neste diálogo, Jesus é incisivo ao estabelecer que não se pode ver o Reino de Deus se não nascermos de novo, e ele enfatiza que não entrará no Reino dos Céus aquele que não nascer da água e do espírito. Para mim, ainda não estava claro o que significava nascer da água e do espírito, mas Wycliffe escreveu assim: 'Toda mulher, ao dar à luz, perde toda a água da bolsa onde o bebê estava; e, Jesus, ao falar em nascer do espírito, queria dizer que o espírito animava aquele bebê que estava dentro da bolsa de água. Em conclusão, Jesus asseverava que o espírito é como o vento, vem, entra em um corpo em formação, dentro de uma bolsa de água, e inicia nova vida, não sabendo para onde vai seguir, o que dependerá de sua família, de sua educação e do meio em que viverá... Este é o significado do vento que não sabemos de onde vem e para onde vai.'

Essa explicação de Wycliffe é bastante lógica e talvez até melhor do que a minha. Eu li vagarosa e cuidadosamente essa passagem de Jesus, e sempre acreditei que Ele estaria se referindo ao primeiro capítulo de *Gênesis*, da criação do mundo. Vou tentar explicar. Em *Gênesis* está assim descrito: *O Espírito de Deus era levado sobre as águas; flutuava sobre a superfície das águas. Que o firmamento seja feito no meio das águas. Que as águas que estão sob o céu se reúnam em um único lugar e que o elemento árido apareça. Que as águas produzam animais vivos que nadem na água, e pássaros que voem sobre a terra e sob o firmamento.*

Eu aprendi que, para se entender trechos difíceis da *Bíblia*, devemos nos basear nos costumes e conhecimentos daquele tempo. A interpretação, naquela época, era que as águas geravam tudo o que é matéria e todos os animais. E que Deus, que é o Espírito, preexiste às águas e sobre elas flutuava. Em outras palavras, Deus simboliza o elemento espiritual inteligente e, as águas, o elemento material. E sem os dois, espírito inteligente e matéria, não pode haver a vida do homem. As duas interpretações são bastante lógicas e ambas explicam bem os dizeres de Jesus a Nicodemos. Wycliffe continuava a me surpreender com suas conclusões: 'Eu sempre me intriguei também com as passagens do *Antigo Testamento* que se seguem, para que você, que vem após mim, possa seguir-me bem (*Sabedoria* 8:19): *Eu era um jovem de boas qualidades e tive a sorte de ter uma boa alma, ou melhor, sendo bom, vim a um corpo sem mancha.* E o outro está em Jó 8:9: *Porque nós somos de ontem e nada sabemos...* Jó 1:21 também nos diz: *Nu saí do ventre de minha mãe e nu ali regressarei.* Jó 14:10, uma vez mais: *Quando o homem morre, continua vivo; ao acabar os dias de minha existência terrena, esperarei, pois voltarei à vida novamente.* Esta outra passagem, que está no Profeta Jeremias 1:5, nos diz: *Antes que eu te formasse no ventre de tua mãe, te conheci, e antes que tu saísses da clausura do ventre materno, te santifiquei e te estabeleci profeta entre as gentes.*

Tais revelações me esclareciam acerca de como Jesus falava sobre a reencarnação, reforçando aquilo que os profetas do *Antigo Testamento* já diziam, como uma de suas verdades mais importantes, que ele passava aos seus discípulos e a Nicodemos. Vou me alongar nesse aspecto, pois esse ensinamento, se for verdadeiro, será fundamental para o futuro do Cristianismo. Vamos ver agora a seguinte passagem, do diálogo de Jesus com seus apóstolos, após ter ele descido do Monte Tabor, quando Ele esteve com Moisés e Elias, documentado no *Evangelho de Mateus*, nos capítulos 16:14 e 17:10-12: *Chegando ao território de Cesareia de Filipe, Jesus perguntou a seus discípulos: no dizer do povo, quem é o Filho do Homem? Responderam: uns dizem que é João Batista; outros, Elias; outros, Jeremias ou um dos profetas. Em seguida, os discípulos o interrogaram: por que dizem os escribas que Elias deve voltar primeiro? Jesus respondeu-lhes: Elias, de fato, deve voltar e restabelecer todas as coisas. Mas eu vos digo que Elias já veio, mas não o conheceram; antes, fizeram com ele quanto quiseram. Do mesmo modo farão sofrer o Filho do Homem. Os discípulos compreenderam, então, que ele lhes falava de João Batista.*

Aqui está cada vez mais evidente, para mim, que Jesus falava sobre a reencarnação, também seus apóstolos. Pela maneira como responderam à primeira pergunta de Jesus, mostravam conhecimento dessa filosofia, pois diziam que Jesus poderia ser um dos profetas do *Antigo Testamento*, renascido. E o mais interessante é que os apóstolos questionaram Jesus acerca do que afirmavam os antigos profetas, ou seja, de que Elias voltaria. Em resposta, Jesus asseverou que Elias já tinha voltado, contudo sem ser reconhecido pelos judeus, pois ele era, naquela ocasião, João Batista. Trata-se de palavras óbvias para mim agora que compreendo que João Batista era a reencarnação de Elias!

Há outra passagem, no *Evangelho de João* 9:1-3, que de modo igual me intrigava muito, e de posse dessa chave – o ensinamento de Jesus acerca da reencarnação – tornava-se compreensível para mim. Vejamos o que o apóstolo preferido de Jesus escreveu: *Caminhando, viu Jesus um cego de nascença. Os seus discípulos indagaram dele: mestre, quem pecou, este homem ou seus pais, para que nascesse cego? Jesus respondeu: Nem este pecou, nem seus pais, mas é necessário que nele se manifestem as obras de Deus.* Eu agora vejo com mais clareza que os apóstolos sabiam da filosofia reencarnacionista, pois a pergunta deles infere esse conhecimento. E a resposta de Jesus também é inteligível, visto que não recriminou ou afirmou qualquer improbidade da pergunta dos apóstolos, ao dizer que o cego não havia pecado, nem seus pais. Jesus ali estava simplesmente dizendo que o cego estava cego, não por algum erro de sua vida passada, mas sim para ser curado por Jesus e, por consequência, pudesse afirmar no templo sua cura e o poder de Deus.

E os maravilhosos ensinos de O *Sermão do Monte*, que estão completos no *Evangelho de Mateus*, capítulos 5 a 7? Para mim, O *Sermão do Monte*, ou Sermão da Montanha, é um resumo, um sumário dos ensinamentos de Jesus, que nesse momento se tornam bem claros para mim, nas passagens que antes eu não podia assimilar em sua totalidade, sem a chave da reencarnação. Transcrevo aqui somente quatro das magníficas promessas de Jesus, ao se referir às bem-aventuranças, e que, caso tomemos o entendimento das vidas sucessivas tal qual o caminho da redenção das almas, por sua purificação paulatina, existência a existência, sua compreensão é evidente:

4. Bem-aventurados os que choram, porque eles serão consolados.
5. Bem-aventurados os mansos, porque eles herdarão a Terra.
6. Bem-aventurados os que têm fome e sede de justiça, porque eles serão fartos.
11. Bem-aventurados os que sofrem perseguição por causa da justiça, porque deles é o reino dos céus.

Há uma passagem, na *Carta de Paulo aos Hebreus* 5:11-14, desvelada ao meu entendimento, que assevera, de forma velada, que alguns ensinamentos de Jesus ainda não podiam ser transmitidos abertamente, ao povo em geral; ele certamente o fazia a seus discípulos mais chegados, numa espécie de ensinos secretos. A esses fatores é que se referia o Apóstolo Orígenes ao me falar dos ensinos secretos, transmitidos somente a um grupo de iniciados. Vejam a passagem: *A este respeito teríamos muito a dizer, coisas bem difíceis de explicar, dada a vossa lentidão em compreender. A julgar pelo tempo, já devíeis ser mestres!*

Contudo, de novo necessitais que alguém vos ensine os primeiros rudimentos das palavras de Deus. Tendes necessidade de leite em lugar de alimento sólido. Ora, quem se alimenta de leite não é capaz de compreender uma doutrina profunda, porque é ainda criança. O alimento sólido é para os adultos, aqueles que a experiência já exercitou para distinguir o bem e o mal.

Paulo não podia ser mais explícito, salientando que seus seguidores, a grande maioria, mesmo tendo conhecido Jesus e até ouvido suas parábolas e histórias, ainda não estavam preparados para os ensinos mais profundos, ou seja, a comida sólida a que ele se referia. Eles ainda eram feito crianças e, como tais, somente ensinamentos mais leves – como o leite – poderiam ser dados a eles.

E continua Wycliffe em suas memórias, se posso dizer assim, pois, sim, são suas palavras, escritas de maneira tão contundente, que ele deixou a Jan Huss e, agora, a mim:

'Meu Deus, meu Pai, agora as *Sagradas Escrituras* estão se tornando mais compreensíveis para mim. Mas eu me pergunto, por que os seguidores de Jesus deturparam tanto seus ensinamentos? E por que Deus, em Sua infinita misericórdia, permitiu que isso ocorresse? Que dificuldades os verdadeiros seguidores não tiveram, ao longo dos séculos iniciais, de manter esses ensinos secretos de Jesus'?

Resolvi interromper minhas digressões para tomar um pouco de água que LeBastian havia me deixado. Bebi vagarosamente, sentei-me na pequena poltrona, fechei os olhos e me coloquei em oração, pedindo orientação para não me deixar levar pelas primeiras impressões, e que minhas conclusões pudessem ser o mais possível acertadas. Eu ainda não sabia de que forma ser o condutor fiel dessas verdades; mas tinha ciência de que não as poderia levar assim tão evidentes, pois o choque seria inevitável e o poder do clero, implacável. Afinal, conclui-se que não é através da Igreja que se vai ao Reino dos Céus, mas, sim, através de nossos feitos em nossas diferentes vidas! Como eu propagaria essas verdades? Estaria eu chegando às conclusões corretas? Estaria sugestionado? Nesta hora, senti que alguém se aproximava e abri meus olhos. Ao longe, parecia

Gamaliel, pois eu distinguia suas roupas de rabino, mas, ao se aproximar, percebi que suas roupas haviam mudado, também a altura, assim, apareceu o profeta Orígenes. Ele se dirigiu a mim, nestes termos:

'Irmão João Wycliffe, não se admire, você me viu corretamente como Gamaliel e agora estou como Orígenes. É verdade, somos um só espírito em duas encarnações próximas. Como Gamaliel, não pude compreender totalmente Jesus. E, como mentor de Saulo de Tarso, antes de se tornar Paulo, em seu caminho de Damasco, falhei em não conseguir que ele parasse com seus ataques intempestivos contra Estêvão e os seguidores de Jesus. Muito me entristeceram aquelas minhas falhas, mas somente depois de muito tempo, já às vésperas de minha partida da Terra como Gamaliel, pude entender que, sem a morte de Estêvão, não haveria a transformação de Saulo, nem seu encontro com Jesus, no caminho de Damasco. E sem Paulo, o movimento cristão teria ficado restrito à Palestina, com futuro incerto.

Mas, como Orígenes, sim, pude compreendê-lo em toda a sua beleza e complexidade. Tentei fazer, como Orígenes, o que não consegui como Gamaliel. Essa é a beleza e a bênção da reencarnação. Você não me reconheceu como Gamaliel, em nosso encontro no Egito, em seus últimos sonhos, porque você ainda não estava preparado. Agora, você já está pronto para os próximos passos. Vá aos Evangelhos alternativos e, entre todos, dedique mais tempo ao *Evangelho de Tomé*. Sim, Tomé, aquele que não acreditou que Jesus tinha aparecido a seus irmãos apóstolos, logo depois de Sua morte. Este Evangelho, eu o descobri entre os diversos documentos que Clemente guardava, em sua biblioteca particular, num volume discreto, sem chamar atenção, misturado às centenas de outros documentos que ele tinha. Creio que o fez de propósito, para não ser descoberto por pessoas não preparadas, ou até por aqueles que continuam a perseguir os que liam Tomé. O *Evangelho de Tomé* foi o primeiro a ser escrito, antes dos quatro *Evangelhos Canônicos*, que você tão bem conhece. E foi o primeiro a ser proibido, mesmo no seio do movimento cristão nascente, entre os anos 100 e 130.

Meu filho, este Evangelho é o único – entre todos os escritos pelos apóstolos e todos os seus seguidores – que conta o que Jesus ensinou, ocultamente, a seus apóstolos, durante o tempo em que Ele ficou ressuscitado. Os outros Evangelhos contam fatos da vida de Jesus e alguns de seus ensinamentos; são escritos belíssimos que contam do nascimento à sua morte, mas este, o de Tomé, não. Tomé conta o que Jesus ensinou depois de sua morte! Durante os quarenta dias em que esteve com eles. Tomé escreve como se fosse o relato de um discípulo, que toma nota dos dizeres de seu mestre. Ele começa com ditos, mensagens ou ensinos de Jesus, assim: *Jesus disse*. Há ensinos de Jesus, numerados de 1 a 114. É um registro fascinante desses ensinos secretos que Jesus passou a alguns de seus apóstolos mais chegados, esta é a minha conclusão.

E a escolha de Tomé para esse relato é também especial, pois ele foi o único a tocar no corpo de Jesus, em sua segunda aparição aos apóstolos. Você vai ver em seus estudos que esse Evangelho tem uma estrutura totalmente diferente à dos outros quatro e mostra que Jesus dizia que a salvação vem das obras que a pessoa faz em combater o bom combate, como Paulo dizia, lutando para domar suas más inclinações e de que todos, sem exceção, podem se tornar como Ele. Não há punição, nem temor a Deus nem ameaças nem Inferno no *Evangelho de Tomé*. Para que você possa entender bem o que eu estou dizendo, abra agora o *Evangelho de Mateus* na parábola dos peixes. Eu me levantei, apanhei a cópia em grego na gaveta, abri meu livrinho, pois ali eu podia ver os capítulos e versículos, e abri no capítulo 13, versículos 47 a 50. Logo depois, desenrolei o pergaminho em grego até encontrar o início do capítulo 13, para confirmar a tradução. Lá estava assim escrito e li em voz alta:

Novamente, o reino dos céus é semelhante ao pescador com sua rede lançada ao mar, que recolheu peixes de todo tipo, que foram guardados em cestas. Os pescadores, quando estavam cheias as cestas, chegaram à praia, sentaram-se e juntaram os bons peixes em vasos, mas jogaram fora os maus. Assim será no fim do mundo: os anjos chegarão e separarão os ímpios dentre os justos, e os lançarão na fornalha do fogo do Inferno, onde haverá pranto e ranger de dentes.

Orígenes me disse: 'Pegue agora o *Evangelho de Tomé* e leia o Ensino 8.' Dirigi-me à gaveta, retirei, com reverência ainda maior, o pergaminho e o desenrolei na página correta. Lá estava escrito e eu li em voz alta: *Jesus disse: O homem se parece com um pescador ajuizado, que lançou sua rede ao mar. Puxou a rede cheia de peixes pequenos. Mas entre os pequenos, o pescador sensato encontrou um peixe bom e grande. Sem hesitação, escolheu o peixe grande e devolveu ao mar todos os pequenos. Quem tem ouvidos para ouvir, ouça!*

'Você viu a grande diferença? Estas versões de Mateus foram adulteradas, para que o temor a Deus fosse mais importante do que seu amor. Os peixes pequenos retornariam ao mar, simbolizando as novas vidas, até que se tornem grandes, simbolizando a purificação espiritual em suas diversas existências, quando seriam escolhidos pelo Pai, o Grande Pescador.'

E Orígenes continuou: 'Estude você bem todos os cento e quatorze ensinos de Jesus e depois tire suas próprias conclusões. Você verá que ali estão claramente os ensinamentos de Jesus sobre as vidas sucessivas e sobre a bondade do Pai, em nos dar outras e seguidas oportunidades. Às vezes, a linguagem é figurada, e outras vezes, ela é direta. O retorno à vida física para resgatar nossos erros é a maior prova da Justiça Divina, meu caro João. Não há Inferno, não há Purgatório... há Justiça de Deus e novas oportunidades! Depois de ler Tomé, vá e procure os livros sobre o processo contra mim e contra Ário, que foi minha próxima encarnação, já no século IV. Estudando esses processos, você entenderá, com a devida profundidade, o que ocorreu para que esses ensinos fossem proibidos pela Igreja Católica e pelo poder do Império Romano.

GAMALIEL  — ORÍGENES  — ÁRIO

Antes de você voltar aos seus afazeres em Oxford, descanse aqui por alguns dias, e reflita sobre suas próximas ações. Você será intuído em como prosseguir. Agora, continue seu trabalho. Faça a sua parte, sei que você enfrentará enormes escolhos para poder divulgar esses ensinamentos, mas é como tem sido ao longo de todos os séculos. A redescoberta dos ensinos secretos de Jesus será um dia revelada aos sete ventos, esse é o plano de Deus e assim será. Mas, não sabemos ainda quando será. Não se preocupe se você não puder revelar todos agora, quando voltar à Inglaterra. Você será intuído como fazer. E se precisar, feche os olhos, ore, que estarei aqui, como Gamaliel, Orígenes ou Ário, aquele de que você mais precisar. Que Deus te guarde!'

A figura terna do Mestre de Israel foi se desvanecendo e eu, com lágrimas nos olhos, pronunciei, em voz alta: – Obrigado por confiarem em mim!

Retirei todos os outros documentos da pequena mesa e os recoloquei em suas gavetas, deixando somente o *Evangelho de Tomé* sobre a mesa."

E retomando as reflexões de Wycliffe:

"Eu sempre desconfiei que Jesus transmitisse aos apóstolos seus ensinamentos secretos, os quais não deveriam ser somente sobre a reencarnação. Veja você, que vem após mim, o que estou dizendo, nos três exemplos a seguir. O primeiro está no *Evangelho de Marcos* 4:11, onde ele diz: *O segredo do Reino de Deus foi dado a vocês. Mas para aquelas pessoas do lado de fora, tudo é falado através de parábolas, porque essas pessoas podem ter visto, mas não percebido, podem ter escutado, mas não entendido.* O segundo está em *Mateus* 13:11: *Jesus respondeu: O conhecimento dos segredos do Reino de Deus foi dado a vocês, mas não a eles. Quem recebeu estes ensinamentos receberá ainda outros em abundância.* E o terceiro está de novo em *Paulo*, na sua *Primeira Carta aos Coríntios* 2:6: *Nós, contudo, falamos a mensagem da sabedoria entre os maduros, mas não a sabedoria desta época, nem dos governantes desta era, que nada entendem. Não, nós falamos da sabedoria secreta de Deus, que é destinada para nossa glória, desde antes destes tempos serem formados.*"

E concluía Wycliffe: "Não tenho mais dúvidas de que Jesus ensinava sobre as vidas sucessivas e talvez outras coisas também muito importantes. E vou descobri-las!"

Os *Evangelhos Apócrifos* e os ensinos secretos de Jesus

Como vocês podem perceber, eu estava atônito, completamente surpreso, com as conclusões de Wycliffe acerca dos ensinos secretos de Jesus referentes à reencarnação. Eu via, com clareza, que, com a aplicação desta lei de nascer e renascer em corpos diferentes, para outras oportunidades de refazer as consequências de erros passados, muitos ensinamentos de Jesus tornavam-se bem claros, mas ainda eu, Frei Ignácio de Castela, tinha minhas reservas. Porque eu sabia, desde meus estudos de anos, que essa filosofia já era defendida por sábios da Antiguidade, como Platão e Sócrates. Também sabia que Buda, um grande Mestre do Oriente, muitos séculos antes da chegada de Nosso Senhor Jesus Cristo, apregoava a respeito da justiça da reencarnação. Mas, se era verdade, por que ela foi abolida dos cânones da Igreja de maneira tão veemente? Havia para mim justificativas para isso, pois Jesus não teria perdoado um dos ladrões e o teria levado ao Paraíso, mesmo independentemente de seus erros e crimes? Se isso fosse verdade, então, a reencarnação não teria razão de ser. Havia algo que ainda faltava, que não encaixava bem. Continuei minha busca, dessa vez estudando os *Evangelhos Apócrifos* e lendo os cadernos de Wycliffe, pois eram muito reveladores.

Mas, já era tarde, e em poucos minutos LeClerk adentraria a sala para encerrarmos o expediente. Selecionei o conteúdo a ser lido no dia seguinte e guardei o restante dos arquivos. Realmente, eu tinha muito no que pensar. LeClerk chegou poucos minutos depois e, sem nada dizer, aguardou à porta. Saí, igualmente em silêncio, e assim seguimos por toda a extensão do caminho, até alcançarmos o *Scriptorium*. Ele, após observar minha expressão de preocupação, com o olhar distante, disse:
— Frei Ignácio, meu bom irmão, não se preocupe muito. Você foi um dos escolhidos, pouquíssimos sabem e viram aquilo que você está vendo ou

verá. Então, existe um motivo para isso, não se preocupe tanto. Deixe as coisas fluírem através de você.

Eu olhei para ele e retruquei: – Será que realmente estou preparado? Tenho muitas dúvidas e questionamentos ainda.

E o bibliotecário, em sua figura esquálida de quase dois metros de altura, esboçou um sorriso e complementou, dando leve tapa em meus ombros: – Claro que está pronto, do contrário, não estaria aqui, nem teria chegado aonde chegou. Vá descansar e reflita. Deus o acompanhe.

Continuei concentrado em meus pensamentos e nos de LeClerk, até chegar à nossa modesta casa, que compartia com Irmão Benedetto. Ao me ver cabisbaixo e meditativo, perguntou-me: – Que notícias me traz? Está silencioso e monossilábico há semanas... creio que é o momento de compartilhar comigo, pois há muitos dias nada escrevo, somente corrijo alguns erros gramaticais e revejo o que já escrevemos. – E eu respondi, assim de chofre, de imediato, de supetão: – Você não pode imaginar, mas o irmão Wycliffe chegou à conclusão de que um dos ensinos secretos de Jesus a seus apóstolos era a filosofia da preexistência da alma e das vidas sucessivas. Para Wycliffe, Jesus ensinava, portanto, a reencarnação aos seus apóstolos. – E, por algo que ainda não descobri em seus escritos, tais ensinos foram banidos e considerados heréticos pela Santa Madre Igreja Católica. Veja você, Benedetto, Jesus falando sobre a reencarnação! Eu posso confessar que seus argumentos são bastante lógicos, explicam claramente muitas passagens dos profetas do *Antigo Testamento* e muitas das parábolas de Jesus. Mas, eu ainda estou reticente, pois há outras passagens dos Evangelhos que negam a filosofia reencarnacionista, pelo menos, assim eu entendo.

Benedetto, dotado de imensa calma e grande ponderação, respondeu: – Se assim for verdade, realmente a reencarnação explica muito das injustiças aparentes da humanidade, mas eu tenho também minhas reservas. Você conhece bem a carta de Paulo, quando ele dizia a seu seguidor Tito que a salvação vem por meio do batismo do Espírito Santo, e não por nossas obras, e, além disso, há o perdão de Jesus a um dos criminosos que foram crucificados ao seu lado. Deixe-me pegar meu Evangelho e vamos ler juntos a carta de Paulo a Tito. – Benedetto levantou-se, apanhou seu

Evangelho, folheou algumas páginas e disse: – Aqui está, capítulo 3, versículo 5, onde se diz: *Ele nos salvou, mediante o banho da regeneração e renovação do Espírito Santo*. E veja também Jesus perdoando o criminoso que estava ao seu lado. – Benedetto folheou de novo seu exemplar, até chegar a *Lucas* e prosseguiu: – Aqui está, no *Evangelho de Lucas*, versículo 32. Ouça: *Levavam também dois malfeitores para serem executados com ele. Quando chegaram ao lugar chamado Calvário, ali crucificaram Jesus e os malfeitores: um à sua direita e outro à sua esquerda. Um dos malfeitores crucificados o insultava, dizendo: Tu não és o Cristo? Salva-te a ti mesmo e a nós! Mas o outro o repreendeu: Nem sequer temes a Deus, tu que sofres a mesma pena? Para nós, é justo sofrermos, pois estamos recebendo o que merecemos; mas ele não fez nada de mal*. E acrescentou: *Jesus, lembra-te de mim, quando começares a reinar. Ele lhe respondeu: Em verdade te digo: hoje estarás comigo no Paraíso.*

– Meu querido amigo e irmão, Frei Ignácio, acho que você terá de estudar e pesquisar muito, para poder entender essas passagens de outra maneira... Como estão, há algo que não encaixa nas conclusões de Wycliffe, como você mesmo diz. E eu lhe respondi: – Claro que sim, é verdade. Algo não encaixa, mas o que me intriga é que, em um dos cadernos de Wycliffe ele escreveu que as traduções dos Evangelhos – a que temos em nossas mãos, por exemplo, a que você acabou de ler – foram manipuladas, de maneira que esses ensinos de Jesus sobre a reencarnação fossem abolidos e mostrados contraditórios. Eu ainda não pude confirmar essa suspeita, mas, nos próximos dias, sim, vou ter de verificar. Afinal, tenho os originais mais antigos à minha disposição e vou compará-los com as traduções que temos hoje.

Calei-me, à espera de meu chá, que estava na boca quente do fogãozinho que tínhamos no quarto, sem mencionar a aparição de Gamaliel e o diálogo entre ele e Wycliffe. Era demais para apenas um dia de informação a Benedetto. E o querido irmão, por sua vez, encerrou a conversa, dizendo-me apenas: – Mas, se fosse verdade, muitas coisas seriam explicadas, como a causa de tantos sofrimentos e aparentes injustiças por parte de Deus. Vamos rezar para que você encontre a verdade. Boa noite e durma em paz, novo missionário! – Achei graça na última frase, tomei o chá, fechei os olhos, puxei o pequeno lençol, para me cobrir do ligeiro frio que fazia, e dormi.

No dia seguinte, acordei bem-disposto, fiz a higiene matinal, tomei o café da manhã, efetuei minhas pequenas tarefas diárias de manutenção do monastério, dirigindo-me, em seguida, ao *Scriptorium,* onde visitei as mesas dos copistas desenhadores, que ficaram muito felizes com minha presença, ajudando-os. Ao olhar os desenhos eu pensava: "Será que algumas dessas figuras do Céu e do Inferno se aproximam da verdade"? E as do Purgatório? Considerava muito interessante um dos copistas, mestre em pintar entes demoníacos, com seus nomes eloquentes e amedrontadores, dados pelas autoridades da Igreja. Eu sei dos nomes deles todos, mas não gosto de mencionar, nunca gostei. Todavia, se a linha de pensamento de Wycliffe estava correta, nem os diabos nem o Purgatório existiriam. Meu Deus, que revolução não estaria por vir?

LeClerk aproximou-se de mim e disse: – Quando quiser, podemos entrar, estou em minha salinha. Após cerca de uma hora de colaboração aos copistas, fiz pequeno sinal a LeClerk, que se levantou, dirigindo-se à porta das salas internas e, mais uma vez, um olhar geral de todos os copistas nos seguiu. Costumeiramente, LeClerk caminhava rapidamente, e eu quase corria, para não o perder. Ele fazia essa caminhada em total silêncio; o que se ouvia era apenas o movimento das correntes com as chaves, em sua cintura, como um sinal para não o perder de vista. Ao abrir a sala 16, ele me deu uma afagada nos cabelos e saiu. Identifiquei a poltrona, uma pequena mesa, a cadeira e a bilha com água. Atenção muito especial dele para comigo, como sempre. Acomodei-me na poltrona, fechei os olhos e pedi ao Irmão Francisco para me orientar nas pesquisas e conclusões e, quase imediatamente, brotou em minha mente uma frase que li do sábio oriental Buda, que dizia mais ou menos assim: *Não creiais em coisa alguma, pelo fato de vos mostrarem o testemunho escrito de algum sábio antigo. Não creiais em coisa alguma, com base na autoridade de mestres e sacerdotes. Aquilo, porém, que se enquadrar na vossa razão e, depois de minucioso estudo, for confirmado pela vossa experiência, conduzindo ao vosso próprio bem e ao de todas as outras coisas vivas: a isso aceitai como Verdade. Por isso, pautai a vossa conduta.*

"É dessa forma que vou me comportar", disse para mim mesmo. Após minhas orações, levantei-me com o propósito de me ocupar dos Evangelhos proibidos, os chamados apócrifos. Estes, apesar de escritos pelos apóstolos, não fizeram parte dos cânones da Igreja – foram banidos, tiveram sua publicação e divulgação proibidas e todas as cópias deveriam ter sido queimadas, destruídas pelo fogo. Essas decisões, para mim totalmente arbitrárias, foram tomadas principalmente em dois Concílios da Antiguidade, o de *Niceia*, em 325, e o de *Constantinopla*, em 381. Mas, algumas cópias foram salvas, e ali estavam disponíveis para minha consulta. Li sobre as descobertas de Wycliffe, não obstante, eu mesmo queria confirmar ou rever suas conclusões. Dediquei vários dias à leitura e estudo desses documentos antigos; como eu mencionei, cada um deles tinha duas traduções, uma em grego e outra em latim. Elucidando mais: o original estava em aramaico, a primeira tradução em latim e a outra versão em grego. Todas elas em escrita direta, sem pontuação nem letras minúsculas.

É de conhecimento dos exegetas (estudiosos de textos antigos) que as versões em grego e latim foram somente divididas em capítulos, com pontuação e versos (ou versículos) em meados do século II, embora não tenhamos certeza disso. Alguns dos apócrifos tinham somente o original em aramaico e sua tradução em latim.

O próximo passo foi transcrever os pontos principais do que observei e mereciam ser destacados naquela minha perseguição aos ensinamentos secretos de Jesus. Fui direto aos textos atribuídos a Tomé, *O Evangelho de Tomé*, e a um segundo, chamado O *Livro de Tomé*. Pude confirmar o que Wycliffe tinha, então, constatado: há enorme diferença entre os quatro Evangelhos conhecidos e o de Tomé. Enquanto os primeiros contam a história da infância, da morte e da ressurreição de Jesus, passando uma mensagem de salvação da humanidade pelo sacrifício de Jesus, Tomé nos mostra Jesus ensinando que é somente por meio de nossa evolução espiritual que alcançaremos a perfeição. Vi realmente que o *Evangelho de Tomé* contém cento e quatorze ditos, ou ensinos, de Jesus, começando com a frase: *Jesus disse*. Os dois primeiros desses ditos de Jesus estavam assim escritos:

1. *Jesus disse: Aquele que encontra o significado destas palavras não provará a morte.*

2. *Jesus disse: Aquele que busca não pare de buscar, até que encontre, e quando encontrar, perturbar-se-á, depois maravilhar-se-á e reinará sobre o Todo.*

Bastaram esses dois recortes, referentes aos ensinos de Jesus, para eu interromper a leitura e me colocar em meditação acerca de seu significado, aparentemente oculto. E cheguei às seguintes conclusões: o primeiro Ensino diz que quem encontrar o verdadeiro significado de seus ensinos não provará a morte! E esse fundamento tornou-se óbvio para mim, pois quem encontra um verdadeiro ensino assimila-o e o coloca em prática. E os ensinos de Jesus são sempre voltados ao perdão, à tolerância e ao bem. Ao colocarmos os ensinamentos de Jesus em prática, nas diversas oportunidades que são a nós oferecidas em nossas existências, com diferentes corpos, alcançaremos a purificação, pouco a pouco. E, quando já tivermos reparado todos os nossos erros das várias existências, não haverá necessidade de novamente reencarnarmos. Assim, desobrigados a voltar a esta vida material não sofreremos mais a morte! Então, nós nos sentaremos ao lado de Jesus. Meu Deus, estava claro para mim!

E minha surpresa não foi menor, quando li, com cuidado, o Ensino 2, com os olhos da alma e com o conhecimento de seus ensinamentos sobre a reencarnação. A frase *Aquele que busca, não pare de buscar até que encontre* significa que devemos voltar a esta vida tantas vezes quantas forem necessárias, até encontrarmos o verdadeiro objetivo de estamos reencarnados, ou seja, a remissão de erros passados e o exercício das lições de Jesus. Em síntese: uma vez libertos de nossas dificuldades, atingiremos o patamar de espíritos melhores.

A representação da frase seguinte, *E quando encontrar, perturbar-se-á, depois maravilhar-se-á e reinará sobre o Todo,* é uma retratação fiel de minhas conclusões acima: ao desvendarmos, finalmente, o grande e principal objetivo de nosso retorno à vida física, estaremos, a princípio, impactados perante a constatação das oportunidades perdidas, mas em seguida tocados pelo contentamento de termos nos redimido de nossos desacertos e aprendido, verdadeiramente, o que é amar. Somente por essa via é que nos tornaremos espíritos puros – transcendendo as coisas do mundo terreno –, atingindo a plenitude espiritual que Deus nos preparou. Meu Deus e meu Pai, que riqueza de conteúdo!

O Ensino de número 84 foi, igualmente, bastante significativo para meus estudos, pois de acordo com a minha interpretação Jesus falava, diretamente e sem véu, sobre a reencarnação:

84. *Jesus disse: Quando vedes agora vossa aparência, vós vos rejubilais. Mas quando virdes vossa imagem, aquela que existe antes de vós, a que não morre e nem se manifesta, quanto podereis suportar?*

Na interpretação das palavras de Jesus a respeito da reencarnação – caso soubéssemos de nossas vidas passadas, as existências anteriores à presente vida, dos crimes que cometemos, seria possível suportar essas verdades? Após estudar o *Evangelho de Tomé*, pude verificar que o *Livro de Tomé* é um complemento ao primeiro, apesar de serem dois documentos distintos, que revelam que Jesus ensinava os contrastes entre o corpo e o espírito, entre a paixão do corpo e a luz do verdadeiro conhecimento. Os ensinamentos contidos nesses dois documentos apócrifos representam orientação a uma busca ao mundo espiritual, contrapondo-se à busca da felicidade no corpo. Em o *Livro de Tomé*, em sua última frase, no encerramento, aprendemos:

Estejam atentos e orem para que vocês não voltem a viver na carne, mas que vocês possam se liberar das amarras e das amarguras desta vida... pois quando vocês se livrarem dos sofrimentos e paixões do corpo, vocês terão descanso e paz. "O texto não retrata, claramente, um ensino sobre a reencarnação?" – perguntei a mim mesmo! Logo depois, li o evangelho apócrifo de João, chamado O *livro secreto de João*. E nele destaco os seguintes textos, em um diálogo entre Jesus e João, no capítulo 14: *Todas as pessoas bebem da água do esquecimento e vivem num estado de ignorância. Alguns poucos são capazes de sobrepujar esta ignorância, quando o espírito desce neles. Estas pessoas serão salvas e se tornarão perfeitas, isto é, escaparão do ciclo de nascer e renascer.*

E Jesus prossegue: *A alma que quer se salvar tem que seguir os ensinamentos de uma outra alma na qual o espírito da vida e sabedoria habitam. Ela será salva através destes ensinos e assim nunca terá que renascer na carne novamente*. E João questiona Jesus: *E aquelas pessoas que não conseguem se salvar, o que acontece com elas?* E Jesus responde: *Elas serão envoltas no esquecimento do passado e levadas à prisão da carne*.

Todos esses ensinamentos são evidências de que Jesus realmente abordava a questão da reencarnação a seus apóstolos, ensino esse velado, segredado a poucos. Eu ainda apurei que um dos apóstolos da segunda geração, chamado Clemente, também no Egito, em Alexandria, tinha um de seus livros na sala 16 – ele havia sido mentor de Orígenes, mas eu não sabia. De acordo com o meu entendimento, deixo claro para vocês como descrevo as gerações dos apóstolos. Eu considero primeira geração, obviamente, aquela que esteve com Jesus, ou viveu em sua época, podemos dizer, até os anos 100. A segunda composta por aquelas pessoas que viveram entre os anos 100 a 160; a terceira, as que viveram entre os anos 161 a 240, e assim sucessivamente.

Clemente de Alexandria viveu entre os anos 150 e 210, portanto, um apóstolo da terceira geração. Outros autores, pude observar enquanto fazia meus estudos de doutorado, apresentavam outra classificação das gerações, em uma contagem de tempo diferente, mas esse detalhe realmente não importa, sendo conveniente apenas para enquadrarmos os respectivos autores no tempo. Em um dos diversos arquivos que pesquisei, havia uma carta em latim, de Clemente a seus alunos e seguidores, informando que Jesus, depois de sua ressurreição, ensinou doutrinas secretas aos discípulos mais próximos; e Marcos teria sido, do mesmo modo que Tomé, um daqueles que conseguiram deixar registrados alguns desses ensinamentos.

O Apóstolo Clemente, ao se referir ao evangelho apócrifo de Marcos, assevera ser um dos mais espiritualizados que há, com textos que necessitavam de estudos pormenorizados, por alguns poucos iniciados nos *grandes mistérios* dos ensinos de Jesus. Foi aqui que comecei a entender o que Orígenes tinha dito a Wycliffe, sobre os ensinamentos secretos para poucas pessoas, os iniciados, que se conheciam por toques de mãos ou troca de sinais, cujo significado apenas eles conheciam. Tais ensinamentos de Jesus, bem elucidados nos *Evangelhos Apócrifos*, ensinam que é por meio das reencarnações sucessivas que nos livramos da necessidade de reencarnar, podendo, assim, viver ao Seu lado. Eles nos falam das amarras e amarguras desta vida, e das almas que não conseguem se salvar e têm de retornar à carne, com o esquecimento do passado (bebendo da água da ignorância) vivido nas encarnações anteriores. Concluo que realmente o esquecimento do passado é fundamental para o recomeço de outra vida, caso contrário, se tivéssemos ciência de nossos erros anteriores, ficaríamos loucos sem conseguirmos viver o presente.

E essa questão tornou-se mais clara para mim ao reler o dito 84 do *Evangelho de Tomé*: '*Quando vedes agora vossa aparência, vós vos rejubilais. Mas quando virdes vossa imagem, aquela que existe antes de vós, a que não morre e nem se manifesta, quanto podereis suportar*'? Que interessante saber que Clemente foi o mentor de Orígenes, seu professor de teologia, e que, certamente, foi quem percebeu nele um potencial de futuro iniciado nos ensinamentos secretos de Jesus.

É sabido que, entre os anos 66 e 73, houve grande revolta dos judeus da Judeia contra o domínio do Império Romano, e Jerusalém foi o epicentro desses distúrbios. Algumas de suas vitórias parciais inebriaram seus habitantes, mas Roma não perdoou e praticamente destruiu a cidade e o Templo, considerado o mais sagrado ícone da fé judaica. Foi durante esse período que alguns apóstolos de Jesus e seus seguidores resolveram mudar-se para o Egito, especificamente para Alexandria, pois naquela região eles sabiam que existiria espaço e guarida para os Seus ensinamentos. Esta cidade, conhecida por sua imensa biblioteca e sua população multirracial bastante jovem, era um local fértil para receber os ensinamentos secretos de Jesus.

E foi para lá que os seguidores dos apóstolos Marcos e Tomé os levaram. Não tenho dúvida de que Clemente recebeu esses documentos, e até lições secretas, de apóstolos da segunda geração, que ali se haviam estabelecido. Assim, pois, Clemente pôde passar adiante, a um grupo de iniciados, aqueles ensinamentos. Pude ler também Orígenes, e ele foi incisivo em suas obras; em uma delas, que li com detalhes, chamada *Contra Celso*, Orígenes escrevia: "Em meus estudos de diversas fontes, está claro para mim que Jesus conversava com seus discípulos em retiro privado, em suas reuniões secretas, acerca do Evangelho de Deus; mas as palavras que Ele proferiu não foram adequadamente preservadas, porque aos evangelistas parecia que elas não deviam ser transmitidas às multidões e eles decidiram o que deveria ser escrito para ser transmitido e o que não deveria". E Orígenes, no mesmo documento, mais adiante, fala assim sobre a reencarnação: "As almas não têm começo nem fim. Elas entram neste mundo fortalecidas pelas vitórias ou enfraquecidas pelas derrotas de suas vidas anteriores". Tenho uma opinião, após muito meditar sobre esta frase de Orígenes. Concordo com ele ao asseverar que a alma não tem fim, pois ela evolui até atingir a santidade. Porém, discordo quando ele argumenta que a alma não teve começo. Para mim, as almas foram criadas por Deus e continuam a sê-lo, incessantemente. Se elas não tivessem começo, elas seriam como Deus; e somente esta Força Sublime, o Grande Criador do Universo, é que não teve início.

Após ler sobre Orígenes, fui ao livro denominado *Pistis Sophia*, que significa Sabedoria da Fé, escrito em grego, nos anos 358 a 360. Não havia identificação de autor. Esse livro mostra Jesus, após sua ressurreição, ensinando aos apóstolos seus mais sagrados segredos; e então Ele detalha algumas características da reencarnação. Ele responde à Maria Madalena, quando ela questiona acerca das condições dos pecadores que reencarnam: *Um homem que amaldiçoa receberá um corpo que é continuamente perturbado no coração. Um homem que calunia receberá um corpo oprimido. Um ladrão receberá um corpo coxo, torto e cego. Um homem orgulhoso e desdenhoso receberá um corpo esfarrapado e feio, que todos desprezam continuamente.* Mais adiante, Jesus ensina que algumas almas pecadoras experimentam o Inferno como um lugar de sombras e torturas, mas de maneira temporária, até que reencarnem para nova experiência e possibilidade de redenção em novo corpo. E Maria Madalena continua com suas perguntas a Jesus:

O que acontece com um homem que não cometeu pecado, fez o bem persistentemente, mas não encontrou os mistérios destes ensinamentos? E Jesus responde: *Esta alma receberá um corpo cheio de pensamentos e sabedoria, permitindo que ela se lembre de sua origem divina e persiga os mistérios da luz até encontrá-los, e ser capaz de herdar a luz para sempre.*

Eu, Frei Ignácio de Castela, posso dizer a vocês que estava totalmente convencido de que Jesus ensinava a reencarnação. Ele mostrava que as pessoas más, ao morrerem, vão para um Inferno que não é aquele, perene de fogo, tal qual a Igreja nos ensina, mas um local de torturas e dores temporárias. Posteriormente, essas almas voltam a reencarnar, em um corpo de conformidade com os erros cometidos, mas com esquecimento do passado, para nova possibilidade de redenção.

Em compensação, as pessoas boas recebem orientação e sabedoria, a fim de alcançarem a união com Deus. Faltava saber, ao certo, como justificar a reencarnação, uma vez que Jesus teria perdoado o *bom ladrão*, assim chamado na história e tradição católicas, e Paulo teria falado do batismo como a única salvação possível. Estava seguro de que Wycliffe falava a respeito, e a procura em seus cadernos não demorou muito tempo. Logo, encontrei dois capítulos inteiros dedicados a essas duas passagens dos Evangelhos, empregadas pela Igreja objetivando negar que Jesus ensinava a reencarnação. Os achados de Wycliffe eram contundentes. Transcrevo seus estudos e conclusões; meus comentários deixo para depois.

A história do *bom ladrão*

"Realmente, a história do chamado bom ladrão vai totalmente contra os ensinos de Jesus sobre a reencarnação. Como eu, Wycliffe, já falei em outras partes destes cadernos, não tenho mais dúvida acerca da reencarnação como sinal claro da Justiça Divina. Veja você, futuro pesquisador, que, como demonstrei, não apenas Jesus ensinava isto, como o *Antigo Testamento*, a *Torá* dos judeus está repleta desses ensinamentos. Lembro bem da primeira passagem de Jeremias, onde ele mostra o diálogo entre Deus e ele, e que me levou à profunda reflexão e às conclusões sobre a preexistência da alma, e, por consequência, sobre suas anteriores vidas. Isso aconteceu logo no meu estudo de Teologia, para meu doutorado, quando fui chamado, pelos meus mentores teólogos, a explicar este texto, Jeremias 1:5, que reproduzo uma vez mais: *Antes que eu te formasse no ventre de tua mãe, te conheci e antes que tu saísses da clausura do ventre materno, te santifiquei e te estabeleci profeta entre as gentes.*

Simplesmente, eu não consegui explicar este texto a meu contento, pois, se o fizesse, falando de minhas reais conclusões, eu não teria sido aprovado em minha última arguição. Dei a resposta que todos esperavam: Deus conhece a alma de todos, conhece nossas virtudes e nossas imperfeições, mesmo antes de nascermos. Assim, sabendo que Jeremias era uma boa alma, escolheu-o como um de Seus profetas, para alertar e ensinar o povo judeu de suas obrigações em relação a Ele. Fui aprovado, mas as minhas dúvidas a respeito da preexistência da alma sempre me perseguiram e estiveram na minha lista de dúvidas e questionamentos.

Mas, o que sempre me levava a questionar minhas próprias dúvidas era principalmente a passagem do *bom ladrão*. O diálogo é escrito por Lucas. Vou repetir, em seguida, o que está escrito no Evangelho que tenho aqui comigo, que ganhei de meu preceptor, quando recebi o título de sacerdote católico, há mais de vinte anos, e que eu denomino carinhosamente meu livrinho. Está no capítulo 32: *Levavam também dois malfeitores para serem executados com ele. Quando chegaram ao lugar chamado Calvário, ali crucificaram Jesus e os malfeitores: um à sua direita e outro à sua esquerda. Um dos malfeitores crucificados o insultava, dizendo: 'Tu não és o Cristo? Salva-te a ti mesmo e a nós'! Mas o outro o repreendeu: Nem sequer temes a Deus, tu que sofres a mesma pena? Para nós, é justo sofrermos, pois estamos recebendo o que merecemos; mas ele não fez nada de mal. E acrescentou: Jesus, lembra-te de mim, quando começares a reinar. Ele lhe respondeu: Em verdade te digo: hoje estarás comigo no Paraíso.*

A minha primeira reflexão a respeito vai ao encontro do modo com que os outros três evangelistas retrataram a cena e esse diálogo; este é um ensino fundamental, pois Jesus teria perdoado os pecados de um criminoso e o iria levar ao Paraíso com ele. O perdão dos pecados está aí bem colocado, sem dúvida alguma. Mas, qual não foi minha surpresa, ao verificar que os outros três evangelistas não mencionaram o diálogo em si, mas tão somente a cena. Vou copiar a seguir o que eles escreveram, daqui do meu livrinho: *Com ele também crucificaram dois ladrões, um à sua direita e outro à sua esquerda.* (Mateus 27: 38) *Com ele crucificaram dois ladrões, um à direita e outro à esquerda.* (Marcos 15:27) *Lá, eles o crucificaram com outros dois, um de cada lado, ficando Jesus no meio.* (João 19:18)

Minhas perguntas avolumaram-se. Lucas falava do perdão dos pecados! Com a morte de Jesus na cruz, seu sangue derramado nos teria livrado de todos os nossos pecados, passados e futuros, independentemente da natureza do crime e de suas consequências? Por que, então, os outros evangelistas não teriam registrado tão importante ensinamento, aceito como dogma de fé pela Igreja Católica? Outra dúvida, oriunda da primeira: dos quatro evangelistas, a tradição cristã mostra que somente João estava na crucificação de Jesus, juntamente com Maria, sua mãe, e de Maria Madalena. Ademais, essa cena está gravada em milhares de pinturas nas igrejas e em inúmeros livros religiosos ilustrados.

Lucas veio a conhecer os ensinamentos de Jesus após sua morte, portanto, não estava ali. E não há registro de que Mateus lá estivesse. Marcos, por sua parte, também não; ele não era um apóstolo, mas sim um seguidor tardio de Pedro, quando ele já estava em Roma. Se um ensinamento tão sério e profundo foi ali proferido, por que João não o registrou? Logo João, considerado seu apóstolo mais querido?

A tradição cristã, igualmente, nos conta que Lucas teria ouvido a história de Jesus e tudo o que se passou com ele, principalmente em suas conversas com Paulo – que também conheceu Jesus depois de sua morte, e com a Santa Mãe de Jesus, Maria, ela sim, presente no martírio do Calvário. Talvez ela tenha contado isso a Lucas... é uma possibilidade. Mas se foi assim, por que Maria não teria contado o mesmo fato aos outros apóstolos, para que eles pudessem registrá-lo e passá-lo aos seus seguidores? Nunca saberemos. Percebo a importância, para você, que vem após mim, de saber das descobertas que fiz, em anotações nos pergaminhos, sobre a origem do *Evangelho de Lucas*. Vale a pena divulgar, para que saiba quão especial é este Evangelho, que deve ser lido com os olhos da alma. Você entenderá agora por que digo isso. É fundamental sabermos que, sem Paulo, Lucas talvez não tivesse escrito o seu Evangelho. Lucas e Paulo era amigos sinceros.

A Igreja do Caminho, nome dado inicialmente aos seguidores de Jesus, logo após sua morte, estava com grandes problemas de ordem material; e Lucas, que conheceu Jesus através de Paulo, resolveu largar seu emprego de médico num navio, para seguir Paulo. Ele era grego e de família abastada e, portanto, as dificuldades materiais da Igreja já não seriam tão grandes, pois Lucas colaborava muito com seus recursos. Foi ele quem sugeriu o nome cristãos, seguidores do Cristo, em substituição à denominação "homens do caminho".

O sonho de Paulo era pregar em Roma. Na capital do Império Romano, viviam pessoas de todas as raças, e ele firmemente acreditava que a cidade seria um campo fértil para a Boa Nova – a notícia de que o Messias prometido tinha vindo, com seus ensinamentos, não apenas para o povo de Israel, mas para toda a humanidade. Com este fim, ele resolveu colher mais informações sobre Jesus com sua mãe, que seria uma fonte sem ideias preconcebidas e testemunha ocular de toda a vida de Seu Filho, do nascimento até sua morte. E assim ele fez. Esteve com Maria durante várias semanas, em Éfeso, uma cidade da Grécia, onde Maria passou a residir após a morte de Jesus, e assim colheu dados e fatos adicionais, precisos e preciosos sobre Jesus, que não estão presentes nos três outros Evangelhos.

Paulo, à diferença de todos os apóstolos primeiros de Jesus, com exceção de Mateus e Judas Iscariotes, era letrado, tinha nível de estudos superiores pela Escola Rabínica de Jerusalém; não necessitou, portanto, de escriba algum: ele próprio anotou tudo o que Maria contara. Paulo tinha em mente escrever outro Evangelho. Todavia, imediatamente após registrar os relatos da mãe de Jesus, ele recebeu uma carta de Tiago, solicitando-lhe voltar o mais breve possível para Jerusalém, onde necessitavam muito dele. Paulo não hesitou e marchou de volta à sua terra. No entanto, logo ao chegar, foi cercado pelos soldados e levado à prisão. E, então, novamente aparece Lucas em sua vida. Este foi visitá-lo muitas vezes e, como era médico e grego, tinha a cidadania romana – o que lhe garantia livre acesso à prisão. Paulo permaneceu na prisão por três anos, tendo sempre Lucas muito próximo, escutando e anotando o que ele contava. Mas, ao pressentir que não sairia dali vivo, Paulo entregou a Lucas todos os rolos de documentos onde tinha registrado as conversas com Maria.

Disse-lhe que o lesse com profundidade e, com essas novas informações recolhidas na prisão, voltasse à Maria, completasse a compilação e produzisse um novo Evangelho, a ser levado aos quatro campos da Terra. Lucas seguiu as orientações de Paulo e viajou para Éfeso, onde teve oportunidade de sanar muitas de suas dúvidas com Maria, obtendo mais informações. Redigiu, então, em grego, o que hoje conhecemos como o *Evangelho de Lucas*.

Em minha opinião, na verdade, deveria ser chamado de Evangelho de Paulo e Lucas, ou Evangelho de Maria. Encontrei, na gaveta 5, as duas versões, em aramaico e grego. Acredito que Lucas ainda tencionava que tais informações fossem repassadas aos cristãos da Palestina, o que justifica a versão em aramaico. A tradução em latim deve ter vindo logo em seguida, assim concluo. Nunca saberemos se Maria foi consultada pelos três apóstolos que escreveram os três outros Evangelhos, mas tudo indica que não, pela riqueza de detalhes novos do Evangelho de Lucas. Na realidade, os dizeres desse Evangelho têm uma fonte ímpar, inigualável e irreparável. Tendo, em minha mente, essas informações e as dúvidas sobre as traduções do diálogo entre Jesus e o *bom ladrão*, fui ao original à minha disposição, em aramaico, e abri as traduções em grego e latim. Eis o registro de Lucas, na versão grega, com as separadas as palavras por mim mesmo: και ειπεν αυτω αμην σοι λεγω σημερον μετ εμου εση εν τω παραδεισω.

Literalmente é assim traduzido: *E disse a ele amém eu digo a você hoje comigo estará no paraíso.* Por estar a frase escrita, sem pontuação alguma, ela pode ser traduzida de várias maneiras, a depender da intencionalidade do tradutor. Na versão da Igreja Católica, no meu livrinho particular, está assim: *Ele lhe respondeu: Em verdade te digo: hoje estarás comigo no Paraíso.*

Observando-se, detalhadamente, esta versão e comparando-a com a do original grego, vejo que ela tem lógica e pode ter sido a frase proferida por Jesus. Nada obstante, apurei que outras versões, com outras pontuações, podem também fazer sentido. Vamos ver algumas delas, que eu mesmo elaborei, de modo a analisá-las sem ideias preconcebidas:

Versão 1: *Em verdade hoje te digo, estarás comigo no paraíso.*
Versão 2: *Hoje em verdade te digo, estarás comigo no paraíso.*
Versão 3: *Hoje eu te digo, estarás comigo no paraíso, amém.*
Versão 4: *Eu te digo hoje, amém, estarás comigo no paraíso.*

Veja você que nenhuma das quatro versões afirma que 'hoje' o ladrão estaria no Paraíso com Jesus, como na versão oficial da Igreja. Com a simples troca de posição das palavras e a colocação de vírgulas e outros sinais de pontuação, a frase pode ter um sentido distinto, pois, nessas quatro versões que eu mesmo fiz, Jesus, na verdade, confortou o ladrão, dizendo que sim, ele estaria com Ele no Paraíso, mas não disse quando!

Jesus era um grande entendedor das almas e sabia que ao afirmar ao ladrão que este estaria com ao seu lado no Paraíso, certamente, confortaria aquela alma, em seus últimos momentos, e isso está totalmente conforme a teoria reencarnacionista, que apregoa: todas as pessoas, um dia, após concluídas as reencarnações necessárias à sua evolução, estarão no Paraíso. Não foi isso que Jesus asseverou a Nicodemos? Vejamos, novamente, a afirmação de Jesus a Nicodemos: *Em verdade, em verdade, te digo: quem não nascer de novo não pode ver o Reino de Deus.* Assim, Jesus apurou que aquele homem, ao seu lado no Calvário, prestes a morrer, tinha algum sentimento de arrependimento em seu interior, e o confortou dizendo: *Sim, estarás comigo no Paraíso.* Certamente, esse homem, chamado de bom ladrão, teria oportunidade de reencarnar mais cedo do que seu companheiro, que demonstrava rebeldia a todo o instante, e mais cedo poderia aproveitar as oportunidades da vida na carne, para se redimir de seus crimes e estar, um dia, no Paraíso, junto a Jesus.

A reencarnação demonstra que Deus não se esquece de um só de seus filhos, que todos somos suas ovelhas desgarradas, suas ovelhas de número cem, conforme Lucas nos diz, no início do capítulo 15: *Quem de vós, que tem cem ovelhas e perde uma, não deixa as noventa e nove no deserto e vai atrás daquela que se perdeu, até encontrá-la? E quando a encontra, alegre a põe nos ombros e, chegando em casa, reúne os amigos e vizinhos, e diz: Alegrai-vos comigo! Encontrei a minha ovelha que estava perdida! Eu vos digo: assim haverá no céu alegria por um só pecador que se converte, mais do que por noventa e nove justos que não precisam de conversão."*

E Wycliffe termina aqui suas explicações sobre a história do *bom ladrão*, e posso dizer a vocês que suas conclusões são muito precisas e totalmente convincentes. Realmente, com suas elucidações, torna-se clara a manipulação das traduções, de modo que interesses pudessem prevalecer sobre verdades não desejadas por quem comissionara essas traduções. Estava seguro de que Frei Benedetto ficaria tão surpreso quanto eu. Mas, ainda restava a carta de Paulo a seu discípulo Tito, que faz referência ao batismo como a única forma de salvação. Constatei que Wycliffe ainda escrevera sobre esse tema, mas em outro de seus cadernos. Há um capítulo completo a respeito que lhes transmito, abaixo.

A carta de Paulo a Tito

"Como já tinha escrito antes, esta carta de Paulo a Tito também mostra que a pessoa é salva somente pela água do batismo, causando regeneração em sua alma e, portanto, a reencarnação não seria uma verdade. Vou transcrever esta passagem de Paulo a seguir, copiando-a de meu livrinho, Carta de Paulo a Tito 3:5: *Ele nos salvou, mediante o banho da regeneração e renovação do Espírito Santo.*

A Igreja interpretou o banho da regeneração como o batismo, quando a nossa alma seria renovada com a chegada do Espírito Santo. Este é o mistério e dogma do batismo; a interpretação não deixa de ser lógica, além de ser uma questão de fé. Porém, para mim, havia duas grandes questões. A primeira é: o que acontece com as crianças, filhas de pais católicos, que morrem ao nascer, sem que haja tempo de serem batizadas?

E a segunda: e os não católicos ou os não cristãos em geral? Eles também não são Filhos de Deus?

Se Jesus, em sua parábola da ovelha número cem, aquela desgarrada, que simboliza o pecador contumaz, diz que o Pai não abandona nenhuma de suas ovelhas, por que Ele abandonaria aquelas que não foram batizadas? Elas também não são parte de seu rebanho? Afinal, é sabido que o mundo cristão não chega nem à metade de toda a população de nosso planeta. E os fiéis de outras religiões não cristãs, não serão eles também Filhos de Deus? E os agnósticos, aqueles que não creem em Deus e não seguem qualquer religião, deixam de ser Filhos de Deus? Algo está desconforme, nessa interpretação do batismo, na carta a Tito. Vamos ver a versão original em aramaico e a sua tradução em grego, pois também separei as palavras. E assim está em grego, sem letras minúsculas e nenhuma pontuação gramatical: κατα το αυτου ελεος εσωσεν ημας δια λουτρου παλιγγενεσιας και ανακαινωσεως πνευματοςαγιου.

A primeira tradução que fiz, sem nenhuma ideia preconcebida, é: *Ele nos salvou por sua misericórdia, através da limpeza do renascimento e pela renovação de um espírito santo*. Há, porém, outra conotação nessa tradução, muito importante. Eu traduzi a palavra grega παλιγγενεσιας como renascimento, mas uma tradução mais correta poderia ser reencarnação!

É que esta palavra significa "ao pé da letra" palingênese, e esta é derivada de duas palavras do idioma grego, *palim*, que significa de novo, repetir, e gênese, que significa nascer. Em outras palavras, nascer de novo, repetir o nascimento. E isso nada mais é do que reencarnação. A tradução mais aproximada da verdade, do original grego que tenho em minhas mãos, é: *Ele nos salvou através da limpeza da reencarnação e pela renovação de um espírito santo*.

Veja você que, na versão de meu livrinho, a oficial da Igreja Católica, a figura do Espírito Santo, em letras maiúsculas, como uma entidade, é quem nos promoveu a renovação e a nossa salvação. E, em partes dos quatro Evangelhos e nos *Atos dos Apóstolos*, aparece muitas vezes a figura do Espírito Santo como uma entidade separada de Jesus, como parte da Santíssima Trindade. Sabemos que os quatro Evangelhos nos mostram que Jesus, em quarenta dias após sua ressurreição, apareceu para os apóstolos em onze ocasiões, praticamente uma vez a cada três dias. E da maneira inesperada como Ele aparecia, Ele desaparecia. Já vimos as explicações dessas aparições de Jesus com um corpo diferente. Era Jesus, que, com seus poderes, materializava seu corpo, para que fosse visível e provocasse o impacto que provocou.

Caso Ele tivesse vindo somente em espírito visível, ao ir embora os apóstolos poderiam concluir que tivesse sido uma ilusão coletiva. Mas não foi assim. Jesus, com seu imenso poder como Filho Dileto do Pai, condensou seu espírito até se tornar visível a todos ali reunidos. E, assim, Ele mostrava que havia vencido a morte! Jesus até se sentou com eles, em certa ocasião, acompanhando-os em uma refeição, mas evidentemente sem a necessidade de se alimentar.

De posse desse raciocínio, fica mais fácil entender o meu conceito introduzido de Espírito Santo, sendo Jesus, depois da morte de seu corpo físico. Esta é a minha opinião, para mim razoável, mas ela é doutrinariamente diversa do conceito de Trindade, colocando Deus, Jesus e o Espírito Santo como três entidades separadas, mas em uma única pessoa. Não é por acaso que se intitula um dogma de fé, um mistério da fé. Apesar de este conceito da Trindade não aparecer em nenhuma parte das *Sagradas Escrituras*, eu o aceitava como razoável, sob a minha ótica. Ele provocou uma controvérsia enorme, durante os primeiros quatro séculos do Cristianismo, e foi discutido em vários Concílios da Antiguidade, principalmente os de *Niceia I* e *Constantinopla I*, onde foi finalmente aprovado. Para mim, em conclusão: Deus é único, o Supremo Criador do Universo; Jesus é Seu Filho Dileto, que ficou entre nós por trinta e três anos e morreu crucificado; e o Espírito Santo seria Jesus, em suas aparições junto aos apóstolos, após Sua morte na cruz.

O que escrevi, até aqui, entretanto, serviu de base para desenvolver o raciocínio a respeito da minha tradução da carta de Paulo a Tito, considerada por mim a que mais se aproxima da realidade que Paulo queria mostrar. Como coloquei em meus cadernos, Paulo era total conhecedor dos ensinamentos secretos de Jesus; ele sabia e pregava sobre a reencarnação. Vou repetir minha versão e expor minha lógica: *Ele nos sal-*

vou através da limpeza da reencarnação e pela renovação de um espírito santo. Agora eu sei que, após as vidas sucessivas, o espírito se depura, até se tornar um espírito santo, sem mácula, um feito que alcança pela renovação, encarnação a encarnação, por meio das oportunidades em vidas sucessivas bem aproveitadas. E, assim, somos salvos do ciclo de nascer e renascer.

Não é, portanto, o banho da água do batismo que leva o Espírito Santo a nos salvar, mas sim a lavagem, a limpeza de nossos pecados, que se faz pelas reencarnações sucessivas – o meio de nos renovarmos e sermos espíritos puros, espíritos santificados. Com esta versão, creio eu, a mais apropriada, todas as pessoas, de qualquer credo religioso, batizadas ou não, irão um dia purificar seu espírito: uns e outros, no ritmo diferente de cada um e no aproveitamento, maior ou menor, de cada encarnação. Esta versão também se aplica às crianças que morrem ao nascer, ou vivem até pouco antes de serem batizadas; por algum motivo das vidas anteriores, talvez não necessitassem de muito tempo nesta encarnação. Talvez elas tenham vindo nessa condição, de pouco tempo de vida, para promover a união dos pais através da dor. Os motivos não saberei dizer, mas que a explicação é lógica, ela é.

Em conclusão, posso dizer a você, que vem após mim: a carta de Paulo a Tito e a história do *bom ladrão*, quando corretamente traduzidas, somente confirmam que Jesus ensinou a seus discípulos sobre a reencarnação. Elas não negam a reencarnação, mas sim a confirmam! Estou convencido e feliz, porque, para mim, um dos grandes mistérios da causa dos sofrimentos humanos é claramente explicada. Não há injustiça de Deus, há uma lei, a de causa e efeito. Fiz algo errado numa vida passada, tenho outra oportunidade de redimir as consequências de meu erro, em outra vida, e, assim, limpar meu espírito daquela mácula. Sou a ovelha número cem, e Deus me dá ensejo de recomeçar sempre, porque Ele é o Bom Pastor!

É oportuno, nesse momento, parar um pouco. Creio que mereço um bom descanso. Saio feliz hoje daqui da sala 16, depois de mais de dois meses de pesquisas. Ainda tenho de descobrir as causas e como a Igreja Cristã nascente ocultou esses ensinamentos secretos de Jesus. Para isso, vou seguir as indicações apontadas pelo apóstolo Orígenes e vou examinar os arquivos de seu processo. Mas não hoje, nem tampouco amanhã. A primavera se inicia aqui na Áustria, e as tulipas estão desabrochando, os pessegueiros florindo e tudo parece renascer para uma nova vida. Vou sair a caminhar pelos campos e jardins, pensar em Deus e em Seu amor por Suas criaturas, sempre nos dando chance de refazer os caminhos que, em outra vida, levaram-nos às sendas equivocadas. A natureza é o renascimento na primavera."

Wycliffe terminou assim seu relato. Eu fechei seu caderno, recoloquei-o no lugar e sentei-me pensativo, na confortável poltrona que ali estava, pela gentileza de LeClerk. Aprendi muito naqueles meses em que estivera estudando Wycliffe. Posso lhes afirmar que a veemência e a clarividência com as quais ele conseguiu demonstrar que Jesus ensinava sobre a reencarnação, me impressionaram profundamente. Da mesma forma que Wycliffe, não me restava mais dúvida alguma. Ao fechar meus olhos, sentado na poltrona, lembrei-me de um diálogo que tivera, há alguns anos, com um amigo judeu, o rabino Menachen, em Sevilha. Alguns colegas e irmãos frades consideravam estranho eu visitar sua casa, bem perto de uma das sinagogas ali construídas.

Menachen era uma pessoa encantadora, muito conhecedora da *Torá* e de ideias e conceitos um tanto fantasiosos, pelo menos para mim. Eu gostava muito de nossas conversas. Ele me dizia repetidamente que nós, os cristãos, lemos a *Bíblia*, o *Antigo Testamento* de forma literal, sem nos atermos ao verdadeiro sentido de seus ensinamentos. Como falei anteriormente, a *Torá* judaica é uma parte do *Antigo Testamento*, constituída dos cinco primeiros livros da *Bíblia*, o Pentateuco mosaico. A *Torá* era o que Jesus, enquanto judeu que era, estudava e lia, junto aos ap*óstolos, e era considerada* a Lei para eles.

O rabino Menachen me dizia que a *Torá* está repleta de segredos e passagens, que merecem ser lidas com a lente mística. E me ensinou que existe uma escola de pensamento esotérico judeu, que produziu o que se chama de *Cabala*, uma série de interpretações dos textos da *Torá*, publicados em diversos livros auxiliares e complementares entre si. Dois deles são chamados de O *Livro do Esplendor* e o *Livro da Re-*

velação e ambos diziam que um dos segredos para entender a *Torá* era saber que a transmigração das almas estava em várias passagens de seus ensinamentos.

O querido rabino me disse coisas muito interessantes, a que na época não dei muita atenção, mas no momento, em minhas pesquisas, compreendia que elas poderiam ser verdades. Ele me disse que nós, cristãos, cremos que Moisés, ao descer do Monte Sinai, trouxe somente as tábuas com *Os Dez Mandamentos*. Curioso é que ele não gostava de chamá-lo Moisés, e usava o nome judaico, Moshe. Ele me questionou: – Frei Ignácio, por que Moshe teria ficado quarenta dias lá no alto do Sinai, para trazer somente essas Tábuas da Lei? Não é coerente, nem lógico nem verdade. Se fosse para isto, ele teria ficado algumas horas ou, no máximo, um dia, e não quarenta! E continuou:

– Na verdade, Deus produziu três revelações a Moshe. A primeira – *Os Dez Mandamentos;* a segunda, os primeiros cinco livros que constituíram a *Torá* escrita. E a terceira, equivalente em importância às duas primeiras, foi a *Torá* oral, isto é, Moshe recebeu orientações e explicações de Deus sobre diversas passagens da *Torá,* para que ela pudesse ser entendida em sua plenitude. Esta parte oral – que foi transmitida de boca em boca, através de gerações, de modo que esses ensinamentos não se perdessem nem fossem adulterados – foi colocada também de forma escrita, em diversos livros, e esses dois que citei são alguns deles.

Como disse há pouco, a transmigração das almas está ali, claramente falada como uma das chaves que Deus passou a Moshe de maneira oral. É verdade, Frei Ignácio, a transmigração das almas significa que nós voltamos em outros corpos, para continuar nossa evolução espiritual e reparar os erros das vidas passadas. A alma, o espírito, preexiste ao nascimento no corpo. Está tudo ali na Cabala.

Minha reação foi de ceticismo. Ainda assim, Jesus havia perdoado o *bom ladrão*, e era o batismo que nos salvava, como Paulo dizia.

Não obstante, era desse modo que eu pensava naquela época, mas não refutava, pois sabia bem que eles, os judeus, jamais acreditaram que Jesus tivesse sido o Messias prometido, logo, a minha argumentação não iria longe com ele. Todavia, o mais surpreendente naquela conversa, e que aflorava às minhas recordações, foi ouvir do rabino: "Jesus foi um homem santo, um profeta todo especial de Deus, posso dizer hoje, um dos maiores, se não o maior entre todos os profetas, e posso afiançar a você que ele ensinava sobre a transmigração das almas e a preexistência do espírito. Vocês é que não entenderam o sentido verdadeiro, oculto em suas parábolas, e, além disso, destruíram todos os livros que mostravam Jesus ensinando a transmigração das almas e sua preexistência em vidas passadas".

Acomodado na pequena poltrona, lembrei-me bem de que ele não usara a palavra reencarnação, mas refletindo melhor, uma e outra coisa são sinônimos, e ele estava totalmente certo. Jesus ensinara a reencarnação, e ela consiste na assinatura da Justiça de Deus para com os homens.

Estava assim de olhos fechados, quando ouvi o ruído da chave na porta e me levantei, porque entendi que era hora de encerrar meus estudos daquele dia. Além do que, LeClerk me esperava. Enquanto caminhava em sua direção, ele me dizia: – Irmão Ignácio, o que se passou hoje aqui? Há muito tempo não vejo você tão sereno, tão calmo e com uma expressão de paz em seu rosto! – E eu respondi: – Meu amigo, meu amigo, descobri que Deus nunca desampara suas criaturas, por mais erros e disparates que cometam, e isto não é uma questão de fé, mas sim de lógica e justiça divina. E ele replicou, com sua voz de trovão, grave: – Mas isto eu sempre soube! E, sorrindo, completou: – Eu nunca precisei de mais de três meses estudando numa sala secreta para descobrir isso. E rimos juntos. Eu arrematei, concordando: – É verdade, meu irmão, é verdade!

Ao chegarmos ao *Scriptorium*, os monges copistas nos olharam surpresos, pois raramente presenciavam LeClerk com expressão tão alegre. O bibliotecário imediatamente lhes disse, dessa vez com voz mais séria e expressão grave: – Vamos ver agora o que vocês produziram nesta semana! E houve um remexer de livros em todas as mesas altas. Saí, mas antes desejei boa sorte a eles e me encaminhei ao nosso quartinho. Pensei comigo mesmo: 'hoje Benedetto terá muito em que pensar'!

A conversa com Benedetto

Ao adentrar o quartinho, notei com certa surpresa que o Irmão Benedetto não estava; não era a primeira vez que ele se ausentava. Fui à nossa pequena mesinha de trabalho e deixei ali os meus escritos daquele dia e de outros dias, encaminhei-me ao pequeno fogão e preparei um chá de lavanda com camomila, que era o seu preferido. Cortei algumas fatias de pão e do queijo tão especial, que se fazia ali mesmo nas cozinhas do monastério. Fui ao armário, apanhei o mel e os utensílios e deixei tudo preparado, com o chá quente num bule. Minutos depois, Benedetto entrou pela porta e me disse, com sua voz alta, mas calma:

– Irmão Ignácio, aquilo que você me disse, sobre o que Wycliffe escrevera, que as traduções bíblicas podem ter sido manipuladas, me deixou muito curioso. Passei a tarde toda nas salas abertas da biblioteca e, com a ajuda do bibliotecário, consegui cinco edições dos Evangelhos, editadas em épocas diversas, por Igrejas de todo o mundo cristão. Como você sabe, todas estão em latim, meu idioma preferido por excelência.

E veja você: pude constatar que, dessas cinco edições, somente duas concordavam entre si; eu pesquisei exatamente as duas passagens que havíamos discutido, aquela que nega a reencarnação, a do *bom ladrão*, e a da *epístola de Paulo a Tito*! As traduções que analisei davam a mesma resposta, a mesma interpretação daquela que tenho aqui comigo, mas a maneira como estão escritas e a colocação das palavras eram diferentes. Em uma delas, a do ano de 1185, produzida na Biblioteca de Turim, Itália, na Carta de Paulo estava assim, veja você mesmo. Benedetto remexeu em suas coisas e me mostrou, no papel, o que ele tinha copiado: *Jesus nos salvou através da limpeza do renascimento e pela renovação de um espírito santificado.*

– O que você acha disso? Eu não quero interpretar coisa alguma, pois posso estar influenciado por você e Wycliffe, mas fiquei atento, pois vi que, nesta tradução, se eu trocasse a palavra renascimento por reencarnação, ela também faria sentido. A minha conclusão é que as traduções podem ter sido manipuladas, sim, mas como provar esse fato? Espero que você tenha algo para me dizer; na verdade estou ávido pelas suas informações de hoje.

Benedetto caminhou em direção à nossa mesinha de trabalho e viu os papéis que eu tinha escrito. Mas, ao tomar a iniciativa de ler, eu o interrompi: – Querido Benedetto, vamos primeiro tomar nosso chá, com essas iguarias maravilhosas que eles nos trouxeram aqui. Depois conversamos. Temos muito o que fazer, acredito que a noite será curta para tanta discussão. Irmão Benedetto concordou comigo e, então, nos sentamos à mesa para nosso chá. Fizemos nossa oração de agradecimento a Deus por toda aquela fartura e nos alimentamos. Em seguida, nós nos acomodamos à mesa de trabalho. Tomei as folhas de papel, com os registros de minhas conclusões mais importantes, e comecei a falar.

Minha descrição de tudo o que li e minhas próprias conclusões foram expostas bem devagar e com toda a lógica possível. Benedetto somente me olhava, sem dizer uma só palavra. De vez em quando ele se levantava, pegava um pouco mais de chá para nós dois e se sentava, esperando-me retomar a narrativa. Em duas ou três vezes, vi algumas lágrimas furtivas querendo sair de seus olhos, e ele, sem pestanejar, passava os dedos para enxugá-las, impedindo-as de aflorar, talvez para não me constranger e me fazer parar. Durante essas duas horas, eu lhe mostrei os documentos que escrevi, como minhas próprias traduções dos trechos em questão. Ele lia e não expressava uma só palavra.

Ao terminar minha exposição, exausto de tanto falar, eu me levantei, fui ao fogão, preparei outro bule de chá, cortei outras fatias de queijo, levei à mesa de trabalho e servi Benedetto. E ele me perguntou: – Irmão Frei Ignácio, você tem certeza de tudo isto que você descreveu? Não há para você dúvida alguma, Jesus realmente pregava a reencarnação? O que você me diz? Notei que havia certa emoção no modo com que elaborara e exprimira essas perguntas. Eu lhe respondi calma e serenamente: – Benedetto, querido Benedetto, nunca estive tão certo em toda a minha vida. A reencarnação é a chave para entender o que Jesus falava, principalmente em O Sermão da Montanha e nas conversas com Nicodemos, e tudo mais. É o que faltava para entender a causa dos sofrimentos humanos. E para mim, Jesus, o Mestre por excelência, o Irmão Maior que todos temos, veio para mostrar a Justiça de Deus, como Pai, e como Pai ele não castiga seus filhos para sempre no fogo do Inferno. Ele sempre nos dá novas oportunidades. Está claro para mim. Nunca sentira tanto a presença da Justiça de Deus em tudo. E lhe digo mais: há uma frase do nosso querido Francisco de Assis que até então não havia entendido, ou entendia de maneira parcial. Ele escreveu certa vez: *não há um único homem neste mundo que pode possuir-se, sem antes ter morrido.*

Agora eu entendo esta frase. Durante nossas vidas, a grande e vasta maioria dos homens somos possuídos pelas condições externas, dinheiro, poder, luxúria e outras demais tentações; na verdade, somos escravos desses prazeres fátuos, temporais e fáceis. Mas quando morremos, temos outras oportunidades de vida, para resgatarmos todos os nossos erros e corrigirmos as consequências de nossos desatinos. E, quando conseguimos isso, nós não somos mais escravos desses pecados, deles nos libertamos e, de fato, os transformamos em virtudes, pois evoluiremos em nossas futuras encarnações. Sim, amigo, somente podemos possuir-nos quando morremos. Pois, teremos outras oportunidades. Está claro para mim, agora, este sentido da frase de nosso querido Irmão Francisco! Ele também estava falando da reencarnação!

Benedetto levantou-se e começou a caminhar de um lado para o outro. Vi que lágrimas se acumulavam em seus olhos, até que elas começaram a sair, primeiro lentamente e depois numa avalanche – ele soluçava. Esperei o tempo todo em silêncio, sem dizer uma só palavra, até que ele se sentou, enxugando seu rosto com um lenço. Em seguida se levantou, esquentou o chá e nos serviu, em silêncio. Quando terminamos, ele me disse: – Você, meu querido amigo e irmão, você não conhece a história de minha infância e juventude e porque eu entrei na vida religiosa. Vou contar-lhe.

Minha mãe era uma pessoa maravilhosa, e eu tinha uma irmãzinha de dez anos. Eu tinha doze. Morávamos em Alicante, perto de Sevilha, no campo. Meu pai era um homem de poucas palavras e rude no tratamento com as pessoas. Com a minha mãe, não, ele era manso, mas não sabia demonstrar seus sentimentos mais profundos. Ele tinha adoração pela minha irmã, que se chamava Beatriz, com quem ele se desmanchava, sem falar muito. Comigo, ele era duro, severo, pois dizia que homem tem que ser assim, para enfrentar as dificuldades da vida. E toda vez que meu pai era rude comigo, minha mãe vinha em minha direção e afagava meus cabelos. Eu era feliz nesta família, sabia que éramos amados.

Um dia, porém, Beatriz adoeceu, perdeu as forças e as cores alegres e o rosado de seu rosto tão meigo. Meu pai procurou todos os médicos da região e disseram que ela tinha a doença azul, aquela em que o sangue perde a vitalidade e, consequentemente, as pessoas vão ficando pálidas, de um azulado triste, e o desenlace sempre é fatal. Meu pai não deixava a cama dela por nada, e eu ia ao campo fazer seus afazeres, parte deles. Mas, chegou o dia em que Beatriz chamou todos nós ao seu lado, logo de manhã, em um dia lindo de primavera, e nos disse, com sua voz fraquinha, mas tão amada, que faria uma viagem e queria se despedir. Meu pai pensou que ela estivesse delirando, mas ela não estava com febre naquele momento. Ela pediu para todos nós segurarmos sua mão e nos disse "até logo", fechou os olhos e morreu!

Meu pai ficou desesperado, sem consolo, por mais que minha mãe procurasse ser forte. Eu continuei a segurar as mãos de Beatriz. O desespero de meu pai era tão grande que os vizinhos do campo logo chegaram, chamaram o padre que atendia àquela região, e o corpinho frágil de Beatriz foi enterrado na manhã do dia seguinte. Meu pai estava uma pessoa imobilizada pela dor. Acompanhou maquinalmente as cerimônias todas até o cemitério e o enterro final. Nos dias seguintes, ele se levantava cedo, ia ao campo e voltava bem tarde; mal tocava na comida. Minha mãe, muito preocupada, dizia que ele ia para a cama e não falava uma palavra e seus olhos não fechavam, mirando firmemente o teto de nossa casa.

Um dia, ao final da tarde, ele não voltou, e minha mãe foi comigo procurá-lo, e nossa surpresa foi terrível. Meu pai havia se enforcado em uma árvore! Minha mãe, ao ver aquela cena, desmaiou, e eu, rapazote, não sei como, arrumei uma força que eu não tinha, subi na árvore, cortei a corda, e o corpo de meu pai caiu. Desamarrei a corda de seu pescoço e fui correndo chamar os vizinhos, deixando minha mãe ali no chão. Cerca de dez minutos depois, voltei com dois vizinhos, que eram conhecidos nossos de mais de dez anos; eles conseguiram despertar minha mãe e levaram o corpo de meu pai para casa. Minha mãe estava muito fraca, e esses fatos tão próximos minaram a força de seu coração. Colocaram a minha mãe em seu quarto, com uma das mulheres que vieram nos ajudar, sentada junto à cama.

Os vizinhos estavam conversando entre si, e eu pude escutar o que diziam; eles sussurravam que tinham de esconder a marca do pescoço de meu pai, com uma tinta, e depois um lenço, antes que o padre chegasse, pois, se ele constatasse que tinha sido suicídio, não rezaria por sua alma, pois ela já teria ido para o Inferno, que é o lugar dos suicidas. E nem ele poderia ser enterrado no cemitério da Igreja. Eu fiquei aterrado! Meu pai era um homem bom. Rude, é verdade, mas amava minha irmãzinha, e como ele iria para o Inferno? Não podia acreditar!

Seus amigos combinaram e misturaram umas tintas de flores e passaram em seu pescoço, logo vestindo o seu corpo com uma roupa especial, de gola larga, que escondeu totalmente a parte afetada, e, depois de quase uma hora, o padre chegou. Desconfiado, porque meu pai era um homem forte, e sabedor das dores pela morte de minha irmã, ele, antes de rezar o corpo e dar sua bênção, pediu para baixar a gola larga que cobria seu pescoço. Os vizinhos assim o fizeram, mas deixando pouco à mostra, já que eles tinham coberto, com uma tinta cor da pele, a marca da corda; mas não foi suficiente! O padre Lorenzo pegou um pedaço de pano, passou no pescoço do meu pai, retirando toda a tinta, e disse simplesmente: "Esta alma está perdida para sempre. Enterrem ao lado do cemitério, ali não é lugar santo; não posso encomendar sua alma a Deus, pois não há lugar no Paraíso para estas pessoas, nem no Purgatório". E saiu, sem dizer uma só palavra. Eu estava aterrado. Meu pai iria para o Inferno e minha irmãzinha, que ele amara tanto, estaria no Céu e, se assim fosse, eles nunca se encontrariam, e meu pai sofreria para sempre, nas mãos dos demônios, naquele fogo que não acaba nunca!

No dia seguinte, o corpo de meu pai foi enterrado ao lado do cemitério, e minha mãe, de tão fraca que estava, não conseguiu acompanhar o enterro. Ela não conseguiu recuperar sua saúde, nem sua alegria. Pouco mais de um ano, eu já com treze anos, seu coração falhou e ela veio a falecer. Mas, antes de sua morte, ela me disse: "Bene, sei que seu pai não está em campo santo e que Beatriz está. Eu quero estar junto de seu pai. Sua irmãzinha já está com Deus, mas seu pai precisa de mim. Por favor, me enterre ao lado de seu pai". Com lágrimas escorrendo, eu disse que sim e assim foi feito. Padre Lorenzo achou que eu estava louco de não enterrar minha mãe em campo santo, mas fez as orações todas e encomendou a alma de minha mãe a Deus.

Depois do enterro e das despedidas, voltei à minha casa e retomei a rotina de minha vida, fazendo o trabalho que coubera a meu pai no campo. Toda noite, eu rezava a Beatriz e a minha mãe, para que elas conseguissem pedir a Deus para que meu pai pudesse sair do Inferno. Nunca rezava para o benefício das almas de Beatriz, nem de minha mãe, eu sabia que elas estavam bem, somente para a de meu pai. Um dia, eu, com quase quinze anos de idade, estava em casa, à tardinha, após o trabalho, quando alguém bateu à porta e era o Padre Lorenzo. E ele me disse: "Meu filho, sei de suas inquietudes e de seu sofrimento. Escuto suas confissões todas as semanas e elas são sempre na direção de ajudar a alma de seu pai. Por que você não entra para a carreira sacerdotal? Você tem todas as características para ser um bom padre; na vida sacerdotal, em suas orações com Deus, talvez você possa encontrar paz e resposta às suas orações. Se você quiser, posso ser seu preceptor e, se você permitir, enviarei uma carta ao preceptor de San Juan de La Reina, em Toledo, para seus estudos ali no próximo ano".

– Foi assim, meu querido irmão Frei Ignácio, através do Padre Lorenzo (que não encomendou a Deus a alma de meu pai, por não poder fazer, de acordo com os dogmas e rituais da Igreja), que me tornei um frade franciscano. Porém, com essas novas revelações, de que Deus nos dá outras oportunidades de vida após esta, sei que meu pai é uma das ovelhas de número cem, e que ele certamente receberá o apoio de Beatriz e de minha mãe, para preparar sua reencarnação... ou, quem sabe, hoje ele já não esteja reencarnado, para outra oportunidade? Foi por essa razão que chorei tanto. Meu pai redimido! Obrigado, Irmão Ignácio, por estas descobertas, que Deus e o Irmão Francisco o abençoem nessa sua tarefa tão importante de recuperar os ensinamentos secretos de Jesus.

Eu escutei silente toda a confissão de Benedetto e, furtivamente, algumas lágrimas também começaram a marejar meus olhos. Ao concluir seu relato, levantei-me, abracei-o carinhosamente e lhe disse: – Deus tem caminhos que não compreendemos, mas aqui está você comigo, descobrindo juntos a maravilha da Justiça Divina. Sim, sem sombra de dúvida, seu pai está em redenção, em outro corpo, pois não creio que nós, ao desencarnarmos, levemos muito tempo para retornar, e principalmente seu pai, que tomou a medida desmesurada do suicídio. Deus, certamente, já o colocou de volta. Estejamos felizes, meu querido amigo! Com um sorriso brotando em sua face, ele respondeu: – Vou preparar algumas outras fatias de queijo e, agora, vamos tomar nosso chá com mel! Amanhã, sem falta, começo a escrever nossas notas. Ah! Na semana que vem temos de enviar o relatório mensal a Torquemada. Amanhã cedo vou escrever algo e submeto a seu crivo à tardinha, quando você regressar da biblioteca.

Ao me deitar, pensei em tudo o que tinha descoberto, ou melhor, aprendido, nas últimas semanas, e na confissão de meu querido companheiro de jornada, naquele momento ressonando em seu leito bem próximo ao meu. Notei que seu sono estava tranquilo, em paz. E pensei: "agora chegou a fase de descobrir o porquê e como esses ensinos de Jesus foram contestados e proibidos".

Orígenes

O dia seguinte amanheceu frio. Era abril, e eu descobri uma frase que os monges austríacos diziam, em caso de reclamação do tempo tão frio, quando parece que vai nevar. Então, eles me responderam em alemão: *April macht was er will*, que significa que o mês de abril faz aquilo que lhe der vontade, pode ficar quente, ou muito frio, pode chover ou pode nevar. Eu ri, porque não conhecia o ditado com essa rima tão preciosa (rima em alemão, é claro)! Voltei ao meu quartinho, vesti outro abrigo mais forte e me dirigi à biblioteca. Lá, segui minha rotina de ficar uma ou duas horas com os monges copistas desenhistas, ajudando-os, e logo LeClerk abriu a porta interna e entramos.

Ao chegar à sala 16, dirigi-me diretamente à estante onde havia uma prateleira com três livros, cujos títulos eram: *Processo Orígenes e Ário volumes I, II e III*. Considerei estranho e curioso que algum bibliotecário tenha intitulado esses volumes com os nomes dos dois teólogos, pois certamente ele não tinha conhecimento de que Ário era a reencarnação de Orígenes, conforme vimos pelos cadernos de Wycliffe. Passei duas semanas inteiras lendo e estudando esses volumes. Selecionei os conteúdos mais significativos para nossos estudos, o porquê e como os ensinamentos de Jesus foram alterados, proibidos e alguns queimados.

Em meus estudos de Teologia, Orígenes, Santo Agostinho e Santo Tomás de Aquino eram os filósofos teólogos considerados os três pilares da Ortodoxia Católica, apesar de Orígenes ter sido excomungado *post mortem*, como escrevi anteriormente.

Muito importante dizer que no século XVI Orígenes não era considerado ortodoxo, no seu sentido conceitual, pois ele, com suas descobertas, escritos e discursos, pregara um Cristianismo mais espiritual do que o existente na época, acompanhado dos conceitos de vidas sucessivas e de preexistência da alma. Porém, ele era ortodoxo no sentido de defender o Cristianismo – não existia ainda o Catolicismo – contra os ataques de outros filósofos, que condenavam com veemência aquela doutrina vinda da Palestina, cujo líder, um criminoso condenado e morto por Roma na cruz, era considerado Filho de Deus, e que teria vindo ao mundo no ventre de uma virgem. Em relação a esses temas, Orígenes era ortodoxo mesmo e, com frequência, conseguia demonstrar seus pontos de vista e suas crenças com argumentações irrefutáveis.

Para o fim de minhas pesquisas, resolvi estudar mais profundamente Orígenes, e constatei o homem extraordinário que ele era. Foi um defensor ferrenho da nova Religião Cristã, e suas assertivas estavam sempre baseadas nas *Sagradas Escrituras*. Apurei que, no primeiro dos três volumes que tratavam de Orígenes e Ário, havia um introito de duas páginas, escrito em grego, pelas mãos do próprio Orígenes! Observei ainda que fora escrito já no final de sua vida, no período em que esteve encarcerado, apesar de não conter data alguma. Orígenes escreve:

"Descobri muitas verdades nesses meus anos de vida de estudo e pesquisa, e sei que daqui não sairei vivo, pois creio que vão iniciar logo o processo da tortura em mim. Somente peço a Deus que me dê uma morte rápida. Tenho total certeza de que logo sairei deste corpo que estará inservível, e entrarei num campo de luz sem igual. Pois a morte não existe, somente o corpo, que é uma veste da nossa alma imortal, é que morre e desce à tumba.

Descobri que somos personas diferentes em palcos diversos, mas o ator é único, o espírito imortal criado para a felicidade, como filho de Deus, mas que, rebelde, cai em suas más interpretações do teatro da vida, em renovadas encarnações. Uma das coisas que apurei, após ler e estudar profundamente todos os ensinos de Jesus, nesses diversos Evangelhos, dezenas deles, que chegaram até mim, foi a de que os judeus já tinham o conhecimento da reencarnação, das vidas sucessivas, pois o livro sagrado deles, a *Torá*, está cheia desses ensinamentos.

Entretanto, eles, ao longo dos séculos de escravidão e preconceitos, perderam o sentido desse ensinamento. E, com a chegada de Jesus, seus ensinos trouxeram de volta o significado e a importância das vidas sucessivas e o imenso amor de Deus às criaturas, dando-lhes sempre novas oportunidades. Jesus, sempre que via a possibilidade de transmitir esse ensino, Ele o fazia, e a expressão maior disso está em O *Sermão do Monte*, no diálogo com Nicodemos e nas inúmeras parábolas em que Ele ressaltava a bondade do Pai, como a do filho que retornou a casa, do pescador e dos peixes que retornam ao rio e muitas outras.

Essas minhas descobertas todas, já as dei a conhecer aos meus iniciados, para que eles as perpetuem, copiando minhas pesquisas e conclusões e passando-as para os próximos iniciados, pois haverá outros e muitos mais. Os ensinamentos verdadeiros de Jesus jamais se poderão perder. Meu mestre Clemente, que a mim os transmitiu, deverá estar muito feliz, no mundo espiritual das almas boas, por eu ter dado frutos. Mas, bem sei que o poder é inebriante e de difícil abandono e desapego. A Igreja nascente fará de tudo para que esses ensinamentos secretos sejam considerados heréticos; estão criando dogmas nos quais a salvação somente se consegue por meio da Igreja, não pela aplicação dos ensinamentos de

Jesus em nossas vidas diárias e a nossa renovação por meio das vidas sucessivas.

A finalidade é bem clara: se a salvação vem através da Igreja, muitos e muitos novos adeptos farão de tudo para que consigam a salvação, e os bispos e padres irão, assim, ter poder imenso, e a Igreja se tornará, em pouco tempo, riquíssima de bens materiais, prata e ouro, pois certamente um lugar no céu poderá ser vendido a preço de ouro. Mas, perderá a riqueza maior que são os ensinamentos de Jesus para o alívio dos sofrimentos humanos. Que preço alto, meu Pai! Ainda não sei como meus iniciados irão divulgar tais ensinamentos de Jesus. E, devido ao que se passou comigo, tenho sinceras dúvidas de que conseguiremos avançar muito no restabelecimento dos ensinos de Jesus. Fico triste a meditar. Quando será isso? Será que acontecerá um dia?

Lágrimas espessas começaram a escorrer de minhas faces. Lembrei-me que eu, em meu fanatismo e infância de meus conhecimentos, havia interpretado literalmente alguns ensinamentos de Jesus e me mutilara! Quanta ignorância que eu mesmo tive, em interpretar Jesus literalmente. Então, eu não podia condenar e julgar aqueles que não entendiam Jesus do modo que eu entendo agora. Estava muito desesperado, com os olhos marejados, quando senti um leve toque em meus ombros. Tive ligeiro sobressalto, pois estava sozinho dentro de minha cela fétida na prisão; abri meus olhos e ali estava Clemente, irradiando luz por suas vestes. E lhe perguntei: *Mestre, estou já morto?*

Clemente sorriu e me disse: 'Não, ainda não; vim aqui para dizer que, no mundo das almas boas e santas, há um plano em desenvolvimento, para que as verdades de Jesus sejam restabelecidas em sua plenitude. Você terá um papel de destaque e importantíssimo na execução das linhas programadas; logo após sua morte, você será preparado para voltar, renascendo para dar continuidade a seu trabalho, de um a dois anos depois de sua partida desse corpo. E você irá, já no novo corpo, como outra pessoa, prosseguir com suas descobertas e, assim, abalar as estruturas da ortodoxia eclesiástica. Sabemos que não será fácil, e talvez a restauração dos ensinamentos de Jesus leve muitos anos, decênios ou, se o amor ao ouro e poder prevalecerem na Igreja nascente, talvez séculos.

Mas a cada dia a sua agonia. Não nos arvoremos em descobrir o futuro. Prepare-se, Orígenes, meu querido pupilo, para as últimas orientações que receberá em sonhos e para seus últimos momentos, que já se avizinham. Logo nos veremos de novo, já no reino dos bem-aventurados, conforme o magistral *O Sermão do Monte*, que nosso querido Mestre e Irmão Maior Jesus nos deixou.'

Clemente foi desaparecendo e logo a cela voltou a ficar escura. O soldado romano que estava de guarda no pavilhão logo chegou e perguntou: 'O que aconteceu aqui? Que luz é esta que vi ao longe? Com quem você estava falando? Disseram-me para ter muito cuidado com você, pois você é um poderoso feiticeiro!' E eu lhe disse, sorrindo: 'Não, amigo guarda, não sou um feiticeiro, foi impressão sua, meu irmão, de vez em quando eu falo sozinho, só isso'. O guarda, com expressão assustada, afastou-se rapidamente. E pensei comigo: 'Vou renascer!' Que venha logo esta morte. Mas, logo me arrependi e pedi perdão a Jesus. Venha a morte quando vier, Senhor, estarei pronto para o martírio, pois sei que esta persona que visto agora já está com sua missão praticamente terminada. Eu, em nova persona, estarei logo pronto para outra viagem de retorno. Será aqui em Alexandria? Creio que sim..."

As páginas seguintes, que resumo, referem-se a compilações elaboradas por alguns de seus alunos, certamente pertencentes ao grupo especial dos iniciados. Ele foi um grande defensor do Cristianismo no Egito e escrevia muito, em todos os momentos livres que tinha, acerca de suas interpretações dos Evangelhos de Jesus e dos *Atos dos Apóstolos*, as quais incomodavam muito a hierarquia da Igreja nascente. Ele apontava os sentidos alegóricos que haveria em muitas parábolas de Jesus, compreensíveis somente se as *Sagradas Escrituras* não fossem lidas de forma literal. Eis um dos diversos exemplos e referências que embasam sua forma de pensar: Jesus dizia em Mateus 18:8-9: *Portanto, se a tua mão ou o teu pé te faz tropeçar, corta-o e lança-o fora de ti; é melhor que entres na vida manco ou mutilado, do que ter duas mãos ou dois pés para serem lançados no fogo eterno. E se os teus olhos também são motivos de escândalo, arranca-os e lança-os de ti: é melhor para ti entrares na vida com um olho, em vez de ter dois olhos para serem lançados no fogo do inferno.*

Essas recomendações de Jesus, dizia Orígenes, não podem ser lidas figuradamente, mas sim por meio da mensagem oculta que carregam, levando-se em conta que Jesus falava da reencarnação. Desse modo, se em futura encarnação, as mãos pudessem ser motivo de crime, seria melhor nascer sem elas; se os olhos fossem motivo de somente ver calúnias, lascívias e pecados, seria melhor nascer sem eles, e assim por diante. A fúria dos opositores não demorou muito a chegar. E Orígenes precisou fugir do Egito para a Palestina, onde produziu um acervo, constituído a partir da interpretação dos conteúdos das parábolas de Jesus, sob a ótica das vidas sucessivas.

Certamente, Orígenes inferiu a resistência dos poderosos da Igreja perante suas proposições, e por isso cuidou para que os ensinos mais secretos de Jesus fossem transmitidos a alguns escolhidos, cessando, desse modo, suas prédicas mais controversas ao público em geral, por ser iletrado, o que impedia a leitura de seus escritos. Ele ainda sugeriu a seleção de um grupo de alunos especiais para essa transmissão de conhecimento. Tais medidas, entretanto, não evitaram a perseguição da Igreja que, após certo tempo, o prendeu; ele morreu na prisão, após ser submetido ao martírio da tortura.

E Orígenes, ao iniciar certos alunos nos ensinamentos secretos de Jesus, antecipando os passos tenebrosos da Igreja, providenciou informar a todos eles os códigos de reconhecimento, com toques e sinais de mãos e frases codificadas em cartas, perceptíveis apenas por outros iniciados, que viviam em outras cidades e países. A esses foi entregue uma série de livros escritos por Orígenes, com o fim de serem guardados em lugares secretos, escondidos realmente das autoridades eclesiásticas.

Acreditava Orígenes que fora Paulo o primeiro a participar dessa nova ordem de iniciados nos ensinamentos secretos de Jesus, pois sabia que tal conhecimento somente poderia chegar a alguns poucos. Paulo, de acordo com Orígenes, teria registrado essa peculiaridade em sua epístola aos hebreus, mencionada acima, que escrevo agora, para facilitar o nosso entendimento: 'A este respeito teríamos muito a dizer, coisas bem difíceis de explicar, dada a vossa lentidão em compreender. A julgar pelo tempo, já devíeis ser mestres! Contudo, de novo necessitais que alguém vos ensine os primeiros rudimentos das palavras de Deus. Tendes necessidade de leite em lugar de alimento sólido. Ora, quem se alimenta de leite não é capaz de compreender uma doutrina profunda, porque é ainda criança. O alimento sólido é para os adultos, aqueles que a experiência já exercitou para distinguir o bem e o mal'. Desse modo, Paulo teria escolhido um grupo de seguidores, em todas as cidades em que pregou, para compor parte desses grupos de iniciados, que se reconheciam por sinais, ou por cartas trocadas entre as diversas comunidades cristãs.

Antes de prosseguir com minhas leituras, sentei-me na pequena poltrona e me coloquei a pensar e refletir: 'Meu Deus, se esses ensinamentos de Jesus não tivessem sido proibidos, mas incorporados à liturgia e cânones da Igreja Católica, como estaríamos hoje? Teríamos o fausto que temos agora, o amor ao poder e às riquezas materiais? E a venda das indulgências, para livrar as pessoas das longas penas no Purgatório, teriam sido implementadas? E as Cruzadas, que levaram tanta dor aos nossos irmãos muçulmanos, e a Inquisição, teriam sido implementadas? Claro que não – é a resposta correta para todas as perguntas acima'.

A Igreja teria sido muito mais humana, sabedora de sua missão de consolação e de orientação, de forma que as pessoas encontrassem respaldo e forças a fim de suportar seus sofrimentos e, assim, diminuir seus fardos espirituais dos erros cometidos em vidas pretéritas, através da caridade, do perdão das ofensas e da ajuda aos mais necessitados.

A Igreja teria apregoado a necessidade de lutar o *bom combate*, aquele que refuta nossas más inclinações, enterra o homem velho e faz surgir o novo homem, reformado para novas frutíferas experiências na carne, em constante progresso.

A Igreja não pregaria sobre o Inferno, não ameaçaria com penas eternas todos aqueles que cometeram erros graves. E não proibiria os suicidas de receberem orações para encaminhamento de suas almas nem o sepultamento de seus corpos em campo santo. Na verdade, no caso de suicidas, a Igreja reforçaria as orações, uma vez sabedora dos grandes sofrimentos dessas almas, até sua próxima vida, e mesmo durante sua próxima encarnação.

A Igreja pregaria amor, compreensão e tolerância e seria reconhecida pela imensa consolação que traria. E vou mais além, creio que o mundo seria bem melhor; os poderosos teriam consciência de que seus poderes são temporais e que responderiam por seus crimes perante a Justiça Divina, em reencarnações difíceis, com grandes dores. Creio que esses governantes seriam mais justos e procurariam o bem de seus súditos e governados.

Estarei delirando em meus pensamentos? Estarei sendo ingênuo? Será que a natureza humana é má, e assim tudo o que disse seria produto da mente de um frei já idoso, no fim da vida? Sinceramente, acredito não estar delirando, não. A possibilidade de riqueza e poder é inebriante, e a Igreja nascente não poderia prescindir de se espalhar, ganhar mais adeptos, ter autoridade sobre seus fiéis, e, com isso, angariar ouro e prata para continuar sua divulgação – mesmo à força, à custa da perda da pureza e profundidade dos ensinamentos de Jesus. E, com tristeza em minha alma, constatei que foi isso que aconteceu. Aqueles que persistissem em divulgar as verdades de Jesus eram silenciados, e todos os documentos que a eles se referiam deveriam ser destruídos. E foi exatamente o que aconteceu com Orígenes, Ário, Wycliffe, Jerônimo de Praga, Jan Huss e muitos outros.

Ário

Levantei-me da poltrona e, antes de prosseguir em meus estudos, passei a caminhar em círculos, em frente à sala 16, e vi, uma vez mais, que Wycliffe e Jan Huss estavam corretos, ao dizerem para eu me concentrar somente naquela sala – de riqueza enorme, um acerco de conhecimento inigualável. E os bibliotecários, ao longo dos séculos, estiveram certíssimos de sua guarda em local altamente secreto, pois caso a Igreja soubesse ou mesmo desconfiasse de sua existência teria sido uma catástrofe: certamente esses exemplares seriam todos queimados pelo fogo da Inquisição. Eu terei de ser bastante hábil em disponibilizar esses ensinamentos, de maneira velada, de modo que eles cheguem àqueles que necessitam deles. Dirigi-me às estantes e apanhei o volume II. Ao abri-lo, mais uma surpresa: à semelhança do volume I, havia um introito, manuscrito por Ário:

"Estou aqui exilado, por ordem do Imperador Constantino, antes mesmo de ter terminado o *Concílio de Niceia*! E todos os meus ensinamentos, registrados em cartas, homilias, livros e outros, serão banidos e queimados. Minha estratégia era ousada, mas não deu certo. Desde o início me chamaram de *originista* e eu dei motivos para isto, é claro, pois, na verdade, Orígenes é como um mestre, apesar de não o ter conhecido, pois ele morreu poucos meses antes de meu nascimento e, portanto, somente poucos anos nos separam. Mas suas ideias e suas descobertas, que brilhantes foram! Seus escritos também foram banidos, mas seus iniciados me trouxeram algumas cópias. Foi muito interessante o modo que um deles chegou até mim.

Fiz uma prédica, na qual disse que Deus, em sua infinita bondade, nunca teria criado o Inferno nem o Purgatório. E que todas as almas seriam salvas, mais cedo ou mais tarde. Ele sabia de nosso íntimo e nos daria oportunidades para demonstrar nosso arrependimento – o *bom ladrão* não se arrependeu e foi perdoado? Por que seria diferente para nós? Este foi um resumo do que disse naquela Igreja. Lembro-me bem de que, ao se esvaziar a Igreja, me sentei no banco da frente, à altura quase do altar, e comecei a pensar comigo mesmo: 'e as consequências dos atos que ele cometeu, e as pessoas que foram prejudicadas por ele, como elas seriam recompensadas por Deus, aqui nesta vida ainda'? O *bom ladrão* estava ao lado de Jesus e estava morrendo, mas as pessoas prejudicadas por ele poderiam estar muito mal, por sua causa e atos. Jesus teria perdoado o infrator, e assim deveria perdoar também os ofendidos e prejudicados... E mais... E as consequências dos males infringidos, como ficam?

Realmente, essas dúvidas estavam roendo minha alma, não sabia as respostas. Mas Deus, em Sua infinita misericórdia, nos ajuda em Seu tempo (que é diferente do nosso...) e agora não foi diferente. Tinha chegado às minhas mãos, anos atrás, fragmentos de alguns escritos de Orígenes, em que ele falava da preexistência das almas, das vidas sucessivas, da transmigração das almas e de sua total certeza de que esses conceitos eram ensinados por Jesus a seus apóstolos, diretamente. Fragmentos soltos, sem compor uma argumentação completa, mas o pouco que tinha lido me atiçou toda atenção. E também havia escutado alguns colegas presbíteros, contando o que sabiam de Orígenes e seus ensinamentos, e tudo me era caro ao coração; eu simplesmente reverenciava esses ensinamentos.

A filosofia da reencarnação não era desconhecida por muitos de nós; podia até dizer que ela era do conhecimento do povo em geral, mas sem um peso muito grande em suas vidas. E a Igreja a combatia sem cessar, usando passagens das Escrituras, onde era demonstrado que somente Jesus, na pessoa da Santíssima Trindade, poderia salvar-nos e, como a Igreja tinha recebido esses poderes de Jesus, somente através da Igreja é que a salvação poderia ser conseguida.

Para mim, a filosofia das vidas sucessivas tinha um sentido profundo, ela era uma verdade incontestável, mas nunca a preguei abertamente em minhas prédicas, somente de maneira indireta, dizendo que todos os pecadores são a ovelha de número cem, e que o bom pastor estará sempre nos procurando para nos salvar. Mas, com meus mais próximos seguidores, aqueles em que eu punha toda a minha confiança, eu falava abertamente e usava não só as Escrituras, mas os livros de outras religiões orientais que, de forma clara, ensinavam sobre as vidas sucessivas e o que eles chamavam de *karma* – as dores da nossa vida atual, causadas por erros que havíamos cometido em vidas pretéritas. Havia lógica nisso e tudo estava de acordo com os ensinamentos de Tomé, de que eu tinha uma cópia, apesar de ser ele um dos escritos mais combatidos no movimento cristão.

Como dizia, eu estava sentado no meio do banco da primeira fila, com alguns destes fragmentos na mão, relendo-os, quando uma pessoa, nos seus setenta anos ou mais, com seus poucos cabelos já bem clareados pela neve do tempo, se acercou de mim e pediu para se sentar ao meu lado. Sua expressão era de uma rara paz interior, seus olhos azuis bem claros me transmitiram confiança total e eu disse a ele que sim, que ele podia sentar-se próximo a mim. E ele me disse: 'Tenho ouvido suas prédicas e refletido muito. Cheguei à conclusão de que tinha que vir-lhe falar e entregar esta bolsa'. Ele tinha chegado com uma bolsa que levara nos ombros, aparentemente bem pesada, pela expressão de alívio que fez ao retirá-la e colocá-la no chão, à minha frente: 'Estão aí dentro, pode abrir.'

Eu, curioso, abri a bolsa e vi, em seu interior, livros e maços do que me pareceram cartas. Fui retirando um a um e a surpresa que tive foi tão grande, que meu novo amigo me disse: 'Quer um pouco de água? Posso pegar ali fora, tem uma fonte muito clara'. Eu sorri de volta e agradeci sua gentileza, dizendo que não era necessário, tinha sido uma reação de surpresa, apenas. Eram vários livros de Orígenes, todos completos, e cartas que tinha escrito, manuscritos dirigidos a algumas pessoas! Eu lhe perguntei, então: 'É verdade que Orígenes tinha um grupo de iniciados e você é um deles?' Ele

EUSÉBIO DE NICOMÉDIA

riu e me respondeu: 'Sim, meu nome é Eusébio e sou um dos iniciados. Nosso mestre nos deu orientação para procurar outros possíveis futuros iniciados e, quando os descobríssemos, lhes entregássemos os documentos. Nosso grupo era composto de vinte alunos, com a missão de copiar todos os seus escritos; então, há vinte cópias que não foram destruídas. Dois dos iniciados já partiram para a morada eterna. Estas são as cópias de um deles, que lhe estou entregando. Nosso mestre foi muito profícuo, escreveu centenas de livros e documentos, mas estes aqui são a compilação daqueles mais importantes, que ele mesmo selecionou para nós. Não tenho dúvida de que você é um dos que nos substituirão. Há outros. Meu filho, também chamado Eusébio, está já no início de sua missão como sacerdote, e ele também é conhecedor de Orígenes e de seus ensinamentos. É jovem, impetuoso, e um dia vocês certamente cruzarão os seus caminhos. Agora me vou. Você não está errado em nada do que disse em suas preleções. Mas cuidado, o clero poderá vir com todo o seu poder contra você. Leia tudo com tempo e atenção. Você se surpreenderá. Deus é pai e nunca abandona nenhuma de suas ovelhas'.

Eusébio olhou-me profundamente nos olhos e me disse: 'Amigo do coração, que a paz de Jesus esteja com você. Vou orar para que possa dar seguimento aos ensinos de Orígenes. Você tem todas as características que ele possuía. Audácia, dedicação, em especial a Jesus e às verdades que foram manipuladas pela ortodoxia dos líderes da Igreja. Mas como lhe disse, cuidado com o clero. Sugiro que ore e peça intuição para a realização de seu plano de ação, que irá desenvolver após ler todos estes documentos. Estarei assistindo a seus sermões e prédicas e, se você precisar de mim, de nós, estaremos prontos a ajudá-lo. Despeço-me agora e boa leitura!'

O meu novo amigo Eusébio levantou-se e, sem olhar para trás, tomou seu caminho. Eu estava pasmo perante o conteúdo daquela bolsa. Olhei para o pequeno altar que tínhamos nessa salinha, que chamávamos de *nossa igreja* e fechei os olhos em agradecimento a Deus, por ter proporcionado a mim esse encontro, que nunca poderia ter imaginado acontecer, e conhecer um dos iniciados de Orígenes, recebendo dele esses livros e cartas, um tesouro de conhecimentos. Levantei-me e fui para meu quartinho. Era o momento de começar meus estudos especiais. Tinha em mãos os livros verdadeiros daquele homem que foi condenado e martirizado, por suas descobertas e ensinamentos contrários à ortodoxia, a qual se baseava (e ainda se baseia) no sentido literal das palavras de Jesus, interpretadas à conveniência dos poderes eclesiásticos.

Deitei-me, acendi uma pequena vela junto à minha cabeceira e comecei a ler Orígenes, nas versões completas de seus iniciados; eram quase duas horas da manhã, quando eu pausei a leitura. Um sono profundo se apoderou de mim, então, sonhei. Vi-me em lugares que identificava como Jerusalém, na Palestina, mas em épocas bem mais antigas. De repente, encontrei-me em uma reunião do Sinédrio, e grupos de rabinos aqui e acolá discutiam assuntos que, pelas expressões sérias de suas faces, deveriam ser graves, importantes. Em um canto, perto de uma coluna, dois rabinos, que identifiquei, dos mais idosos entre todos, estavam conversando, quase que sussurrando. Pude escutar o que o mais velho dizia: 'Gamaliel, tenho-me ausentado já há uma semana de nossas reuniões ordinárias e cerimônias aqui no Sinédrio, você sabe. Dei a desculpa de estar indisposto, o que não é de se estranhar pela minha idade. Mas, na verdade, o motivo é outro. Há uma semana, exatos sete dias, tive um encontro particular com o novo profeta que veio de Nazaré, Joshua.[7] Este encontro me fez perder muitas noites de sono, pesquisando, na nossa Lei, passagens e indícios que sinalizariam a chegada de nosso Salvador, o Cristo. E pasme você, meu querido amigo, porque eu vejo que este homem poderia ser aquele que esperamos há centenas de anos. Os céus quase se esqueceram de nós, com certeza, por nossos erros ao largo dos séculos, até que chegou aquele homem que pregava no deserto, João, o Batista, que foi morto por Herodes, há poucos meses. Escutei-o várias vezes e não tenho dúvida alguma de que era um profeta e suas prédicas me lembravam muito Elias. Herodes cometeu um crime contra Deus, contra sua própria gente. E, logo depois, chega esse Joshua entre nós. Ele é um homem diferente, há algo de majestoso e de autoridade em sua figura. Tenho acompanhado suas pregações, disfarçado, é claro, em roupas bem comuns, e tenho-me maravilhado com os ensinos ali contidos, pelas esperanças e consolações transmitidas.

Quando João, o Batista, foi morto, soube que Joshua, que era seu amigo, ficou muito triste e decidiu voltar à Galileia, não sabia se definitivamente ou não. Resolvi, por conta própria, ir lá, não como rabino, mas disfarçado de mercador. E fui a Betsaida, para onde ele e seus discípulos se dirigiam, pois ali era a residência de alguns deles. E foi lá, meu amigo, que senti, no fundo de minha alma, que este homem era o nosso Messias. Ali, escutei a maior prédica do amor de Iavé a seus filhos, por meio de um ensino que nos dava, a todos, esperanças, consolações e alertas. Foi lá que então decidi ter uma conversa a sós com ele. Quem sabe eu poderia ajudá-lo?

Tempos depois, ele estava de volta a Jerusalém com suas parábolas. Assisti a muitas de suas conversas, sempre disfarçado. Posso assegurar-lhe, querido amigo, que não pude resistir nem conter algumas lágrimas de meus olhos, pois entendia a verdade, muitas vezes veladas, escondidas em suas parábolas. E um dia, estando ali, ouvindo-o, ele passou os olhos

---

7 Joshua – nome de Jesus em aramaico.

em toda a multidão que o escutava e se deteve em mim, fixando aqueles olhos que nunca esqueci, como que me identificando no meio daquelas centenas de pessoas que o escutavam, a maioria pobres, enfermos, e certamente à procura de alguma cura mágica ou milagrosa, não saberia dizer, que aquele Galileu frequentemente fazia. Seus olhos me identificaram, pois ele interrompeu por alguns segundos a história que contava, e parece que ouvi, em minha mente, um convite como: venha me ver. Não pude manter o contato com seus olhos, pois os meus se encheram de lágrimas. Foi, então, que confirmei minha decisão de encontrá-lo pessoalmente'.

No sonho, vi que quem falava pausou, e o outro ancião, que se chamava Gamaliel, replicou: 'Meu querido Nicodemos, estas são afirmações graves e até roçam à blasfêmia e à heresia. Cuidado, para que ninguém o ouça'. Nicodemos, parecendo não se importar com a advertência de seu confidente, continuou sua narrativa. 'Ao chegar aonde eles estavam hospedados, havia algumas pessoas de guarda que, ao me verem, em minhas roupas de rabino, ficaram nervosas. Um deles me perguntou, de maneira educada, mas trêmulo, o que eu queria ali, naquela hora. E eu respondi de maneira segura, que seu Rabi havia me convocado para estar ali, e que eu havia chegado. Dois dos vigilantes se entreolharam, um deles deu meia-volta e entrou. Não se passaram cinco minutos, e o homem Joshua veio atrás do guarda e me convidou: *Benvindo, Rabino Nicodemos, vamos ao jardim, temos muito o que conversar, estou alegre por você ter atendido ao meu convite.*

Gamaliel, estive três horas conversando com Ele e, posso-lhe dizer, passaria ali a noite inteira, se ele mesmo não me interrompesse, dizendo: *Já é tarde, meu querido amigo. Vamos descansar, pois o trabalho nos espera.* E eu lhe disse: 'Rabi, o que posso fazer para ajudá-lo em sua missão'? E ele calmamente acrescentou: *Tenho um cálice amargo a sorver, e somente eu posso tomá-lo, mais ninguém.* Eu insisti: 'Mas não há algo que eu possa fazer? Tenho influência e algum poder'. Ele esboçou um sorriso, dizendo: *Você terá oportunidade de falar em minha defesa, mas é o máximo que poderá fazer. Depois que os fatos estiverem consumados* – falou-me de forma enigmática –, *venha a ter com Pedro, Tiago e Tomé.*

Eles saberão o que fazer. Despedi-me, contudo, não conseguia me mover, pois meus pés pareciam estar fincados no chão. Ele se aproximou de mim, colocou suas mãos em meus ombros e continuou: *Os tempos são chegados, querido amigo. Que nosso Pai guie seus passos.*'

E prosseguiu Nicodemos: 'Não tenho conseguido conciliar o sono depois de minha conversa com ele. Você precisava ver a majestade de seu porte, a delicadeza de me olhar nos olhos. Eu me sentia uma criança que pedia explicações a seu mestre. A profundidade de seu olhar me desarmou todos os preconceitos, todas as minhas interpretações sobre um Cristo guerreiro, que nos libertaria para sempre do jugo de Roma e nos colocaria no topo de mundo.

Gamaliel, meu fiel amigo, estou muitíssimo preocupado. Podemos estar convivendo com o Messias tão aguardado, e não o reconhecermos como tal. E minha preocupação vai mais além, pois Caifás poderá tomar atitudes gravíssimas contra esse homem. Tenho observado nossos colegas mais jovens falando com ele, a respeito das prédicas desse homem de Nazaré, de uma maneira cheia de censura, revolta e antagonismo. Preciso que você me ajude, meu amigo, para proteger Joshua das investidas de Caifás'.

Gamaliel retrucou: 'Nicodemos, você está indo longe demais. Joshua, nosso Messias? E vindo de Nazaré ainda? Eu mesmo ouvi algumas de suas prédicas e, posso dizer, realmente são encantadoras. Na verdade, para mim, ele, Joshua, é uma resposta de Iavé aos nossos pedidos de outro profeta para nos indicar novos caminhos, nada mais. E isto já é muito! Ele é carismático, sim, e convence quem o ouve. Um novo profeta que chega, um verdadeiro. Mas o Messias, não meu amigo, não pode ser...'

Nicodemos parou por um momento, respirou fundo e, com os olhos marejados, argumentou uma vez mais: 'Pode ser que um dos atos finais de minha vida seja testemunhar a favor deste homem. Não consigo esquecer seu olhar e seu toque de mãos em meus ombros. Saí de nosso encontro atônito com as respostas que ele deu às minhas perguntas, e pela autoridade com que ele me respondeu, sem pestanejar em nada. Ao chegar em casa, Rute, minha esposa, veio ao meu encontro e me disse: 'Meu marido, o que aconteceu? Parece que você viu um fantasma'! E eu lhe respondi, sem pensar, como ato reflexo imediato: 'Não era um fantasma, não, minha querida esposa. Estive com uma pessoa extraordinária, uma pessoa que poderia mudar o mundo, se quisesse, uma pessoa inesquecível'! E Rute me disse: 'Você não é de se impressionar com as pessoas; este homem realmente deve ter uma personalidade marcante, para impressioná-lo dessa maneira'. E eu continuei: 'Muito mais do que você imagina, muito mais'. Meu amigo, aproveite o tempo, vá escutá-Lo. Agora à tarde, ele estará contando suas parábolas embaixo das árvores, logo nos arredores da cidade. Vá lá'. Gamaliel colocou as mãos nos ombros de seu amigo e lhe disse: 'Vou, sim... mas, o Messias? Não pode ser'!

Vi os dois velhos rabinos e amigos saírem de mãos dadas, sob o olhar atento de Caifás. E acordei!

Não posso atinar por que sonhei com essas duas personalidades do tempo de Jesus. Gamaliel foi o mentor de Saulo de Tarso, quando este estava para entrar como substituto daquele, devido à sua jubilação pela idade já avançada. E Nicodemos, todos sabemos quem foi. Porém, esta conversa, que presenciei em sonho, não foi sonho. Por alguma ação de Deus, vi, durante o sono, uma passagem das mais importantes da história do Cristianismo, não escrita, mas que certamente ocorreu. Deve haver um motivo, ainda não sei. Levantei-me, preparei um pouco de chá e, após sorvê-lo todo, eu me deitei e, imediata e profundamente, dormi. Fui acordado por um amigo da Igreja, a me chamar para os serviços da manhã.

Por quase um mês seguido, eu li, avidamente, todos os documentos que chegaram às minhas mãos pelo carinho de Eusébio, e ali estava todo o conteúdo que eu, então, conhecia, embora adormecido em minha cabeça. Nada era novo, nada era surpresa, tudo tinha lógica e embasamento, era o mesmo que reler algo que já era do meu conhecimento.

Depois de tudo ler, passei semanas meditando nos passos a seguir. Orígenes tinha claro que Jesus pregava a preexistência das almas e o seu retorno em vidas sucessivas, até a purificação do espírito.

Em uma das cartas aos seus iniciados, da qual tinha eu agora uma cópia, ele escreveu: 'Jesus, um dia, foi um homem como nós. Não sei onde, nem quando e nem como. O que sei é que Ele se tornou divino após uma infinidade de vidas sucessivas, em cada uma das quais ele purificava cada vez mais Seu espírito. Até que um dia, Ele pôde tornar-se um com o Pai. E isto está reservado a cada um de nós! Podemos um dia estar sentados ao Seu lado; uns chegam mais rápido do que outros, mas todos chegam. Somos a ovelha cem, e o Pai não descansará até que ela seja resgatada! Releiam vocês, meus alunos, a parábola do filho que abandonou o pai e sua casa, para se aventurar no mundo; vejam a reação do pai, quando ele voltou a casa, depois de ter perdido tudo, ter sido enganado, roubado e vilipendiado. Vejam a festa que o pai deu, pois, o filho estava perdido, mas voltou. Será assim conosco: aqueles que abandonamos o caminho seguro e reto, nos desviamos dele, para tentar os gozos efêmeros da vida, um dia nos arrependemos, depois de muito sofrer, e aproveitamos as novas oportunidades de outras vidas, para nos redimir e chegar à Casa do Pai.

Seremos recebidos com festa! Propaguem essas verdades, mas não em público, façam em reuniões menores, com aqueles em que vocês confiam. Esses ensinamentos de Jesus têm que ser preservados e passados de geração a geração de novos iniciados. Até que a Igreja esteja pronta para recebê-los de novo e, assim, propagá-los com a velocidade necessária. Não agora, infelizmente.

Eu próprio pensei em uma estratégia, para demonstrar que Jesus atingira a Divindade, por seus feitos e aproveitamento de todas as oportunidades proporcionadas pela Providência Divina, nas diversas vidas que Ele viveu. No entanto, isto era de uma envergadura enorme para mim, pois teria que demonstrar duas coisas. Uma, que há outras moradas de almas nos mundos e estrelas que nos circundam; que o Pai está sempre criando novas almas; e que Jesus se havia purificado nesses orbes, até atingir a Divindade. E segundo, que o Pai, com muita compaixão de nós, em nosso orbe, enviou Seu Filho Jesus, para nascer aqui, pelo ventre de Maria, para que nos pudesse ensinar os caminhos a percorrer para atingirmos a Divindade, como Ele conseguira. O nosso orbe já teria recebido essas lições dos profetas, mas os homens não as entenderam e estavam caminhando na direção errada, daí o Pai ter enviado Seu Filho.

Mas, quando tentei elaborar essa argumentação, fui ameaçado de heresia, blasfêmia, prisão e tudo o mais. Tenho de refazer a estratégia. Se eu não conseguir, quem sabe um de vocês, ou outros que virão, poderão elaborar esta tese, talvez até com maior argumentação do que eu. Peço a Deus que estas verdades venham à tona. Fiquem com Deus e Jesus, Seu filho mais dileto, nosso Irmão Maior. Despeço-me, abençoando cada um de vocês, pela coragem, fé e determinação'.

Orígenes terminava a carta com sua assinatura. Reli várias vezes, estudando-a, na verdade. Quando ele escreveu sobre os orbes que nos circundam, eu me lembrei de minhas caminhadas na orla da praia, aqui em Alexandria, nas noites de lua cheia e céu estrelado. Eu, vezes sem conta, me deitava na areia e fixava os olhos na imensidão daquele céu azul-escuro, quase negro, e via centenas de estrelas, umas mais brilhantes que outras, e me perguntava: será que essas são as diversas moradas da casa de Meu Pai, de que Jesus falava quando esteve conosco? Será que em uma dessas estrelas haverá alguém olhando para nós, e nosso orbe não seria uma dessas estrelas? Meu Deus, quão imenso é Seu Poder e quão grande é nossa ignorância! Sim, o Mestre Orígenes está certo, é lógica toda sua argumentação. Nós podemos, um dia, ser como Jesus, nosso Mestre e Irmão Maior. Temos a centelha de Deus em nós! Devemos aproveitar cada uma de nossas existências neste mundo e sair delas mais leves, com menos erros e pecados. Quantas vezes sejam necessárias, pois a bondade de Deus Pai é infinita! Entretanto, como convencer a Igreja disso?

Em verdade, são ensinos de Jesus, que foram interpretados de maneira errônea, acidentalmente pela ignorância de muitos de seus seguidores, ou por oportunismo, para a manutenção do poder e de futuras riquezas. São ensinos de Jesus que a Igreja terá de reabsorver, caso deseje engrandecer sua missão consoladora. Não poderá ser tão difícil assim, especialmente agora, que o Imperador Constantino se tornou simpatizante de nossa religião. E o povo pobre, que frequenta nossas assembleias, já têm esse conhecimento, embora rudimentar, da reencarnação, pois assim eles entendem o sofrimento humano. Ou será difícil? Ou impossível? Orígenes morreu por tentar expor suas ideias. É considerado um herege, veja só! Preciso elaborar uma estratégia, tomando aquela de Orígenes como base. Preciso pensar como fazer."

O Introito de Ário, neste Volume II, era simplesmente surpreendente e muito revelador, uma grande surpresa para mim, Ignácio de Castela. Como teólogo do século XVI, jamais conseguira ler nada que, com segurança, tenha sido escrito por Ário. Os historiadores e bibliotecários, frequentemente, nos diziam que nada dele tinha sobrevivido à destruição pelo fogo, comandada por Constantino. Tínhamos referências sobre seus estudos, prédicas e registros, por outras pessoas que sobreviveram a ele.

Sempre soube da famosa Controvérsia Ariana, que deu motivo ao Primeiro Concílio Ecumênico da Igreja, o *Concílio de Niceia*, no ano de 325. Tudo o que conhecia era resultado de meus estudos, na época em que fazia Teologia. E nunca, realmente, tive interesse em conhecer mais, pois me pareciam pueris e sem consistência as discussões intermináveis que deram origem a esse tema. O que eu sabia era que Ário tentara provar e argumentara que Deus era o Criador Supremo de todas as coisas, e Jesus era Seu filho dileto. Até aí, todos os cristãos entendem e concordam. Então, por que ser chamado um Concílio Ecumênico para discutir tal tema? Mas meu preceptor, na Universidade de Teologia, me esclareceu: Ário dizia que Jesus teria sido criado por Deus e, portanto, não era igual a Deus, porém tinha sua essência Divina. Em outras palavras, Jesus não era igual ao Pai e, logo, havia negação implícita da Santíssima Trindade – Deus (Pai), Jesus (Filho) e o Espírito Santo são uma só entidade. Este é um dos mistérios de nossa fé que não é entendido por nós, porque é assim que Deus quer que seja. Mistério! Eu, em tempo algum, entendi bem esse conceito da Trindade, mas o aceitava como Mistério, sem me preocupar em entendê-lo.

Meu preceptor afirmava que a argumentação de Ário era tão lógica e baseada em argumentos bíblicos do *Novo Testamento*, que ele era apoiado por uma imensidão de dioceses do, então, mundo cristão. Para provar sua tese, divulgava um conceito muito perigoso para a manutenção de alguns dogmas da Igreja, eu ouvia de meu preceptor. Ário dizia que, aprendendo com os ensinamentos de Jesus, e os colocando em prática no nosso dia a dia, poderíamos um dia ser iguais a Jesus, pois possuíamos a essência divina em nós, uma vez que tínhamos sido criados à imagem e semelhança de Deus.

Seus acusadores retrucavam que ele, em sua argumentação, defendia, em verdade, que para a salvação das almas não era necessária a Confissão, não era necessária a Igreja nem seus rituais; que, assim, qualquer pessoa, mesmo não professando a fé cristã, poderia ser salva e estar sentada ao lado do Pai; e, se assim fosse, o sangue derramado por Jesus na cruz teria sido em vão! Meu preceptor continuou a explicar que a tese ariana estava difundida pelo mundo cristão e, na realidade, a daquela época acabou dividida em duas partes, a tradicional (e ortodoxa) e a ariana. Como o Imperador Constantino tinha tornado legal a religião cristã, e sua mãe se tornara cristã, ele quis abolir tal divisão, elegendo uma doutrina, que seria única em todo o Império. Para tanto, convocou o *Concílio de Niceia*, que condenou Ário e seus ensinamentos, declarando-o herege e o exilando em outro país.

Esta era a versão que eu conhecia. Jamais voltei a me preocupar com o tema, até hoje, ao ler os escritos de Orígenes e Ário. Reconheço que falta algo no relato de meu preceptor, pois ele nada mencionou que sugerisse a defesa, por Ário, acerca das vidas sucessivas e da preexistência da alma e de sua transmigração. Aliás, a única menção indireta a esse conteúdo foi sua afirmação de que Ário era um seguidor de Orígenes. Entretanto, era sabido que Orígenes falara, escrevera e propagara a filosofia da transmigração das almas.

Interrompi minhas leituras daquele dia e fiquei com os olhos cerrados, em meus pensamentos. Quanta informação importante ali guardada. Praticamente, todos os escritos de Orígenes e de Ário ali estavam, se não os originais, pelo menos cópias escritas por seus seguidores. Vi que o volume III era específico do *Concílio de Niceia*. Embora curioso para o estudar, fui vencido pelo cansaço. Espero chegar a nossa pequena casa, mergulhar em um banho, preparar uma sopa bem quentinha com cogumelos da região e conversar com meu querido Benedetto. Pode ser que ele já tenha até preparado a sopa, caso contrário será minha vez de fazer.

Benedetto sempre me chama atenção para alguns pontos, pelos quais eu possa ter passado rápido, sem a devida profundidade, e seus comentários me orientam nas pesquisas do dia seguinte. Devo também escutar e ler o que ele colocou no relatório mensal a ser enviado ao Supremo

Inquisidor, Tomás de Torquemada. Estava mergulhado nesses pensamentos, quando o ruído da chave na porta me despertou de meus devaneios, e me levantei. O estranho foi o que aconteceu a seguir. LeClerk, que sempre me esperava à porta, veio em minha direção e me disse: – Meu irmão Frei Ignácio, preciso muito falar com você, contar algo que relutei muito, até chegar à decisão de que tinha que lhe dizer. Mandei os copistas para suas celas e estamos sozinhos. Vamos à minha salinha. Ali já está preparado um chá com fatias de queijo e mel nos esperando. Mandei um dos monges ir à sua casinha e explicar ao Frei Benedetto que você está comigo e que chegará um pouco mais tarde. Venha, vamos saindo.

Ao fechar a sala, LeClerk caminhou em silêncio e muito mais rapidamente do que o normal (que já era rápido para mim), e eu tive de acelerar meus passos para não o perder de vista, nos labirintos de acesso à sala 16. Chegamos ao *Scriptorium* e eu parei, ofegante, precisando descansar um pouco e tomar água. Ele riu e ressaltou: – Tenho observado que a comida aqui lhe está fazendo muito bem, pois sua cintura está um pouco mais avantajada. – Rimos juntos e seguimos para sua sala.

A conversa com LeClerk

Entramos em sua sala e, mesmo sem ninguém no *Scriptorium*, e com as portas principais fechadas, ele encostou a porta de sua sala. Era um cômodo pequeno, mas confortável, onde, se bem arrumado, cabia uma mesa, alguns arquivos e estantes. Era bem simples e bem organizado. Sua mesa estava impecável, e o chá com as guloseimas de acompanhamento estavam ali na mesinha ao lado. Ele me convidou a me sentar e foi direto a uma pequena estante e retirou certas peças especiais para servir chá, que realmente me surpreenderam em sua riqueza e beleza. Ele me disse: – São porcelanas da China, que minha mãe usava para suas amigas mais chegadas. Quando ela morreu, eu já estava aqui como bibliotecário, nos meus anos iniciais, e estas peças me chegaram por meio de um amigo querido de Lion, na França, onde sempre ela morou, e eu passei toda a minha infância e parte da juventude. Você sabe que sou francês, não notou meu acento em algumas palavras? – Eu disse que não sabia ao certo, pois seu domínio da língua alemã era perfeito para mim. Ele sorriu e serviu-me o chá, em uma das chávenas mais preciosas e leves que eu jamais havia tocado. Disse-lhe que tinha até medo de quebrá-la com minhas mãos, de tão fina que era, parecia uma folha de cerâmica. Uma preciosidade verdadeira.

Depois de tomarmos o chá, ele começou: – Sabe, meu amigo, algumas semanas após sua chegada e a do irmão Benedetto, minha vida tranquila de antes nunca mais foi a mesma. – Eu pensei em interromper com ligeira observação, mas ele continuou: – Por favor, agora não, não me interrompa até eu terminar. Desculpe se estou sendo rude, mas é que está engasgado em minha mente e preciso contar tudo. Sim, minha vida saiu de uma rotina esperada, para uma fase agitada de sonhos diversos, desencontrados, parcialmente lembrados ao acordar. Eu, raramente, tinha sonhos. Dormia, regularmente, muito bem, até vocês chegarem. Os sonhos que comecei a ter pareciam ilusões de minha mente, pois eram cenas de uma família na Palestina, muito pobre. Cenas diárias de uma casa rural. Os sonhos não eram continuados, não tinham sequência, assemelhavam-se a peças de um grande quebra-cabeças que não se encaixavam, mas tinham alguma conexão entre si.

Todavia, os sonhos tornaram-se mais nítidos e mais completos a partir do momento que você iniciou as visitas à sala secreta 16. Ao acordar, quase me lembrava de todos os detalhes, faltava pouco. Não passei uma noite sem ter esses sonhos. Eu, antes de dormir, até me preparava e me dizia em expectativa: que parte virá hoje em sonhos? Era sempre a mesma família, uma jovem de cabelos longos e negros, encaracolados até um pouco depois dos ombros e olhos também negros, com idade aproximada de vinte anos. Seu pai, que estava sempre em uma cadeira, pois não podia se mover, acredito que era devido a um defeito nas pernas, um aleijão, não sei ao certo, pois com frequência suas pernas estavam cobertas por uma peça de linho em tom escuro. Havia também um jovem, um pouco mais novo que a moça, responsável pelas tarefas do campo e da pesca; era ele que levava e sustentava o pai em seus braços, quando necessitava de algo. E uma criança de uns oito a dez anos, que era uma alegria, correndo de um extremo a outro. Não via a mãe, a matrona não estava presente, somente o senhor na cadeira, imóvel em suas pernas.

Cada dia de sonho era uma cena diferente naquela casa. São raros os dias em que não sonho com a casa e seus moradores. Na verdade, eu sabia que a cidadezinha, o aglomerado de casas que estava à beira do mar da Galileia, ao longe, que se via do monte que cercava a casa, era Betsaida, disso eu estava certo, porém não saberia dizer por que tinha tanta certeza. Mas eu tinha. E quando acordei, um dia, a minha curiosidade me atiçou e fui aos Evangelhos ver o que havia ocorrido em Betsaida. Confirmei aquilo que havia desconfiado: é onde Jesus fez alguns de seus milagres, e cinco de seus apóstolos eram dali, pois era uma vila de pescadores. Pedro, André, Felipe, Tiago e João eram de Betsaida.

Certo dia da semana passada, eu lia e fazia minhas orações antes de dormir, quando um cansaço pesado, diferente do normal, espalhou-se pelo meu corpo. Tenho uma pequena poltrona em meu quarto de dormir, semelhante àquela que coloquei na sala 16, para você descansar, e estava nela acomodado e rezando. O cansaço chegou tão intenso, que quase não consegui me levantar e ir para a cama. Fiz esforço bastante grande e caminhei, quase de olhos fechados, e me deitei. Imediatamente, eu entrei num sonho, dessa vez bem completo, com início, meio e fim, e com aquela família!

LeClerk interrompeu a narrativa, levantou-se, foi à mesinha, serviu um pouco mais de chá para nós dois e se sentou, calado, apenas saboreando o chá de menta e camomila, colhidas ali mesmo nos jardins do Monastério. Ficou assim pensando, como a relembrar algo muito especial, pois seus olhos marejaram, então, uma lágrima furtiva começou a despontar. Ele, rapidamente, passou os dedos nos olhos, murmurando quase para si mesmo: – Esta estação do ano me traz muita coceira nos olhos. – Eu nada comentei, simplesmente o esperei retomar a história de seu sonho singular.

– Como eu contava, entrei em sono profundo e sonhei novamente com aquela casa. Mas, dessa vez era diferente, porque eu não estava de fora, observando, eu era uma das pessoas ali na cena, eu era o pai, o aleijado pai que não andava, sentado na cadeira. Eu estava preparando, com minhas mãos, uma massa para pão, quando a meninota entrou correndo na casa, gritando: 'Marian, Marian, ele está vindo para cá, ele está vindo para cá'! E seu pai, que era eu, lhe respondeu: 'Pare de gritar, Josiel, quem está vindo para cá'? Ele continuou, ofegante: 'Está todo mundo dizendo, lá na vila, que ele está na barca vindo para cá, é Jesus, papai, é Jesus!'. Marian aproximou-se de Josiel e disse: 'É verdade, Josiel? Me conte mais'. Seu irmão Jonas também se aproximou, entrando na conversa: 'Eu estava lá na praça brincando, quando as pessoas passaram, gritando que Jesus estava no barco que vinha para Betsaida. Estava uma confusão danada, todos correndo'.

O pai, que se chamava Yousef, que era eu, Frei Ignácio, era eu, disse a Marian: 'Será que agora ele poderá me curar? As outras vezes nem consegui chegar perto dele'. Marian me disse: 'Papai, vamos tentar. Jonas, arrume o papai e eu vou preparar algo para comer, pois não sabemos quanto tempo vamos passar lá'. Ela pegou um pouco de vinho, alguns pedaços de peixe e pão, alguns favos de mel, e juntou umas fatias de queijo, colocando tudo em uma pequena cesta, o suficiente para uma refeição ligeira, mas suficiente para todos nós. Jonas me ajudava a trocar a roupa e colocava outro linho mais limpo cobrindo minhas pernas.

Ao sairmos de nossa casinha, pudemos observar o movimento no caminho da praia de Betsaida; eram centenas de pessoas, cada uma carregando seus doentes, alguns eram cegos, outros, como eu, e outros bem mais estropiados do que eu. E eu reclamei em voz alta: 'Novamente vamos chegar depois dessa multidão toda e Ele uma vez mais nem vai me perceber'. Marian, com seus olhos negros típicos da região da Galileia, me respondeu: 'Não sei, papai, mas hoje tenho uma esperança diferente. Vamos acelerar nossos passos. Vamos, Jonas, vamos, Josiel', exclamou firmemente. Eu a olhei, e imediatamente me lembrei de sua mãe, minha querida Ester. Ah! Se ela estivesse aqui, estaria orgulhosa de sua filha. Determinada, corajosa e destemida.

– Veja você, Frei Ignácio, quando acordei eu não tinha dúvida, era eu que estava ali, no corpo daquele homem, era eu falando. Era eu, em outra vida, em Betsaida, nos dias de Jesus! – Sem esperar meus comentários, ele prosseguiu: – Havia uma multidão imensa, que se aglomerara nas margens do lago, enquanto o barco se aproximava, esperando que Ele descesse entre eles. Marian, minha filha, me disse: 'Papai, vamos subir aquele montinho, ali na colina, de onde poderemos vê-Lo claramente, apesar da distância. O vento está na sua direção e talvez possamos escutar suas palavras'. E eu lhe respondi, ressentido, mas conformado: 'Vamos, sim, minha filha. Se Iavé quer que eu fique assim, o resto dos dias, não será este Jesus que irá me curar. No entanto, Ele é um grande homem, um profeta do bem e suas histórias são muito belas. Sua mãe adorava ouvi-lo e quem contava de suas parábolas, quando ele já não estava mais na Galileia. Todos os que chegavam e falavam sobre Jesus, sua mãe lá estava escutando. Vamos para a colina'. E Jonas me levou no colo, enquanto Josiel e Marian carregavam a cadeira.

Lá de cima, vimos a multidão e o barco chegando. Quando estava mais próximo, algo ocorreu, e ele mudou a direção um pouco à esquerda, onde o acesso do povo era mais difícil, embora com mais facilidade de desembarque, numa pequena praia de uma enseada. Seus apóstolos desceram, e logo também Ele, chegando à praia. Logo subiu uma elevação de pedra, que se confundia com uma colina, de tal sorte que todas as pessoas podiam vê-lo. Pude escutar alguns impropérios, proferidos pelos que ficaram frustrados por não ter Ele descido no ancoradouro da vilazinha, construído para facilitar o desembarque dos pescadores e suas cestas de peixes. Eu, contudo, entendi a manobra, pois ali Ele não poderia falar para a multidão, que não o deixaria caminhar sequer. Vi que as pessoas tentavam aproximar-se ao máximo, mas, como era uma enseada, não conseguiam, porque as águas não estavam calmas e havia distância razoável entre Jesus e aquela multidão. Esta podia chegar a várias centenas, quase mil pessoas, um número maior do que o povoado de Betsaida, cuja população beirava cerca de oitocentas almas.

Havia gente de outras vilas ribeirinhas, querendo ver Jesus, tocá-lo e obter Dele a cura. Eu não os podia julgar, nem os criticar, pois também lá estava mais pela possibilidade da cura do que para ouvir suas histórias. Elas são belas, é verdade, mas algumas são difíceis de entender. Ele falava de modo muito simbólico. Um dia comentei isso com Ester e ela me disse, em tom de recriminação: 'Yousef, você não entende que Jesus tem de falar assim para que o povo possa entender suas mensagens? Lembra-se de que contei da visita que eu fiz à sogra de Simão, o pescador que Jesus primeiro selecionou para sua missão? Foi quando vi pela primeira vez Jesus de perto'.

Eu estava junto de Sara, ajudando-a no preparo da sopa de lentilhas para todas aquelas pessoas, quando vi lágrimas em seus olhos, pois ela estava sendo criticada demais pelos vizinhos, em razão do barulho feito por dezenas de pessoas em sua casa. E um dos vizinhos ameaçou pedir providências às autoridades locais, e ela teve vontade de retrucar e de contar que ele se embriagava quase todos os finais de semana, e, uma vez sob o efeito da bebida, maltratava a mulher, cujos gritos ouvia de sua casa. Ela estava já preparada para se defender, acusando-o desses maus--tratos, quando escutou Jesus dizer a Simão que deveríamos perdoar as pessoas infinitas vezes. E ela se desarmou, e decidiu não mais dar queixa de seu vizinho. Porém, no fundo, ela queria, sim, defender-se e usar o que ela sabia contra ele.

Ela, então, armou-se de coragem, aproximou-se de Jesus e lhe contou o caso, perguntando, ao final, o que deveria fazer: *Eu não consigo perdoá-lo e quero ter o direito de me defender, acusando-o também, mas agora o Senhor nos fala de perdoar infinitamente. Não consigo, me perdoe, mas não consigo. Seus ensinamentos são novos, apresentam nuances distintas da Lei de nossos pais.*

Sei que estes são mais profundos e eles calam dentro de minha alma, mas a vontade de me vingar de calúnias infundadas está presente em meu coração. Fomos criados assim, de dente por dente, olho por olho, conforme nosso legislador Moisés mandou. E eu ensinei a meus filhos assim; creio que foi isto que motivou Simão a lhe perguntar quantas vezes ele deveria perdoar um inimigo. Pequenas lágrimas escorriam pela face enrugada de Sara e lhe dei um lencinho para enxugá-la.

Jesus, por sua vez, se levantou e se dirigiu à Sara. Seus discípulos o seguiram, já esperando algum ensinamento que viria dali e ele a abraçou e disse: *Sara, sinto no ar o cheiro inconfundível de sua sopa de lentilhas, é minha preferida, muito obrigado pelo carinho. Mas pode me dizer, com detalhes, como faz esta sopa tão deliciosa?* Sara respondeu: *Escolho as melhores lentilhas, preparo e aqueço a água na panela, e coloco ali as lentilhas, com algumas ervas de que só eu conheço a mistura adequada.* E

Jesus continuou: *E se a panela estiver suja, cheia de impurezas anteriormente não lavadas ou mal lavadas, o que acontecerá com a sopa? Rabi, a sopa se estragará toda e deverá ser lançada ao lixo.* Jesus, então, completou: *Assim é com as minhas palavras e ensinos. Se o vaso do coração não estiver limpo das impurezas de nossos vícios e defeitos, minhas palavras não serão entendidas, ou serão mal interpretadas, e o valor delas será totalmente perdido. Sara, minha querida segunda mãe, lembre-se da grande verdade da Natureza: uma gota de orvalho que cai numa pétala de um lírio branco é como se fosse um brilhante de luz, mas essa mesma gota de orvalho caída no chão se torna lama suja.* Todos ficaram perplexos com a clareza da mensagem, usando a comparação com a sopa. E Jesus, para quebrar o silêncio que ficou no ambiente, acrescentou: *Já está pronta a sopa, Sara? Estou com fome!* E todos riram e foram sentar-se à mesa'.

Era assim que minha Ester falava de Jesus, com admiração, quase adoração. E foi ela que, no leito de morte, já faz um ano, me disse: 'Yousef, pede a Jesus para te curar, ele pode fazer isto. Acredita, tem fé, esse homem é um enviado de Iavé'. E aqui eu estou, numa segunda tentativa de me aproximar Dele, e sem sucesso. Mas vamos escutá-lo, parece que Ele se prepara para falar. Estamos um pouco distantes, mas como Marian previu, o vento está soprando nesta direção. Jesus movimentava-se vagarosamente, de um lado para outro, até encontrar um lugar onde parou. Pude, então, ver claramente quando ele fechou os olhos e abriu os braços para a multidão. Como por mágica, a multidão se calou, e se podia ouvir insetos voando, de tão silencioso ficou o ambiente. Marian voltou-se para mim, Jonas estava ao meu lado, e Josiel brincava com algumas folhas em sua mão. E voltamos para escutar Jesus que, durante quase uma hora inteira, contou sobre as maravilhas da vida ao lado do Pai."

LeClerk parou, olhou para mim e se pronunciou: – Você entende, Frei Ignácio, que eu estava presente no *Sermão das Bem-Aventuranças*? Eu estava ali, ouvindo Jesus num de seus sermões mais lindos, mas lhe confesso que nunca havia compreendido algumas partes totalmente, até que novos conhecimentos chegaram à minha mente. É um hino de esperança aos deserdados da sorte, isto é!

Novamente as lágrimas da coceira, atribuída aos pedacinhos voadores das flores de maio, faziam-se presentes nos olhos do bibliotecário querido e amigo. E ele deu sequência ao seu relato: – Quando Jesus terminou de falar à multidão, vi que ele conversava com seus discípulos, e notei um menino que se aproximava dele com duas cestas de pão e peixe, eu acho. E ele disse à multidão: *Olhem para cá todos vocês e façam o que eu estou fazendo agora*. E Jesus retirou da cesta os pães e os peixes e foi cortando-os em pedaços, que distribuía a seus discípulos. Ele interrompeu um pouco o que estava fazendo, olhou de novo a multidão e repetiu: *Façam como eu estou fazendo*. Jonas, obedecendo, pegou o cesto que estava com as guloseimas que Marian havia preparado, começou a repartir o pão e o peixe entre nós. Nesse momento, uma família, que não conhecíamos, que deveria ser de um povoado perto, aproximou-se de nós e, abrindo suas cestas, retirou dali outros pães, fatias de carne e frutas e nos ofereceu. Eu os convidei para se sentarem conosco e começamos a comer juntos e a conversar, repartindo o conteúdo de nossas cestas.

Eles contaram que eram de Genesaré, um povoado vizinho de Betsaida, e que levaram cerca de seis horas de caminhada até chegar ali para ver Jesus. Afirmaram que não perderiam aquele momento por nada: 'Jesus é um grande homem, um profeta que Deus nos enviou. Não podemos perder a oportunidade de escutá-lo, por isso viemos todos de nossa família e, quando notamos que vocês estavam vindo para esta colina, decidimos segui-los, pois ali abaixo seria impossível ver Jesus como aqui'. E eu respondi: 'Novos amigos'! Marian sorriu e vimos que todos estavam fazendo o que Jesus fizera, repartindo seu pequeno farnel com as pessoas mais próximas. Algumas pessoas nada haviam trazido, na correria por chegar mais cedo, outras levavam o pouco que tinham, e algumas trouxeram mais do que necessitavam. Todos estavam sendo alimentados, Frei Ignácio, todos! E Natanael, o homem que acabáramos de conhecer, nos disse: 'Esse é o primeiro grande milagre de Jesus: fazer com que se alimente essa multidão toda, composta, na maioria, de pessoas pobres, que, por pouco terem, são egoístas em repartir o pouco que têm, mas vejam vocês, todos estão se fartando'! Pude observar a cena, que era realmente de se admirar, pois a multidão toda parecia uma grande família, encontrando-se para comer no campo. Todos repartiam suas cestas de comida! E disse a Natanael: 'Realmente você tem razão, é um grande milagre'!

Tal confraternização de desconhecidos levou quase trinta minutos, quando, então, notamos certa movimentação, e vimos Jesus e seus companheiros dirigindo-se ao barco. Logo, a pequena embarcação foi se afastando, e a multidão começou a debandar. Vi as expressões de desapontamento de alguns, e até ouvi impropérios e xingamentos de outros, pois Jesus não havia curado ninguém nessa ocasião.

Levantamo-nos e, com a ajuda de Natanael, sentei-me em minha cadeira. Despedimo-nos dessa família agradável e amiga, lembrando, antes, de explicar onde morávamos. Disse a Natanael que eles seriam sempre bem-vindos à nossa casa e mesa, mas que eu mesmo não poderia visitá-los, devido às condições de minhas pernas. Ele se abaixou, segurou em minhas mãos e me disse que iríamos nos ver logo, pois eles tinham apreciado muito nossa companhia. Durante o caminho para casa, Marian me dirigiu a palavra: 'Papai, estávamos de fato um pouco distantes, mas você sabe que tive a impressão de que Jesus olhou para nós diretamente, lá na colina? Ele podia nos enxergar, pelo destaque que tínhamos naquele alto'. E Jonas interrompeu a irmã, reforçando que ele também tivera a mesma impressão. E eu acrescentei: 'Senti isso também, foi naquele momento de sua história em que ele disse: *Bem-aventurados os misericordiosos, porque eles alcançarão misericórdia,* não foi nessa parte? 'Sim, papai, foi sim' – atalhou Marian. E continuou: 'Será que foi só uma impressão nossa? Mas não nos preocupemos com isso agora, não tem importância, mas que foi emocionante sentir o olhar dele até nós, isto foi'! Ao chegarmos em casa, estava quase noite e algumas estrelas já surgiam no céu ainda não escuro. Marian resolveu fazer uma sopa para nós todos e logo depois fomos dormir.

– Frei Ignácio, conto isto tudo na primeira pessoa, pois foi o que vivi, você me compreende? Eu tinha visto Jesus! Ele tinha olhado em nossa direção! Mas, você nem pode imaginar o que ocorreu naquela noite. LeClerk levantou-se de novo, começou a andar pelo pequeno quarto, em silêncio, passou por mim, abriu a porta de seu escritório e foi caminhando em direção ao *Scriptorium*. Eu me levantei e o segui de longe, notando que todo o seu corpo estava ligeiramente trêmulo, como se tivesse arrepios de frio. Ele parou a caminhada no *Scriptorium*, olhou-me nos olhos e falou:

– Vou confessar uma coisa que nunca contei a ninguém. Eu leio à noite o meu Evangelho; é uma rotina que sempre sigo há muitos anos. Não há um dia que se passe sem uma leitura, e assim posso dizer, com toda a sinceridade, que conheço muito bem Nosso Senhor. E agora pasme: embora eu ainda não tenha terminado de relatar-lhe o meu sonho, tenho de lhe dizer que sei, em meu íntimo, que a única explicação para as injustiças do mundo se dá com a chave que nos abre o entendimento das vidas sucessivas! Sim, vidas sucessivas, para resgatar nossos pecados e erros. Sei que você deve estar achando que sou louco e até herege. Eu sabia disso dentro de mim, e tinha certeza de que Jesus sempre ensinara sobre as vidas sucessivas. Eu até li livros de outras religiões, o Budismo e o Hinduísmo, que estão em outra sala secreta, e aprendi sobre o *karma* e sei que isso tudo, sob outros nomes, está por detrás das explicações dos ensinamentos de Jesus. Só com esta chave é que entendemos completamente O *Sermão do Monte* e O *Sermão das Bem-Aventuranças*.

A minha reação foi de espanto, não pela sua descoberta em relação à reencarnação, mas pelo seu desabafo comigo. Eu ainda não sabia por que ele, naquele momento, confessava a mim suas percepções e o seu sonho. Foi, então, que ele acrescentou: – Quando se encerrou o sonho com essa família, tive uma sensação de que estava caindo, caindo sem parar. Foi um grande susto e acordei. Estava sentado na cama, minha roupa toda encharcada de suor. Fui ao quarto de banho, troquei a roupa e voltei a me deitar, pois ainda era madrugada. O sonho não havia demorado mais que uma hora, conforme meu marcador de tempo, e estava vívido em minha cabeça detalhe a detalhe, diálogo por diálogo. Fiquei pensando nele durante alguns minutos, mas estava prostrado e adormeci, agora sem sonho algum. Nos próximos dias, não tive outro sequer, mas aquele não saía do meu pensamento; eu remoía, perguntando-me a razão de reviver todo o passado com essa família, com que objetivo? E isso durou até ontem à noite.

LeClerk levantou-se, foi a uma estante atrás de sua mesa, apanhou um livro que lá estava, colocou-o sobre a mesa, e continuou: – Ontem à noitinha, estava, como de costume, na minha poltrona, recostado, tomando meu chá e lendo o *Evangelho de Lucas*. Como você sabe, é um Evangelho diferente dos demais, pois a tradição nos diz que foi Maria, a mãe de Nosso Senhor, que o relatou a Paulo e ele o repassou a Lucas, que complementou seu conteúdo, com contos sobre Jesus, ouvidos de outras fontes. Apesar de seguir a mesma estrutura dos *Evangelhos de Marcos* e *Mateus*, eu tenho preferência pelo de *Lucas*.

– Curioso, que a minha preferência recai em *João*; encontro ali um Jesus mais espiritualizado, mais divinizado, eu elucidei. LeClerk sorriu e deu sequência à sua explanação. – Eu jamais tive experiências místicas em minha vida, nada de extraordinário, que eu não pudesse explicar, tinha ocorrido em minha vida. Eu sempre admirei aqueles que hão passado por tais experiências, com visões, ou ouvindo algo em seus próprios ouvidos, recebendo inspirações belíssimas que conseguiram registrar em livros e discursos. Eu nunca tive nada similar até esse sonho, em que me foram mostradas cenas de uma vida pregressa naquela família. Mas há a complementação do sonho, que tenho de lhe contar agora. Depois lhe conto do sonho ou visão que tive a noite passada, que me levou a lhe relatar o que se passou comigo.

Eu me acomodei na cadeira e aguardei LeClerk continuar com o seu relato.

– Como eu dizia, após tomar a sopa preparada por Marian, nós nos recolhemos às nossas camas para dormir; tinha sido um dia agitado, cheio de surpresas com a chegada de Jesus, sua história no monte e a amizade com Natanael e sua família. Contudo, algo não saía de minha cabeça: o momento em que Jesus olhou para nós, no alto da colina. Essa imagem estava fixa em mim e nas cabeças de Marian e Jonas, pois falamos de novo sobre isso à mesa. Cobri-me, fiz minha oração a Iavé, pedindo-lhe proteção à minha família e à Ester, que certamente estaria nos Céus, e para que ela intercedesse por nós junto ao Pai Criador. E adormeci. E, pela primeira vez, sonhei com Ester. Nunca, após sua partida, eu havia sonhado com ela, que agora estava ali ao meu lado e, junto dela,

Jesus! Sim, Jesus. E Ester olhou para mim, com os olhos negros como os de sua filha, e me disse: 'Feche os olhos'. Neste momento, Frei Ignácio, eu me vi fora da cena, observando, então, o que estava ocorrendo. Eu já não era parte da cena. Era eu LeClerk, que estava ali no meu sonho. E vi Ester acariciando os cabelos de Yousef e vi quando Jesus tocou, com suas mãos, as duas pernas de Yousef. E alguns segundos depois, Jesus levemente tocou nos ombros de Ester e disse carinhosamente: *Vamos, já é tarde*. Ester levantou-se, beijou o rosto de seu marido, foi aos quartos dos filhos, beijou todos e, então, eles desapareceram de minha visão.

Frei Ignácio, eu estava de fora, parece que flutuava no ar, não poderia dizer ao certo. Em segundos, a noite desapareceu, e os céus começaram a se tingir de fios dourados, pois era manhã. Marian estava já com os pães, o mel e o leite de cabra na mesa, preparando o café da manhã da família; Jonas aproximou-se do pai para ajudá-lo a se levantar, e Yousef segurou suas mãos e disse: 'Espere, me sinto forte hoje, deixe-me tentar algo'. Marian e Josiel vieram ver e Yousef, apoiando-se em Josiel, começou a andar! Deu os primeiros passos, escorado no filho que, logo após, largou as mãos do pai, ficando ao seu lado. Yousef andou vagarosamente, mas firme, em direção à mesa. Marian começou a chorar e, em seguida, os demais também choravam. E foi o menino Josiel quem disse: 'Foi a mamãe que esteve aqui com Jesus, curando o papai, eu vi eles ontem à noite'! Frei Ignácio, Yousef foi curado por Jesus! Eu, em outra vida, fui curado por Jesus!

E, então, vi que lágrimas represadas davam ensejo a uma torrente e LeClerk chorava em soluços. Já não eram os pedacinhos das flores sopradas ao vento que o faziam, era a emoção aceita, dando vazão às lágrimas. Peguei um pouco de água, coloquei em um pequeno copo e ofereci a LeClerk. Ele agradeceu com os olhos avermelhados, bebeu toda a água, enxugou as lágrimas e me disse: – Meu caro amigo, esse foi meu sonho, uma cena de minha vida pregressa, passada na época de Jesus em Betsaida. Mas, como estava lhe dizendo, ontem, após uma semana do último sonho, estava eu sentado em minha poltrona, quando constatei o mesmo cansaço, que anteriormente se apoderara de mim. Encaminhei-me à minha cama, e meus olhos pareciam carregar sacos de areia, de tão pesados que estavam. Deitei-me e imediatamente caí em sono profundo e em outro sonho.

LeClerk interrompeu sua narrativa e, por minha vez, perguntei: – Você quer um pouco mais de chá? Eu posso preparar, há ainda queijo, pão e mel. – Eu me levantei, notei que o chá estava quase no fim, preparei outro jarro e o servi a nós dois. LeClerk, depois de algum tempo saboreando o chá, continuou a sua narração: – Como eu estava contando, tive outro sonho, dessa vez em Praga, na Boêmia, sentado em um dos bancos de uma Igreja. Dois sacerdotes aproximaram-se e um deles me disse: 'LeClerk, você passou por algumas experiências muito importantes nos últimos dias'. E o outro o corrigiu: 'Nos últimos três meses, na verdade', e ambos sorriram. 'É verdade, aceitou o primeiro. Antes de tudo, deixe que nos apresentemos. Sou Jan Huss e este é Jerônimo de Praga.

Nós dois, você, Frei Ignácio, Irmão Benedetto e muitos outros fazemos parte de um grande plano preparado por Deus para restabelecer as verdades dos ensinamentos de Jesus. Temos acompanhado você, ao longo dos anos, e constatamos que estava pronto para quando os freis Ignácio e Benedetto chegassem a Melk. Frei Ignácio está quase chegando ao ponto culminante de seu trabalho e seu testemunho sobre uma vida anterior será fundamental para selar suas conclusões. Quando acordar, você se lembrará de toda a nossa conversa; procure Frei Ignácio e lhe conte o que ocorreu, conte tudo. Não se preocupe, ele não vai considerar que você está tendo alucinações, ou enlouquecendo, nada disso. Ele entenderá perfeitamente seus relatos. Vá para seu leito e descanse. Amanhã, você lhe conta'. Jan Huss aproximou-se de mim, colocou suas mãos sobre minha cabeça e disse: 'Durma agora'.

– Frei Ignácio, dormi muito nesse dia, profundamente. Ao acordar, o sonho veio nítido à minha mente; dirigi-me à biblioteca e lá peguei este livro que trago comigo. Abra você mesmo. – Eu abri a obra e ali contava a história de dois padres da Boêmia que haviam sido mortos pela fogueira da Inquisição, Jan Huss e Jerônimo de Praga. No livro havia duas pinturas, representando cada um desses teólogos, e LeClerk me disse: – São esses dois que vieram falar comigo a noite passada! Pronto, cumpri o que me pediram e contei tudo a você. Não precisa me contar nada do que você está escrevendo, nem o que você descobriu. Já é um privilégio fazer parte de sua equipe, isto é suficiente para mim.

Ele se levantou, me deu um abraço e arrematou: – Vá dormir, descanse, pois amanhã você continua seu trabalho lá na sala 16, e eu aqui no *Scriptorium*. Ele abriu a porta principal, esperando que eu saísse, e eu agradeci: – Muito obrigado mesmo! Você selou com chave de ouro as primeiras conclusões de minhas pesquisas. Fique com Deus. Saí em direção a meu quartinho e pensei: "LeClerk não esperou resposta alguma ou comentários a seus sonhos, a esses eventos passados com ele. Ele é um homem extraordinário, pois agora sabe que viu e foi curado por Jesus, esteve presente em *O Sermão do Monte* e testemunhou o primeiro grande milagre de Jesus, o que chamamos de multiplicação dos pães. Meu Deus, que pensamentos devem estar em sua cabeça, de agora em diante; certamente a visão do mundo deverá ser diferente para ele, como é para mim, depois de conhecer todos esses ensinamentos do Nosso Senhor. E creio que devo contar isso tudo a Benedetto, devo fazê-lo, acredito que sim, pois ele está comigo desde o início de nosso desafio, de nossa missão".

Ao adentrar nosso quartinho, Benedetto me disse: – Estava começando a preparar nossa sopa de cogumelos, quando um dos monges chegou aqui e falou que você se atrasaria, por estar em conversa privada com LeClerk. Aproveitei para revisar o nosso relatório mensal ao Sumo Inquisidor e algumas anotações que fiz de nossas conversas. E há pouco comecei a preparar a sopa, que deve estar pronta em poucos minutos. Vamos comer em breve; prepare a mesa, por favor. – Em poucos minutos, a sopa fervente, com sabor indescritível, estava à mesa. Benedetto acordava mais cedo do que eu e saía para os campos, ao redor do imenso Monastério, para colher cogumelos. Ele me havia dito que a colheita de cogumelos é uma arte que seu pai lhe havia ensinado, orientando sobre como distinguir entre aqueles venenosos e os comestíveis. E aqui estavam, grandes, suculentos e com uma mistura de ervas aromáticas, que era segredo de sua mãe, dizia ele, toda vez que fazia essa sopa. Comemos praticamente em silêncio e, logo depois, provamos um vinho suave, que ele tinha conseguido na cozinha central. Eu não sou muito apreciador de vinhos, mas naquele momento acompanhei meu amigo. E foi nesse momento que lhe contei dos acontecimentos do dia, a leitura sobre Ário e a confidência de LeClerk. Benedetto, com sua contumaz sensatez e ponderação, disse:

– Irmão Ignácio, se restava alguma ponta de dúvida ou um fio de questionamento em sua mente sobre as vidas sucessivas, foi agora totalmente dissipado. Eu até posso entender como você e eu ficamos surpresos com essa descoberta. É que foram séculos, mais de mil anos de tradição católica nos dizendo que era o batismo e a Igreja que nos salvavam, nada mais era possível. E quem divergisse desse ensinamento tinha sempre como destino o degredo, a prisão e a morte. Disso resultou que os ensinos fossem escondidos e passados verbalmente por iniciados e sociedades secretas que, ao longo dos anos, foram se esgotando.

Mas, a imensidão do amor de Deus para seus filhos permitiu que esses ensinamentos de Jesus fossem guardados por bibliotecários ao longo de mais de mil anos, em recintos fechados, inacessíveis, secretos e que somente viriam à tona quando missionários estivessem prontos para isso. E eis que chegaram Wycliffe e depois Jan Huss à Biblioteca de Melk, deixando outros registros, e agora você está aqui. Vocês são missionários e nós, LeClerk e eu, somos seus ajudantes e isso muito nos orgulha.

Conheço hoje a história da vida passada de LeClerk e noto sua humildade e coragem em contá-la a você. Posso assegurar que, amanhã, lá estará ele em sua missão grandiosa de preservar todos esses documentos, através do trabalho de seus monges copistas e desenhistas. Ele sabe agora que faz parte de uma grande rede desenhada por Deus, para que Jesus, em toda a sua glória, tenha restabelecidos os seus ensinamentos. E LeClerk vai até o fim, porém agora sua preocupação deverá ser outra, a de escolher seu substituto, pois sabe que este certamente é parte do plano grandioso de Deus, da rede de pessoas que dele fazem parte.

Eu lhe disse: – Realmente você tem razão, meu amigo querido. Uma preocupação grande, pois ele deverá esmiuçar o comportamento de cada um de seus trabalhadores, conversar com cada um separadamente, sentindo qual deles terá a perseverança, a responsabilidade, a firmeza e o carinho de guardar tão imenso repositório de conhecimentos, não apenas os secretos, em salas escondidas, mas todos os volumes existentes na imensa biblioteca, acessíveis aos pesquisadores, e de identificar aqueles que necessitem ser copiados, devido ao desgaste dos originais ou das últimas cópias.

Um trabalho imenso, meu amigo, imenso! Vamos orar de modo que ele consiga identificar seu sucessor e assim o preparar, mesmo que o escolhido não saiba, de antemão, que será um dia o novo bibliotecário. Isso LeClerk saberá em seu íntimo, contará ao escolhido e realizará seu treinamento, que deve levar meses, senão alguns anos. É que vi por dentro a imensidão de salas, quartos, labirintos, salas abertas, salas secretas, e uma quantidade de engenhocas complicadas para controle da luz, vento, umidade e temperatura. E essa pessoa deverá saber dos registros de localização de cada livro, cada papiro, cada pergaminho. Não se trata de uma missão fácil, não é. Como você sabe, os bibliotecários são uma entidade em si, em todo o mundo católico, e quando um é identificado como tal e assume suas funções, os demais sabem que podem confiar nele, pois a escolha requer um processo de anos, e o treinamento, um tempo similar.

O copo de vinho, degustado com queijos da região, foi esvaziado, e fomos nos deitar para descansar. A revisão do relatório para Torquemada, disse eu a Benedetto, faríamos no dia seguinte, pela amanhã, logo após a nossa primeira refeição do dia e antes de minha ida à biblioteca.

A estratégia falida de Ário

Cheguei bem cedo à biblioteca, e LeClerk lá estava junto aos monges copistas e desenhistas, orientando-os. Ao me ver, ele foi diretamente à porta interna, abrindo-a, e seguimos em silêncio até a sala 16. Desta vez, a caminhada foi mais calma, seus passos estavam mais pausados, assim, não precisei acelerar os meus. Ao chegar à sala, como de costume, lá estava a pequena poltrona a e bilha com água. LeClerk olhou-me nos olhos e, estancando na entrada, disse: – Bom estudo! E saiu, fechando a porta. Fui direto à mesa de estudos e reiniciei no volume que falava de Ário. Havia um capítulo inteiro escrito por um de seus seguidores, cujo nome não havia anotado, mas estava claro que era um dos iniciados mais próximos. E ele escreveu assim:

"Nosso Mestre, dois anos antes do *Concílio de Niceia*, escreveu um livro em versos chamado *O Banquete* (Thalia, em idioma grego), e nesse livro ele contava, de maneira velada, sobre os ensinamentos de Jesus a respeito das vidas sucessivas, ensinando primeiro que Jesus era filho de Deus, criado por Deus e que tinha se tornado divino. Esse livro foi muito lido entre os literatos, discutido e cantado em versos, uma vez que o povo não sabia ler. Praticamente, toda a sua doutrina estava ali representada.

Essa obra causou um abalo no comando e liderança do movimento cristão, aqui em Alexandria e em várias regiões. E ele nos dizia que esse livro é o começo de sua estratégia para convencer os seus opositores de que ele estava certo. Dissemos, ao nosso Mestre, que sua tática era controversa e arriscada, e debatemos muito com ele, mas sem êxito. Ele insistia que era o único caminho, aproveitar da boa vontade do Imperador Constantino com o movimento cristão, pois havia rumores de que ele queria transformar a nossa, na religião do Estado Romano. O Cristianismo já era legal, não era perseguido há mais de dez anos, desde a época que Constantino assumiu o trono. Nosso Mestre dizia que, apesar de ser uma grande vitória, pois até há poucos anos éramos jogados aos leões, era também ao mesmo tempo, muito perigoso, pois possibilitaria uma mistura de poderes, dando ao Império a oportunidade de inebriar nossos representantes; porque haveria sempre a tendência de agradar o Imperador, submetendo-lhe até questões triviais, que, talvez, ele mesmo quisesse resolver, tanto quanto as maiores. Se isso ocorresse, a Igreja poderia se tornar refém do Império Romano.

Ele nos garantiu que levaria essas preocupações ao arcebispo Alexandre de Alexandria que, embora contra suas ideias e pregações, poderia ouvi-lo e talvez pudesse blindar os princípios de nossa fé das possíveis interferências do Imperador. Mas Alexandre nem o recebeu, pois em sua opinião, as conversas com Ário já estavam esgotadas, sem possibilidade de reconciliação, afirmando que, somente através de uma assembleia de bispos eles voltariam a se encontrar. Não demorou muito, apenas alguns meses, e Ário recebeu a carta do Imperador, convidando-o para uma assembleia geral dos bispos, na cidade de Niceia, na Turquia.

Nosso Mestre, então, traçou a seguinte estratégia para convencer seus detratores, durante a defesa de sua tese nas reuniões do Concílio. Primeiro, ele diria que Jesus teria sido criado por Deus. Segundo, tendo a centelha divina, ele se tornou divino por seus atos de amor, de caridade, e de fidelidade a Deus. Terceiro, que nós, se seguíssemos seus ensinamentos e ações, todos poderíamos alcançar a misericórdia de Deus e sermos salvos e até alcançar a divindade. Quarto, que a Igreja seria o veículo pelo qual as orientações aos fiéis se dariam, seria a fonte de consolo e suporte de todos os deserdados e sofredores.

E nosso Mestre Ário começou a pregar isto em todos seus discursos, homilias e prédicas. Seu verbo era inigualável e seu poder de convencimento era total; nós viajávamos por todo o mundo cristão e podemos dizer que havíamos conquistado muitos adeptos e seguidores. No entanto, tínhamos muitos problemas aqui no Oriente, pois Alexandre de Alexandria, o bispo mais poderoso da região, era totalmente contra esses ensinamentos e ainda liderava um movimento contra nosso Mestre e seus postulados. Mas, na verdade, a estratégia deste parecia estar dando frutos significativos no Ocidente, pois até o bispo principal de Roma, Silvestre I, simpatizava com nossos princípios.

Ali, em assembleias de estudos com padres, teólogos e estudantes de escolas superiores, ele complementava os itens dois e três acima descritos, dizendo que Jesus teria praticado os seus atos de amor, também em outros mundos, pois ele sempre dizia que uma só existência não seria suficiente para alcançar a divindade e, nesse ponto, ele adentrava o conceito das vidas sucessivas aqui e em outros orbes. Ele enfatizava o que Jesus dizia: *A casa de meu pai tem muitas moradas,* e, assim, os mundos que nos circundavam eram também criados por Deus. Ele baseava tudo o que falava em Orígenes e nos Evangelhos, e sempre usava o de *Tomé* como guia. Em nossas assembleias, havia pouquíssimos dissidentes; na verdade, se poderia dizer que os reticentes tinham dúvidas, não eram contra, propriamente. Quando retornamos a Alexandria, poder-se-ia dizer que éramos vitoriosos, pelo número de adeptos que havíamos granjeado.

Em nossas prédicas, de todos os seguidores de Ário, não se pregava mais sobre o castigo eterno, sobre o fogo do Inferno nem sobre os demônios, mas sim acerca da bondade de Deus e de nós todos como ovelhas desgarradas e que Deus, que é Pai por excelência, sempre nos dá outras oportunidades de nos melhorarmos. O conceito das vidas sucessivas estava implícito nas lições que divulgávamos. E o povo, em geral, tinha conhecimento genérico de que o sofrimento é causado pelos acontecimentos atuais e das vidas anteriores, e que Deus é justo sempre.

Soubemos, entretanto, que o bispo Alexandre (que era totalmente ortodoxo) e outras altas autoridades eclesiásticas do Oriente haviam dito ao Imperador que seu Império não conseguiria ter uma só religião como um dos pilares da unificação do Império – como ele ansiava – pois essas duas correntes, a que eles chamaram de Arianismo, estavam dividindo o Cristianismo em duas partes. E eles sugeriram ao Imperador que convocasse uma grande reunião, com todos os bispos do Cristianismo, para discutir esse tema e, por fim, o que eles denominavam Controvérsia Ariana. O Imperador assim fez, e nosso Mestre recebeu a carta de convite conforme escrevi acima, e o *Concílio Ecumênico* foi convocado e teve lugar em Niceia, no ano de 325. A Igreja Cristã estava, na verdade, dividida em duas metades e tendências: a do Oriente, com sede em Anatólia, na Turquia; e a do Ocidente, com poder em Roma. A do Ocidente era majoritariamente Ariana e a do Oriente, quase toda Ortodoxa.

O Imperador convocou todos os bispos do Império, cerca de mil e oitocentos prelados, mil no Ocidente e oitocentos no Oriente. Ele ofereceu, aos bispos do Oriente, todas as facilidades para as viagens necessárias a Niceia, todavia, diferentemente aos bispos do Ocidente. Nem o Papa, que era simpatizante de Ário, compareceria. Assim os rumores falavam e iam mais além, dizendo que haveria maioria esmagadora de bispos do Oriente e destes, somente cerca de vinte aliados de Ário, e pouquíssimos do Ocidente, nossos aliados, viriam.

Se assim fosse, Ário cairia em grande armadilha e nós, os iniciados, tentamos avisar nosso Mestre a respeito, para que reclamasse junto ao Imperador, mas ele não quis, argumentando que não nos preocupássemos, pois ele estava certo de seu raciocínio, de sua estratégia e que convenceria o Imperador e quase todos. Ele nos disse: 'não há como sermos derrotados, pois não há alternativas para a justiça divina, se não forem as vidas sucessivas e nosso contínuo avanço espiritual. Foi o que Jesus nos ensinou em várias passagens dos diversos Evangelhos em nosso poder. O povo sofredor sabe disso. E a Igreja nada perderá de seu poder de consolação e guia. Estou confiante! A nossa estratégia de mostrar Jesus como Filho de Deus, que se tornou divino por suas ações, é o ponto inicial. Convencendo a assembleia, já teremos a metade do caminho percorrido. Veja como fomos vitoriosos no Ocidente'! E dirigiu-se à capela para orar, como frequentemente fazia, perante uma ocorrência importante.

Ao deixar a capela, ele estava um tanto diferente, e nos disse: 'Senti certa inquietude na resposta às minhas orações e isto não é bom presságio; recolham todos os nossos livros, cartas e demais documentos e levem-nos para guardar onde não possam ser encontrados. Deixem uns poucos já copiados em duplicata aqui, pois se ocorrer o pior, eles aqui virão para destruir tudo o que encontrarem e eles têm que encontrar algo para queimar. Façam isto agora'.

E todos nós nos mexemos para executar suas ordens; um de nossos iniciados levou tudo em seu transporte particular e nos tranquilizou, pois, sua família tinha um local especial para sua armazenagem. Ele tinha um tio monge, amigo do bibliotecário do Monastério de Santa Catarina, ali mesmo no Egito, e que certamente guardaria com muito zelo aqueles escritos. Ário ficou satisfeito com essa medida.

No momento da partida, nós todos abraçamos o Mestre, e ele seguiu para tomar seu transporte a caminho da Turquia. Recomendou-nos que nos recolhêssemos às nossas casas e Igrejas e aguardássemos o seu contato com cada um de nós, após o encerramento do Concílio e a apresentação das resoluções tomadas, e pediu ainda que rezássemos por ele. Mas, o que mais temíamos aconteceu, soubemos depois de tudo, pelo bispo Eusébio de Cesareia, que era amigo de nosso Mestre, presente no Concílio. Ele nos relatou que defendera Ário de ser exilado, mas nada adiantou. Havia outros bispos, quase vinte no total, Arianistas, que constituíam minoria, menos de dez por cento de todos os outros presentes. De acordo com ele, nosso Mestre nem conseguira completar suas exposições, porque todas as vezes que tentava elaborar sua tese, pois ele utilizava em seus argumentos as frases do *Evangelho de Tomé*, era rejeitado ou questionado por muitos dos bispos que compunham aquele Concílio. Até Eusébio de Nicomédia fora dura e violentamente atacado, nas sucessivas tentativas de defesa a Ário, com outras argumentações, também embasadas nos outros Evangelhos, diversos de Tomé.

EUSÉBIO DE CESAREIA

Eusébio de Cesareia nos informou que as acusações contra Ário eram volumosas e todas concluíam que Jesus tinha dado toda a autoridade a Pedro, e, por conseguinte, aos líderes de sua Igreja, para guiar à salvação os seus fiéis. Seus opositores concluíam seus discursos de maneira quase idêntica, com a frase fora da Igreja Cristã não há salvação. E pediram, em voz alta, a condenação de Ário e de toda a sua tese, que embutia a crença das vidas sucessivas.

Constantino, ao ouvir aquelas discussões, chegou à conclusão de que havia controvérsias em quase todos os escritos, ou Evangelhos atribuídos aos discípulos diretos de Jesus, em suas várias versões, e havia mais de cem delas! Ele, então, tomou a decisão de solicitar aos participantes escolherem, dentre todos aqueles livros, quais seriam usados, e os bispos, após dias seguidos de muitas discussões, escolheram os quatro Evangelhos segundo Mateus, Marcos, Lucas e João. Diante da decisão, Constantino determinou que todos os demais evangelhos fossem queimados e não mais usados em qualquer região do Império, sob pena de morte. Ário ficou lívido perante essa tomada de posição e tentou argumentar, mas foi silenciado por ordem do Imperador, e, a decisão contra ele e sua filosofia foi deliberada com um edito de Constantino, do qual conseguimos cópia e anexamos um trecho a este livro, para conhecimento futuro: 'Além disso, se qualquer escrita composta por Ário for encontrada, ela deve ser entregue às chamas, de modo que não apenas a maldade de seus ensinamentos seja destruída, mas também não restará nada para lembrá-lo. E, por meio deste, decido publicamente que, se alguém for descoberto que tenha ocultado uma escrita composta por Ário, não a apresentando imediatamente para ser destruída pelo fogo, sua pena será a morte'.

Acreditamos que o ensino de Jesus sobre a preexistência das almas e das vidas sucessivas recebera um golpe quase que mortal! Outras decisões também foram tomadas pela assembleia de bispos e aprovadas por Constantino, que irão causar profundas divergências no seio da nova Igreja. Elas são:

1. A divindade de Jesus foi confirmada, não antes de muitas discussões.
2. O conceito da Santíssima Trindade foi implementado, também depois de árduas discussões.
3. O nome da nova religião passou a ser: Igreja Universal Romana.[8]
4. O Imperador de Roma teria de conceder a sanção imperial a qualquer novo Papa que fosse escolhido.
5. Foi estabelecida a oração O Credo, em que é dito que Jesus é Deus e, na qual, a figura do Espírito Santo é criada.

O Credo de Niceia é uma profissão de fé para encerrar, de uma vez por todas, com a teologia ariana. Nosso Mestre foi exilado na Dalmácia,[9] e nós resolvemos retrair-nos em nossas condutas e prédicas, até que tempos melhores chegassem; e seguros estávamos de que os escritos de nosso Mestre estavam bem guardados."

O escrito, a narrativa desse seguidor de Ário, terminava assim. Reli uma vez mais, para entender bem o que realmente tinha ocorrido, vindo das penas de um iniciado dele. E resolvi abrir outro volume, que se intitulava *O Concílio de Niceia*. Precisa encontrar mais detalhes, pois foi esse Concílio o primeiro da nova religião, que a tornou naquilo que ela é hoje. Este fato me fez lembrar de um acontecimento na Biblioteca de Burgos, na Hispânia, nos meus idos cinquenta anos. Lá encontrei um

---

8 Universal, em grego, é καθολική, que se lê católica. Igreja Universal Romana se traduziu comumente por Igreja Católica Romana.

9 Dalmácia – parte da Albânia atual.

amigo, Enrique de Salamanca, um monge beneditino, que era, como eu, um contumaz visitador de bibliotecas.

Sua paixão era estudar as decisões dos Concílios, seus bastidores e participantes. Particularmente, não havia me interessado por tais assuntos, até então! Uma tarde, estávamos na ceia, no grande comedor para os religiosos da Catedral de Burgos, quando ele me disse:

– Sabe, Frei Ignácio, descobri que o primeiro Papa de nossa Igreja não teria sido São Pedro!

E eu, um tanto surpreso, lhe indaguei:

– Não? Foi outro apóstolo, quem?

Ele esboçou um grande sorriso e me disse:

– Foi o Imperador Constantino! Ele até foi condecorado pela Igreja da época como o décimo terceiro apóstolo, veja você!

Eu disse que era uma brincadeira e ele asseverou:

– Meu raciocínio é lógico e minha conclusão também; o Papa é a maior autoridade da Igreja, não é? Na época de Constantino, quem mandava na Igreja era ele e foi quem convocou o primeiro Concílio Ecumênico da Igreja. O Papa da época não esteve presente, assim ele deu o nome à nova religião, presidiu as decisões mais importantes sobre nossa Igreja e seus dogmas, tudo isso com a presença de apenas vinte por cento dos bispos do Cristianismo!

– Além de tudo, você sabia que, logo depois de sua morte, foi instituído como o décimo terceiro apóstolo e declarado santo? Veja você mesmo, não estou certo? Ele é venerado como Santo Constantino pelas Igrejas Cristãs do Oriente, mesmo tendo sido um militar implacável! E mais, com medo de ser atraiçoado por seus familiares mais próximos, teria mandado matar um de seus filhos, além de seu sobrinho e de um cunhado.

Eu, sério, disse a ele:

– Irmão Enrique, naquela época, tudo era muito estranho, é verdade. Mas, há um sentido muito positivo nessa história. Sem ele, a religião cristã não teria ficado livre das perseguições e, talvez, não tivesse sido espalhada por todo o mundo.

Ele concordou com essas minhas observações, mas disse, ao final:

– Para mim, ele foi o primeiro Papa da Igreja Católica.

E não falamos mais no tema, terminamos nossa refeição e nos dirigimos para as nossas camas. E eu não pensei mais nessa conversa até hoje!

Concílio de Niceia – algumas anotações

Como eu dizia, iniciei a leitura dos documentos do Concílio, o que me tomou dois dias inteiros. Muitas dessas informações já foram escritas pelo seguidor de Ário, conforme vimos. O interessante dessa leitura foi encontrar outras anotações feitas por uma pessoa que se identificou por *Servo A*. Tudo indica que o *Servo A* estava inteirado dos bastidores e dos arranjos, assim também do dia a dia do *Concílio de Niceia*. Talvez ele fosse um cristão na corte do Imperador, pois os detalhes ali escritos são típicos de quem tinha ciência dos passos de Constantino. E por estar ali, naquela sala, eu concluí se tratar de um testemunho fidedigno, confiável; sinceramente, eu não acreditava que algum documento falso, ou com informações duvidosas, pudesse ter sido selecionado para ser preservado por milênios e estar ali depositado naquela sala tão inexpugnável, escondida tão secretamente. Assim está escrito por essa pessoa, o *Servo A*:

"O Imperador Constantino não se tornou cristão durante ou antes do Concílio; ele somente foi batizado no leito de morte, já nos seus últimos suspiros. E isso tinha uma razão de ser: ele queria ser perdoado de seus pecados no último dia da sua vida, pois poderia cometer os desatinos que quisesse, até mesmo mandar assassinar o seu filho, e, assim mesmo, seria perdoado com o batismo!

O *Concílio de Niceia* contou com pouco mais de um mês de duração, entre maio e junho de 325. A residência de Constantino ficava perto da cidade, logo, ele não levaria muito tempo em seu deslocamento para as reuniões. Ele era um estrategista sagaz, e a decisão de que apenas uma religião seria um dos pilares de seu Império foi audaz, e com efeitos políticos importantes. Aliás, a decisão de tornar Jesus divino era muito apropriada, pois até pouco tempo antes, os Imperadores Romanos eram também considerados divinos e, por este motivo, eles eram ainda mais temidos. E, tendo um líder divino já morto, mas cultuado como tal, e sob o domínio do Imperador, o Cristianismo, esta religião nova, teria um poder imenso sobre o povo em geral. E sem risco algum para ele, pois seu líder era considerado um deus, apesar de estar morto.

Constantino, em tempo algum, acreditou na ressurreição e aparições de Jesus, em razão de presenciar, ao longo de sua vida, tantas mortes que, para ele, ninguém poderia reviver depois de morto. Ele tinha algum conhecimento dos ensinos de Platão, e era simpático à filosofia das vidas sucessivas, porque queria voltar como Imperador novamente. Em verdade, Helena, mãe de Constantino muito o influenciava, pois era amiga de Eusébio de Nicomédia, um arianista, e, portanto, crente nas vidas sucessivas.

A decisão de exilar Ário não foi tarefa fácil, mas foi a mais leve que Constantino pôde impor, visto que alguns bispos queriam sua prisão e execução, as mesmas penalidades sofridas por Orígenes. Ele sentiu que tinha de atender aos bispos e satisfazer a sua mãe, castigando Ário. No entanto, exilou-o sem o condenar à morte, apesar de seu julgamento e condenação como herético, cuja pena era a morte. Ele considerava Ário um fanático, posto que insistia em suas ideias, mesmo com a aproximação de sua condenação.

Para o Imperador, a causa de toda a confusão era a variedade de evangelhos existentes, usados indiscriminadamente por todas as comunidades cristãs e regiões do Império, com ensinamentos singulares. Diante de tal divergência, convocou, então, os cinco bispos mais importantes do Concílio para uma reunião no palácio, ordenando-lhes escolher alguns poucos desses evangelhos; os demais seriam destruídos pelo fogo e seus ensinamentos proibidos de ser propagados. Dos cinco bispos, dois espantaram-se com tal decisão, dois apoiaram a resolução de Constantino e um bispo ficou indeciso.

Constantino manteve-se firme em sua deliberação, argumentando que toda controvérsia ariana não teria existido, se os escritos fossem coerentes entre si. O Imperador concedeu dois dias aos bispos para avaliarem os escritos e expor o seu parecer. Decorrido esse tempo, eles apresentaram os quatro evangelhos escolhidos: segundo Mateus, Lucas, Marcos e João. O elo comum entre eles é que não continham qualquer referência forte contra Roma, visto que a morte de Jesus, registrada nesses quatro evangelhos, era atribuída aos judeus. Assim, nessa situação, Roma teria, somente, acedido aos apelos do Sinédrio. E, apesar de não serem unanimidade em todo o mundo cristão da época, esses evangelhos eram sempre referência, podendo-se dizer os mais populares, o que justificava a escolha, não muito difícil de ser aprovada.

Um dos bispos, que tinha sido totalmente a favor da proposta de Constantino desde o início, contou ao Imperador que havia mais de cem anos, um bispo das Gálias, chamado Irineu, já defendia o uso desses quatro evangelhos, mas não pedia a queima dos outros, que apenas deveriam ser usados, eventualmente, para consulta. E que Irineu justificara sua escolha de quatro evangelhos da seguinte maneira: 'O evangelho é a coluna da Igreja, a Igreja está espalhada por todo o mundo, o mundo tem quatro regiões, e convém, portanto, que haja também quatro evangelhos. O evangelho é o sopro do vento divino da vida para os homens, e, pois, como há quatro ventos cardiais, daí a necessidade de quatro evangelhos. (...) O Verbo criador do Universo reina e brilha sobre os querubins, os querubins têm quatro formas, eis porque o Verbo nos obsequiou com quatro evangelhos'. A reação de Constantino foi uma sonora gargalhada, e ele disse: 'Não me importa quais e como vocês os escolherão. Somente escolham e pronto. Farei o edito para queimar todos os outros e proibir seus ensinos'.

Um dos bispos presentes, aquele que havia demonstrado sua negativa surpresa inicial à proposta de Constantino, ainda tentou convencer o Imperador de que pelo menos um exemplar de cada evangelho deveria ser preservado, pois todos tinham sido escritos por outros evangelistas e seguidores diretos de Jesus, contendo informações que poderiam ser usadas com cautela, somente com a autorização do próprio Imperador. Constantino, no entanto, *não cedeu*, asseverando, firmemente, que não poderia mais permitir controvérsias. Desse modo, todos os demais evangelhos seriam considerados apócrifos e, portanto, queimados.

Constantino mantinha uma posição muito pessoal a respeito do Cristianismo. Ele sabia que a implantação dos conceitos dessa religião em seu exército e em sua corte era significativa, pois ao considerar que se tratava de uma religião pacífica, não haveria revoltas populares contra o domínio de Roma, e que ele, Constantino, ao liderar a nova religião poderia ter a admiração e a lealdade de seus comandados e do povo em geral, de maneira inigualável.

Como eu disse acima, a decisão de aceitar o Cristianismo e torná-lo legal foi arte de um estrategista impecável. Mas, apesar dessas ações a favor do Cristianismo, ele não abandonou a liderança, como Sumo Sacerdote, de uma das seitas pagãs mais importantes do Império, que cultuava o deus Sol Invicto. Com isso, ele agradava as autoridades e seguidores dessas duas vertentes religiosas, mantendo essa posição até hoje, o dia em que escrevo estas anotações, em 326."

Reviravoltas

Passados dois dias de leitura e estudo dos registros do *Concílio de Niceia*, pude concluir que, realmente, suas resoluções constituíram uma grande derrota para os seguidores de Orígenes e de Ário e, em decorrência disso, o ensino sobre as vidas sucessivas (a reencarnação) foi proibido. Ademais, essa premissa foi considerada falsa, reafirmando-se que somente por meio da Igreja se conseguiria a salvação. Porém, tais resoluções teriam sido aprovadas por apenas 20% (pouco mais de trezentos, frente a mil e oitocentos) de todos os bispos cristãos, pois a maioria, de outras regiões, não pôde comparecer ao Concílio, visto que não lhes foram oferecidas condições para tanto. De caráter peculiar, no entanto, diz respeito ao fato de grande percentagem daqueles que não compareceram ser simpatizantes, defensores e propagandistas das vidas sucessivas, conforme Jesus havia ensinado. Todavia, o poder imperial era incontestável, e suas decisões impostas a todos os cristãos do Império.

Outro aspecto por mim apurado, ao ler os demais livros, é que, de maneira geral, o povo continuou a acreditar na reencarnação, pois aceitavam Deus como um Pai Amoroso. Porém, oficialmente, os sermões, sem os seguidores de Ário, baseavam-se em um Deus repressor, a punir seus filhos com o fogo do Inferno. Em contrapartida, a salvação das almas seria de incumbência, exclusivamente, da Igreja, por conta das bênçãos e benesses. Como potencial futura religião do Estado, Constantino havia reservado vários templos dos deuses pagãos – que estariam em desuso – para o culto, naquele momento, do deus Jesus. E rituais e paramentos, antes características dos sacerdotes pagãos e seus cerimoniais, foram incorporados à nova liturgia. A queima dos incensos, ritual tipicamente pagão, foi, igualmente, aceito de imediato pelos sacerdotes. Em justificativa – tratava-se de novas Igrejas, porque o Imperador e sua mãe não poderiam frequentar salas e assembleias pequenas; o requinte deveria fazer parte da nova religião. Assim, aquela Igreja do povo, que se reunia em salas pequenas e simples, foi substituída por templos suntuosos e rituais que causavam surpresa e até receio às pessoas humildes.

Muitos dos nobres, as elites e os poderosos, visando caírem nas graças do Imperador, tornaram-se cristãos e, pouco a pouco, a religião e o Estado estabeleciam simbiose crescente, enquanto as camadas populares abandonavam esses grandes templos. Porém, os antagonistas de Ário, que se autodenominavam *trinitistas*, (crença na Santíssima Trindade), enfrentavam dificuldades para explicar a causa dos sofrimentos humanos, visto que não era permitido falar de reencarnação e vidas sucessivas. Na resposta dogmática – não se podia compreender Deus, pois seus desígnios eram insondáveis. Essa resposta, entretanto, por não satisfazer a maioria das pessoas, gerava grande descontentamento em meio aos fiéis, um aspecto que, rapidamente, chegou ao conhecimento da mãe de Constantino, através das confidências do Bispo Eusébio de Nicomédia, seu confessor e um arianista convicto. Helena, por sua vez, perante a insatisfação popular, convenceu Constantino a perdoar Ário e a restabelecer o Arianismo, tal qual a teologia central da nova religião católica; e os *trinitistas*, que haviam vencido no *Concílio de Niceia*, foram afastados e exilados. Vejam vocês, como são as coisas. O Imperador desfez tudo o que o Concílio tinha deliberado, reverteu as decisões, perdoou Ário, restabelecendo, portanto, sua doutrina como o cerne da Igreja Católica. Consequentemente, a crença e os ensinos da reencarnação passaram a vigorar no seio da Igreja Imperial. Ário morreu um ano antes de Constantino, em 336.

Concílio de Constantinopla I

A Doutrina Ariana permaneceu oficial da nova religião, praticamente até o ano 378, quando o novo imperador romano, Teodósio I, iniciou seu reinado. Porém, houve um período de dois anos, entre 361 e 363, em que o paganismo voltou a ser introduzido pelo novo Imperador Juliano. Mas, com sua morte, o Cristianismo recuperou sua hegemonia. Em 379, assumiu o trono Teodósio, nascido na Hispânia. Teodósio tinha por confessor um bispo *trinitista* chamado Ascholius, e, influenciado por ele, convocou o *Concílio Ecumênico de Constantinopla*, em 381, o segundo da nova religião católica. Sua carta convite foi para cento e trinta bispos *trinitistas* do Oriente, e nenhum ariano participou. Eles, nesse evento, derrubaram uma vez mais a Doutrina Ariana e a reencarnação foi, novamente, banida dos ensinos da Igreja; e a força imperial implementou as decisões em todas as regiões do Império.

Teodósio foi importantíssimo para a nossa Igreja Católica Romana, pois um ano antes do Concílio, em 380, por meio do Edito de Tessalônica, ele decretou a religião cristã como a oficial do Império Romano. E foi no *Concílio de Constantinopla I* que o mistério da Santíssima Trindade foi ratificado por unanimidade (pelos cento e trinta bispos presentes) e que novo *Credo*, rejeitando completamente qualquer conceito arianista, confirmando que Jesus era da mesma substância de Deus, foi aprovado. Um comentário importante permito-me fazer agora: as decisões desse Concílio estão válidas até hoje, no século XV. E foram tomadas por somente cento e trinta bispos, e todos, sem exceção, eram contrários a Ário e, portanto, a crença nas vidas sucessivas e na reencarnação foi pela segunda vez removida dos ensinos da Igreja. E um segundo apontamento meu, que considero muito relevante também, é sobre a comemoração da data do nascimento de Jesus, que nós celebramos no dia 25 de dezembro. Descobri, em um dos documentos, no volume 3, que houve uma razão política para a escolha dessa data. Na verdade, sempre considerei haver algum equívoco em relação a ela, pois a Palestina, em dezembro, é muito fria, por isso não há pastores nem ovelhas, principalmente à noite! E li o que estava por trás desta data de dezembro:

"Roma, como sabemos, era até então pagã e cultuava deuses diversos, e o mês de dezembro era repleto de festas para culto e oferendas aos diferentes deuses, e uma das maiores delas era ao deus *Sol Invencível* ou *Sol Invicto*, e se realizava no dia 25 de dezembro. Então, as autoridades religiosas da época, logo após o término do *Concílio de Niceia*, resolveram celebrar a festa do nascimento de Jesus nessa data. Em outras palavras, com certa rigidez, eu sei, mudava-se o deus, mas a festa era mantida. Os dois extremos eram satisfeitos: os cristãos que queriam comemorar o nascimento de Jesus e os novos cristãos, ex-pagãos, que estavam acostumados com a festa no dia 25 de dezembro.

Sei que estou sendo até sarcástico, e peço a Deus que me perdoe, mas me sinto enganado pelas autoridades religiosas de minha Igreja, por ações tão nefastas, somente para preservar o poder e a autoridade da Igreja, mesmo em detrimento dos ensinamentos verdadeiros de Jesus, que falavam de um Deus compassivo e pai, não daquele Deus do *Antigo Testamento*, da *Torá*, vingativo e impiedoso, que, se não lhe fizessem oferendas e sacrifícios, não perdoaria as faltas e mandaria castigos terríveis. Mas o Deus Pai, revelado por Jesus, era bom, compassivo e nunca mandaria seus filhos ao Inferno, ou mesmo ao Purgatório, pois um pai não pune os filhos, por anos ou pela eternidade. O Deus de que fala Jesus é o bom pastor, que sai em busca da ovelha desgarrada e não descansa até que ela seja resgatada e salva. O Deus de Jesus é aquele que se rejubila com o retorno do filho transviado, que após perder tudo, arrependido, retorna à Casa do Pai, que o recebe com festas. O Deus de Jesus é o Deus que nos dá oportunidades sempre, de resgatar e apagar nossos erros do passado. Este é o meu Deus, o Deus verdadeiro.

E Ele é justo, e a reencarnação é a prova inconteste da Justiça Divina, e Jesus nos deixou esse legado. Meu Deus, como a sede de poder e de riqueza pôde perverter tanto os homens, a ponto de renunciarem aos ensinamentos mais caros de Jesus?"

LeClerk e o Mestre de Obras

Depois de dias de estudo, refletindo e tomando notas, resolvi parar um par de dias para caminhar, conversar com Benedetto e LeClerk e traçar um plano de ação. A quantidade de novas revelações e descobertas representou para mim uma avalanche. Em todos os meus estudos de teologia, jamais aprendera tanto em tão pouco tempo e, além do mais, constatei que temos vivido, no mundo católico, uma falsa verdade, montada e construída sobre os escombros dos ensinos verdadeiros e primevos de Jesus, que jaziam sepultados pelas decisões de concílios ecumênicos totalmente desvirtuados.

Tais eventos eram tendenciosos e armados com uma maioria local que seguia as ordens imperiais; o *Concílio de Niceia* tinha trezentos bispos, quase todos do Oriente, num total de cerca de vinte por cento de todo o mundo cristão; o de *Constantinopla I*, com cento e cinquenta bispos locais, do Oriente, cerca de somente dez por cento! E as resoluções tomadas assim, com minoria gritante, são as que prevalecem até hoje! A aplicação e aceitação dessas resoluções foram impostas à força, sob a espada e ameaças de excomunhões, exílios, prisões, torturas e mortes de seus opositores. Meu Deus, por que vós permitistes isso? Eu sei que pode até parecer uma revolta contra Deus, mas é que eu ainda estou perplexo diante dessas descobertas. Tenho de me confessar com o Irmão Benedetto, ele saberá explicar-me e confortar-me, pois sua confiança e fé nas ações de Deus são invejáveis; creio que nunca alcançarei tal nível de entendimento das vontades do Pai. E eu pensava comigo mesmo: "Ainda tínhamos quatro meses de trabalho pela frente e eu não havia lido nada de Jan Huss. Tudo até aquele momento era proveniente de minhas pesquisas sobre Wycliffe. O que não viria com Jan Huss"?

Estava mergulhado nesses pensamentos, descansando na poltrona, quando a porta se abriu, e LeClerk apareceu sorrindo, dizendo-me que já era hora de descansar. Eu saí e caminhamos silenciosamente até o *Scriptorium*. Lá chegando, fui direto à sua salinha e disse-lhe que não viria nos próximos dois dias, pois tinha que pensar e refletir acerca do que havia experimentado até aquele momento, e que gostaria de passar algumas horas conversando com ele no dia seguinte, e contar sobre minhas descobertas, pedindo seus conselhos, lá no banquinho perto das flores, de onde se via o Wachau. LeClerk me respondeu que sim, que eu passasse pela biblioteca, ao iniciar a caminhada. Agradeci com um abraço e saí em direção ao meu quartinho, ansioso por estar com Benedetto.

Como era habitual, lá estava meu amigo e irmão Benedetto, preparando a refeição. Ele me disse, ao chegar, que a sopa seria diferente: uma mistura de peixes do rio, batatas, verduras e legumes variados, uma invenção suculenta sua, mas com temperos especiais que sua mãe lhe havia ensinado, como ele sempre ressaltava, quando queria enfatizar a arte de cozinhar com temperos exóticos. Ele usava sempre uma expressão interessante, dizendo assim: "A vida é cheia de percalços, sofrimentos e dores, e com alguns momentos bons e felizes e, entre estes, está aquele em que saboreamos uma boa comida, com temperos especiais, junto a um bom vinho da Hispânia".

E eu sempre dizia a ele que ali na Áustria os vinhos brancos eram excelentes também, mas ele, igualmente, retrucava: – Mas os vermelhos e tintos da Hispânia são inigualáveis. – Eu sorria com esses comentários; ele realmente era um conhecedor e apreciador de vinhos; eu não era assim, sempre os apreciava, contudo, podia comer sem esse acompanhamento, mas ele não. Em suas intervenções, até um tanto engraçadas, dizia: – Até nosso Mestre Jesus, às vésperas de sua morte, não deixou de tomar seu vinho, e você, meu irmão, tem que fazer que nem o Nosso Senhor! – Eu, então, ria.

Terminado nosso jantar, que, devo acrescentar, estava realmente uma preciosidade – comi até mais do que devia –, passei a conversar com Benedetto, pois que iríamos para a cama em poucas horas. Em verdade, era quase um monólogo, visto que Benedetto somente escutava, saboreando um licor de nozes feito pelos monges do Monastério, para seu próprio consumo.

Contei-lhe tudo sobre os Concílios, seus arranjos, os bastidores e decisões, com a excomunhão dos opositores e tudo o mais. Eu devia estar muito agitado nessas minhas argumentações, pois, ao terminar, Benedetto ponderou: – Você não deveria ficar assim, tão surpreso, e em estado de revolta, pois isso pode turvar seu raciocínio e levá-lo a julgamentos preconceituosos. Está claro para mim que, realmente, tudo o que você está relatando ocorreu dessa maneira. Mas como esperar diferente, meu irmão Frei Ignácio? São homens falíveis, que não estavam à altura de suas responsabilidades perante Jesus e seus ensinamentos e, logo, sedentos do poder temporal que o Império Romano lhes oferecia. São como os saduceus da época de Jesus, que acreditavam que a vida era única e todas as benesses que tinham eram para ser aproveitadas nesta vida; se eles tinham o poder e as riquezas, era porque Iavé os havia considerado merecedores e, portanto, eles usufruíam de tudo; os saduceus não ligavam para a existência da pobreza e da miséria do povo, pois, para eles, Deus tinha visto que eles mereciam estar pobres e miseráveis. Era uma visão egoísta, mas que satisfazia seus anseios e crenças.

– Eu posso me aventurar a dizer que, talvez, essas autoridades religiosas de então, durante esses concílios, tenham sido a reencarnação daqueles mesmos saduceus, portanto, repetindo os mesmos erros e não aproveitando a oportunidade de nova existência. Já os arianistas, de verdade, talvez sejam aqueles outros saduceus que descobriram a verdade da reencarnação e assumiram seu papel de divulgadores dos ensinos de Jesus. Eles se aproveitaram da encarnação e subiram uma escala em sua evolução moral. Os outros não a aproveitaram, estacionaram, perderam a oportunidade, pois foram confrontados pelas revelações e as rejeitaram; nestes, o homem velho permaneceu; nos primeiros, o homem velho foi substituído pelo novo. É assim, meu amigo. A luta e o esforço para vencer o homem velho não são fáceis, alguns sucumbem. Mas, posso assegurar-lhe que alguns desses bispos, contrários a Ário e Orígenes, ficaram tocados pelas argumentações, nas fibras mais íntimas de sua alma, mas as convenções do poder sobre os pobres fiéis falaram mais alto. Mas que foram tocados, alguns foram, sim.

Eu não me surpreendi com a intervenção de Benedetto, porquanto elas sempre foram objetivas, racionais, isentas de emoção, pura lógica de raciocínio e dedução. Ele não estava em momento algum equivocado. Era isso mesmo. Mas, o que se seguiu foi muito mais contundente para mim: – Certamente, pelo que você me diz, os fiéis, o povo em geral, não ficaram satisfeitos com os resultados da assembleia de bispos de Constantinopla. Aliás, você sabia que a palavra bispo é um derivado da palavra grega 'episkopos', que significa supervisor?

Ele, não esperando minha resposta, continuou a sua narração. – A Igreja estava agora com uma dificuldade imensa, pois novamente não se podia falar da reencarnação e das vidas sucessivas como explicação dos sofrimentos humanos e parte da Justiça Divina. E, assim, uma doutrina substituta tinha que ser criada, e logo. Então me vem à mente, agora, que você tem de pesquisar lá na sala secreta, se o que estou falando tem sentido ou há outra explicação: a instituição do pecado original e a do Purgatório, juntas, substituíram a doutrina da reencarnação! É lógico o meu raciocínio, escute bem: a doutrina do pecado original dá uma resposta que justifica os nossos sofrimentos, mas carreia consigo um problema, pois se o pecado é o mesmo, por que sofremos uns mais do que os outros? Aí entra a doutrina do Purgatório, os que sofrem mais, nesta vida, passarão menos tempo no Purgatório, e os que sofrem menos, passarão mais tempo lá! Não estou certo? Muito inteligentes essas soluções! E foram essas duas doutrinas que prevaleceram, pois é o que nos foi ensinado, e é assim que nós aceitamos as nossas condições de sofrimento, e é assim que as passamos ao povo, até hoje!

Esse raciocínio lógico impactou minha mente. E disse a ele: – Meu querido Benedetto, era isso que esperava de você, essa claridade aos meus questionamentos, contudo, você me deu mais, você me forneceu pistas de como agir nos próximos dias. Amanhã vou conversar com Le-Clerk sobre minhas descobertas e sobre nossa conversa. Tenho de refletir, orar muito e escutar na alma como prosseguir, sem preconceitos e revoltas. Certamente, devo ler os escritos em que Santo Agostinho se baseou para a elaboração da doutrina do Pecado Original; eu sei, desde meus estudos de Teologia, que havia sido ele quem a elaborara. E, também, de que forma e em que condições o dogma do Purgatório entrou em nossos livros, porque nenhum dos dois conceitos é mencionado nas *Sagradas Escrituras*.

Ato contínuo às minhas considerações, senti que o cansaço e o vinho do jantar cobravam descanso, e fomos dormir. Benedetto, de sua cama, já com as luzes de vela apagadas, me disse: – Estou ansioso para saber de suas novas descobertas. Mas você está certo, descanse um par de dias. Refresque sua cabeça, passeie pelos bosques que nos circundam. Você saberá ouvir seu coração. Durma em paz, meu amigo missionário.

    O dia seguinte acordou um pouco mais frio que o habitual; havia névoa grossa no ar, que impedia os raios de sol de vararem abertamente suas entranhas. Mas ao sair a caminhar, depois de minhas pequenas tarefas e do café da manhã, senti o perfume das flores no ar e o cheiro da grama molhada. Passarinhos pareciam em festa, havia borboletas em bandos; a pequena caminhada inclinada, até o banquinho, me solicitava um pouco de esforço e reconheci que talvez LeClerk estivesse certo, ao dizer que eu tinha adquirido um pouco mais de peso ali em Melk. E eu me justificava, dizendo que o *pequeno* almoço não era pequeno, mas sim uma fartura de diversos pães, bolos e tortas, acompanhada de riquezas (mel puro recém-colhido e geleias deliciosas de morango, pêssego e pequenas frutas vermelhas). Os ovos eram enormes, com gemas vermelhas, que pareciam pinturas de sol com sangue. O leite de cabra era puro, a manteiga e as dezenas de tipos de queijo eram iguarias de primeira qualidade. As carnes secas, de diferentes animais, eram preparadas com uma técnica guardada *entremuros* e, quando chegavam à mesa, mantinham a cor e o sabor do primeiro dia em que foram preparadas. E logo chegavam os licores digestivos, de todos os tipos: nozes, avelãs, amêndoas, morangos, uvas negras e de uma mistura de frutinhas vermelhas. Para mim, era a única refeição que eu fazia durante o dia, porque passava o restante do tempo na biblioteca. Realmente, nessa hora, eu poderia roçar o pecado da gula, pois comia de tudo, até me sentir mais do que satisfeito. Não fazia uso dos licores e, muitas vezes, caminhava após esse *pequeno* almoço, por um bom tempo, até sentir que era o momento de ir à biblioteca.

    Ao chegar ao banquinho, percebi que havia esquecido de passar na biblioteca e chamar LeClerk. Pensei comigo, vou ficar aqui mesmo, sentado, escutando o barulho do rio no seu caminhar interminável, ouvindo os passarinhos e vendo as flores, sentindo a emanação de Deus, como presente aos seus filhos. A paisagem, até onde os olhos alcançavam, era digna de uma pintura ou de uma poesia.

A minha concentração na natureza era tal, que quase podia escutar as asas das borboletas em busca das flores. Abelhas zumbiam ao longe, beijando as pétalas mais coloridas. Nesses momentos, eu esqueci de tudo e me lembrei da minha infância, de meus estudos com o Frei Enrique. Veio-me à mente recordação preciosa. Estávamos no pomar e jardim de nossa *finca*, e ele me viu abaixar e pegar uma joaninha, deixando-a caminhar em minha mão. Eu estava impressionado com seu colorido e seu corpo redondinho, quando ele retirou de seu bolso uma peça de vidro, montada num suporte e me ofereceu para usar. Eu lhe perguntei surpreso o que era aquilo, e ele respondeu que se tratava de uma lente de aumento, e me ensinou a usá-la. Lembro-me do meu espanto ao ver a pequenina joaninha se transformar em tamanho, e, então, pude observar os detalhes de seu colorido. Eu me lembro de ter ficado tão impressionado, que meus olhos ficaram marejados de lágrimas, e perguntei a Frei Enrique quem tinha feito um inseto tão bonito assim, e ele me respondeu: – Foi Deus, menino Nacho, foi Deus!

Frei Enrique deu-me, ainda, outra lição inesquecível ali. Em uma árvore próxima, em um de seus troncos, havia borboletas em formação, eu não sabia disso. Para mim, uma criança, o que ele me mostrava não era bonito nem agradável de se ver. Em um ramo da folhagem do tronco havia, lado a lado, uma coisa gosmenta, que ele denominou de larva, e uma coisa que parecia uma casca grossa oca, que ele chamou de casulo. Notei que em outros galhos havia outros exemplares, contudo, eu senti arrepio de asco. Mas, Frei Enrique me disse: – Olhe ao lado, voando ao redor das árvores, o que você vê? Eram centenas de borboletas, de todos os coloridos e matizes, uma festa para os olhos. E ele me disse: – Menino Nacho, no início, eram estas larvas gosmentas, que se transformaram em casulos e, depois, através de muito trabalho e esforço, tornaram-se estas borboletas que você está vendo. É verdade, meu menino!

Eu me lembro de ter ficado surpreso, caminhado em torno daquela árvore, e de outras ao redor. Observei que havia vários galhos cheios de larvas e casulos, de diferentes tamanhos. E eu disse ao meu professor:

– Todas estas larvas e casulos serão, então, borboletas? – Ele me respondeu que sim, todas. – E eu, espantado, perguntei-lhe: – Mas como pode, uma coisa tão horrível e repelente como esta, se transformar em borboleta? – Em resposta, ele me disse algo, que na época eu não entendi, mas que deixei no ar mesmo: – É assim que acontece conosco, menino Nacho, somos grosseiros e imperfeitos, mas Deus, um dia, através de nossas lutas e esforços, nos permitirá que saiamos do casulo do sofrimento e sejamos como a borboleta!

Agora eu penso, "será que ele estava falando da reencarnação e de nossas lutas até virarmos espíritos puros? Talvez..., mas nunca saberei. Era um bom mestre, carinhoso, atencioso, um verdadeiro pai para mim". Agora posso compreender que Frei Enrique, ao contrair a lepra, *a doença dos malditos*, estaria resgatando alguns erros do passado, uma prova difícil certamente, mas que ele, com sua bondade, deve ter aceitado com resignação, sem revolta e seguramente, hoje, ele é um espírito mais perfeito. E este pensamento me trouxe paz.

Escutei, ao longe, alguns passos e percebi a figura de LeClerk se aproximando, rapidamente, em minha direção e, ao chegar perto, vi que ele trazia dois vasos para água. De imediato, pedi desculpas a ele por não ter passado na biblioteca, mas ele, sorrindo, respondeu que não havia qualquer problema, ele precisava completar uma tarefa, e fora até oportuno eu não o ter interrompido. E acrescentou: – Trouxe estes dois vasos, porque a água daqui é incomparável, há uma fonte da qual sai cristalina. Vamos lá? – Ele carinhosamente me estendeu a mão e fomos em direção à sua fonte. Falei uma vez mais das belezas do lugar, e ele repetiu o que me havia dito anteriormente, que ali, naquele banquinho para descanso, ele, em toda a sua vida em Melk, costumava frequentar a fim de refletir e orar, quando tinha problemas e inquietudes em sua alma. Contou-me, então que: – Quando o bibliotecário Lugeck me chamou, dizendo que me havia escolhido para ser seu futuro substituto, fiquei, de imediato, paralisado, em verdadeiro pânico. Ele me disse que eu iniciaria um processo de treinamento que levaria de dois a três anos e acrescentou: "Eu o tenho observado nos últimos dois anos e vejo em você o meu substituto.

Não dê a resposta agora, reflita e ore. Em duas semanas você saberá a resposta, que virá em seu coração. Ouça seu coração".

– Frei Ignácio, foi aqui que eu fiquei durante dias, em oração e meditação, pois a responsabilidade era enorme, a tarefa muito maior do que aquela que eu executava diariamente e na qual eu era imensamente feliz. Sentia-me bem sendo aquele que, através de minhas penas, fazia o livro permanecer vivo, para servir de fonte de ensinamentos a todo aquele que, um dia, viesse abrir suas páginas. Estava cheio de dúvidas se aceitaria ou não o desafio, quando um velho monge, já bem idoso, veio caminhando lentamente, subindo até este banquinho.

Quando ele se aproximou, eu me levantei, ele se sentou e eu voltei a me sentar, dessa vez bem próximo a ele. Eu o cumprimentei e ele, calmamente, me disse: "Deus o abençoe em suas decisões. Devem ser difíceis, para você estar aqui, durante esses dias todos. Não se surpreenda, pois do meu quartinho, lá no último piso da ala dos idosos, eu tenho visto você vir cedo e voltar tarde e sempre com o andar lento. E resolvi vir vê-lo, aqui estou. Sou o Monsenhor Lacordaire, e estou aqui em Melk desde meus trinta e cinco anos, e este lugar era meu preferido, não somente meu, mas de várias pessoas, desde o primeiro que mandou construir e instalar este banquinho aqui. Veja como ele está novo. A cada intervalo de quatro ou cinco anos, eles o consertam ou colocam outro novo. Posso assegurar-lhe que é o banco mais cuidado em todo o Monastério". E deu um imenso sorriso. Não esperando a minha resposta ou comentário, Monsenhor Lacordaire acrescentou: "Se lhe foi dada uma grande missão, veja nela a prova da confiança de Deus em você e não O desaponte. Se Ele confia em você é porque está em condições de executar seus desígnios. Aceite aquilo que lhe foi confiado, meu filho. Amanhã, se quiser, lhe conto uma ocasião de minha vida aqui no Monastério e como eu também fui confrontado com um convite e uma decisão difícil. 'Agora me ajude a levantar, quero beber um pouco de água antes de tomar o caminho de volta'. E eu surpreso, lhe retruquei: 'Mas Monsenhor, aqui não há água de beber'. E ele me disse: "Venha comigo". E, lentamente, ele me trouxe até esta fonte. Lembro-me bem, Frei Ignácio, foi assim que descobri esta fonte de água e assim foi que me lembrei de toda a conversa com ele. Deixe-me confiar-lhe o que aconteceu.

No dia seguinte, quando cheguei cedo ao banquinho, lá estava Monsenhor Lacordaire. Dei bom dia a ele, e ele me ofereceu um vaso de água, (ele tinha trazido dois, como eu hoje) e ele me disse: "Antes de me tornar um sacerdote para a grandeza do Reino de Deus, fui um iniciado na tradição secreta de mestre de obras, fazendo parte deste grupo seleto de pessoas que mantinham, entre si, os segredos dos cálculos e técnicas para a construção de catedrais, palácios e grandes obras. Este grupo de homens constitui-se numa quase sociedade secreta, por causa dos segredos das harmonias e cálculos de esforço e reforço, de materiais a serem usados e suas composições e misturas.

E eu fiz parte deste grupo na França e na Áustria, até meus trinta e quatro anos. Eu era casado, mas Deus não me dera a bênção de ser pai. Certo dia, a minha querida Jackeline não se sentiu bem, e eu chamei vários médicos, que concluíram que ela estava com a doença azul, aquela em que o sangue perde sua cor e ficamos com a pele clara, num tom azulado. Ela não durou dois meses. Fiquei muito triste e sem razão para continuar vivendo. Nós éramos, antes de tudo, como almas gêmeas, amigos, companheiros, ríamos muito juntos. E ela se foi, assim repentinamente. Nunca reclamei de Deus, pois até aquele momento eu tinha sido um homem feliz. Pensava comigo, como eu teria sido sem ter conhecido a minha Jackie, e posso lhe afirmar que minha vida teria sido sem sentido. Ela foi meu primeiro e único amor, e meus dez anos junto a ela foram uma bênção dos céus para mim.

Então, quando ela se foi deste mundo, fiquei muito triste, como lhe disse, e mergulhei no trabalho. Um dia, fomos chamados para fazer algumas reformas no Hospital de São João, na cidade de Bruges, nos Flandres, um dos hospitais mais antigos do mundo. Ali vi o trabalho exaustivo das freiras e dos sacerdotes, em aliviar o sofrimento dos viajantes, de quem quer que entrasse enfermo no hospital, e foi ali que vi que a vida monástica poderia ser a solução para os meus problemas e eu poderia ajudar aos moribundos e confortar as almas sedentas de alívio espiritual. E decidi ser um sacerdote. Fiz meus estudos, recebi a ordenação em Paris e logo fui transferido para Melk. Como eu sabia falar alemão fluente – meu pai era alemão –, fui imediatamente aceito no Monastério e comecei minhas atividades. Já estava aqui por uns quinze anos, e minha atividade maior era a de consolar as famílias que perderam seus parentes mais queridos; eu vivia a minha vida vendo a morte e suas dores e tentando apaziguar os corações que ficavam em sofrimento.

Até que, um dia, o Abade principal me chamou em sua sala e me disse: 'O bibliotecário quer falar com você'. Como bem sabe, LeClerk, você trabalha lá na biblioteca (eu sei pelas suas mãos), o bibliotecário é uma pessoa especial, conversa com poucos e sua fama é de ser uma figura estranha. Perguntei ao principal: 'Vossa Eminência sabe os motivos'? Ele me respondeu que o bibliotecário precisava de meus serviços e disse para me apresentar a ele de imediato. E eu fui. Ao chegar lá, ele me levou à sua salinha, fechou a porta e disse, de maneira direta: 'Sei que o senhor, Padre Lacordaire, é um mestre de obras, e estamos muito necessitados de seus trabalhos, em algumas das partes internas da biblioteca. Preciso do senhor, mas a necessária mão de obra virá dos monges copistas, que aqui estão, ninguém poderá vir de fora. O trabalho é urgente'.

Eu tive uma surpresa, pois supostamente ninguém poderia saber que eu era pertencente ao grupo de pessoas daquela sociedade especial de construtores de catedrais. E ele complementou: 'Nossa sociedade de bibliotecários é como a de vocês. Por isso, temos acesso a todos os documentos e, por um modo ou outro, soube de você. Estamos com rachaduras dentro das salas internas da biblioteca, e vi que há forte umidade brotando em algumas destas salas. O reparo deve ser feito imediatamente. Como estas não são acessíveis às consultas, você terá que examiná-las primeiro e certamente deverá inspecionar muitas áreas adjacentes, para descobrir a razão e de onde está vindo essa umidade. Para isso irá comigo lá dentro, de olhos vendados; uma pequena corda nos unirá e eu o guiarei, indo à frente. Mas antes de tudo, quero a sua palavra de que tudo o que você vir, nunca poderá comentar com quem quer que seja, nem mesmo comigo. Você entrará normalmente, como se fosse visitar as salas internas abertas e, uma vez passada a porta de entrada, a venda e a corda serão colocadas em você. Posso contar com você'? Eu lhe respondi que não sabia, pois havia mais de quinze anos não exercia as funções de construtor, e que talvez ele devesse procurar outros. Ele me disse: 'Não há outros, há você. É isso que Deus espera de você, foi para isso que Ele o transferiu de Paris para cá'. E eu lhe disse que precisava pensar, pois seria o único técnico e os demais eram monges que não haviam trabalhado em erigir catedrais, nem nada semelhante, a responsabilidade era grande demais. O bibliotecário confirmou: 'Não há outro, não há outra solução, tem de ser você. Reze, peça inspiração e venha aqui em dois dias. Amanhã, vá rezar no banquinho dos nossos jardins, acima da colina de onde se vê o rio Wachau. Você terá a resposta lá'.

E foi assim que vim para cá, neste banquinho, e aqui fiquei um dia rezando e olhando as flores, o rio lá embaixo, e senti uma resposta, a de que Deus era um grande Mestre de Obras, o maior de todos, e Ele sempre estava pronto para restaurar sua obra, independentemente do que ocorresse, Ele estaria vigilante e sempre atuaria. Isso me trouxe calma muito grande e lhe respondi: 'Sim, pode contar comigo, meu Pai'. Essa minha decisão me encheu de paz, e logo senti pela primeira vez, desde que Jackie se foi, sua presença ao meu lado, pois o perfume de lavanda que ela usava encheu o ar à minha volta. Meus olhos se umedeceram e eu somente lhe disse: 'Obrigado, meu amor, muito obrigado por você ter me ajudado nessa decisão'.

No dia seguinte cedo, lá estava eu na salinha do bibliotecário. E ele me disse: 'Vamos'? E eu lhe respondi: 'Agora'! 'Então, meu filho LeClerk, aceite o convite que lhe foi feito, diga sim à tarefa que lhe foi confiada. Não sei qual foi, mas diga sim! Se não estivéssemos prontos para a tarefa, Deus jamais nos convidaria a executá-la, lembre-se sempre desta verdade'. Ele parou de falar por alguns segundos e prosseguiu: 'Deixe-me ir para meu quartinho agora, estou muito cansado'. Ajudei-o a se levantar e ele foi caminhando lentamente, descendo a colina.

Foi imediatamente depois dessa conversa com o Monsenhor Lacordaire que eu tomei a decisão de aceitar o desafio. No dia seguinte, logo quando se abriu a biblioteca, lá estava eu, o primeiro monge copista a chegar, dizendo a ele: 'Pode contar comigo, estou pronto'! Prosseguiu LeClerk: 'Foi assim que aceitei o convite e meu desafio de vida. Este local aqui, com esta paisagem de paz, é mágico, posso até lhe dizer que é o lugar em que Deus se faz mais presente aqui no Monastério. Você o descobriu em suas caminhadas e eu, pela indicação do meu último bibliotecário. Agora, conte-me o que lhe vai ao coração'.

O Pecado Original e o Purgatório

Iniciei contando tudo o que havia descoberto sobre os *Concílios de Niceia I* e de *Constantinopla I*, o que tinha lido acerca de Orígenes e de Ário e complementei com a tese de Benedetto acerca do Pecado Original e do Purgatório. E disse-lhe que o meu próximo passo seria pesquisar sobre Santo Agostinho. LeClerk me disse: – A conclusão do Frei Benedetto não é despropositada, não, chega a ser bastante lógica. Sobre o Pecado Original, posso falar algo, pois li muito e estudei sobre Santo Agostinho, um dos meus preferidos filósofos da Igreja antiga. Já sobre o Purgatório, nada estudei a respeito, sei o que você sabe. E LeClerk passou a discorrer sobre Santo Agostinho, e eu bebia de seus conhecimentos. LeClerk ressaltou que Agostinho de Hipona teve sua vida dividida em quatro fases filosóficas e a última, a mais prolífica de sua vida, era a mais interessante, visto que foi nessa que ele colocou sua marca e fundamentou sua doutrina do Pecado Original. LeClerk me disse:

– Agostinho tinha uma obsessão por saber a razão de o homem pecar, por que o homem faz as escolhas erradas, comete crimes e é presa das luxúrias e prazeres da carne. Em minhas reflexões, deduzi que estas perguntas ele fazia a si próprio, já na sua maturidade, pois, nas suas primeiras duas fases, foi um conquistador incorrigível, teve até um filho com uma de suas primeiras amantes; sua mãe, uma católica fervorosa, se desesperava pelas conquistas e irresponsabilidades do filho. Agostinho, em sua última fase, defendia que o homem, descendente de Adão, carreava em si a herança de um pecado, pois nosso pai bíblico pecou contra Deus e foi expulso do Paraíso, levando o pecado dentro de si, portanto, nós herdamos esse pecado de Adão, já que nascemos de um ato de luxúria e da libido sexual. Portanto, não temos o livre-arbítrio para decidir não pecar.

O pecado é inerente à natureza humana e somente podemos nos redimir do pecado pela graça de Deus, através do batismo e do sangue derramado por Jesus na cruz. Ele foi duramente contestado por um teólogo que viveu em sua época, de nome Pelágio, que dizia exatamente o contrário, que o homem tem seu livre-arbítrio para fazer o que quiser, e, se escolhe o mal, se escolhe pecar, entregar--se à luxúria e aos prazeres, é porque ele quis

PELÁGIO

assim. A sua salvação não estaria na graça de Deus nem no batismo, mas sim pelos atos de renovação moral que fizermos em nossa vida.

A Igreja adotou a doutrina de Agostinho, e seus ensinamentos se tornaram canônicos. Já Pelágio foi declarado herético, e seus ensinos, proibidos. Veja você, meu irmão Frei Ignácio, o que aprendemos e assumimos como verdade, neste tema, vem de Agostinho. E verifiquei, nos arquivos abertos da nossa biblioteca, que a doutrina do Pecado Original foi aprovada para entrar nos cânones da Igreja, inicialmente, no *Concílio de Cartago III*, no ano de 397, tendo sido ratificada no *Concílio de Orange II*, em 529, com somente quatorze bispos! Levou mais de um século para ser aprovada e o foi por uma minoria, num concílio menor.

Não me parece, Frei Ignácio, que seja uma doutrina com grande respaldo, mas que dá uma explicação para os sofrimentos e penas humanas, ela dá. Se é justo ou não pagarmos pelos pecados cometidos há muito mais de mil anos por Adão, me parece inaceitável, mas o que fazer? Está nos nossos cânones!

E outra coisa, que pode parecer heresia, mas vou me arriscar a lhe contar (nós sorrimos desta palavra arriscar, devo apontar aqui nos meus escritos), que, na verdade, nunca consegui entender: Adão, Eva, Caim e Abel. Penso que se trata de uma alegoria; ainda não consegui a explicação correta, mas li e reli o livro primeiro do *Antigo Testamento*, *Gênesis*, e nele, para mim, existem alegorias que um dia serão explicadas. Não vou me alongar sobre isso, mas se você tiver tempo, lá em suas pesquisas, procure ler o capítulo onde está escrito sobre a fuga de Caim dos olhos de Adão. E depois você me conta. Mas, usar o pecado de Adão para justificar nossas dores e sofrimentos é, para mim, um grande absurdo, mas como disse, é parte dos nossos cânones, o que fazer?

Fiz, então, o seguinte comentário: – Sabe, meu irmão, pensando bem agora, essa doutrina foi oportuna para o Imperador, pois agradava aos nobres, aos poderosos, aos governantes, também a uma grande parcela da Igreja. Aos nobres e governantes, porque se os homens eram naturalmente maus e pecadores desde o nascimento, era preciso haver uma autoridade dura e rigorosa com eles, o que era conveniente aos imperadores e senhores de então. Para a Igreja, era similarmente muito conveniente, pois, sem a preexistência da alma, sem a reencarnação e com o pecado original, a Igreja era o único caminho para a salvação, visto que, apenas existindo uma oportunidade de vida, e sendo a Igreja e o clero os representantes de Cristo na Terra, somente ela poderia salvar as almas dos fiéis, através do batismo.

Terminamos nossa conversa assim, e já se fazia um pouco tarde, o sol iniciava sua caminhada para trás dos montes, em sua busca incansável pela lua, e resolvemos descer a colina. LeClerk foi em direção à biblioteca, e eu fui para nosso quartinho, à procura de Benedetto. Ao chegar, ele lá não estava, assim, eu comecei a preparar uma sopa com vegetais e legumes, cortei os queijos e pães; fiquei à espera de Benedetto, para ele colocar na sopa aqueles temperos que tinha aprendido com sua mãe. Sentei-me na poltrona e pus-me a ler o meu Evangelho.

O dia seguinte também estava destinado ao descanso e à caminhada. Benedetto respeitou minha decisão; eu saí caminhando pelos arredores do imenso Monastério. Primeiramente, adentrei a catedral e passei a reparar em sua imensa abóbada, seus detalhes e espaços abertos. Lembrei-me da história de LeClerk e de suas conversas com Monsenhor Lacordaire, o mestre de obras que se tornara sacerdote, e que fora fundamental na escolha de LeClerk ao cargo de bibliotecário. Que conhecimentos especiais eles não deveriam reter, esses mestres de obras. São uma outra sociedade secreta, de verdade, pois nunca soube de alguém que estudasse de maneira oficial para ser um mestre de obras. Lembrei-me de minhas visitas a Salamanca e Burgos, de suas maravilhosas catedrais, e naquele momento via o enorme valor que esses construtores ofereceram à Cristandade.

Como deve ter sido difícil, e ainda é, para os líderes desse tão especial grupo de construtores, selecionar as pessoas adequadas, com dons para matemática, geometria, química e tantas aptidões mais, para entender todos os detalhes da sustentação dos imensos reforços, entre os componentes dessas estruturas colossais! Ao terminar minhas orações ali, saí, sempre acompanhado de meu livrinho, e, depois de longa caminhada, resolvi voltar para o banquinho lá no alto da colina, escutar o Wachau cantando em sua marcha ininterrupta até seu destino, acompanhado de vozes de crianças correndo e gritando, trazidas pelo vento, que não se cansa de soprar ali no alto. Fiquei em silêncio, ouvindo minha alma e meu coração. Tomei um pouco de água, da fonte secreta ali situada, resolvi voltar e já tinha, em minha mente, o roteiro para os próximos dias. Chegando lá embaixo, resolvi passar no *Scriptorium* para ajudar os monges desenhistas. Ainda restavam quase duas horas de trabalho entre eles e, ao chegar, LeClerk me cumprimentou com um mover de cabeça muito sutil. Aproximei-me dos copistas para observar seus trabalhos, e fui recebido com muita alegria; um deles disse-me que já estavam sentindo falta de minhas sugestões e reparos, que eu fazia com certa frequência.

No dia seguinte, adentrei bem cedo a biblioteca e, de imediato, LeClerk levou-me ao trabalho, como habitualmente o fazia, em silêncio. Deixou-me à porta, me deu um carinhoso tapinha no ombro, desejou boa sorte e saiu, fechando a porta. Antes de caminhar para minha mesa, observei com reverência aquela riqueza de conhecimentos à minha disposição. Orei a Deus e ao nosso querido Irmão Francisco, que me desse, uma vez mais, discernimento e clarividência para aqueles próximos dias. Sentia que se esgotava o tempo de finalizar a fase Wycliffe! Resolvi procurar registros importantes sobre o Purgatório e o Pecado Original; eu tinha quase certeza que sim, esse conteúdo tinha relação direta com a abolição e a proibição dos ensinamentos da Igreja nascente sobre a reencarnação. E, como não podia deixar de ser, havia um volume, encostado no canto de uma prateleira, chamado *Agostinho, Pelágio e o Pecado Original*. Era bastante corpulento, na verdade, possuía em torno de trezentas páginas; sua capa era de material que se assemelhava a couro curtido. Ao abri-lo, verifiquei, no rodapé da primeira página, uma nota que dizia: *Grupo de Estudos, Éfeso, Anno Domini 431*, o que me levou a concluir que não se tratava de obra de um só autor.

Um dos aspectos a me chamar atenção, para o documento, era que ele tinha sido redigido em inglês, idioma de nascimento de Pelágio, então, de acordo com minhas deduções, esse grupo poderia ser favorável a ele. Aliás, poucos foram os documentos que li nesta minha pesquisa, escritos por Wycliffe, em inglês. E as primeiras páginas desse documento estavam assim escritas, uma vez mais, como um introito ao que seria encontrado nas páginas seguintes – uma peculiaridade que parece ser uma constante nos primeiros séculos do Cristianismo, uma vez que encontrei introitos em vários livros e volumes ao longo dessa minha pesquisa. E assim estava escrito:

"O que temíamos aconteceu outra vez, e os ensinos de Nosso Mestre Pelágio foram nova e definitivamente condenados; e todos os seus livros, os que restaram ainda em circulação, foram condenados à fogueira, e nós, os seus seguidores, proibidos de falar sobre seus ensinamentos e divulgá-los, sob pena de heresia, que tem como consequência excomunhão, prisão e, possivelmente, a morte. O *Concílio de Éfeso* terminou a semana passada, e resolvemos escrever estas páginas, juntar cópias de todos os documentos que levamos para a defesa de Nosso Mestre, montar este volume e levá-lo para ser guardado em algumas das salas escondidas, de acesso limitado ou proibido, das bibliotecas da Hispânia ou da Áustria. Um de nossos irmãos se encarregará disto (ele nos disse que um amigo de seu pai conhecia o bibliotecário de uma dessas grandes catedrais), imediatamente quando terminarmos nossa tarefa; um grupo de quatro monges estão trabalhando comigo, nesta sala escondida, bem perto de onde foram as reuniões do Concílio, mas bem isolada. Ninguém nos descobrirá aqui, mas temos que acelerar nosso trabalho. Nosso Mestre já não está entre nós, pois ele se foi para a morada eterna no ano 420, há onze anos, mas seus ensinos ainda seguem vivos, apesar de terem sido condenados no *Concílio de Cartago*, no ano de 397, com a sua presença. Ele foi duramente criticado, por defender que seguir os ensinamentos de Jesus bastava para a salvação. Não só criticado, mas excomungado e preso. Alguns opositores o chamaram de novo Ário. Mas, como dizia, seus ensinos eram ainda passados de um para outro, junto com os ensinos de Ário, os dois se complementavam, era o que dizíamos nós, seus seguidores.

E, novamente, fomos denunciados pela Ortodoxia e levados a julgamento, agora em Éfeso. Tentamos uma vez mais mostrar a singeleza de seus ensinos, mas fomos condenados. Na verdade, as resoluções não foram duras para nós, mas sim para os seus ensinamentos. Se seguirmos as resoluções, não seremos excomungados. Pelágio já estava morto e isto, de certa maneira, aliviou nossas penas. Saímos dali decididos a manter seus ensinos vivos e aqui estamos.

Nosso Mestre foi condenado uma vez mais, mesmo já tendo partido para os céus, por defender os ensinos de Jesus, em sua pureza e profundidade. Ele não aceitou a doutrina desenvolvida (e finalmente aprovada, como parte dos cânones da Igreja Católica), do Pecado Original, elaborada pelo Bispo Agostinho de Hipona. Pelágio dizia que Jesus pregava o perdão das ofensas, que pedia que caminhássemos uma légua a mais, que podíamos um dia ser como Jesus, através dos nossos atos, na caridade e na busca de não pecar.

Ele nos dizia que o maior bem que Deus nos deu foi o livre-arbítrio, pois podemos decidir nossas ações e, se pecamos, é por nossas más escolhas e vícios, não porque não podemos deixar de pecar, como diz Agostinho. Ele nos dizia que, apesar de Deus nos beneficiar com Sua graça, todos os dias, por estarmos vivos, o perdão dos pecados somente nos é dado por Deus, quando realmente nos sentimos arrependidos daquilo que fizemos ao cometer o pecado. Se nos arrependemos, é só orarmos a Deus diretamente, mostrando nossos sentimentos, e Deus, que é onipresente, nos perdoa e não há necessidade de submissão ao ministério da confissão à Igreja, para que o perdão nos seja oferecido. É Deus, que enxerga a nossa alma, que nos perdoa, sem a necessidade de intermediários. Ele também nos dizia que as crianças nascem puras e, portanto, não necessitam de batismo, porque não há nelas pecado, e a Igreja, com a invenção do pecado original, usa o batismo como meio de purificar a criança do pecado. Isto carece, totalmente, de lógica. Ele assim pregava.

    Pelágio argumentava que toda essa tese de Agostinho era uma desculpa para os seus próprios erros. Lembro-me de um dia, quando eu lhe disse: 'Mestre, como conseguir ser perfeito nesta vida e não pecar'? E ele me respondeu: 'Conseguimos ser perfeitos, pouco a pouco, dia a dia, lutando o bom combate, aquele que fazemos para modificar o homem cheio de vícios e desejos que se encontra incubado dentro de nós. Uma luta contínua, sem tréguas, esta que devemos empreender'. E um outro irmão lhe perguntou: 'E se não conseguirmos, por completo, Mestre, estaremos condenados ao fogo do Inferno'? Ele riu, foi até sua mesa, rebuscou lá dentro e retirou um pergaminho que nos mostrou. 'Vocês sabem que tenho lido os documentos e cartas de Ário e de Orígenes. Tenho refletido muito sobre seus ensinamentos e consegui, através de um amigo da Palestina, em uma das minhas viagens, uma cópia do *Evangelho de Tomé* e é ele que está em minhas mãos agora. Vou passar os ensinamentos dele para vocês todos que me seguem diretamente, apesar de serem documentos considerados proibidos e apócrifos, pelas autoridades imperiais e católicas. A resposta à sua pergunta podemos encontrar em Orígenes, Ário e Tomé: a preexistência da alma e as vidas sucessivas. Se não conseguirmos vencer o homem velho nesta vida, aliás, nesta existência, Deus nos dá outras possibilidades, em outras existências. Mas atentem: a vida é uma só, da alma imortal criada por Deus, e as existências são tantas quantas forem necessárias para que nos melhoremos, até conseguirmos atingir a perfeição, à semelhança de Jesus. Vocês, então, podem concluir que o Mestre de vocês se tornou um arianista'?

    Creio que sim, tenho que estudar mais, mas creio que sim. Depois de ler estes livros, creio que será o momento de escrever eu mesmo outro livro, refutando Agostinho; tenho que ser cauteloso, não falando abertamente das vidas sucessivas, pois isto poderá abrir caminho para minha prisão, pois claramente serei condenado como arianista. Lembro-me do que o Mestre fez, abrindo o *Evangelho de Tomé* e nos recitando algumas passagens em que Jesus falava abertamente da reencarnação. No nosso grupo, já havíamos estudado sobre esta doutrina, tão divulgada na Índia e dentre outros povos, mas agora era diferente, era Jesus quem ensinava sobre isto, de que não tínhamos conhecimento em suas lições, até agora.

Os dias seguintes foram inesquecíveis, pois Nosso Mestre nos mostrava e ilustrava tudo o que Orígenes e Ário haviam escrito, tendo ao lado o *Evangelho de Tomé*, que servia de base e fundamento às suas exposições. Nosso Mestre era um excelente professor, pois ele pedia que abríssemos os quatro evangelhos aprovados e nos mostrava ali, da maneira mais didática possível, os ensinamentos de Jesus sobre as vidas sucessivas.

Nosso Mestre enfatizava sempre que o pecado de Adão não poderia ter passado para nós. Deus, que é Pai e magnânimo por excelência, não iria fazer isto, pois inocentes gerações iriam pagar pelos pecados de uma só pessoa. E Deus já havia castigado Adão, quando o expulsou do Paraíso. E, por sermos descendentes de Adão, herdamos a mortalidade que lhe foi imputada por ter desobedecido a Deus. Assim, a nossa morte não é decorrência de receber o pecado dele em nós, mas simplesmente por sermos seus descendentes. Também a nossa salvação não passa por Adão, mas sim por Jesus. Se seguirmos seus passos e seus ensinamentos, seremos salvos. O mau exemplo de Adão, dizia Nosso Mestre, serve para que aprendamos a não pecar. E isto é muito importante, complementava ele.

Ele dizia que Agostinho de Hipona era um excelente filósofo, mas totalmente equivocado ao afirmar que o homem nasceu na corrupção e é totalmente incapaz de fazer algo para sua salvação, por não ter o livre-arbítrio de não pecar. Agostinho dizia que Adão, por ser o primeiro representante da raça humana, ao cair em pecado, toda a humanidade também caiu, e a natureza humana se tornou depravada, herdando esta mancha por todas as suas gerações. Pena ele pensar assim, muita pena, pois ele podia ajudar muito na restauração dos ensinos de Jesus, ele sempre nos dizia: 'infelizmente, a ortodoxia venceu uma vez mais; a primeira vez em 418, no *Concílio de Cartago*; a segunda vez, agora em Éfeso, em 431'. Mas, decidimos que vamos manter seus ensinos vivos, em reuniões privadas e através destes escritos e registros, vamos assegurar que eles serão mantidos, bem guardados, até que um dia, quando Deus permitir, possam vir à luz, junto com os de Orígenes e os de Ário."

O introito desse fiel seguidor de Pelágio termina assim. Logo depois, comecei a ler as páginas seguintes e descobri um missionário belíssimo, que tinha em Jesus seu modelo e guia. Vi que ele, de maneira estratégica e cuidadosa, jamais colocou sua crença na reencarnação, como foco de sua missão. Ele, em um trecho de uma carta escrita a seus seguidores dizia: "Não vamos falar das vidas sucessivas, da reencarnação. Infelizmente, estes ensinamentos terão que voltar ao seio de nossa Igreja quando a maturidade espiritual e a sede da busca das verdades de Jesus florescerem de novo. Vamos insistir na defesa de que se seguirmos e colocarmos em prática os exemplos de Jesus, a nossa salvação estará a caminho. O Evangelho é o guia para a nossa salvação. Não há como os ortodoxos irem contra isto, não há como"! Mas vimos que não foi assim que aconteceu. À semelhança de tantos outros mártires, seus ensinamentos foram condenados e ele, excomungado. Mais uma vez, o poder temporal dos líderes da Igreja, sedenta de resultados imediatos e de controle dos fiéis, falou mais alto.

Ela continuaria sendo, ainda, o único caminho da salvação. Não Jesus, não o Evangelho, mas a Igreja. Somente através dela, mesmo deturpando os ensinamentos do Mestre de Nazaré e calando a voz de muitos de seus seguidores. Confesso a vocês a minha ignorância, pois nunca tinha ouvido falar de Pelágio, nunca. E vejam que homem tão dedicado a Jesus ele foi. Aprendi muito com ele, de verdade.

Nova pausa na pesquisa se faz necessária, pois preciso refletir, por alguns minutos, e passar a procurar os registros sobre o Purgatório, quando foi instituído e em que bases, porque, como mencionei, Jesus, em tempo algum, citou esse lugar, e não me recordo de que exista qualquer citação no *Antigo Testamento*, mas vou verificar.

A pesquisa levou muitos dias, e me concentrei no período após a instituição do pecado original no ano de 397, e esse dado me conduziu a descobrir que no ano de 593, através de uma reunião local de bispos, convocada pelo Papa Gregório I, a Doutrina do Purgatório foi aprovada; interessante que não identifiquei o autor, ou autores, desta doutrina, mas ela foi baseada no *Antigo Testamento*, no livro II de *Macabeus*, versículos 42 a 45, que fala de orações desta tribo judaica pelos seus soldados mortos:

E puseram-se em oração, pedindo que o pecado cometido fosse completamente cancelado. Quanto ao valente Judas, exortou o povo a se conservar sem pecado, pois tinham visto com os próprios olhos o que acontecera por causa do pecado dos que haviam sido mortos. Depois, tendo organizado uma coleta individual, que chegou a perto de duas mil dracmas de prata, enviou-as a Jerusalém, a fim de que se oferecesse um sacrifício pelo pecado: agiu assim, pensando muito bem e nobremente sobre a ressurreição. De fato, se ele não tivesse esperança na ressurreição dos que tinham morrido na batalha, seria supérfluo e vão orar pelos mortos. Mas, considerando que um ótimo dom da graça de Deus está reservado para os que adormecem piedosamente na morte, era santo e piedoso o seu modo de pensar. Eis por que mandou fazer o sacrifício expiatório pelos falecidos, a fim de que fossem absolvidos do seu pecado.

Baseado nesta passagem foi desenvolvida uma doutrina sobre um lugar onde ficariam, por um tempo, as almas que não fossem boas e puras para o Céu nem tão más para o Inferno, até que se depurassem de seus pecados. Esta doutrina, combinada com a do Pecado Original, sepultaria de uma vez a doutrina da reencarnação e das vidas sucessivas, do mesmo modo que reforçaria a posição da Igreja sobre o controle do tempo que as almas passariam no Purgatório, através de orações, pagamento de promessas e de indulgências, por parte de seus sobreviventes. Esta doutrina, de tão controvertida que era, não foi aceita tão facilmente em diversos rincões da Igreja Católica, sendo necessários dois concílios ecumênicos, o de *Lyon II*, em 1274, e o de *Florença*, no ano de 1439, para que todas as Igrejas a divulgassem. Vejam vocês, demorou quase mil anos para ser finalmente aprovada, aceita e compulsoriamente promovida por toda a Igreja! Pude verificar, nos anais desse concílio (havia uma cópia na sala 16), que alguns bispos incorporaram a seguinte passagem de Mateus, como outra justificativa para o Purgatório: *Põe-te depressa de acordo com o teu adversário, enquanto estás ainda em caminho com ele; a fim de que teu adversário não te entregue ao juiz, e o juiz ao guarda, e sejas metido na prisão. Em verdade te digo: Não sairás de lá, enquanto não pagares até o último centavo.* (Mt 5:25-26)

Assim, os bispos tinham duas bases, na opinião deles, como justificativas da criação do Purgatório, uma do *Antigo Testamento* e outra do *Novo Testamento*. Eu posso dizer a vocês, com todo o conhecimento que adquiri nesses quatro meses de estudos e pesquisas, que, se o Purgatório fosse uma verdade, Jesus o teria mencionado e explicado em suas parábolas, e o *Antigo Testamento* teria outros capítulos que fizessem menção a esse lugar.

De acordo com o meu raciocínio, nenhuma das justificativas é válida. Efetivamente, a passagem de Mateus é uma alegoria da reencarnação, pois aquele que está em débito com o Criador tem de reencarnar, até que, em cada existência, possa resgatar seus erros e, após reparar suas faltas, sentir-se livre. Essa passagem é mais uma prova de que Jesus ensinava a reencarnação a seus discípulos, não tenho qualquer dúvida a respeito.

A reação dos fiéis

Posteriormente à leitura dos documentos, levantei-me, acomodei-me na pequena poltrona e bebi um pouquinho de água. Cansaço estranho apoderou-se de meu corpo, então, eu me coloquei em oração, pedindo a Deus que não me abandonasse nessa minha procura da verdade dos ensinamentos de Seu Filho, que nos chegaram tão manipulados, ainda que repletos de misericórdia e amor. Lembro-me de que a figura de Jesus sempre me atraiu muito, minha curiosidade sobre ele constantemente me estimulava a perguntar a meus dois preceptores, quando criança e jovem lá em Sevilha, mais tarde em Burgos, acerca de sua vida e de suas lições. Porém, o que ouvia a respeito de Deus me levou a questionamentos. Não pelo Pai do qual Jesus o representava ou a quem se referia, mas ao Deus de Israel, do *Velho Testamento* e da *Torá*, vingativo e rígido.

Contudo, ao pensar assim, já como estudante de teologia, recorria à figura do Pai e do Senhor da Vinha, que Jesus sempre pregava e à oração do Pai-Nosso; desse modo, era tomado de serenidade, e o Deus vingativo e duro deixava de pesar na minha vida, até ser esquecido. Lembrei-me da figura de Francisco de Assis, nosso irmão e fundador de nossa Ordem, como ele amava Jesus e compreendia Deus em tudo: nos pássaros, nas flores, no vento, nas tempestades, nos clarões dos raios e na brisa do alvorecer. Ele via Deus no rosto dos sofredores, nos olhos, cheios de dores, das mães que perderam seus filhos em batalhas e guerras inúteis.

E eu, naquele momento, lhe pedi: "Irmão Francisco, por favor, oriente-me em meus próximos passos; são passados quatro meses, a metade do tempo quase se foi e eu preciso estudar e pesquisar ainda mais. Já não me preocupo com o que acontecerá comigo, depois de terminar esse trabalho. Creio que farei uma carta ao Sumo Inquisidor e a entregarei eu mesmo em suas mãos. Aguardarei sua leitura e as decisões que certamente tomará contra mim. Enfatizarei que Frei Benedetto somente copiava o que eu lhe dizia e, portanto, não tem culpa, recaindo qualquer condenação em mim somente".

Assim, em profunda oração, senti que o ambiente ao meu redor mudara de tom. Uma onda de perfume de flores inundou o ambiente, abri, então, meus olhos, notando uma luz perto da porta da sala, que se dirigia até onde eu estava. Ela aumentava de tamanho à medida que se aproximava de mim, lentamente. Fixei meus olhos e identifiquei uma imagem a se corporificar, e qual não foi minha surpresa, quando reconheci nosso irmão Francisco de Assis! Ele estava exatamente como a pintura que tínhamos dele em nossa pequena Igreja em Sevilha.

Aproximando-se de mim, sorriu, lançando-me uma luz de paz tão intensa, que meus olhos transbordaram de lágrimas. E eu disse a ele:

– Perdão, meu irmão e mestre, perdão pela minha emoção, é que eu não esperava isso.

E Francisco, carinhosamente, me disse:

– Meu querido irmão Ignácio de Castela, quantas surpresas você teve em sua peregrinação aqui nesta preciosa biblioteca. Como já foi informado, você é parte de um grande plano elaborado por Deus, para que os ensinamentos originais de Jesus voltem com toda a sua força. Os tempos para que esse plano se concretize já estão próximos. Creio que você seja conhecedor de que Nosso Senhor ensinou sobre a preexistência das almas antes de elas nascerem em um corpo. Deus, em sua grandeza e potência, cria almas incessantemente para povoar todos os orbes do Universo, e quando os planetas estão prontos para receberem essas almas, elas nascem ali, para vivenciar experiências, adquirirem conhecimentos morais e avançar até a perfeição. A nossa fé católica nos ensinou que Deus também teria criado os anjos, sem mácula, mas isso é uma concepção totalmente errada, pois se assim fosse, Deus estaria sendo injusto com uma de suas criações, o homem, pois haveria duas categorias de seres, uns que não sofrem e outros que sofrem muito. Não é assim, meu querido. Os anjos são almas boas, puras, que depuraram todas as suas imperfeições até chegarem aonde estão e, assim sendo, recebem a missão de Deus de modo a ajudarem os homens a se melhorarem. Quando alguns homens os veem, pensam que são seres alados e com luz, de tão suaves que são suas imagens. Daí a confusão das asas.

A reencarnação é chamada, na Grécia, de palingênese. Foi ensinada por Platão e seus seguidores, e é uma doutrina antiquíssima, conhecida por alguns povos, desde tempos imemoriais. Como você bem sabe, ela é um dos mais importantes ensinamentos de Nosso Senhor, pois sem ela, Deus seria injusto. Ela é a maior representação da Justiça Divina para os sofrimentos humanos.

Nessa minha última existência entre vocês, eu também não sabia da reencarnação, até pouco tempo depois que recebi a chamada de nosso Irmão Maior Jesus de Nazaré. Não se surpreenda com o que vou lhe contar. Você conhece minha história, minha vida e as riquezas de minha família. Mas, há um detalhe ainda que talvez você não saiba, ou nunca lhe tenha chamado atenção. Logo depois de ouvir a chamada de Jesus para reconstruir sua igreja, cheguei à casa de meu pai e constatei a riqueza que tínhamos, que meu pai ganhara em seu comércio e com as plantações em suas fincas. E decidi ver as condições dos trabalhadores desses lugares. Lá chegando, deparei-me com as condições duras, senti as dificuldades com que eles trabalhavam nas plantações e colheitas, de sol a sol. E tive imensa compaixão e determinei-me a falar com meu pai. Já se fazia noitinha e fui deitar-me, resoluto, para que no dia seguinte eu fosse a Assis conversar com ele. E sonhei que uma voz me dizia assim:

"Francisco, esses trabalhadores recebem de acordo com o plantio que fizeram em épocas passadas, em vidas anteriores, pois os processos de regeneração são compatíveis com os seus respectivos níveis evolutivos. Cada um está no lugar certo de acordo com os desígnios da Providência. Melhore, sim, aquilo que você considerar justo, veja se seus salários são corretos; mas eles estão no trabalho duro do campo, pois muitos estão suando para ganhar o pão que ontem negaram a seus subordinados. No futuro, acordarão para o Amor, a Caridade e a Paz, pois a onisciência de Deus os prepara para essa evolução. Se você se revoltar contra esses fatos significa que estará julgando a Deus, que pelas suas Leis imutáveis define para cada um o processo educativo mais adequado."

– Querido Nacho, foi a primeira vez que ouvi, de maneira tão clara, um ensino sobre a reencarnação, falando tão alto em minha alma. Ignácio, meu filho, não se surpreenda mais com os caminhos que o homem tomou para ocultar as verdades de Jesus. Preocupe-se com o seu trabalho, nada mais. Eu já mencionei que os tempos estão quase chegados. Um dia, somente o Pai sabe quando, o Paráclito, o Consolador, o Advogado prometido por Jesus chegará, e as verdades serão restabelecidas. O seu trabalho agora é de preparar o caminho. Outros virão após você, como está aprendendo de outros, que vieram antes. Amanhã, procure o livro do Concílio dos bispos de Constantinopla, de 553. Leia e estude tudo ali. Você saberá como prosseguir. Que Jesus o guarde hoje e sempre.

A imagem de Francisco foi se desvanecendo, pouco a pouco, até se apagar por completo. Meus olhos ainda estavam úmidos das lágrimas que verti. Levantei-me e procurei nas estantes o livro recomendado por Francisco. Eu já o tinha visto uma vez, logo nos primeiros dias de minha exploração ali na salinha secreta; e lá estava ele, onde minha memória tinha guardado. Retirei-o da estante, estava escrito em sua capa: *Imperador Justiniano, Imperatriz Teodora e o Concílio de Constantinopla II*. Ao abri-lo, logo na primeira página, no centro dela, em letras garrafais, vinha escrito:

"Aqui estão registrados os fatos que levaram a Igreja Católica a denegar os ensinos de Jesus sobre a preexistência das almas e de suas consequências morais e filosóficas. Com o resultado desta reunião de bispos, mesmo sem a aprovação do Papa Virgílio, esta doutrina tão sábia e justa foi retirada e abolida dos cânones da Igreja. Se você está lendo estas páginas, faça isto com respeito e reverência para com os apóstolos e padres que, ao longo destes seis primeiros séculos, lutaram, pagando o preço de suas vidas, para defender estes ensinamentos. Aqui não há opiniões, simplesmente fatos."

Ao pé desta primeira página estava escrito: "Bispo Carlo de Siena, Igreja Católica do Ocidente, Roma, 560". Minha curiosidade se aguçou e, antes de abrir a próxima página, lembrei-me de que já estava quase na hora de LeClerk chegar. Levantei-me, guardei o livro e fui à poltrona, onde me sentei e comecei a pensar no que se passara comigo com a visita de Irmão Francisco. Que honra e que responsabilidade em meus ombros. Mas que privilégio, pensei uma vez mais. Não restava dúvida de que levaria isso até o fim, mesmo que custasse a minha vida. Qual seria a reação de Benedetto ao lhe contar sobre a visita? Certamente, ele nada comentaria, até que eu terminasse toda a narração.

Estava ansioso para chegar ao nosso modesto quarto. Nesse momento, ruídos de chave na porta me despertaram da reflexão; levantei-me, LeClerk ali estava. Cheguei à nossa casinha e lá estava meu amigo, já no pequeno fogão a lenha, preparando a sopa, que era caldo de frango com legumes e grãos de milho, doados por fiéis vindos dos povoados vizinhos do Monastério. Interessante destacar que parte da carne de animal, utilizada na alimentação da Instituição, não era comprada, mas doada por pessoas que se sentiam abençoadas e agradecidas aos padres que ali se dedicavam. O Irmão Benedetto me disse, em confidência, com voz sussurrada, creio um pouco infundada, que um de seus contatos na cozinha lhe havia dito que algumas penitências e perdões de pecados eram pagos com a remessa de várias peças de carnes nobres, entregues diretamente no dispensário da cozinha. Eu não acreditei, e ele riu e me disse que talvez fossem boatos. Como eu me alimentava somente com o pequeno almoço da manhã, eu estava faminto no horário desse nosso pequeno jantar e, naquele dia em especial, o aroma do caldo suculento despertava ainda mais minha fome. Como sempre, cortei os pães, os queijos e o mel, colocando uma taça de vinho tinto para Benedetto, e preparei um vaso de água com limão e mel para mim.

Finalizada aquela farta refeição, nós nos sentamos nas duas pequenas poltronas e lhe contei sobre a visita que recebera. Ao terminar, Benedetto, com toda calma, levantou-se, pegou uma taça bem pequenina, encheu-a de licor de nozes e se sentou. Ele sabia que eu não apreciava os licores, por considerá-los muito doces, e não me ofereceu.

Benedetto, apreciando, lentamente, sua bebida digestiva, sem nada mencionar, finalmente disse: – Amigo querido, que emoção você deve ter sentido. Nosso Irmão Francisco é uma pessoa extraordinária e com um compromisso inigualável com Jesus. Eu já me acostumei com essas experiências, porque você sempre passa, quando há esquinas a serem viradas e decisões a serem tomadas. Você realmente é uma pessoa abençoada. Será que há outros iguais a você, com essas habilidades tão anormais para os nossos olhos comuns? Eu, sinceramente, creio que sim. Mas eles, para seus inimigos, são considerados bruxos e condenados à fogueira, pois conversar com os mortos é coisa de bruxaria e, para eles, dignos de morte. Não é assim que está escrito no *Velho Testamento*? – E eu lhe disse, sorrindo: – É verdade, meu irmão, mas você sabe que eu nunca procurei ler onde estava isso escrito, pois, para mim, é normal essas almas tão reais conversarem comigo, do mesmo modo que estou aqui agora falando com você. Enquanto eu falava, lá estava ele, folheando sua *Bíblia* e, em alguns momentos, me mostrou no livro *Deuteronômio,* capítulo 18. E eu abri, onde ele me mostrou, e estava assim escrito:

Não se ache no meio de ti quem faça passar pelo fogo seu filho ou sua filha, nem quem se dê à adivinhação, à astrologia, aos agouros, ao feiticismo, à magia ou à invocação dos mortos, porque o Senhor, teu Deus, abomina aqueles que se dão a essas práticas, e é por causa dessas abominações que o Senhor, teu Deus, expulsa diante de ti essas nações.

Imediatamente, fiz o seguinte comentário, que levou Benedetto a dar uma sonora gargalhada, que logo reprimiu, para não chamar atenção de nossos vizinhos das habitações ao lado: – Mas, eu não invoco os mortos, eles é que se chegam a mim, sem eu pedir! E complementei imediatamente: – E não são mortos comuns, agora foi Francisco de Assis! E nós dois rimos muito. Mas, em seguida, de forma compenetrada, eu acrescentei: – Mas falando sério agora, você tem razão, muitas pessoas foram executadas pelo braço secular da Inquisição, baseado nessa passagem. Acredito, sim, que isto que eu tenho, outros possam ter e alguns, quem sabe, de maneira mais avançada que a minha; com toda certeza não é privilégio meu.

O Irmão Benedetto retomou, salientando: – Nosso irmão Francisco também aprendeu sobre as vidas passadas e a reencarnação, e isso foi logo nos primeiros momentos de sua conversão; não sei, talvez seja por isso que ele sempre fora atencioso e paciente com todas as pessoas, independentemente de sua classe social ou econômica. Suas palavras, para confortar os seres em sofrimento que iam buscá-las, eram cheias de esperanças e consolações, será que era assim por que ele sabia que os aflitos seriam consolados em outras vidas?

E eu lhe respondi: – Talvez nunca saibamos a resposta, meu amigo, mas realmente pouco importa saber disso agora, veja o produto de sua criação, já há centenas ou milhares como nós em sua Ordem, para levar o privilégio de não ter uma bolsa sequer e, mesmo assim, poder levar as palavras de Jesus adiante. Benedetto tomou o último gole de seu licor antes de concluir seu pensamento.

– Uma coisa me intriga em todas essas pesquisas que você tem feito. Está claro, para mim, que os cristãos dos primeiros séculos acreditavam na reencarnação, de maneira normal, e isso era passado de geração em geração, mesmo com a condenação de Orígenes, de Ário e até de Pelágio (ainda que ele não tenha pregado a reencarnação diretamente), e apesar das resoluções de condenação de vários concílios ecumênicos. Eu li e reli tudo o que você me passou para que eu compilasse, e o que se via era que, apesar de tudo, a doutrina da reencarnação parecia sobreviver às tempestades e aos golpes e saía vitoriosa, sempre. Para o povo em geral, era muito mais reconfortante e consoladora essa doutrina, do que as substitutas. Mas, se isso que eu falo é verdade, o que causou o golpe mortal dessa doutrina? Por que, em todos os outros concílios, sínodos e assembleias, onde ela foi declarada ilegal e apócrifa, de alguma maneira sobreviveu e voltou mais forte? Os golpes recebidos até então não foram mortais. Quando e como esse golpe mortal foi desferido? Será que a explicação não estará nesse próximo livro que você pesquisará, indicado pelo nosso Irmão Francisco?

Eu não havia contado a ele sobre o conteúdo da página inicial, do livro mencionado. – Creio que este livro será revelador; ele tem mais de trezentas páginas com registros de vários tipos. Acredito que levarei por volta de duas semanas, pelo menos, para estudá-lo, eu acrescentei. Benedetto meneou, positivamente, a cabeça e me recomendou descansarmos para um outro dia proveitoso. Ele me disse que iria à biblioteca ler sobre os processos e acusações contra os chamados bruxos e bruxas, a fim de averiguar se estava de fato registrado que os condenados falavam com os mortos, e mais detalhes. Havia uma estante de livros dedicados aos processos inquisitoriais, datados desde o ano de 1200, aberta às consultas, informou-me Benedetto, e eu constatei que, na verdade, ele conhecia as seções abertas bem mais do que eu. Fizemos nossas orações e fomos dormir.

O livro

Imperador Justiniano, Imperatriz Teodora e o Concílio de Constantinopla II

Eu empreguei, aproximadamente, quatro semanas na leitura e estudo deste livro. Como o autor, Bispo Carlo de Siena, escreveu na primeira página, realmente estão registradas ali todas as tramas urdidas para que finalmente e, de maneira definitiva, o ensino da reencarnação fosse totalmente proibido, e as referências a essa doutrina fossem retiradas dos textos sagrados. O Bispo Carlo de Siena teve o cuidado de compilar documentos e cartas trocadas entre as partes interessadas; conseguiu, ainda, anexar, a esse volume, uma cópia dos resultados e deliberações do *Concílio Ecumênico de Constantinopla*, no ano de 553. Ele concluiu este livro em 560, sete anos após o Concílio. Sim, foi nesse Concílio que o golpe mortal foi desferido nos ensinos da reencarnação. E, por surpreendente que possa parecer, uma figura expoente no desenrolar dessa trama foi a esposa do Imperador Justiniano, a Imperatriz Teodora. Nessa obra, há cópias completas de registros escritos por dois escribas contemporâneos de Teodora e Justiniano, Juan de Éfeso e Procópio; este último trabalhava para o General Belisário, um dos militares mais importantes da corte de Justiniano. Tais documentos contam a história e trajetória da Imperatriz Teodora, suas tramas, artimanhas e ações de apoio aos direitos das mulheres e todos os seus feitos para defendê-las, em questões relacionadas a estupro, divórcio e muitos outros aspectos.

De todo o conteúdo lido, pude depreender que ela foi uma personagem singular, poderosíssima, conselheira e, em muitos casos, era ela quem instruía o Imperador em decisões importantes. Uma personalidade intrigante, fascinante, ambiciosa ao extremo, mas ao mesmo tempo generosa com as mulheres mais desfavorecidas. Devo discorrer sobre ela, para que consiga traçar um perfil de seu caráter, que brotou claramente desse livro. Em resumo, eu posso adiantar que, sem ela, não teria havido o Concílio; sem ela, não teria havido o banimento dos ensinos de Jesus sobre a reencarnação; sem ela, as mulheres desfavorecidas de sua época estariam em condições muito precárias.

Dependendo da interpretação, podemos enquadrar a Imperatriz como uma santa, ou um gênio malicioso. Qual a verdadeira Teodora, eu não poderia dizer. Talvez, ela tenha sido essas duas personas em uma só. Quem sabe, seja a melhor maneira de descrevê-la. Jamais gostei de julgar alguém, e toda vez que uma ocasião se fazia presente a cena de Jesus com a mulher equivocada me vinha à mente, Ele dizendo: *Quem estiver sem pecado que atire a primeira pedra.*

O que escrevo aqui não é um julgamento, estou simplesmente contando os fatos da vida de Teodora, tentando ressaltar aqueles que determinaram as decisões do Concílio. Devo, no entanto, enfatizar algo bastante interessante – sensação estranha que experimentei ao concluir essa leitura. Eu não consigo caracterizar Teodora tal qual uma grande vilã, que sepultara os ensinos de Jesus sobre as vidas sucessivas. São, no mínimo, confusos meus sentimentos por essa extraordinária personalidade; chego a ter por ela certa simpatia e admiração, pois penso que ela fora usada por seus confessores, aproveitando-se do enorme complexo que ela carregava, devido à história de seu passado, de modo que ela desencadeasse o processo que levou à abolição e retirada, definitiva, dos ensinos sobre a reencarnação dos postulados da Igreja.

Eu ouso a dizer que ela, por ter vivido a infância e a juventude em extrema dificuldade, ao conseguir galgar a posição mais importante do Império Bizantino, ou Império Oriental – ao lado do Imperador Justiniano – intencionou, de alguma maneira, apagar seu passado e esquecê-lo de vez, e com isso tomou posições doutrinárias muito equivocadas, que a levaram a limites extremos. Essas posições, certamente, foram solidificadas pela influência de seus confessores, que eram francamente contra a reencarnação. E o mais influente de todos foi o Patriarca da Igreja Bizantina, Menas I, conhecido na história cristã como o Santo Menas, ou Santo Mina.

Ela errou muito, no que diz respeito à reencarnação, mas acertou muito também, no tocante aos direitos das mulheres menos favorecidas.

Na sequência, abordo alguns detalhes de sua vida, que serão suficientes para o objetivo desta minha pesquisa. Teodora nasceu no ano de 497, filha de empregados do Hipódromo de Constantinopla. Sua mãe tinha sido dançarina. Ela e suas irmãs tornaram-se, igualmente, dançarinas desde muito jovens; ser dançarina ali no hipódromo era sinônimo de ser prostituta. Como era belíssima, de corpo extremamente sensual, ela era cobiçada pelos frequentadores mais elitizados.

Com o passar dos anos, ela conheceu a esposa do General Belisário e, por intermédio dela, Teodora conheceu Justiniano, que era sobrinho do Imperador Justin e ele, imediatamente, se apaixonou por ela, levando-a para ser uma de suas concubinas, pouco depois sua preferida, e, em seguida, sua esposa. Justiniano era tão apaixonado por ela, que não apenas a tornou sua esposa, mas a nomeou Imperatriz, quando de sua coroação como Imperador do Império Romano. Em *Imperador Justiniano, Imperatriz Teodora e o Concílio de Constantinopla II,* o Bispo Carlos de Siena enfatiza o luxo e os excessos de poder que o Império demonstrou, ao realizar festas deslumbrantes abertas a todo o povo, e a coroação ter sido feita na Catedral de Santa Sofia, em Constantinopla.

Apesar de ter sido alçada à posição máxima no Império, suas angústias em relação ao seu passado persistiam feito uma pesada carga, que ela carregava em sua consciência, uma bagagem fatigante que levava por onde ia, visto que ela tinha ciência de que as pessoas conheciam o seu passado. Todavia, ninguém sabia de suas dores, desilusões e vergonha, de ter usado seu corpo como meio de vida. Teodora era mulher de poucas amigas; muitas companheiras de profissão haviam sido estupradas, ultrajadas enquanto crianças; mulheres abandonadas por maridos, que sem outro meio de subsistência sobreviviam graças à venda do corpo. Outras ainda, assim como ela, dotadas de um belo corpo e sensualidade ímpar, eram conduzidas, desde bem jovens, crianças até, àquela vida de depravação, marcada pela saciedade dos instintos mais carnais do homem em todos os tempos.

Ninguém sabia de suas lágrimas, ao contar o dinheiro que lhe daria o sustento de alguns dias. E ela percebeu que a única maneira de sair daquela vida era se aproveitar de sua beleza, de modo que alguma pessoa da elite do Império se apaixonasse por ela. Desse modo, ela se esforçou e conseguiu, aos vinte e um anos de idade, que o administrador de uma das cidades próximas de Constantinopla a escolhesse e a levasse com ele, como uma de suas concubinas. E assim, passou os quatro anos seguintes com esse homem, até que um dia foi expulsa de casa e, em sua fuga de volta a Constantinopla, prometeu a si mesma que galgaria mais alto e não cometeria os erros de juventude desse último relacionamento.

E ao voltar ao Hipódromo, com suas performances no teatro, encantou um dos frequentadores mais ilustres, o General Belisário, um dos militares mais importantes do Imperador Justin, tio de Justiniano. Belisário comentou com sua esposa Antonina sobre a beleza e o carisma daquela nova atração do Hipódromo, o que despertou sua intenção em conhecer pessoalmente a jovem artista. O passado de Antonina também era ligado ao teatro do Hipódromo e assim ela foi muito bem recebida, não apenas como a esposa do general preferido de Justin, mas como uma de suas famosas ex-atrizes, a se libertar daquele mundo de falsas ilusões. Dessa forma, Antonina e Teodora se conheceram e se tornaram amigas e confidentes. Por conseguinte, Antonina resolveu apresentar Teodora a Justiniano, sobrinho do Imperador. Logo depois, já no ano de 524, ela, com vinte e sete anos, tornou-se a preferida de Justiniano e um ano depois, em 525, eles se casaram. Com a morte de Justin, no ano de 527, Justiniano subiu ao poder como Imperador Justiniano I e, como descrito acima, Teodora tornou-se a Imperatriz consorte.

Apesar de seu poderio e influência, Teodora era uma mulher atormentada pelo seu passado e, para aliviar suas dores morais procurava constantemente os conselhos de seu confessor, o Patriarca Mina. Em Constantinopla, e em todo o mundo cristão, a doutrina da reencarnação era difundida e aceita pelo povo, e muitos sacerdotes *originistas* e *arianistas* pregavam abertamente seus ensinamentos, apesar de estar em vigor a Doutrina do Pecado Original, que se demonstrou de difícil aceitação e assimilação pelos cristãos, em geral. Ela tinha muito medo de que seus pecados do passado a fizessem reencarnar em condições de pobreza e sofrimento, então, decidiu que iniciaria um movimento para ajudar as mulheres em geral, e em particular aquelas que tinham sido forçadas à prostituição. Ela, realmente, era muito solidária com tais mulheres e com tudo o que elas tinham de enfrentar, principalmente quando a idade tivesse já roubado o encanto de seus corpos. Talvez isso pudesse aliviar sua carga em outra vida, assim pensava ela, embora essa não tivesse sido a motivação de seus atos nessa área.

Nesse sentido, posso afirmar que Teodora foi tal qual uma benfeitora para todas as mulheres sofredoras, agindo feito uma verdadeira discípula de Jesus. Ela conseguiu que Justiniano promulgasse leis que protegessem as mulheres divorciadas e seus direitos às posses compartidas, que resguardassem os direitos das mães em relação a seus filhos e abolisse a punição por morte a mulheres acusadas de adultério. O Imperador ainda instituiu a pena de morte para homens condenados por estupro.

O Bispo Carlo de Siena narra dois fatos muito reveladores a respeito de Teodora. O primeiro, quando sabia de adolescentes que tinham sido vendidas à prostituição, mandava emissários para comprá-las em seu nome e, após trazê-las ao palácio, entregava-as para serem monjas em conventos, com o intuito de pagar seus pecados e se dedicar a Deus. E o segundo caso, mais controvertido, pelo menos para mim, foi conseguir de Justiniano a proibição da prostituição em Constantinopla e a expedição de ordem de prisão a todos os homens que comercializassem e controlassem prostitutas em seu benefício. Como resultado, cerca de quinhentas dessas prostitutas foram recebidas por Teodora e albergadas, por algumas semanas, em um dos enormes alojamentos vazios, preparados para a recepção de soldados quando esses voltavam de suas campanhas.

Depois desse período, ela distribuiu essas quinhentas mulheres entre mais de dez conventos nas cercanias da cidade, a fim de transformá-las em monjas, dando todo o suporte logístico e financeiro para a manutenção desse grande número de pessoas. Contudo, como era de se esperar, após algumas semanas de reclusão, a maioria delas se rebelou e fugiu dos conventos, voltando a se prostituir. Com a proibição da prostituição, muitas mulheres foram presas e condenadas à morte.

De acordo com Carlo de Siena, tal situação teria causado imensa dor em Teodora, que se sentia responsável por essas mortes, ainda que indiretamente. Apesar da boa intenção de ajudar e proteger aquelas mulheres, Teodora teria causado a morte de muitas delas. Carlos de Siena incorporou em seu livro uma carta, que Teodora teria enviado ao Patriarca de Constantinopla, sobre esse tema, carta essa escrita, provavelmente, pelo escriba Procópio, que vivia praticamente no Palácio, junto ao General Belisário, porque Teodora era iletrada, como a vasta maioria do povo daquela época. Na carta, a Imperatriz diz ao seu confessor:

"(...) meu coração continua em lágrimas por tudo o que aconteceu com aquelas mulheres infelizes. E me sinto desesperada, pois não quero, de maneira alguma, ter que pagar, em minha próxima vida, por tais mortes. Já não bastassem meus erros do passado e agora com estes adicionados, certamente terei uma próxima existência muito infeliz. Não quero mais ter que passar o que passei, não quero ter uma vida de provações, não queria ter que pagar também por essas vidas. Como posso ser ajudada? O senhor, que é o representante de Deus em nosso mundo, pode interceder por mim e aliviar minhas dores?"

Em página posterior deste livro está incluída a resposta do Patriarca Mina, mas antes de transcrevê-la, eu gostaria de falar sobre o conceito equivocado que o povo, em geral, tinha a respeito dos processos de vidas sucessivas. Via de regra, os cristãos entendiam, parcialmente, o conceito de reencarnação, considerando que os erros cometidos em uma vida deveriam ser *pagos* em outras vidas, por meio de sofrimentos atrozes e, em alguns casos, por meio do mesmo mal infligido a outras pessoas, porque era mais fácil a eles entenderem assim, o que lhes trazia certo conforto e consolação.

E Teodora não era exceção, o que lhe trazia acentuado desespero. Pessoalmente, no início de minha descoberta acerca da doutrina da reencarnação, tive minhas dúvidas a respeito, até ler uma página de Wycliffe, na qual ele explicava a Justiça de Deus dessa forma: "Pedro, apóstolo, em sua Primeira Carta aos estrangeiros, aos não judeus, nos diz no capítulo 4, versículo 8: *Acima de tudo, porém, tende amor intenso uns para com os outros, porque o amor cobre multidão de pecados.*"

O amor de Deus a seus filhos é tão incomensurável, que Ele nos dá meios alternativos de correção de nossos desatinos do passado. Não é necessário pagar com a mesma moeda, conforme a lei de Moisés. Mas, sim, com a moeda do amor, conforme Pedro nos indica. Se, nesta vida, agirmos com muito amor e dignidade e ajudarmos os que nos circundam; se exercermos a paciência e a tolerância com aqueles familiares mais difíceis, que nos colocam à prova a cada momento, então, o nosso amor cobrirá a multidão dos nossos pecados de vidas passadas.

Essa frase de Pedro poderia ser facilmente interpretada assim, sem margem alguma de erro: *o bem que hoje se faz apaga o mal que ontem se fez*. Vejam bem o que escrevi: *o verbo é apagar e não pagar*. E Wycliffe seguia em sua explicação: "Para ficar claro: se ontem cometemos um crime hediondo contra uma pessoa, na vida atual podemos recebê-la em nosso lar, como aquele filho ou filha difícil, que nos vê como inimigo, sem sabermos por quê. Que maior bênção é a de ter um filho, por mais difícil que seja? Nós teremos que exercitar todo o nosso amor, nossa paciência, resignação e carinho, de tal sorte que este filho difícil, pouco a pouco, aprenda a nos amar. E, quando isto ocorre, os céus se rejubilam de alegria, pois um erro do passado foi corrigido, e o antagonismo se transformou em amor. Para Deus não há olho por olho e dente por dente. Para Deus, há amor cobrindo pecados."

Mas para Teodora, em seu entendimento, ela sofreria muito na próxima vida, por não assimilar a doutrina da forma como explica Wycliffe; deriva daí seu sofrimento e angústias. Ela não compreendia que seus atos em defesa da mulher do Bizâncio, do Império Romano do Oriente, tornaram os seus direitos muito maiores do que em qualquer outra parte do Império, e essas leis copiadas por outros imperadores e governantes das diversas regiões do mundo nos séculos vindouros. E assim fazendo, ela, certamente para Deus, já estaria *apagando* seus erros do início de sua vida.

Quanto à morte das mulheres, em virtude de sua evasão dos conventos, não era responsabilidade sua, mas proveniente das escolhas das respectivas mulheres. É possível que tivesse ocorrido certa ingenuidade por parte de Teodora, em acreditar que todas aquelas mulheres aceitariam uma vida de reclusão; esse pode ter sido o seu erro. Nada mais. A resposta do Patriarca Mina não se fez esperar, e ali estava a carta original, que assim dizia:

"Imperatriz Teodora, minha filha. Entendo sua preocupação, muito fundada. Mas, em minhas orações, fui iluminado pelo Espírito Santo, e vi que há uma solução para seu destino e de todos nós. A doutrina da reencarnação tem que ser abolida dos cânones de nossa Igreja de uma vez por todas. Ela é como uma erva daninha, que arrancamos, mas persiste; já houve tentativas seguidas de mais de duzentos anos, desde o *Concílio de Niceia*, para que ela fosse abolida, mas as asas do maligno continuam a minar a autoridade da Igreja, trazendo essa doutrina de volta. Temos de destruir de vez esses ensinos, temos de retirá-los das Sagradas Escrituras. Por favor, convoque-me ao seu Palácio, que mostrarei a Vossa Majestade os meus planos para que a reencarnação seja definitivamente retirada de nossos cânones e, assim, Vossa Majestade poderá repousar tranquila para o resto de seus dias. Estes planos foram inspirados pelo Espírito Santo e, portanto, serão infalíveis, mas, para tal, precisamos da chancela de Sua Majestade, o Imperador Justiniano. Despeço-me, seu servo fiel, Mina I."

As páginas seguintes referem-se a uma transcrição do texto de autoria de Carlo de Siena:

"Teodora tinha conhecimentos rudimentares dos temas religiosos em geral, mas sabia como ninguém arregimentar para seu lado aqueles que comungavam com suas ideias. Ela não tinha noção da profundidade das desavenças entre os lados reencarnacionistas, chamados de *originistas*, e aqueles que eram contra, dizendo que fora da Igreja não há salvação.

Para ela, a luta do poder dentro da Igreja em nada importava nem as interpretações dogmáticas e teológicas, sempre, a seu ver, demasiadamente tediosas. Mas, a palavra final sempre seria a do Imperador e, então, ela entrava com sua ponderação e astúcia, para ver que lado daria mais sustentação ao Império. Mas, para o Patriarca Mina, esse tema era de importância capital, pois o poder da Igreja sobre o destino dos fiéis, após a morte, deveria ser absoluto, sem alternativas. Somente a Igreja poderia dar-lhes a salvação, nada mais. E foi, então, que Mina apresentou a Teodora seu plano. Primeiro, deveria haver um sínodo de bispos locais, do Oriente, para a condenação da reencarnação. Embora essa decisão não pudesse ser de caráter geral em todo o Império, ela já seria o primeiro passo, seria regional.

O segundo passo seria a confecção de novas traduções, para o grego e para o latim, dos quatro Evangelhos e o confisco das cópias antigas. As novas traduções seriam elaboradas com muito cuidado, para que os textos originais pudessem basicamente parecer os mesmos, mas com pontuações, sinônimos, uso de letras maiúsculas e minúsculas, de tal sorte que interpretações e entendimentos diferentes e opostos à reencarnação fossem possibilitados. Apesar desse processo de substituição das cópias ser lento, ele seria muito efetivo a longo prazo.

O terceiro passo seria o golpe final, com a realização de um Concílio Ecumênico em Constantinopla, para referendar e aprovar, em todo o Império Romano e em toda a Igreja Católica, que os ensinos de Orígenes eram heréticos, e que qualquer alusão às vidas sucessivas e à preexistência das almas seria punível com excomunhão e morte na fogueira. Mina I reenfatizou à Imperatriz que tinha sido o Espírito Santo que lhe havia inspirado esse plano e que, se fosse aplicado integralmente, ela poderia estar segura de que não apenas ela não mais voltaria a reencarnar, mas também, após sua morte, ela nunca mais seria esquecida, pois estaria no panteão dos santos da Igreja, com sua beatificação assegurada.

A reação de Teodora a esta programação foi de alívio e de total contentamento, pois, com sua implementação, suas inquietudes seriam acalmadas. E ela, de maneira imediata, não somente aprovou o plano, como disse que, em agradecimento ao Espírito Santo, ela iria erguer um novo convento nas imediações da cidade imperial, com o objetivo de ajudar viúvas, mães solteiras, divorciadas e prostitutas que quisessem mudar de vida. E ela deu carta branca ao Patriarca Mina para dar início à execução do plano, com a convocação do Sínodo dos Bispos."

Após a leitura das anotações de Carlo de Siena, eu me questionava sobre como ele conseguira tais informações tão precisas e até, de certo modo, íntimas e privadas de Teodora. Mas, a resposta veio na página seguinte, onde dizia:

"Estas informações me foram passadas pelo escriba Procópio, para que eu as registrasse, pois ele não poderia, abertamente, ser o autor destas inconfidências, sob pena de morte, se fossem descobertas. Procópio está planejando, em segredo, escrever um livro sobre Justiniano e Teodora, mas o capítulo desta trama entre o Patriarca Mina e Teodora ficaria de fora de seu livro; eu é que o registraria, pois Procópio soube que eu era *originista* e *arianista* e, portanto, essas informações poderiam ser de meu interesse. Ele me procurou, logo após o término do Concílio, contando-me essas passagens, entregando-me as confidências escritas e a cópia das cartas trocadas. E o planejamento de Mina I seguiu seu curso planejado. O Sínodo dos Bispos do Oriente foi convocado para o ano de 543 e os ensinos de Orígenes condenados uma vez mais. O Imperador emitiu um Edito que condenava esses ensinos e isto era para ser aplicado em todo o Império, nas Igrejas do Oriente e Ocidente; mas ele era sabedor, por informações de Mina I, de que na realidade a Igreja do Ocidente não iria respeitar as resoluções desse Sínodo, que teriam validade somente regional.

E o primeiro passo do plano acertado entre Teodora e Mina foi concluído com sucesso total. O segundo passo, que foi a tradução adaptada dos Evangelhos e o confisco das cópias antigas, com sua substituição progressiva, foi iniciado logo de imediato e executado nos quatro anos seguintes. Durante esses anos após o Sínodo, Teodora foi adoecendo, com a enfermidade dos caroços,[10] e veio a falecer em meados de 548, com profunda consternação de Justiniano. No leito de morte, ela lhe pediu, como seu último desejo, que um concílio fosse convocado para que finalmente a reencarnação fosse abolida, e ela pudesse descansar em paz, para cumprir o acordado com o Patriarca Mina I e o Espírito Santo.

Justiniano prometeu que atenderia ao pedido da Imperatriz, e que ela partisse em paz. Imediatamente após sua morte, Justiniano mandou convocar o Papa da Igreja do Ocidente, de Roma, que viesse a Constantinopla e para ratificar a decisão do Sínodo realizado em 543, e que colocasse em prática seu Edito. O Papa Virgílio, que era simpático à doutrina de Orígenes, não concordou e foi preso por Constantino, ficando nas celas de Constantinopla por quatro anos. Em fins de 552, Justiniano o liberou de volta a Roma, mas lhe informou que um Concílio Ecumênico de toda a Igreja Católica seria convocado para o ano seguinte, e que os bispos da Igreja do Ocidente seriam convidados, mas que nenhuma facilidade seria oferecida para seu transporte, locomoção e acomodações. E assim foi feito, e o *Concílio de Constantinopla II* ocorreu durante praticamente todo o mês de maio do ano de 553, entre os dias cinco de maio e dois de junho, com a presença de cento e sessenta e seis bispos no total (O Papa Virgílio não compare-

---
10 Enfermidade dos caroços - enfermidade infectocontagiosa crônica.

ceu) e somente dezesseis bispos do Ocidente vieram e eu era um deles. Além da renovada excomunhão de Orígenes por heresia, o golpe mortal da doutrina da reencarnação veio através da emissão do primeiro decreto, que copio a seguir: 'Se alguém afirma a fabulosa preexistência de almas, e deve afirmar a restauração monstruosa que se segue a ela: seja anátema'.

Por restauração monstruosa se entendia a doutrina da reencarnação, pois a Igreja não queria usar a denominação grega de palingênese. E anátema significa maldição, punição por excomunhão. Em outras palavras, quem acreditasse ou professasse a reencarnação seria excomungado da Igreja Católica. E mais uma vez todos os livros e ensinos de Orígenes foram banidos e condenados ao fogo, e os Quatro Evangelhos, já nas traduções novas, foram os únicos aceitos. Todos os outros foram banidos e proibidos... uma vez mais!

E assim foi que o plano do Patriarca Mina I com Teodora teve sua consecução máxima atingida. Agora que registrei essas informações aqui, passo a vocês, que estão lendo este livro, todos os registros do Concílio, que não foi convocado pelo Papa, do qual ele não participou. Na votação, houve apenas dezesseis votos contra tal decisão, correspondentes aos dezesseis bispos do Ocidente presentes no Concílio. Pelas leis da Igreja, as resoluções tomadas não teriam valor, pois o Papa, além de não ter sido responsável pela convocação do Concílio, não compareceu à assembleia nem tão pouco enviou um representante oficial. Mas, nada se pode fazer contra o Império Romano e seu poder dentro da Igreja.

Estarei de volta a Roma nos próximos dias; chegarei lá e irei logo conversar com o Papa Virgílio sobre tudo o que ocorreu e sobre este livro que aqui deixei. Teremos que ter cuidado agora, em nossas prédicas, pois a espada de Justiniano estará sempre ao nosso redor, caso voltemos a falar de Orígenes e dos ensinamentos secretos de Jesus. Este livro será entregue aos cuidados de alguns amigos, que saberão como protegê-lo e guardá-lo. Agora, se a Imperatriz Teodora será levada ao panteão dos Santos, isto eu sei que, pelo menos em Roma, será muito difícil, ou até impossível, a não ser que Justiniano substitua o Papa Virgílio por uma marionete sua, como é Mina I.

Finalizo aqui meu relato e peço a Deus que esta complementação tão importante, dos ensinamentos verdadeiros de Jesus, possa um dia ser trazida uma vez mais à tona, para o consolo da Cristandade.

Quanto tempo isto levará, eu não sei, mas que ocorrerá, não tenho dúvida, pois são os ensinamentos de Jesus completos, sem censura nem interpretações, serão as palavras de Jesus de volta, pois ele nos prometeu isto, quando da sua última ceia com os apóstolos, ao nos dizer: *Se me amais, guardai os meus mandamentos. E eu rogarei ao Pai, e ele vos dará outro Consolador, para que fique convosco para sempre, O Espírito de Verdade, que o mundo não pode receber, porque não o vê nem o conhece; mas vós o conheceis, porque habita convosco, e estará em vós."*

O relato de Carlo de Siena termina assim. Ele não fez menção ao evangelista que escreveu essas palavras de Jesus e, então, acrescento, em forma de referência: João 14:15-18. Como elucidei no início deste capítulo, despendi quase quatro semanas na leitura de todo o livro e registrei as partes mais importantes. De que forma ele chegou até Melk, não saberei dizer, pois não encontrei qualquer menção a esse fato.

Ao finalizar a leitura e compilar o que escreveria, acomodei-me na poltrona à entrada da sala das estantes e arquivos. Dediquei-me a olhar todos aqueles registros e volumes e me dei conta que, na verdade, tinha desvendado uma trama desenvolvida e travada ao largo dos primeiros seis séculos do Cristianismo, que moldaram todo o poder, o ensino e cânone até aqueles dias, no século XV. Praticamente, mil anos de ensinos desvirtuados, nos quais a Igreja Católica tornou-se o único caminho de salvação.

Com a doutrina da reencarnação ensinada e explicada por Jesus, a salvação seria conseguida, individualmente, pela renovação moral de cada indivíduo, pelo livre-arbítrio em suas escolhas, seguindo os ensinamentos de Jesus, e a Igreja poderia ter sido a alavanca de sustento desses ensinos e a consolação e refúgio dos enfermos e desgraçados de toda sorte. No entanto, não foi assim que ocorreu, pois, a opulência, o luxo, o poder falando mais alto, e crimes cometidos em nome de Jesus, até *guerras santas* foram declaradas em Seu nome! E para não falar da Inquisição, que aterrorizou por mais de três séculos e que, naquele momento, com a mão firme e impiedosa de Torquemada, assolava o mundo! Que incoerência, meu Deus, será que um dia esses poderosos abrirão seus olhos para a verdade? É claro que há ainda muita misericórdia e representantes verdadeiros de Jesus na Igreja, mas não nos cargos de poder.

Vejam que curioso, eu naquela biblioteca descobri tanta coisa que me ajoelho perante as figuras desses mártires todos. E naquele momento de reflexão, veio à minha mente a figura de Francisco de Assis, sua humildade e simplicidade, e uma passagem de sua vida que nos foi ensinada em nossa preparação sacerdotal. Nosso preceptor nos contou que quando Francisco chegou a Roma, descalço e maltrapilho, para falar com o Papa Inocêncio III, a respeito de criar sua Ordem dos Frades Menores, por pouco não foi recebido, por não estar vestido à altura do local, pois lá estavam os bispos e cardeais, ao redor do Papa, com todos os seus paramentos luxuosos, numa sala riquíssima.

Porém, um dos bispos presentes, sentindo dentro de sua alma que ali estava um verdadeiro apóstolo de Jesus, disse aos seus pares e ao Papa: "Não o expulseis, lembrai-vos de que Jesus também era descalço e humilde em seus trajes". E foi assim que nossa Ordem recebeu a primeira aprovação para seu ministério. Francisco de Assis se afigura para mim tal qual um desses representantes máximos que Deus nos manda à Igreja, de tempos em tempos, para nos lembrar de nossa verdadeira missão como representantes de Jesus.

Concluí essa fase de minhas pesquisas, que chamei carinhosamente e com muito respeito de *fase Wycliffe*. Li todos os seus escritos, a maioria dos documentos e livros a que ele fazia referência em suas anotações. A partir do dia seguinte, iniciaria a *fase Jan Huss*. O que estaria à minha espera? Seria tão intensa como a de Wycliffe? À volta desses pensamentos, observei LeClerk chegando à porta e me observando. Ao me levantar, ele sorriu e disse: – Estou aqui por alguns minutos e vi você tão concentrado, que resolvi não perturbar suas reflexões... Eu sorri, dizendo-lhe: – Estou rico, meu amigo, muito rico de informações e amanhã iniciarei, creio eu, a parte final de minha missão aqui. E LeClerk arrematou: – Espero que demore muito, para que eu possa desfrutar mais de nossas conversas. E saímos.

Capítulo 8

Os cadernos de Jan Huss

Transcorria o mês de outubro e estava frio; sem aviso prévio, uma nevasca nos atingiu durante a madrugada e, ao amanhecer, os campos e caminhos estavam cobertos de neve. O céu era de um azul sem par, um sol intenso e amarelo, sem força alguma, pairava desconcertado e impotente contra o manto branco a seus pés, que o olhava vitorioso e desafiador, como a lhe dizer: aqui, agora, quem manda sou eu, você não tem qualquer poder sobre mim! Pois é verdade, o sol não tem qualquer força, e isso me levou a lembrar de um fato ocorrido há muitos anos. Interessante e bonito ter me recordado desse fato agora, que ocorreu há mais de sessenta anos! Naquela época, eu estudava em Burgos, e me lembro que durante alguns dias forte nevasca tomou conta da cidade que ficou toda coberta de branco. Em certo momento, eu estava na porta da Catedral, admirando aquela beleza branca, quando uma criança, que andava nas ruas, veio correndo até mim e me perguntou: – Padre, posso-lhe fazer uma pergunta? – E eu lhe respondi que sim, sorrindo, pois eu ainda não era um padre, estava concluindo meus estudos. Puxando-me pelas mãos para o meio da praça central, a criança, então, questionou: – Olha como o sol está cheio, grande no céu, sem nuvem. Por que ele não aquece a gente? Por quê? Está tão vermelho, mas parece fraquinho. Por quê? Não consigo entender! Tem tanta neve no chão, que é difícil até de correr, mas eu adoro brincar com ela. Só não entendo por que o sol não esquenta a gente.

Eu me admirei com a pergunta, partindo de uma criança contando não mais do que oito anos de idade. Sinceramente, sem resposta adequada, eu pensei um pouco e lhe disse: – Talvez o sol também adore a neve e queira ficar vendo esse manto branco lá de cima e, por isso, ele enfraquece seus raios de calor, para não a derreter. – O menino me olhou, olhou para o céu azul, voltou seu olhar novamente para mim e me disse com um sorriso bem grande em sua carinha alegre: – Vou correr para contar ao papai, que é sim, o sol também ama a neve, como eu! Viva! – E saiu correndo, tropeçando, caindo, levantando-se, olhando para trás; e acrescentou, quase aos gritos: – *Gracias, gracias, gracias*! – E logo, ele já tinha desaparecido da praça. Eu, então, ri de minha resposta ao menino e pensei: 'é uma boa explicação'! Em verdade, eu também apreciava muito aquele branco; adorava cheirar e respirar o ar da neve, que tinha o sabor de certa pureza totalmente diferente, de qualidade que entrava no peito, repletando-o de vitalidade renovada. Isso era muito bom!

De volta à minha realidade, diante daquela paisagem eu me sentia bem, respirando profundamente, de forma agradável. Obrigado, meu Deus! Eu não queria ainda contar a Benedetto, mas tinha a sensação de que meu coração parecia falhar, porque sentia algumas fisgadas no peito e, uma ou outra vez, e meu braço e ombro esquerdos atingidos por um raio interno, com dores bem intensas.

Nas últimas semanas, com certa regularidade, apresentava cansaço além do normal, principalmente ao subir a pequena colina, para me sentar no banquinho perto das flores. Naquela ocasião não havia flores, as árvores estavam secando, porém havia beleza do renascimento que viria em poucos meses. É impressionante como as árvores retorcidas, sem verde algum, quase que secas, retornam viçosas, cheias de pássaros em seus galhos e abelhas semeando novas flores. O barulho do Wachau seguia sua caminhada, em sua balada incansável.

Levei mais tempo do que o habitual para subir, mas valia a pena me sentar ali – um local mágico, mesmo. Foi onde descobri como faria quando nosso período de pesquisas terminasse, e tivéssemos de voltar a Sevilha para preparar e entregar a Torquemada a conclusão de minhas pesquisas. Somente naquele momento eu me dei conta desse aspecto. Pensei em escrever uma carta, dizendo-lhe acerca de minhas descobertas, contaria tudo. E lhe diria que não há justificativa alguma para os métodos de tortura, em qualquer livro do *Novo Testamento*, pois o Deus apresentado por Jesus é Pai, não é o Deus vingativo das guerras e do medo. E nada mais lhe entregaria, tão somente a minha carta, e agradecendo a oportunidade de vida que ele me dera.

Sem esse período de pesquisa, que culminou na aquisição de muito conhecimento, minha existência teria sido quase em vão. Sim, Torquemada era o responsável por aquele feito, e eu oraria por ele pela eternidade, em agradecimento pelo ensejo que me concedera. Eu lhe diria estar preparado para enfrentar o cárcere, embora de curta duração, dado o meu estado de saúde, que não me permitiria mais do que poucas semanas de vida, um par de meses, no máximo. Então, pediria a Torquemada a não condenação de Benedetto, visto que ele era apenas meu companheiro, isento de qualquer responsabilidade por tudo o que eu havia descoberto.

Pedi a Deus me conceder mais alguns meses de vida, de modo a terminar minha missão, pois ainda tinha de dar conta da leitura e de todo o estudo da obra de Jan Huss, pois certamente suas descobertas ali registradas seriam de valor incalculável. Apesar da saúde abalada, sentia-me de ânimo redobrado. O ar que exalava da neve devia estar me curando, ainda que temporariamente, porque me sentia energizado. Agradeci ao Deus que se fazia presente nas árvores secas e no Wachau, levantei-me e segui em direção à biblioteca. Encontrei LeClerk um pouco preocupado, perguntei-lhe a razão, e ele me disse: – Vi você caminhando para o banquinho e percebi que não está bem. Seus passos já não têm a mesma firmeza e você para com mais frequência. E agora, a sua respiração está mais ofegante. O que está ocorrendo, meu amigo? Tenho outros companheiros que cuidam das plantas medicinais, eles têm conhecimentos de medicina das ervas, que podem ajudá-lo.

Esbocei um sorriso e lhe disse, com toda calma e carinho: – Meu irmão, não se preocupe em demasiado. Não há muito o que fazer com meu coração, ele já trabalhou bastante e agora minha alma está sedenta de poder retornar a casa. Há algumas semanas estou sentindo sua força e as batidas diminuírem, mas, depois de muitas orações, acredito que terei o tempo necessário para terminar meu trabalho aqui, me apresentar em Sevilha e nada mais. Já isso não me aflige, pois sei que meu tempo nesta vida se esgota pouco a pouco, agora mais aceleradamente. – Depositei minhas duas mãos sobre seus ombros (tive que me esforçar, pois LeClerk era bem mais alto que eu) e lhe disse: – Mas, adoro chás e, se seus amigos tiverem alguns especiais para manter as forças, mesmo que temporariamente, meu coração lhe agradecerá de coração. LeClerk riu, pelo trocadilho, porém sério, ele falou: – Vou levá-lo à sala 16 e, quando for pegá-lo, ao final do dia, já terei os chás comigo; vamos. – Ele me estendeu as mãos, para me ajudar, e nos encaminhamos para o interior da biblioteca.

Fui até a entrada da pequena sala das prateleiras cheias de livros, daquela bibliotecazinha tão rica, sentei-me na poltrona, bebi um pouco de água, vagarosamente, desfrutando cada gole, e notei que naquele dia estava com sabor diferente, mais cristalina e pura. "Creio que aquela água viera do descongelamento de alguma neve, pela pureza que apresentava", pensei comigo mesmo. Fiz minha oração, que usualmente faço ao começar qualquer trabalho e, de olhos fechados, senti certa presença – quem seria? Ao abrir os olhos, nada vi, mas a sensação ainda estava ali, embora mais difusa. Levantei-me e fui direto à prateleira, tomei o primeiro dos oito cadernos de Jan Huss e iniciei a leitura. E assim ele começava, porém em latim, de maneira muito semelhante ao modo de Wycliffe, ao se dirigir ao leitor:

"A você, que vem após mim, estou deixando aqui registrado tudo o que descobri, após ler Wycliffe e suas referências. Para não faltar com a verdade, suas descobertas não me causaram tanta surpresa, pois pareciam ser do meu conhecimento e que permaneciam escondidas em alguma parte de minha cabeça, que estavam sob a sombra do esquecimento e que vieram ao sol do conhecimento renovado. Primeiro, para seguir uma ordem correta, tenho que explicar como foi que vim parar aqui nesta sala. E você, que agora está lendo estas palavras, também deve ter tido uma experiência fascinante, ao tomar conhecimento dela; não posso saber se a descobriu pelas mensagens codificadas que Wycliffe e eu deixamos em nossos registros na sala 12, ou se você teve alguma experiência, como Wycliffe e eu tivemos. Ele teve Gamaliel, na *persona* de Orígenes como informante, e eu, nada mais do que o próprio Wycliffe, que me apareceu em sonhos. Foi meu querido amigo Jerônimo de Praga quem me contou sobre ele e me entregou seus livros, que eram então proibidos e considerados apócrifos. Depois de lê-los e relê-los, na verdade, de ter estudado em detalhes tudo o que ele havia escrito, fui conversar e debater com Jerônimo, para ouvir suas opiniões, e ele concordou com tudo o que eu disse e ficamos de verificar e planejar como haveríamos de prosseguir, pois tudo que Wycliffe havia falado não poderia uma vez mais cair em esquecimento e não ser divulgado. Decidimos que iríamos falar de maneira um pouco velada sobre seus ensinamentos, em nossas prédicas, e esperar a reação do clero, para saber como prosseguir.

Com o passar do tempo, a reação dos poderes da Igreja e do Rei foi maior do que esperávamos: nós fomos proibidos de fazer nossas prédicas e de rezar missas. No meu caso, veio logo a excomunhão e até me forçaram a me exilar nos arredores da cidade, ficando em casa de amigos. Veja você que até excomungado eu fui, mas sei que essa sentença será revogada, quando eu puder defender minhas teses. Mas, precisava falar de novo com meu querido Jerônimo, e pedi para meus amigos enviarem um mensageiro a Praga, para trazê-lo até mim. Passamos três dias conversando. Quando Jerônimo se foi, minha cabeça estava dando voltas de tantas ideias e preocupações. Aquela noite, em particular, eu fiquei agitadíssimo em meu quartinho, pois não sabia como prosseguir, sem que a Igreja viesse com todo o seu braço de ferro contra mim e até nos levasse à fogueira da Inquisição. Não consegui dormir, pois via que eu tinha que fazer alguma coisa mais, não bastavam minhas prédicas. E até elas tinham sido proibidas. Como prosseguir?

Lembrei-me, então, de Paulo de Tarso que, para difundir os Evangelhos de Jesus, resolveu escrever a todos os novos cristãos, nas diversas cidades que ele tinha visitado e onde fundara núcleos e assembleias para se estudar Jesus; suas cartas eram como páginas vivas de ensinamentos. Veio-me a ideia de repetir Paulo, não com cartas, mas com livros e discursos, que seriam copiados, primeiro para nossos amigos e fiéis seguidores, e, depois, para toda a comunidade católica; mas este último passo seria dado bem depois, quando os livros e discursos já estivessem distribuídos, pois, espero, até lá, ter conseguido explicar minhas teses ao Bispo e ao Papa. Tenho esperança! Com este pensamento me deitei, fui-me acalmando, até que um sono profundo invadiu meu corpo e logo me vi sonhando, em locais não conhecidos por mim, por não ter visitado nunca aqueles sítios, mas que pareciam ser na Universidade de Oxford, na Inglaterra. Eu tinha visto várias pinturas e desenhos desta belíssima universidade e realmente era ela. Não sei como, cheguei até uma de suas igrejas, onde estava havendo uma missa, cujo cura, pude identificar, era Wycliffe!

Eu me vi entrando na igreja, sentando-me em um dos últimos bancos, onde fiquei por uns dez minutos, escutando o final de sua pregação, feita com energia, sobre a inexistência do Purgatório e do Pecado Original, dizendo que eram invenções da Igreja de quase mil anos atrás. E ele afirmava ainda mais, que as Indulgências Plenárias não têm o poder de mandar ninguém para o Céu, e que sua instituição não está nos Evangelhos, tampouco estão os ensinos do Purgatório e do Pecado Original. E ele prosseguia dizendo que a venda das Indulgências era um mecanismo de arrecadação de dinheiro, sem efeito algum para o alívio do sofrimento das almas no suposto Purgatório. E que Deus, em sua infinita bondade, e como Pai que ama suas criaturas, sempre dá outras oportunidades a seus filhos de se redimirem – e terminou seu discurso. Vi, muito próximo, que dois homens letrados estavam tomando nota das palavras do padre, de maneira negativa, discordando com meneios de cabeça, e assim, contrariados, saíram, murmurando: 'já temos o suficiente. Vamo-nos'.

Segundos depois, vejo-me em outro local, no interior de uma enorme igreja, talvez uma Catedral, cuja localização ignorava, pois estava sentado dentro dela, sozinho, quando ouvi passos atrás de mim; ao me virar, para grande surpresa minha, era Wycliffe, mais maduro do que aquele que havia visto há segundos, em Oxford. Ele se aproxima, senta-se ao meu lado e me diz: 'Bem-vindo a Melk, na Áustria, meu caro Jan Huss da Boêmia. Chamo-me Wycliffe, também João, como você. Podemos conversar'? Eu lhe perguntei se era um sonho que eu estava tendo, se tudo ia passar quando eu acordasse, como naturalmente ocorre, e ele me disse que sim, que era como um sonho, mas, na verdade, era minha alma que havia saído do meu corpo para aquela conversa. 'Então, estou morto, eu morri'? – eu perguntei, surpreso, e ele sorriu, dizendo-me: 'Ainda não, meu amigo, ainda não está morto, não; forçamos seu sono e emancipamos seu espírito de seu corpo, mas não totalmente, há ainda um laço fluídico que o prende ao corpo, laço este que já não tenho, mas você, sim'. Eu olhei para mim mesmo, ao meu redor, e não vi laço algum, e ele acrescentou:

'A sua visão não está apurada ainda neste plano e, portanto, você não o vê. Preciso dizer-lhe uma coisa muito importante. Fazemos parte de um grupo de almas comprometidas em recuperar os ensinamentos de Jesus, em toda a sua plenitude. Eu, você e alguns mais. Nós fomos preparados para esta tarefa, antes de nascermos, e por isso nossas angústias com os desvios da Igreja e nossas ações contra seus abusos. Você tem que vir para cá, para Melk, procurar o bibliotecário e lhe pedir para estudar os registros da sala secreta de número 16. Guarde bem este número, 16! Ali você encontrará as respostas a todos os seus questionamentos. Ali deixei também umas anotações minhas. O tempo urge, e você terá que fazer isto logo, antes que seja encontrado e preso. Você viu, neste estado de sonho, a cena de uma de minhas prédicas; e, agora, você está na Áustria, em Melk, no salão principal desta Igreja. Você quer fazer alguma pergunta'? E eu lhe respondi: 'Como irei falar com o bibliotecário sobre esta sala 16? Com qual argumento? Ele me deixará ir lá, fazer estes estudos'? Wycliffe respondeu:

'Vá lá, à sua salinha, e lhe diga diretamente isto, nada mais. Mas somente a ele, pois ninguém sabe da existência desta sala, nem o Abade principal, ninguém no mundo cristão, somente o bibliotecário sabe dela. Tudo ocorrerá de maneira esperada. Os bibliotecários são muito zelosos de tudo sob sua responsabilidade, pois há tesouros da literatura cristã ali escondidos, documentos que foram considerados apócrifos, cuja destruição pelo fogo era seu destino, estão todos ali. Com pelo menos uma cópia, normalmente duas. E ele saberá reconhecê-lo quando você lhe falar. Mas não se demore, vá já nos próximos dias'. Ele segurou minhas mãos entre as suas e me disse: 'Eu fiz a minha parte, agora será você, e depois virão outros. Você irá ver e descobrir coisas jamais esperadas e ficará maravilhado com tudo o que Jesus nos ensinou e que ficou escondido por muito tempo. Eu sei que você tem muitas perguntas e posso assegurar-lhe que todas serão respondidas em Melk. Agora já é tempo de você acordar do sonho e descansar. Não se preocupe. Amanhã tudo estará nítido em sua cabeça. Deus o abençoe, companheiro amigo'. Ele impôs sua mão direita sobre a minha cabeça e acordei, dando um pulo em minha cama, pois a sensação que tive é que estava caindo de uma altura imensa. Levantei-me, fiz um chá e comecei a relembrar o sonho. Fui à gaveta, apanhei uma pena e escrevi num pequeno papel o número 16. Fui para a cama e dormi, acordando, no outro dia, na mesma posição em que me havia deitado. Levantei-me e falei em voz alta: Melk!

Encontrei meus amigos, no salão principal de sua casa, para tomar o café da manhã, e lhes informei que faria uma viagem, que levaria cerca de três meses e que precisaria de um transporte até a Áustria. Eles, sabedores de minhas dificuldades, companheiros e seguidores de minhas teses, deram ordem a seus empregados, de forma a providenciarem, de imediato, esse transporte, e me tranquilizaram, dizendo que avisariam somente a Jerônimo de meu novo destino. No dia seguinte, bem cedinho, iniciei minha viagem, que levou quase sete dias. Ao chegar a Melk, prontamente me apresentei ao Abade Geral, que me recebeu muito bem, apesar de saber de minhas dificuldades com as autoridades religiosas da Boêmia. Disse-lhe que precisava estudar e preparar minha defesa, de modo que eles pudessem anular minha excomunhão; acrescentei que tinha escolhido Melk, por sua fama de abrigar estudantes, teólogos e escritores, para desenvolverem seus estudos e trabalhos, em algumas salas da imensa biblioteca. E ele, sem pestanejar me respondeu: 'Bem-vindo seja; vou já mandar preparar seu quartinho e cama, uma pequena mesa com pena e papéis. Se quiser, pode esperar lá fora. Temos um quarto dedicado a visitantes como você, até que o seu fique pronto. Não deve tardar mais do que poucas horas'. Agradeci muito a acolhida e assim fiz.

Uma vez acomodado em meu quarto, fui direto à biblioteca e, ao entrar, dirigi-me ao bibliotecário, o Monge Nigel. Ele era baixinho, magro, calvo e com olhos azuis brilhantes; remexia uns papéis, quando cheguei à porta. Depois de alguns segundos me disse: 'Não fique parado aí, entre, entre e se sente. Dê-me dois minutos, que o atendo logo'. Havia uma poltrona em frente à sua mesa, nela me sentei, e esses dois minutos se transformaram em dez; pude, então, observar um homem meticuloso, separando e marcando alguns papéis e livros, que aparentemente tinham acabado de ser elaborados pelos copistas e passavam por sua revisão final. Quando ele terminou e se sentou, colocou as duas mãos no queixo, apoiando os braços na mesa, e me perguntou em que poderia me ajudar. 'Algum autor ou período em especial'? Eu lhe respondi: 'Preciso de acesso à sala secreta de número 16. Tenho três meses para fazer uma pesquisa ali'. O Monge Nigel demorou alguns segundos para me responder, sem surpresa aparente: 'Então você precisa ir à sala 16'? 'Sim', respondi. 'Muito bem, vamos lá. Se você conhece a existência da sala é porque é digno dela. Mais alguns minutos, pois preciso prepará-la para suas pesquisas; afinal, ela é rarissimamente visitada, ninguém sabe de sua existência'.

Eu lhe disse que sim, que esperaria, que ele tomasse o tempo que fosse necessário e agradeci sua atenção. Ele, então, acrescentou: 'No meu termo aqui, e já faz trinta anos que sou bibliotecário, você é a primeira pessoa que visita essa sala. E meu antecessor, que ficou quarenta anos, me garantiu que somente uma pessoa a tinha visitado durante todo o seu tempo'. E continuou: 'Não me pergunte quem foi, pois eu não sei'. E ele saiu, dizendo-me: 'Em minutos estou de volta'. Eu agradeci e pensei comigo: 'Eu sei quem foi aquele visitante: Wycliffe'!

Eu interrompi por algum tempo a leitura do caderno de Jan Huss, levantei-me, fui à poltrona e me sentei, pensando e refletindo sobre o que havia lido. Tudo indicava que seriam outros conhecimentos inesperados para mim, dado que a personalidade de Huss já começava a se delinear. Com seu sonho, ele não duvidou um minuto sequer e se encaminhou para Melk, com toda a determinação e vontade. Foi em direção ao desconhecido, por informações dadas única vez, e as obedeceu em seguida, sem nada questionar. Estava consciente de que sua excomunhão era um grande equívoco e que conseguiria revertê-la. A amizade estreita com

Jerônimo de Praga também me surpreendeu muito, pois não era fácil encontrar amigos naqueles ambientes de disputas, favores eclesiásticos, simonia[11], e tudo o mais. Wycliffe, em seus escritos, não incluiu qualquer amigo, somente seguidores ou opositores. Contudo, Huss coloca Jerônimo como amigo, companheiro e confidente. Como eu e Benedetto (Benedetto ainda cozinhava, vejam vocês... era uma brincadeira!). Decidi voltar a ler suas confidências, e ele continuava a narrar seu encontro com o bibliotecário Nigel em sua primeira visita:

"Não demorou mais de uma hora e Nigel estava de volta. Entrou na sua salinha, sentou-se e me disse: 'Fui indelicado com você, e nem me apresentei; meu nome é Nigel, sou originário daqui mesmo da cidadezinha de Melk. Estou perto do que mais gosto: livros, pinturas, Jesus e minha cidade, em que nasceram também minhas irmãs e minha mãe'. Eu lhe disse: 'Sou Jan Huss, um sacerdote da Boêmia, em Praga'. Ele me olhou com os olhos bem azuis, retirou seus óculos de ferro, colocando-os sobre a mesa e me disse: 'Jan Huss, aquele que está enfrentando o novo Papa com suas retóricas? Tenho de memória uma frase sua, que está muito famosa entre nós: *Quanto ao anticristo que ocupa a cadeira papal, é evidente que um papa que vive contrário a Cristo, como qualquer outra pessoa pervertida, é chamado, de comum acordo, anticristo.* Admiro você e seu amigo Jerônimo; tenho sempre notícias suas, pois, aqui, na Europa Central, as notícias voam. Com essas frases e outras, vocês certamente estarão sendo perseguidos cada vez mais. Os ataques de vocês, a essa triste e condenável prática da simonia na Igreja, são muito bem-vindos por aqueles que nasceram para ser devotos de Jesus. É um grande prazer ter você aqui. Conte comigo no que precisar'. Eu fiquei surpreso com o conhecimento que ele tinha a nosso respeito, meu e de Jerônimo, e lhe disse: 'Infelizmente, bibliotecário Nigel, a simonia e suas derivadas consequências causam um mal enorme à credibilidade e à fé dos fiéis para com a Igreja. Há muitos equívocos e preconceitos sendo preconizados em Praga, como a usura dos bispos, que mantêm uma quota importante dos impostos sufocantes arrecadados para a Coroa.

---

11 Simonia – negócios ilícitos com bens espirituais e eclesiásticos, como venda de indulgências.

A Igreja, como está, e já está assim há séculos, ouso dizer, não consegue executar sua missão de consolação, refúgio e esperança. Ela hoje está mais para um grande negócio que vem dando resultados pecuniários e de poder para seus representantes. E, para restaurar a verdadeira Igreja de Jesus, temos de continuar no bom combate, custe o que custar, e creio que aqui encontrarei outros métodos e justificativas para uma grande revisão no modo como a Igreja está se comportando nesses dias'.

Nigel levantou-se e me convidou a segui-lo bem de perto, depois que passássemos a porta do *Scriptorium*. Assim fiz, e após ziguezagues numa semi escuridão, chegamos à sala 16. Ele abriu e me passou as orientações. 'Chego aqui em torno das quatro da tarde. Você hoje tem umas cinco horas aqui. Boa sorte. Sei que saberá encontrar aquilo que procura. Aqui estão os maiores tesouros do Cristianismo antigo, dos primeiros séculos. Tudo a que você jamais pensou ter acesso, em suas mãos, aqui está. Aproveite esta oportunidade, meu amigo, aproveite e que Jesus o abençoe'. Ele, por sua vez, retirou-se me deixando naquela sala, com iluminação tão intensa, que era como se o sol ali estivesse; e vi acima que eram espelhos, encaixados em várias posições e ângulos diversos, que refletiam a luz solar."

Huss empregou seus três meses nas pesquisas na sala 16, deixando os registros nos oito volumes de seus cadernos. De minha parte, eu levei dois meses para ler todos os seus escritos, ir às fontes em que pesquisou e registrar o que eu considerei mais relevante. Após começar a ler seus cadernos, notei que ele estava além das pesquisas realizadas por Wycliffe. Impressionou-me muito ver como um pesquisador era a continuidade do outro. Huss, imediatamente, aceitou os ensinos de Jesus sobre a reencarnação como verdade, concluindo que era um ensinamento tão claro e óbvio, que ele classificou a reencarnação como uma lei natural de Deus. Ele se surpreendeu com os primeiros padres da Igreja, que tiveram tanta dificuldade em difundi-la.

Huss concluiu que a ganância e o medo de perder o poder foram os dois aspectos a levarem os líderes religiosos de, então, a proibir e até tornar apócrifos aqueles ensinos. Mas Huss foi além, posso dizer, muito além. Sua linha de estudo e investigação, em minha opinião, era próxima à de um homem de ciência, mais do que a de um religioso. Ele dizia que, se a pré-existência da alma fosse uma verdade, onde elas, as almas, ficariam, no mundo dos espíritos? Como seria esse mundo? Pois, há espíritos de toda sorte moral, bons e maus, e, portanto, o mundo deles deveria ser diferente um do outro. Ele catalogou várias passagens do *Antigo Testamento,* dos escritos de Lucas (conhecidos pelo mundo cristão como os *Atos dos Apóstolos*), e das cartas dos apóstolos, nos quais a intervenção desses espíritos, junto a nós, indivíduos viventes, era evidente. E ele perguntava como, sob quais condições, e por que, tais espíritos faziam essas comunicações. Ele começou a estudar de que forma seria o corpo de Jesus ressuscitado e inferiu a semelhança entre o corpo com que Ele se apresentou a Maria Madalena – quando lhe apareceu ao lado do sepulcro vazio – com os daqueles dois varões que apareceram aos apóstolos, quando Jesus subiu aos céus. Deixe-me tentar resumir para vocês o que ele descobriu. Em alguns trechos usei suas próprias palavras. Ele fazia os seguintes questionamentos:

1. O corpo de Jesus ressuscitado era diferente, confirmado por Tomé e pelos seus seguidores mais próximos (isto nós já escrevemos atrás, quando estudávamos Wycliffe), e que ele se condensava ou se desvanecia aos poucos. Não teria sido essa transformação que levou Maria Madalena a não o reconhecer de imediato, no momento que foi untar seu corpo?

2. Jesus ascendeu aos Céus, no domingo de Pentecostes, seu corpo foi desaparecendo e, logo depois, dois homens apareceram subitamente, em *roupas brilhantes,* junto aos apóstolos. Quem eram e qual sua missão?

3. Os apóstolos, conforme descrito nos quatro Evangelhos, não fizeram qualquer milagre, quando Jesus estava vivo. E, durante os quarenta dias que Jesus esteve com eles, depois de ressuscitado, também não realizaram milagre algum; na verdade, logo após a crucificação, eles ficaram escondidos, com medo de serem presos, e alguns voltaram para sua cidade natal. Depois que Jesus apareceu pela primeira vez, já em Jerusalém, recomendou a eles não se deslocarem para qualquer outro lugar, pois o Espírito Santo

desceria sobre eles. E, após Jesus subir aos céus, eles começaram a fazer milagres similares aos que Jesus fazia. Todos os apóstolos! Como isso aconteceu? Aqueles homens de vestes brilhantes tiveram alguma relação com esse fato?

4. Paulo de Tarso fala aos apóstolos e aos seus seguidores mais diretos, que os dons de Deus são chamados de carismas. Será que esses carismas foram exclusividade deles? Ou pode haver outras pessoas *carismáticas* (portadoras também desses carismas)?
5. É que Paulo de Tarso, em sua *Primeira Carta aos Coríntios*, fala da diversidade desses carismas!
6. Esses carismas podem ser ensinados às pessoas em geral, ou somente a alguns *iniciados*?
7. Se os santos podem interceder a nosso favor, os maus espíritos não podem igualmente nos influenciar?
8. Existem demônios? Existem anjos?

Posso assegurar que eu, Ignácio de Castela, jamais pensei muito acerca desses temas, porque, para mim, a existência da reencarnação, como uma lei natural da vida, já bastava para responder a todos os questionamentos que sempre me permearam a vida, desde pequeno. Em verdade, eu não necessitava de mais informação. Mas, para Huss, era diferente, visto que ele queria saber mais, e dizia por que, em seu primeiro caderno.

"Essas questões são muito importantes, pois me dão mais força para prosseguir em minha defesa e na defesa de Wycliffe, por injunção. E se eu conseguir convencer o clero da inverdade do Purgatório e do Pecado Original, terei dado os primeiros passos para resgatar o ensino das vidas sucessivas, e daí por diante. Não colocarei todas as coisas que aqui aprendi sobre a mesa, pois o homem tem medo daquilo que não conhece, e o clero terá medo das consequências dessas informações todas ao mesmo tempo. Vou iniciar bem vagarosamente, defendendo-me das acusações de heresia e conseguindo anular minha excomunhão. Se vitorioso, como penso que serei, combinarei com Jerônimo como prosseguir. Creio que Deus está do meu lado, estou otimista."

Nesse momento, eu interrompi minha leitura e pensei como ele estava equivocado! O clero não apenas o enganou, ao convocá-lo a Constança, como o prendeu e o mandou à fogueira. E Jerônimo o seguiu logo depois! Enxuguei uma pequena lágrima que insistia em nadar em meus olhos, e retomei a leitura dos cadernos. A próxima página Huss abriu com o tema Maria Madalena. Transcrevo suas palavras, como ele mesmo escreveu neste capítulo.

Maria Madalena e a unção do corpo de Jesus

"Maria Madalena é uma figura singular na vida de Jesus. Para chegar a essa conclusão, tive que ler seu Evangelho, seus escritos sobre Jesus, que foram considerados apócrifos pelo *Concílio de Niceia I*, e, depois, pelo de *Constantinopla II*. A conclusão clara a que cheguei é de que essa mulher era um dos apóstolos de Jesus mais chegados a seu coração, à semelhança de João, que era um imberbe naquela época. Alguns de nossos entendimentos, dentro da tradição da Igreja Católica ao longo dos séculos, foi o de que ela era aquela mulher pega em adultério, e que Jesus a teria livrado de ser apedrejada, dizendo aos seus acusadores: *Quem estiver sem pecado atire a primeira pedra*. E, assim, todos abandonaram a cena, deixando-a só. E Jesus lhe disse: *Vá e não volte a pecar*. Este ensinamento de Jesus é um dos mais fortes de toda a sua existência, pelo menos para mim, pois demonstra a facilidade de acusarmos a todos, sem perceber nossas próprias faltas e pecados. Ela teria, assim, aderido aos seguidores de Jesus.

Outra tradição rezava que ela era a pecadora referida por Lucas, 8:2, entre algumas mulheres que seguiam Jesus, a *Maria, chamada Madalena, da qual saíram sete demônios*. Quem mais teria contribuído para essa ideia de ter sido ela uma prostituta foi o Papa Gregório I, em 591, quando, em sua Homilia 33, diz que Maria Madalena era a mulher a que Lucas se referia. Outra tradição diz que ela era a irmã de Lázaro, melhor amigo de Jesus, o mesmo Lázaro que Ele teria ressuscitado. Esta última tradição parece a mais próxima da verdade, mas evidentemente é só uma opinião minha, que acredito ser a mais razoável, pois *O Evangelho de Maria Madalena* demonstra proximidade e conhecimento da personalidade de Jesus, cultivados por muitos anos; e como irmã de seu melhor amigo, isto poderia ter ocorrido.

Há outro fato, que para mim é fundamental em minha conclusão. É sobre o evento de unção em óleo perfumado em um corpo recém-enterrado. Na Palestina, pela tradição judaica, esse ato de limpar e perfumar o cadáver de uma pessoa era reservado e exclusivo às pessoas mais próximas do morto. A esposa, a mãe, o irmão, a irmã, ou filhos, ou um grande amigo. E foi Maria Madalena quem se encarregou dessa unção, no amanhecer do terceiro dia após sua morte, demonstrando ser ela muito ligada a Jesus. Caso contrário, ela não teria sido escolhida pelos apóstolos e por Maria, a mãe de Jesus, para tarefa tão importante. Contudo, ao chegar no sepulcro, o corpo de Jesus havia desaparecido – passagem registrada por João, 20:11-17.

E Maria estava chorando fora, junto ao sepulcro. Estando ela, pois, chorando, abaixou-se para o interior do sepulcro. E viu dois anjos vestidos de branco, assentados onde jazera o corpo de Jesus, um, à cabeceira, e outro, aos pés. E disseram-lhe eles: Mulher, por que choras? Ela lhes disse: Porque levaram o meu Senhor, e não sei onde o puseram. E tendo dito isso, voltou-se para trás, e viu Jesus em pé, porém não sabia que era Jesus. Disse-lhe Jesus: Mulher, por que choras? Quem buscas? Ela, cuidando que era o hortelão, disse-lhe: Senhor, se tu o levaste, dize-me onde o puseste, e eu o levarei. Disse-lhe Jesus: Maria! Ela, voltando-se, disse-lhe: Raboni! (que quer dizer Mestre). Disse-lhe Jesus: Não me toques, porque ainda não subi para meu Pai, mas vai para meus irmãos, e dize-lhes: Subo para meu Pai e vosso Pai, e para meu Deus e vosso Deus.

Há três pontos muito importantes aqui em minha pesquisa. Primeiramente, havia dois anjos vestidos de branco dentro do sepulcro. Seriam os mesmos a aparecerem no dia de Pentecostes, quando Jesus subiu aos Céus? Em segundo lugar – quando Jesus apareceu à porta do sepulcro, Maria Madalena não o reconheceu e ainda considerou ser Ele outra pessoa, o cuidador do jardim. E ela somente o reconheceu depois que Jesus a chamou pelo nome. A pergunta é clara: como ela, logo ela, não teria reconhecido Jesus? Ele estava diferente assim? O terceiro ponto é a advertência que Jesus dá a ela, para não o tocar. Por que será?

Lendo os outros Evangelhos, há outros casos similares, nos quais os apóstolos não reconhecerem Jesus ressuscitado, confundindo-o com outra pessoa. Vou citar somente dois deles, que estão em Lucas e João, como se vê abaixo: *E aconteceu que, indo eles falando entre si, e perguntando-se um ao outro, o próprio Jesus se aproximou, e ia com eles; mas os olhos deles estavam impedidos de o reconhecerem.* (Lucas 24:16-17)

Estavam juntos Simão Pedro e Tomé, chamado Dídimo, e Natanael, o de Caná da Galileia, os filhos de Zebedeu, e outros dois dos seus discípulos. Disse-lhes Simão Pedro: Vou pescar. Disseram-lhe eles: Também nós vamos contigo. Foram, e subiram logo para o barco, e naquela noite nada apanharam. E sendo já manhã, Jesus se apresentou na praia, porém os discípulos não reconheceram que era Jesus. (João 21:2-4)

A pergunta que faço e que vou procurar responder é: por que Jesus estava tão diferente, a ponto de até seus discípulos não o reconhecerem? Tenho algumas pistas da resposta, mas, para confirmar, tenho que pesquisar mais."

Muito interessante, fascinante mesmo, a maneira de Jan Huss fazer suas pesquisas. Seus temas jamais me preocuparam no passado, pois, como estudante de teologia, quando jovem, eu os entendia como figuras de linguagem, traduções malfeitas, mas nada mais do que isso. O principal, para mim, era que Jesus havia ressuscitado e isso era suficiente. Mas, para Huss, não; havia algo muito importante ali, que ele considerava fundamental em suas pesquisas. O final dos seus primeiros cadernos trata de sua tese sobre o acontecimento, após semanas de pesquisas. E ele, na página inicial de seu quarto caderno, intitula-o *Os ensinos de Jesus ressuscitado e os homens de vestes brilhantes*. Vamos nos atentar no modo que ele faz seu relato.

Os ensinos de Jesus ressuscitado e os homens de vestes brilhantes

"Conforme Wycliffe relatou em seus registros, Jesus, após sua ressurreição, esteve por quarenta dias entre os apóstolos, durante algumas horas ou minutos de cada vez. Não conseguiremos saber disso com clareza.

Conforme vimos, Jesus usava um corpo diferente, tocado pela primeira vez por Tomé. Considerando que Jesus tenha ficado de uma a duas horas com os apóstolos, em cada aparição, seria um mínimo de quarenta horas, até oitenta horas, de convivência com eles todos. Em minhas reflexões, Jesus teria, durante esse tempo, ensinado aos apóstolos muitas coisas e transmitido a eles os dons carismáticos a que Paulo se referiu, em sua carta. Isto está baseado na lógica, deduzindo-se do que Lucas escreveu, no início dos *Atos dos Apóstolos*:

Fiz o primeiro tratado, ó Teófilo, acerca de todas as coisas que Jesus começou a fazer, e a ensinar, até o dia em que foi recebido em cima, depois de ter dado mandamentos, pelo Espírito Santo, aos apóstolos que escolhera. Aos quais também, depois de ter padecido, se apresentou vivo, com muitas e infalíveis provas, sendo visto por eles pelo espaço de quarenta dias, e falando do que diz respeito ao reino de Deus.

Analisemos: Lucas diz que Jesus foi visto por eles, não mencionando por quanto tempo. E que Jesus fazia coisas e ensinou aos apóstolos do Reino de Deus, durante os quarenta dias! Esses ensinamentos deveriam ser muito especiais, dado que não tinham sido desvelados antes, durante os quase três anos em que Jesus passou com todos eles. E Lucas continua:

E estando com eles, determinou-lhes que não se ausentassem de Jerusalém, mas que esperassem a promessa do Pai que (disse ele) de mim ouvistes. Porque, na verdade, João batizou com água, porém vós sereis batizados com o Espírito Santo, não muito depois destes dias. Aqueles, pois, que se haviam reunido perguntaram-lhe, dizendo: Senhor, restaurarás tu neste tempo o reino a Israel? E disse-lhes: Não vos pertence saber os tempos ou as estações que o Pai estabeleceu por sua própria autoridade. Mas recebereis o poder do Espírito Santo, que há de vir sobre vós; e ser-me-eis testemunhas, tanto em Jerusalém como em toda a Judeia e Samaria, e até os confins da terra. E havendo dito essas coisas, vendo-o eles, foi elevado às alturas, e uma nuvem o recebeu, ocultando-o a seus olhos. E estando eles com os olhos fitos no céu, enquanto ele subia, eis que junto deles se puseram dois homens vestidos de branco. Os quais então disseram: Homens galileus, por que estais olhando para o céu? Esse

Jesus, que dentre vós foi recebido em cima no céu, há de vir assim como para o céu o vistes ir.

Tudo indica que esse foi o último diálogo entre os apóstolos e Jesus, antes de subir aos Céus, no quadragésimo dia depois da Páscoa judaica, dez dias antes da festa de Pentecostes. Esta festa é importantíssima para os judeus (e todos os apóstolos e o próprio Jesus eram judeus). Ela era denominada *a festa dos dias da colheita*, ou *a festa das semanas*. A cidade de Jerusalém recebe a visita de peregrinos, em número muitas vezes maior que sua população de residentes; alguns historiadores defendem que a população ali, nesse dia de Pentecostes, chega a quase cinco vezes o número de moradores, vindo gente de todo o mundo judaico e até não judaico, os *gentios*, para participar da festa.

As informações de Lucas são preciosas. Primeiramente, Jesus pede que os apóstolos fiquem em Jerusalém e não saiam dali, pois eles seriam batizados pelo Espírito Santo, *não muito depois destes dias*, significando que Ele, Jesus mesmo, não sabia quando isso ocorreria, mas que seria até o dia da festa de Pentecostes. Segundo aspecto – os apóstolos ainda não tinham compreendido que o Reino de Jesus não era deste mundo, por mais que Ele o tivesse dito em inúmeras ocasiões. Os apóstolos, ainda sob o trauma da crucificação pelos romanos, e com medo de serem presos e terem o mesmo destino na cruz, ainda esperavam que Jesus se apresentasse a todos como o libertador real de Israel, uma vez que tinha vencido a morte, todos O seguiriam, e Roma seria derrotada.

Mas Jesus novamente os repreendeu, dizendo: *Não vos pertence saber os tempos*. Terceiro aspecto: o corpo de Jesus, uma vez mais, e então de maneira definitiva, foi desaparecendo em uma nuvem. Ato contínuo, dois homens vestidos de branco surgiram no local e até repreenderam os apóstolos. Quem seriam eles? Qual a sua missão?

Eu considero muito estranho Lucas não ter mencionado tais homens e seus feitos durante esses dez dias, até a festa de Pentecostes. Seguramente, algo muito significativo ocorreu com os apóstolos, nesse período. Eu me lembro que Jesus lhes disse que não saíssem de Jerusalém, e que estava perto o dia em que receberiam os dons do Espírito Santo. E que, posteriormente, eles seriam testemunhas d'Ele a todos os povos. Para mim, a dedução é clara: Jesus, durante esses quarenta dias junto aos apóstolos, ensinou-lhes como receber e usar os *carismas* – os dons de Deus –, mas seus seguidores não estavam prontos, ainda necessitavam de mais prática e mais confiança. Jesus teria sentido que os apóstolos o estariam *endeusando*, considerando impossível fazer tudo ou quase tudo o que Jesus fazia, e, portanto, reconheceu que somente com ajuda extra – a dos homens vestidos de branco – eles seriam treinados e formados no uso dos carismas. O Apóstolo João escreveu em seu Evangelho, certamente, para relembrar o que Jesus lhes disse no início do treinamento: *Na verdade, na verdade vos digo que aquele que crê em mim também fará as obras que eu faço, e as fará maiores do que estas; porque eu vou para meu Pai.* (João 14:12)

A base, a parte principal, ele, Jesus, já tinha ministrado, faltava apenas o fechamento, que teria ficado sob a responsabilidade desses dois homens de vestes brilhantes (conforme algumas traduções). Eles devem ter usado todos os nove últimos dias para o treinamento final dos apóstolos, pois foi no último dia, o da festa de Pentecostes, que eles foram assim *diplomados*, conforme Lucas relata: *E cumprindo-se o dia de Pentecostes, estavam todos concordemente reunidos. E de repente veio do céu um som, como de um vento veemente e impetuoso, e encheu toda a casa em que estavam assentados. E foram vistas por eles línguas repartidas, como que de fogo, e pousaram sobre cada um deles. E todos ficaram cheios do Espírito Santo, e começaram a falar noutras línguas, conforme o Espírito Santo lhes concedia que falassem.* (Atos 2: 1-4)

Foi somente após os quarenta e nove dias (quarenta com Jesus e nove com os homens brilhantes) de intenso treinamento sobre o recebimento e o uso dos carismas, que os apóstolos começaram a operar, a fazer quase tudo o que Jesus fazia, curando cegos, leprosos e estropiados de toda sorte. Eu me arrisco a dizer que, se não fossem esses dons carismáticos, os apóstolos não teriam convencido as pessoas a levarem à frente os ensinamentos de Jesus, e o movimento cristão teria morrido. Com os carismas, eles as convenciam de que era Jesus quem curava, não eles. E, com isso, foi dado início a essa grande revolução silenciosa, sem armas, que foi o início da religião cristã. Eu também descobri, em um dos vários documentos considerados apócrifos, que o movimento era chamado de *o caminho* e os seguidores de Jesus, de *Homens do Caminho*. Pois eles, os apóstolos, diziam, em suas orações, após as curas: *Graças damos a Deus pai e a seu filho dileto Jesus, que é o caminho para a nossa salvação. Jesus é o caminho!*

Como mencionado, não há mais referência de Lucas, sobre esses homens vestidos de branco ou de roupas brilhantes, em parte alguma do *Novo Testamento* das *Sagradas Escrituras*. Eu creio ter uma explicação para tal. Como sabemos, Lucas não conviveu com Jesus; ele só tomou conhecimento dessa pessoa extraordinária que é Nosso Senhor, por intermédio de Paulo. E nenhum dos dois estava presente no dia de Pentecostes nem poderiam estar, pois Paulo era ainda Saulo, o perseguidor dos seguidores do carpinteiro de Nazaré, e Lucas deveria estar em um navio, singrando os mares, na função de médico de bordo. Portanto, Lucas teria obtido tais informações através de alguns dos apóstolos presentes, que resolveram não entrar em detalhes acerca dos ensinamentos de Jesus, durante o tempo que duraram essas aparições, nem sobre quem eram e o que fizeram, durante esses dez dias, os dois homens de vestes brilhantes."

Nesse momento, eu resolvi interromper minhas leituras, porque sentia que passava da nona hora[12] e a véspera[13] já estava próxima. Logo LeClerk chegaria. Eu estava ansioso para conversar com meu irmão Benedetto e falar desses homens de vestes brilhantes e pedir-lhe que pesquisasse mais acerca do tema, nas salas abertas da biblioteca. Talvez ele encontrasse algo que trouxesse mais luz sobre eles. Como eu havia previsto, LeClerk logo surgiu à porta e saímos. Mais um dia de trabalho se havia findado. Ao chegar ao átrio do *Scriptorium*, LeClerk me perguntou: – Irmão amigo, como você passou lá dentro? Estava preocupado com você. – Eu lhe respondi, até com surpresa, de verdade: – Estou ótimo, não senti nada de errado nem cansaço, estou muito bem nem me lembrei de minha falta de ar, de verdade. Deus está me poupando, LeClerk, pois o trabalho é importante. Ele colocou suas duas mãos em

---

12 Nona hora: equivalente a 15h.
13 Véspera: equivalente mais ou menos a 18h.

meus ombros e me disse: – Vá com Deus e nos vemos amanhã. Que Deus abençoe seu descanso. Leve estes chás, farão bem a seu coração cansado. – Agradeci-lhe pelo carinho, fui saindo do *Scriptorium* e percebi, pelo canto dos olhos, a surpresa estampada no rosto dos monges copistas e desenhistas, pois, talvez, raramente, eles tivessem presenciado um ato de LeClerk, tão carinhoso e amigo, a algum visitante, como eles viram naquele dia.

    Caminhei, vagarosamente, para nosso quartinho e comecei a sentir um pouco de falta de ar. A neve estava linda e havia um pequeno caminho que haviam limpado e por ali eu fui andando. Disse a mim mesmo, de maneira jocosa: acho que Deus somente está me suprindo de ar novo e regenerador quando estou trabalhando lá dentro... Sorri, cheguei à porta, e quem me esperava era Benedetto, com ar sério. E ele me disse: – Hoje de manhã, eu o segui de longe, vi seu andar trôpego; às vezes, você parava de andar. E concluí que não era pela neve. Fui à biblioteca e conversei com LeClerk, que me disse haver notado o mesmo e ter conversado com você a respeito. Por que você quer esconder isto de mim? Eu posso ajudá-lo; conheço uma mistura de vinho tinto com ervas, que minha mãe me ensinou, que ajudam o coração, e eu já poderia tê-la preparado, e você já poderia estar tomando esse remédio há alguns dias.

    Eu olhei em seus olhos e lhe disse que era bobagem minha, queria poupá-lo por agora, mas ia, sim, contar-lhe, claro que ia. Somente não o queria preocupar, só isso. – Mas você está certo, peço-lhe desculpas e, claro que sim, vou tomar seu remédio, quando o tiver preparado. Preciso ficar forte para terminar o que a mim foi comissionado por Deus. Creio, meu querido companheiro dessa jornada, que terei forças somente o tempo necessário para terminar tudo, inclusive a carta ao Sumo Inquisidor. Depois, meu corpo repousará e meu espírito seguirá seu caminho. Uma coisa é certa, vou sentir falta da sua sopa com os temperos secretos de sua mãe. – Ele me olhou, de maneira séria, com os olhos marejados, e me disse: – Vamos, faça a sua limpeza e vamos tomar a sopa e conversar depois.

    A sopa estava magnífica, como sempre: frango, com legumes e milho bem amarelo, acompanhados de pão escuro e húmus. Após a ceia, sentamo-nos do lado de fora da pequena cozinha, e lhe contei sobre o dia e a descoberta de Huss a respeito dos homens de roupas brancas. E ele, sem pestanejar, falou-me: – Minha mãe me dizia que esses homens eram anjos do Senhor, que estavam ali para mostrar aos apóstolos que Jesus era o Senhor dos Céus. Em seu Evangelho – pois ela tinha um exemplar, ela sabia ler! – estava escrito que eram anjos que apareceram e não homens vestidos de branco. Vou amanhã à biblioteca, pesquisar em diversas edições dos Evangelhos, como estão essas traduções. Na edição que temos aqui está escrito como você descreveu.

E Benedetto prosseguiu, de cenho contraído: – Realmente me parece que as conclusões de Huss são lógicas... Eu nunca havia pensado no que Jesus teria feito durante esses quarenta dias de ressuscitado. Como ele não aparecia às multidões, e a maior parte do tempo ficara recluso, certamente esse tempo não deveria ter sido gasto em curiosidades fortuitas, mas sim em ensinamentos novos, que somente após sua morte e ressurreição poderiam ter sido revelados. E agora, meu querido amigo, um pensamento intrigante chega até mim e penso se não estaria sendo blasfemo no que estou pensando.

– Que pensamentos são esses, querido amigo? – perguntei.

De acordo com o entendimento de Benedetto: – Se foram os carismas que possibilitaram a expansão do Cristianismo nascente, e se eles somente foram ensinados aos apóstolos depois da morte de Jesus, pelo próprio Jesus e por esses dois homens estranhos, Sua morte foi necessária e fundamental para que isso pudesse ter ocorrido. Então, Judas Iscariotes teria sido usado por Deus, para que esse plano se desenvolvesse. Se for assim, Deus teria sido injusto para com Judas. Pois até hoje, ele é execrado por todos, e sua traição é ensinada através dos séculos. Seu "beijo em Jesus" se tornou expressão pejorativa em muitos idiomas – "o beijo de Judas", quando um ato de traição qualquer ocorre e é descoberto. E vou mais além nestes meus pensamentos heréticos: sem Judas, não haveria Jesus ressuscitado, nem seus ensinamentos dos carismas, passados aos apóstolos nem a presença desses homens de branco teria ocorrido, e o Cristianismo não teria florescido. Sim, amigo, a morte de Jesus foi necessária! E sem Judas não teria havido o Cristianismo. E Saulo de Tarso não teria visto Jesus na estrada de Damasco, Paulo de Tarso não teria existido e nem Lucas. Vou mais além e posso reafirmar o que disse antes, que sem Judas não existiria o Cristianismo!

Benedetto fez breve pausa e em seguida complementou, revirando seu licor de nozes e avelãs – seu preferido – com um pequeno talher de cozinha: – Mas Deus não é injusto com nenhuma de suas criaturas, que são seus filhos e filhas, nem com Judas Iscariotes. Há algo que não encaixa, falta algo nisso. E, olhando-me no fundo dos olhos acrescentou: – Será que o Evangelho que Judas escreveu, um dos apócrifos, que você ainda não leu e que Wycliffe não mencionou, conterá algo? Você tem que pesquisar isso, irmão Ignácio, por favor. Veja se Huss o menciona em outros de seus cadernos. – Benedetto levantou-se e continuou a dizer: – Amigo e irmão, que descobertas maravilhosas! Você até poderá estar redimindo Judas para a posteridade. Será isso possível? Será isso também parte de seu trabalho? Ou haverá outra explicação? Estou ansioso por esses novos caminhos que você vai trilhar em suas pesquisas. Mas vamos aos poucos. Vamo-nos retirar agora, pois já se passou da hora completa.[14] Amanhã irei preparar seu tônico, vamo-nos deitar agora.

Eu me levantei, saboreei as últimas gotas do chá de camomila e mel, misturado com as ervas que LeClerk me dera, e lhe disse: – Nunca havia pensado nisso, é verdade, sua linha de raciocínio e dedução seguem uma lógica incontestável e até herética, posso lhe afirmar, e coberta de assertivas totalmente contrárias a tudo o que aprendemos da Ortodoxia, ao largo dos séculos. Mas, lhe digo de coração, meu amigo, muitas outras descobertas nos foram reveladas ao longo desses meses, que são, aos olhos de hoje, heréticas e condenáveis pelo braço da Inquisição..., mas nem por isso deixam de ser verdades. Nada me surpreenderá em minhas descobertas. Jesus, Nosso Senhor, mesmo nos disse: *Quem tiver olhos de ver que veja*. E agora me lembro de uma frase que li, não me recordo exatamente onde: *Há três coisas que não se escondem por muito tempo: o sol, a lua e a verdade!* Vamos descansar agora, um dia promissor nos aguarda.

---

14 Hora completa: cerca de 21h.

Naquela noite, demorei a conciliar o sono, pois as últimas falas de Benedetto me deixaram inquieto. Não obstante, tive um sonho estranho e perturbador. Via Jesus conversando, particularmente, com um de seus apóstolos, em uma grande sala; ambos estavam sentados à beira de um poço de água bem no centro do cômodo. Não via os demais apóstolos, somente esse, e a conversa parecia séria, pois o apóstolo apenas escutava, ou murmurava algo e, de seus olhos desciam lágrimas copiosas, que ele enxugava com as mãos. Não sei como, mas sabia que aquele apóstolo era Judas Iscariotes.

Observei que, em certo momento, Judas se levantou e disse, de maneira um tanto revoltada, e com voz mais exaltada, o que eu entendi, no meu hebraico atual, não em aramaico: *Você está me pedindo o impossível!* E Jesus, sem olhar para ele, mas tocando com seus dedos a água da fonte, disse: *Somente você é capaz disso, nenhum dos outros será capaz.* De repente, senti como se estivesse caindo, então, acordei, com os sons dos sinos da Catedral; já era hora mesmo de acordar. Benedetto levantou-se, olhou para mim e disse que tivera uma noite agitada, virando-se o tempo todo de um lado para o outro. Em resposta, eu justifiquei que os últimos meses tinham sido de muitas descobertas e de conhecimento de tantas verdades, até então ocultas. Nas últimas semanas, tinha experimentado sonhos ou visões e, muitas vezes, não dormia bem por causa disso.

– Porém, hoje sonhei, veja você, meu querido irmão, nada mais, nada menos do que com Nosso Senhor Jesus Cristo e (fiz uma pausa para despertar mais a atenção de Benedetto) seu discípulo Judas Iscariotes. Eles conversavam seriamente, sozinhos, isolados, e nenhum outro apóstolo participava. E narrei para Benedetto o que vira e escutara no sonho. Benedetto me olhou, sorriu e disse: – Você viu Nosso Senhor? E eu confirmei: – Sim, amigo, de longe, e logo senti que era Ele e Judas, não sei o porquê. Mas, o impressionante foi o som das vozes de ambos durante o diálogo, isso, sim, parecia estar muito perto. Muito estranho. Você sabe que sou fluente no hebraico, mas não no aramaico; ainda que sejam línguas irmãs, há diferenças no linguajar, embora não tantas na escrita. Eu não sei se entendi corretamente o teor do diálogo entre eles. A cena que vi não durou mais de cinco minutos, contudo, dava impressão de que eles estavam ali há muito, dialogando. Não vi nosso Mestre Senhor Jesus de perto, somente de perfil e de longe.

E Benedetto arrematou: – Mais uma prova de que você tem de ler o *Evangelho de Judas*, tem de ser a primeira coisa a fazer lá na sala 16.Eu concordei, era certa a recomendação do amigo, e assim procederia. Acredito que devido àquele sonho inusitado, despertei naquela manhã com o coração um pouco agitado e ansioso; Benedetto, percebendo a minha agitação, pediu-me para esperar alguns minutos, até ele preparar o tônico, para ser tomado no desjejum, com o fim de me devolver as forças. E assim fiz.

Ao chegar à sala 16, sentei-me na poltrona, fiz minha oração e a dirigi a Jesus e a Judas! Pois, eu sabia que mais de mil e quinhentos anos se haviam passado desde a crucificação e, nesse tempo, qualquer que tenha sido o pecado ou a traição de Judas, este apóstolo equivocado já teria voltado às lides terrenas algumas vezes e, certamente, ele seria um espírito iluminado, após os resgates possivelmente dolorosos, em suas primeiras investidas na prisão da carne, após seu suicídio. "A oração me fez muito bem, pois me senti bastante animado, sem aquela palpitação e angústia de quando acordei. Creio que o tônico de Benedetto também contribuiu", pensei comigo. Levantei-me, entrei no átrio da pequena biblioteca e abri a gaveta, acredito que uma das últimas, desde que o tinha visto pela primeira vez; e lá estava ele: *Evangelho de Judas*! Retirei-o com cuidado, e vi a plaquinha presa no fundo, com a data 125 AD. Abri o rolo e comecei a lê-lo.

Estudei seus escritos por uma semana inteira. Lia, relia e constatava que, ainda que Judas tivesse sido letrado, não era de fato o autor daquele texto, pois, muitas vezes, parecia ser uma terceira pessoa quem narrava o que Judas lhe havia contado. Não sei ao certo se esse era o pergaminho original ou uma cópia; de qualquer forma, quase cem anos tinham se passado entre aquela cópia (ou original) e a crucificação. Eu tinha em mãos um escrito apócrifo, muito contestado pelos primeiros cristãos dos dois primeiros séculos! O conteúdo e a narrativa eram totalmente diversos dos quatro Evangelhos canônicos e até de *O Evan-*

gelho de Tomé, pois que abarcava os três últimos dias de vida de Jesus, talvez uma semana, no máximo.

E o que me chamou atenção foi uma cena em que o autor descrevia um diálogo de Nosso Senhor com Judas, em que Jesus lhe teria ensinado alguns segredos do Reino dos Céus e que a conversa terminara quase em uma discussão entre os dois. Essa cena pareceu a mim muito familiar, tal qual no sonho da noite anterior. Entretanto, o que mais despertou minha atenção foi a frase proferida por Jesus, que teria desencadeado a pequena discussão entre os dois. Foi quando Jesus lhe disse: *Tu vais ultrapassar todos. Tu sacrificarás o homem que me revestiu. Somente tu poderás fazer isto e não será sem sacrifícios*. Esta revelação, para mim, resume todo o livro atribuído a Judas. Se o diálogo realmente ocorreu ou não, nunca saberei, mas se ocorreu, Jesus estaria dizendo a Judas que Ele, Jesus, teria de morrer, para que sua alma, o *espírito Jesus,* pudesse manifestar-se. Jesus estava dizendo claramente que estava *preso numa veste*, que seria o corpo de carne, e que ele necessitava libertar-se dela (sacrificar o homem que me revestiu). De acordo com as minhas deduções, recorrendo à imagem de meu sonho, Judas deve ter se desesperado perante aquele pedido singular, então, as lágrimas que observei em seus olhos.

Em contrapartida, eu também creio que Judas, em seu interior, acreditava que Jesus, ao ser preso e ameaçado de morte, finalmente, demonstraria seu poder, chamando os anjos dos céus para liberar o povo de Israel da servidão a Roma – ele realmente sabia, no seu íntimo, que Jesus era o Ungido, o Salvador, o Messias prometido por Iavé. Logo, seus atos de *traição* seriam compreendidos e perdoados por todos. Que enorme engano seu! Ele ainda não tinha entendido ou aceitado que o Reino de Jesus não é deste mundo; a visão dos apóstolos e a esperança do povo judeu era a de um Messias dos exércitos, da espada, pois eles não conheciam outro poder, que não fosse o da força. Ele, certamente, não compreendera a segunda parte da frase de Jesus: *E não será sem sacrifícios que tu farás isto*.

No último dia dessa semana de estudos de *O Evangelho de Judas*, resolvi não voltar à biblioteca; subi a colinazinha e me sentei no banco, para orar e meditar. E, ao escrever minhas notas, posso afirmar que não tinha certeza de minhas conclusões a respeito desses textos. São muitos séculos de tradições e de ensinos, a respeito de Judas e sua traição; não foi fácil para mim, uma pessoa já quase em seus últimos dias de vida, mudar totalmente meus conceitos, impregnados na alma, de um Judas traidor por dinheiro. Tendo, de base, o meu sonho e os escritos ali colocados. Talvez Judas tivesse sido o inocente útil a levar Jesus à morte, para libertá-lo da carne. Em minha opinião, se isso é verdade, até o suicídio de Judas se explica. E ao constatar que a reação de Jesus e da chegada dos anjos não se concretizara, visto que Jesus foi morto na cruz, por sua culpa, seu desespero teria chegado ao clímax a ponto de ele tirar a própria vida.

Eu contei essa minha versão dos fatos a Benedetto e a LeClerk, e a reação dos dois foi similar. Benedetto reagiu com sua ponderação de sempre, afirmando que minhas deduções eram lógicas e aceitáveis, e que ele, em suas orações, iria, daquele momento em diante, colocar Judas como uma de suas devoções. Já LeClerk nos disse, a mim e a Benedetto: – Como você mesmo disse, são séculos de tradições contra Judas, e os quatro Evangelhos o chamam de traidor. É difícil para mim entender diferente. Mas, como Benedetto disse, suas deduções são sensatas, meu caro Frei Ignácio de Castela, muito sensatas. Talvez Judas Iscariotes não tivesse realmente a intenção de que Jesus tivesse o fim que teve. E aí, então, ele tem minha simpatia; hoje vou acender uma vela para sua alma. Quem sabe, um dia, saberemos a verdade.

Os carismas ou *dons de Deus* e os medianeiros

O dia seguinte amanheceu muito frio, ainda que não houvesse nevado na noite anterior. O sol continuava com seu amarelo dominando o azul dos céus, impotente com a neve ali embaixo. Acordamos bem cedo, como habitualmente fazíamos, antes da hora prima,[15] pelos sinos da Catedral de Melk. Logo depois do café da manhã, subi vagarosamente a colina e sentei-me no banquinho de madeira, de que mais gostava, a escutar o

---

15 Hora prima: equivalente a 6h.

cantar do rio Wachau e olhar os corvos que voavam de um extremo ao outro. Era uma beleza diferente, cheia de calma e de esperança da primavera que chegaria, após a desilusão das árvores sem verdes, sem passarinhos, sem borboletas e sem abelhas. Nem os animaizinhos ousavam sair de seus esconderijos, a não ser os esquilos, que se aventuravam a correr e a subir nos galhos secos das amendoeiras. Havia casulos de borboleta e de bicho da seda em vários galhos e, um pouco mais acima e à direita, uma pequena plantação de pinheiros de Natal estava ali, desafiando o branco geral, com seu verde eterno. O ar me fazia muito bem, enchia os pulmões, dando-me sensação de plenitude; creio que meu coração acalmava seus batimentos naquele lugar, naqueles momentos de serenidade.

Respirei profundamente, levantei-me e comecei meu caminhar em direção à biblioteca. No meio da descida, pude vislumbrar lá embaixo as figuras compridas de meus dois amigos queridos, esperando por mim e observando o modo que eu descia aquelas inclinações nevadas, creio, prontos para me socorrer, caso eu ficasse mal. Ao chegar lá embaixo, nada disseram, e seguimos em direção à biblioteca. Benedetto esperou LeClerk levar-me à sala 16, para que, na volta, o atendesse em suas necessidades de busca dos Evangelhos, ao largo dos séculos, em variadas versões do grego e do latim.

E eu iniciei meus trabalhos, como sempre orando e agradecendo a Deus o privilégio de fazer parte daquela equipe, com missão tão significativa. Agradeci aos dois Joões, a Jerônimo de Praga e a Gamaliel; e a todos os bibliotecários e mestres de obras, que tornaram possível a guarda desses arquivos extraordinários. Levantei-me e fui à pequena biblioteca, sentei-me e abri outro livro de Huss. Nas semanas seguintes, pude constatar a exuberância do estilo de Huss, investigativo, questionador e, ao mesmo tempo, tão fiel aos ensinamentos de Jesus, a quem ele tinha devoção toda especial. Ele receava, mesmo, desapontar Jesus, e regularmente pedia, em suas orações escritas, que Jesus o orientasse em suas conclusões.

Em várias passagens de seus cadernos, quando importantes conclusões estavam para ser escritas, ele repetia uma frase: "Senhor, por favor, que eu, em minhas pesquisas, não me engane em concluir algo errado e aceitá-lo como verdadeiro. É melhor, para mim, rejeitar dez verdades do que aceitar qualquer conclusão errada como verdadeira". E foi no Caderno 5 que ele escreveu sobre os carismas, em todos os detalhes.

"Cada vez mais confirmo a minha conclusão de que os carismas foram a chave poderosa que fez com que os primeiros companheiros de Jesus conseguissem convencer as massas. Quando Jesus estava vivo, durante aqueles quase três anos, o entusiasmo do povo em suas palestras e sermões estava mais para esperar o final, quando Ele começava as curas. Poucos absorviam seus ensinamentos e os levavam para sua vida diária, que era cheia de conflitos, pelo domínio sufocante de Roma, seus exércitos e pesados impostos. O orgulho do povo judaico era visível diariamente: o culto exterior, por meio do sacrifício de animais a Iavé, e a ida a Jerusalém, na Páscoa ou no Pentecostes, era o que movia aquela gente, numa espera desesperançada e infrutífera da chegada do Salvador, do Messias guerreiro, que dizimaria Roma e colocaria Israel no topo do mundo. Os rabinos e mestres de Israel nunca esperariam um Messias humilde e manso, pois, para combater Roma, somente com a espada seria possível. Nunca palavras seriam suficientes. Nosso Senhor via, com tristeza, que novos seguidores apareciam somente após as curas milagrosas que Ele fazia e, ainda assim, nem todos, pois uns havia que saíam a celebrar e repetir erros. Mas havia uma maioria grata, que O seguia ou se tornava divulgadora fiel de suas ideias.

Mas, Jesus não curava multidões, curava casos especiais, alguns notáveis, que foram registrados pelos apóstolos. Um dos mais destacados foi o da mulher que lhe tocou o manto, quando de sua entrada em uma das cidades a caminho de Jerusalém. Esta passagem que Lucas conta é outra favorita minha, pois mostra o poder da fé. Vou contá-la aqui, ao sabor de minha emoção, como eu a narrei muitas vezes em minhas prédicas em Praga. Como sabemos, a fama de Jesus, o Profeta Curador, estava se espalhando, e uma mulher, com uma doença incurável de perda de sangue, tinha ouvido falar dele. Ela, que tinha perdido sua esperança de moça, pois, de acordo com a tradição levítica, era considerada permanentemente impura – e, portanto, nunca poderia casar-se –, sentiu que aquele homem poderia curá-la.

Os servos de sua casa contavam maravilhas a respeito dele, histórias que haviam ouvido de pessoas que chegavam de viagem de outras cidades. Ela se armou de coragem e saiu para encontrá-lo na entrada da cidade, pois pensou que ali não haveria quase ninguém esperando-O. Ledo engano seu, porque já havia uma multidão aglomerada. De longe, pela movimentação da turba, viu que Jesus estava chegando; também que seria impossível aproximar-se e pedir sua cura. Mas, sua fé era tão grande que ela saiu correndo, no meio da multidão e, vendo que Jesus passava, conseguiu esticar a mão e tocar Seu manto. Neste momento, sentiu como se um pequeno raio a tivesse atingido, e ela se ajoelhou. Jesus parou e perguntou aos apóstolos quem o havia tocado. Os apóstolos lhe responderam que seria impossível saber, pois muitos o haviam feito. Mas Ele disse: *Alguém me tocou, pois saiu de mim uma virtude*. E a mulher, ajoelhada, ainda encoberta pela multidão, falou em voz alta: *Fui eu quem o tocou*. E Jesus se aproximou e lhe disse: *Vá minha filha, sua fé a curou*. Esta cura está narrada em *Lucas* 8:43-48.

Mas como eu estava escrevendo, eram as curas que faziam a fama de Jesus. Seus novos adeptos, a cada cura, eram contados por unidades, raramente por dezenas, muito longe de centenas. Na verdade, os que seguiam Jesus, dedicada e decisivamente, como escolha de vida, não passavam de cento e vinte. Isto está registrado por Lucas, nos *Atos*, capítulo 1, versículo 15: *E naqueles dias, levantando-se Pedro no meio dos discípulos, disse (ora, a multidão reunida era de quase cento e vinte pessoas)*.

Jesus, a cada dia, era pressionado por seus apóstolos, acerca do reino de Israel, que prevaleceria sobre as nações, embora, em suas conversas privadas e em casas de familiares e amigos, dissesse e contasse parábolas de que seu reino não era deste mundo; muitos ainda estavam esperando aquele Messias que arrasaria as tropas inimigas e restabeleceria o reino de Salomão. Ele, certamente, via sua prisão e possível condenação serem possíveis e até iminentes. Se assim fosse, seus ensinos poderiam perder-se definitivamente; para que isso não ocorresse, medidas extremas teriam de ser tomadas. Eu concluo, agora – após ler detalhadamente os escritos apócrifos e estudar os *Atos* e as *Cartas* – que Jesus sabia que teria de voltar e ensinar a seus apóstolos como vencera a morte, como todos poderiam vencê-la, e como todos poderiam fazer as curas que ele fazia. Mas, para tal, Ele teria de ensinar, só após sua morte, a maneira de fazê-lo! Todos os apóstolos e alguns de seus seguidores poderiam ser treinados para receber os *dons* de Deus, os carismas, e, assim, fazer as curas, falar nos idiomas estrangeiros, portanto, contar sobre seus ensinos a diversas partes do mundo conhecido. E foi isto que ocorreu, como escrevi acima.

Mas, com o passar do tempo, Paulo, já apóstolo, viu que esses carismas precisavam ser controlados e mais bem entendidos e, assim, ele escreveu sobre a diversidade dos carismas, que todos eram importantes, mas que não caberia a cada um ter todos os *dons*. Alguns poderiam ter um só, outros mais – a diversidade era grande –, mas todos importantes e necessários. E que todos os *dons* provinham dos Céus, de uma mesma fonte. A você, que vem depois de mim, leia toda a *Primeira Epístola de Paulo aos Coríntios*, capítulos 12 a 14, para um entendimento completo da riqueza ali contida. Seguem seus pontos principais:

Ora, há diversidade de dons, porém o Espírito é o mesmo. E há diversidade de ministérios, mas o Senhor é o mesmo. Há diversidade de operações, porém é o mesmo Deus que opera tudo em todos. Mas, a manifestação do Espírito é dada a cada um, para o que for útil. Porque a um pelo Espírito é dada a palavra da sabedoria; e a outro, pelo mesmo Espírito, a palavra do conhecimento. E a outro, pelo mesmo Espírito, a fé; e a outro, pelo mesmo Espírito, os dons de curar. E a outro, a operação de milagres; e a outro, a profecia; e a outro, o dom de discernir os espíritos; e a outro, a variedade de línguas; e a outro, a interpretação de línguas. Mas, um só e mesmo Espírito opera todas essas coisas, repartindo particularmente a cada um como quer. Porque, assim como o corpo é um, e tem muitos membros, e todos os membros, sendo muitos, são um só corpo, assim é Cristo também. [...] Ora, vós sois o corpo de Cristo, e membros em particular.

E a uns pôs Deus na igreja; primeiramente, apóstolos; em segundo lugar, profetas; em terceiro, mestres; depois, milagres; depois, dons de curar, socorros, governos, variedades de línguas. Porventura são todos apóstolos? São todos profetas? São todos mestres? São todos operadores de milagres? Têm todos o dom de curar? Falam todos as diversas línguas? Interpretam todos? Portanto, procurai com zelo os melhores dons; e eu vos mostrarei um caminho ainda mais excelente."

A abordagem de Huss não deixava de me surpreender, pois ele vai de um extremo a outro das *Sagradas Escrituras*, sem obedecer à lógica e à exatidão dos tempos em que foram escritos, para facilitar sua linha de raciocínio e sua lógica. Eu já disse uma vez, mas vale repetir, ele parecia mais um pesquisador, que não deixava qualquer pista sem percorrer, do que um teólogo, que procuraria seguir uma cronologia dos acontecimentos em seus estudos. Ele usava o pronunciamento de Pedro às multidões de estrangeiros que estavam em Jerusalém para as festas de Pentecostes, quando os apóstolos, pela primeira vez, começaram a fazer as curas e a falar nos seus idiomas, totalmente desconhecidos dos judeus, e principalmente daqueles pescadores da Galileia, a maioria iletrada. O texto completo está em *Atos dos Apóstolos*, 2:5-18. Huss colocou, em seu caderno, as partes que ele considerou mais importantes, e que se seguem:

E em Jerusalém estavam habitando judeus, homens religiosos de todas as nações que estão debaixo do céu. E, quando ocorreu aquele som, reuniu-se a multidão, e estava confusa, porque cada um os ouvia falar na sua própria língua. E todos pasmavam e se maravilhavam, dizendo uns aos outros: Vede! Não são galileus todos esses homens que estão falando? Como, pois, os ouvimos, cada um, na nossa própria língua em que nascemos [...] E todos se maravilhavam e estavam perplexos, dizendo uns para os outros: Que quer isto dizer? E outros, zombando, diziam: Estão cheios de mosto. Porém Pedro, pondo-se em pé com os onze, levantou a sua voz, e disse-lhes: Homens judeus, e todos os que habitais em Jerusalém, seja-vos isto conhecido, e escutai as minhas palavras. Estes homens não estão embriagados, como vós pensais, sendo a terceira hora do dia.

Mas isto é o que foi dito pelo profeta Joel: E nos últimos dias acontecerá, diz Deus, que do meu Espírito derramarei sobre toda a carne; e os vossos filhos e as vossas filhas profetizarão, os vossos jovens verão visões, e os vossos velhos sonharão sonhos. Também do meu Espírito derramarei sobre os meus servos e as minhas servas naqueles dias, e profetizarão...

O sucesso dos apóstolos, com suas curas e os ensinamentos de Jesus, somente naquela tarde, foi tão forte e intenso, que quase três mil novos adeptos se juntaram às fileiras de seguidores de Jesus. Lucas deixa isso explícito em *Atos dos Apóstolos* 1:41: *De sorte que foram batizados os que de bom grado receberam a sua palavra; e naquele dia agregaram-se à igreja quase três mil almas.*

Assim, minha conclusão torna-se evidente: foi a prática dos carismas que lançou as redes para a pesca dos homens, como Jesus disse aos pescadores da Galileia, no início de sua missão. E os carismas foram ensinados por Jesus e pelos homens de vestes brilhantes. Depois desses quarenta dias em que Jesus apareceu aos apóstolos, Ele nunca mais o fez; não há menção alguma a respeito, nas *Sagradas Escrituras*. Mas, na verdade, não era mais necessário, pois os apóstolos tinham, então, plena consciência do uso dos carismas, de como contatar as entidades dos Céus, para que as curas ocorressem, e eles os ensinavam aos seguidores mais próximos, àqueles que eram merecedores.

Paulo, com certeza, recebeu também esses ensinamentos, os Evangelhos não falam quando, nem como, mas, pelas orientações que ele deu aos seus seguidores, na *Primeira Epístola aos Coríntios*, que mencionei acima, está evidente que ele não apenas os tinha recebido e aprendido, mas também os ensinava àqueles em que ele mais confiava. E o Cristianismo florescia, pois Jesus era mencionado sempre, em todas as curas e *milagres* conseguidos pelos apóstolos. Agora, uma pergunta que me assalta: o que aconteceu com o ensinamento desses carismas? Há séculos que não se sabe mais desse ensino. Houve, porém, alguns santos que realizaram milagres, e Francisco de Assis foi um deles. Será que ele aprendeu o carisma da cura de alguma maneira? Ou esse ensinamento veio a ele por sua bondade e santidade? Creio que nunca saberei a resposta. Contudo, se os ensinos são de Jesus, eles certamente serão revelados de novo. Disso não tenho dúvida alguma. Os carismas serão desvelados uma vez mais. Uma das falas de Pedro, no dia de Pentecostes, veio à minha mente agora: *E nos últimos dias acontecerá, diz Deus, que do meu Espírito derramarei sobre toda a carne; e os vossos filhos e as vossas filhas profetizarão, os vossos jovens verão visões, e os vossos velhos sonharão sonhos.*

E do meu Espírito derramarei sobre os meus servos e as minhas servas naqueles dias, e profetizarão.

Esses *dons* carismáticos são, em verdade, uma abertura na mente dos apóstolos, para que as entidades celestes pudessem manifestar-se por intermédio deles. Pedro diz que os *dons* carismáticos são para toda a humanidade (derramarei sobre toda a carne...) e não para alguns escolhidos. Quando isso ocorrerá? Será uma grande revolução que chocará a ortodoxia da Igreja, como ela está hoje!

Um pensamento estranho me atinge agora: será que muitas das pessoas que foram e ainda são queimadas pela Inquisição, como bruxas e feiticeiros, algumas delas poderiam até ser portadoras desses *dons* carismáticos? Não vejo isso como uma hipótese descabida, não. Mas, há duas outras frases dos apóstolos que me chamam atenção. Uma é de Paulo, em sua carta acima mencionada, sobre a diversidade dos carismas, que nos diz que a outros será dado o dom de discernir os espíritos. E a segunda vem de João, em sua *Primeira Epístola*, 4:1: Amados, não creiais em todo espírito, mas provai se os espíritos são de Deus, porque já muitos falsos profetas se têm levantado no mundo. Estas duas frases me chamam atenção, pois fica claro que as mensagens que provêm dos espíritos, por intermédio dos apóstolos, podem não ser daqueles espíritos bons, mas sim de espíritos não tão bons, cujas mensagens poderiam levar a entendimentos equivocados, daí o alerta deles. A minha conclusão é também lógica: a comunicação dos espíritos pode ter origens diversas! Eu, pessoalmente, não acredito que os apóstolos pudessem ser enganados por mensagens equivocadas, mas talvez alguns de seus seguidores sim, daí a advertência de Paulo e João.

Há outro caso, também mencionado nos *Atos*, que mostra claramente a intervenção dos espíritos – nem sempre bons, em pessoas não treinadas, sem conhecimento e preparação adequada: *E aconteceu que, indo nós à oração, nos saiu ao encontro uma jovem, que tinha espírito de adivinhação, a qual, adivinhando, dava grande lucro aos seus senhores. Esta, seguindo a Paulo e a nós, clamava, dizendo: Estes homens, que nos anunciam o caminho da salvação, são servos do Deus Altíssimo. E isto fez ela por muitos dias. Mas Paulo, perturbado, voltou-se e disse ao espírito: Em nome de Jesus Cristo, te mando que saias dela. E na mesma hora saiu.* (Atos 16:16-18)

Para mim está suficientemente provado que os *dons* de Deus, chamados de carismas, possibilitam que os espíritos bons interajam com aqueles que têm esses dons desenvolvidos, através de treinamento e prática, quando merecedores deles. E essa interação possibilita a cura, o dom de línguas, da profecia e tudo o mais. Essas pessoas, na verdade, seriam medianeiras, intermediárias, entre a ação dos espíritos do Céu e o homem! Que verdade mais completa, meu Deus! Isso explicaria muitas passagens do *Antigo Testamento*, em que se consultavam os mortos, igualmente, a atuação das pitonisas e dos oráculos de Delfos, na Grécia antiga. Então, tudo tem lógica. Há dois mundos, o dos espíritos e o nosso, e eles interagem. E são esses medianeiros que possibilitam tal interação. E, assim, a preexistência das almas tem sua realidade uma vez mais provada. Isso, em si, dá lugar a outra área de pesquisa, que não conseguirei fazer e não é meu objetivo aqui, pois não terei tempo. Tudo o que pesquisei já me dá material para muitas reflexões. Terei de conversar muito com Jerônimo. Ele ficará encantado com minhas descobertas e traçaremos um plano de como e quando revelá-las. Um ponto chave que não pesquisei e que caberá a você, que vem depois de mim, fazê-lo, é o corpo especial de Jesus, quando ressuscitado, em suas aparições – de que ele é constituído, como se condensa e fica até diferente, a ponto de não ser reconhecido de início, e como ele se desfaz. Não sei se você terá interesse nisso, mas será importante para esclarecer algumas passagens do *Antigo Testamento*, principalmente aquela descrita pelo profeta Daniel, sobre a festa do rei Baltasar. Mas, é para você pesquisar, não eu mais."

Com esse posicionamento de Huss, eu interrompi minhas leituras, pois percebi que ele me dava uma sugestão, ou recomendação, até como admoestação. Levantei-me dali da pequena biblioteca e sentei-me na poltrona azul-escuro, que estava ali por obséquio carinhoso de LeClerk, já mencionei isso algumas vezes, eu sei. Fechei os olhos e reli em minha memória as últimas recomendações de Huss. A passagem a que ele se referia era, para mim, uma das mais intrigantes e controversas do *Antigo Testamento*; ela está registrada no livro *Daniel*, capítulo 5. De uma maneira simples, vou contar a vocês o que se passou: o rei caldeu Baltasar, em celebração à vitória sobre o reino de Judá, mandou trazer, do Templo de Jerusalém, os copos e vasos de ouro e prata que tinham sido retirados, como espólio de guerra.

E, em meio à festa, surgiu uma mão de homem, sem corpo, somente a mão, que escreveu, nas paredes do salão, quatro palavras e logo desapareceu. Baltasar ficou apavorado, encerrou a festa e convocou todos os sábios a seu dispor, para interpretar a mensagem, porém ninguém conseguiu. Foi então chamado Daniel, um profeta conhecido, que interpretou a mensagem. Ela dizia que Deus condenava o que tinha sido feito em Jerusalém e que Ele estava aborrecido e triste com Baltasar, o rei da Caldeia, por seu orgulho e prepotência.

Huss, com certeza, ao mencionar esse fato para eu pesquisar, quis relacionar a materialização dessa mão, que grafou uma mensagem na parede, com o corpo materializado de Jesus, em suas aparições, e com os dos homens de vestes brilhantes. Para mim, o fenômeno era o mesmo, apenas que, neste caso, para causar mais impacto em Baltasar, somente a mão apareceu. Não acredito que deva aprofundar mais esse assunto, uma vez que está evidente para mim que as conclusões de Huss são corretas. Vou deixar para outro, que virá depois de mim, a pesquisa sobre essas materializações – como e em que condições ocorrem.

A próxima etapa da pesquisa foi a leitura dos últimos dois cadernos de Huss, onde há menção de anjos, demônios e do Inferno e, certamente, magníficas conclusões.

Anjos, Demônios e o Inferno

Huss inicia seus escritos de maneira contundente.

"Nunca acreditei no Inferno nem nas entidades demoníacas, com tantos nomes e figuras horríveis, imaginadas por algumas mentes doentias e fantasiosas dos desenhistas das *Sagradas Escrituras*. Nunca aceitei a necessidade da Igreja de cultuar o medo e promover a ideia e o conceito do mal personificado, pois isto é totalmente contrário à ideia de um Deus justo e infinitamente bom. Também o conceito sobre os anjos, que tantas vezes aparece nos escritos sagrados, nunca o entendi, pois se Deus os tivesse criado bons e puros, estaria sendo preconceituoso e vil, uma vez que Ele estaria privilegiando alguns – os anjos – e punindo outros – os homens, em geral. Também a ideia de um Diabo, um Satanás, que teria sido um anjo desobediente a Deus e, por isso, caíra à Terra, e aqui controlaria a maldade do mundo, sempre foi por mim muito combatida, por ilógica. Se assim fosse, Deus não seria tão poderoso, pois alguns de seus anjos teriam conseguido rebelar-se contra ele, demonstrando que Sua criação – os anjos – não teria sido tão perfeita. Mas, naquela época, eu não tinha a chave do conhecimento da reencarnação e do progresso incessante, através das vidas sucessivas.

Agora, com esse conhecimento, e com os dos *dons* carismáticos, e de seus possuidores, que são medianeiros entre os dois mundos, fica bem menos difícil entender esses três ensinamentos errados da Igreja. Anjos são espíritos puros; tão elevado é seu estado, que nós os vemos como homens de vestes brilhantes, ou de vestes brancas. E, como eles apareciam e desapareciam em diferentes lugares, eu entendo perfeitamente bem a lógica dos desenhistas, de representá-los com asas. Já os demônios nada mais são do que aqueles espíritos que ainda não evoluíram, que permanecem no mal, não tendo aproveitado as oportunidades do retorno à vida na carne, e que, por meio dos medianeiros que possuem este dom especial, se manifestam para nos causar medo e nos influenciar em nossos atos. Já o Inferno, como local de sofrimento eterno, com dores lancinantes, provocadas por um fogo que não acaba nunca, é totalmente oposto à bondade de um Deus Pai e misericordioso. Não tenho filhos, optei por ser um sacerdote dedicado a Deus em todas as minhas horas. Mas conheço inúmeros pais e mães, que nunca iriam castigar seus filhos para sempre; se nós, homens, somos tão imperfeitos e não castigamos nossos filhos assim, o que não será esperado de Deus, que é a bondade pura?

O que eu desenvolvo em minha mente é que, após a nossa morte, a grande e vasta maioria de nossos espíritos iria para um lugar de sofrimento temporário, onde enxergariam os erros cometidos e as oportunidades perdidas. E Deus, com o auxílio dos espíritos puros, nos prepararia para uma nova viagem à Terra. Alguns voltariam logo, outros demorariam mais, tudo dependendo do grau dos erros cometidos na última existência. Pois Deus é justo em tudo, até no tempo adequado de preparação para as nossas novas vidas na carne."

Huss continua, nas páginas seguintes, defendendo sua tese, fazendo referência às inúmeras passagens do *Antigo Testamento* sobre a presença dos anjos, também inicia o desenvolvimento de uma tese sobre a história e origem da palavra Satanás ou Satã, o que me fez lembrar uma conversa que tivera com o meu querido amigo Rabino Menachen, sobre esse tema, poucos anos antes de receber esse comissionamento de Torquemada. Vale a pena colocar aqui, pois ela não apenas valida totalmente as conclusões de Huss a respeito da figura do anjo caído Satanás, mas vai mais além. Tudo começou quando decidi fazer uma visita não programada a Menachen, pois algo me atormentava. Em dias anteriores, eu havia sido chamado para auxiliar um sacerdote em um caso de exorcismo. Este sacerdote, de nome Pavlas, especializara-se em demônios, possessão demoníaca e exorcismos, razão pela qual foi convocado para um caso preocupante nas cercanias de Sevilha. O seu ajudante regular nessas atividades estava enfermo, então, eu fui convocado para auxiliá-lo, em caráter emergencial. O que presenciei me deixou chocado. Tratava-se de uma jovem, de não mais do que doze ou treze anos, quase uma criança, deitada em uma cama, jogando-se de um lado para outro, espumando pela boca, falando palavras incompreensíveis, deixando, assim seus pais desesperados. O padre Pavlas era um homem um pouco mais jovem do que eu, mas santo.

Eu assisti a um exorcismo que, apesar de seguir os rituais da nossa sagrada Igreja, era ministrado, com muito amor e piedade, não apenas à menina, mas principalmente ao chamado Satanás. O padre Pavlas conseguiu, em três dias, afastar o demônio e curar aquela jovem. Quando saímos daquele rincão, com o agradecimento sincero de seus pais e mesmo da menina (que nos levou à porta e nos deu de presente uma *tortilla de gambas*[16], que aceitamos com gratidão), o padre Pavlas me disse: – Eu

---
16 Tortilla de gambas – omelete de camarões, em espanhol.

agradeço muito sua participação, meu novo amigo, muito obrigado, pois senti que você orava muito e com fé durante todo o nosso procedimento, sem ficar tenso nem se assustar com o que via. As suas orações me ajudaram muito, o ambiente ao nosso redor foi amenizado por isso. Senti que poderia contar-lhe o porquê de meu procedimento naquela casa. Deixe-me dizer-lhe uma coisa. Em toda a minha vida de exorcista, tenho feito cerca de três ações a cada ano, e posso contar com um pouco mais de cinquenta, até agora.

Um dia, já há mais de dez anos, encontrei um caso extremamente difícil, pois após mais de uma semana de intensas orações e procedimentos ritualísticos, o meu progresso era nulo. Foi aí que um velho exorcista, já quase aposentado, nos seus mais de oitenta anos, veio em meu socorro. Ele assumiu os procedimentos e eu passei a seu auxiliar. Para total surpresa minha, ele demonstrava amor e compaixão enormes pelo Satanás, mais do que pelo próprio possuído, a vítima para mim, que era um homem de cerca de quarenta anos. Em dois dias ele conseguiu afastar o Satanás, o demônio, e curou aquele homem. E me disse: – Padre Pavlas, depois de muitos anos atuando como exorcista, compreendi uma coisa: esses demônios, chamados por nós de Satã ou Satanás, nada mais são do que as "ovelhas desgarradas da casa de Israel". Eles são os maiores beneficiados com os nossos exorcismos, pois são levados a repensar suas ações; eles são as ovelhas de número cem. A partir desse conhecimento, nunca mais expulsei nenhum deles. Eu os faço repensar seus atos e, depois de muita conversa, e até diálogo com eles, como você viu nesses dois dias, eles mesmos se afastam, por livre vontade, deixando os "possessos" ou "endemoniados" livres desse acosso[17] terrível.

– Padre Pavlas, o que esses demônios são na verdade? – perguntei. Segundo ele, são almas de pessoas como nós que, atormentadas por desejos de vingança, após a morte do corpo, conseguem localizar e identificar seus algozes de ontem, em corpos diferentes hoje, então, ele disse:

– Por alguma afinidade que ainda não compreendo, entram no corpo dessas pessoas, tentando destruí-las. Pela sua expressão de espanto, com-

---
17 Acosso – acossamento, perseguição.

plementei: – Sim, acredito na preexistência da alma, antes de nascer, e, portanto, na consequência decorrente natural, que ela haja vivido outras existências em outros corpos. Isso se tornou demonstrado em todos os meus exorcismos, sem exceção. Meu novo amigo, aprendi muito com o Padre Antonio de la Cruz e passei a mudar minha estratégia e dialogar com eles, com esses "demônios", nos meus casos seguintes, com resultados extraordinários. E, em cada um que faço, mais minha fé, no amor de Jesus à sua ovelha de número cem, aumenta.

Enfim, meu amigo Frei Ignácio, cheguei à conclusão de que o anjo caído, o inimigo de Deus, o Diabo, o Satanás, como quer que o chame, não existe. E lhe segredo isto: a grande maioria dos meus colegas exorcistas já está chegando a essa mesma conclusão. Temos reuniões periódicas a cada três anos, para troca de experiências e práticas, e essas conclusões são já quase unânimes entre nós; mas é claro que isso fica restrito à nossa classe, pois sabemos o ruído que iria causar, se saísse de nosso âmbito. A nossa sorte, ou nossa proteção, é que nossa classe é considerada de "excêntricos", portanto, não há sacerdote não exorcista que participe de nossos encontros trienais. Todos de nossa classe sabemos que o braço da Inquisição nos alcançaria, se tais ideias saíssem de nossas paredes e, assim, fora de nosso ciclo, pouquíssimas pessoas as conhecem. Você é uma delas agora, mas sei, em minha alma, que saberá fazer bom uso de tais conhecimentos, não sei como nem quando, mas algo me diz que é importante você saber de tais conteúdos, portanto lhe contei.

A conversa com o Rabino Menachen

Eu estava admirado não somente pelo resultado do exorcismo, mas por suas confissões. E respondi ao padre Pavlas: – Foi uma experiência fascinante e um aprendizado de vida. Devo refletir muito, essas suas explicações carregam um sigilo muito grande. Muito obrigado por tudo. Despedimo-nos e, por um motivo ou outro, nunca mais vi o padre Pavlas nem soube dele. Nos dias seguintes ao exorcismo, estava inquieto com suas revelações, pois, para mim, a figura do anjo caído, como adversário de Deus, o Diabo, o Satanás, ou Satã era uma verdade bíblica, apesar de minhas dificuldades em conciliar Deus e sua bondade infinita, com o Diabo, o arquiteto do mal, porém em tempo algum me demorei nessas elucubrações e deixei passar, no decorrer dos anos. Mas tudo mudou, com a experiência da última semana.

Resolvi procurar o meu amigo Menachen, e saí logo de manhã em direção à sinagoga. Lá esperei o término de suas orações e obrigações rotineiras, e caminhamos juntos até sua residência. Contei-lhe, de maneira resumida, o exorcismo de que participara e perguntei como o Judaísmo, como religião de berço de Jesus e do Cristianismo, via o exorcismo e a existência do demônio, de satanás. Meu amigo Menachen levantou-se, pegou sua *Torá* e me deu uma lição inesquecível.

– Meu amigo Frei Ignácio, o Cristianismo é uma religião muito nova, comparada ao Judaísmo. Eu já lhe disse inúmeras vezes que a *Torá*, que é para vocês considerada como o *Antigo* ou *Velho Testamento*, foi o livro de cabeceira de Joshua, o Jesus de Nazaré. E na *Torá* estão todas as respostas, basta saber lê-la com cuidado e interpretá-la com a ajuda do Talmude, que é o repositório das tradições orais dessa compreensão, colocadas em forma escrita. E na *Torá*, em nenhum de seus cinco livros, existe a figura do Anjo Caído, não existe a figura do Satanás. O conceito de uma entidade angélica contrária aos desígnios de Deus foi uma evolução de versões e traduções da palavra hebraica "adversário". Veja você mesmo.

O Rabino Menachen desenrolou sua cópia pessoal da *Torá*, com todo o respeito, e me mostrou o livro de *Números* recomendando-me que lesse o capítulo 22, versículo 22 – uma tarefa relativamente fácil para mim, dado o meu conhecimento em hebraico. Pude, então, traduzir: *Acendeu-se a ira de Deus, porque ele se foi, e o anjo do Senhor pôs-se-lhe no caminho como adversário.*

Em seguida, o Rabino Menachen pediu-me para ler em voz alta a palavra "adversário" em hebraico. – Em hebraico, a palavra "adversário" se escreve שטן e se pronuncia 'satã' – eu disse! – Não, não é nome próprio – disse-me, sorrindo, o meu amigo rabino, acrescentando: – E há uma outra coisa: sabemos que todas as traduções que vocês, cristãos, e nós, judeus europeus, temos hoje do *Antigo Testamento* e da *Torá* foram baseados na tradução grega da *Torá* original, que está evidentemente no idioma hebraico. De acordo com as tradições hebraicas, setenta sábios, versados nos idiomas hebraico e grego, traduziram a *Bíblia* – todos os livros, não apenas os cinco primeiros (que constituem a *Torá*) – para o grego, daí o nome *Septuaginta*. Esta *Bíblia* em grego foi, então, usada por todas as comunidades judias de fala não hebraica; esta tradução se fazia necessária, pois a comunidade hebreia crescia e se espalhava por toda a Ásia e Europa, visto que não tinha mais a cidade de Jerusalém nem o reino de Israel, como lar, tendo sido expulsa de lá pelos romanos, nos anos 70 da era cristã.

E esta *Septuaginta* foi também considerada como o "original" para os cristãos, igualmente, de fala não hebraica, daquela época. Leia você, que é versado em grego, como é a tradução do mesmo trecho, em *Números*. Ele retirou de sua biblioteca a cópia da *Septuaginta* e abriu na página em questão, onde se lia: *Acendeu-se a ira de Deus, porque ele se foi, e o anjo do Senhor pôs-se-lhe no caminho como Diabo.*

A palavra grega para *adversário*, que é *antípalos* ou αντίπαλος, foi traduzida como Διάβολος, ou *diabo*, já como nome próprio! Eu me virei para Menachen e lhe disse: – Então, a palavra em hebraico é pronunciada *satã*! E foi traduzida para o grego como *Diabo!* O Rabino Menachen sorriu novamente e me disse: – Satã, Satanás ou Diabo são sinônimos de adversário, nada mais. Mas, no hebraico, o conceito de uma entidade angélica demoníaca foi pouco a pouco desenvolvido. Veja você um mesmo fato, contado pelo profeta Samuel e depois relatado em *Crônicas,* um livro escrito quase quatro séculos depois dos escritos de Samuel. Ele foi à sua biblioteca e retirou a cópia de sua *Bíblia* hebraica, que continha o restante dos dezenove livros sagrados para os judeus. Abriu uma página e me disse: – Veja o livro 2 de *Samuel,* no capítulo 24, versículo 1. E eu li o seguinte texto: *A ira do Senhor se acendeu contra Israel e incitou Davi contra eles: vai, disse ele, e faze o recenseamento de Israel e Judá.*

– Agora, deixe-me mostrar o mesmo texto em *Crônicas,* que é o último de nossos livros sagrados, que acreditamos ter sido escrito quatrocentos anos depois de Samuel, como eu disse antes, explicou meu amigo rabino. Eu li o texto e lá estava escrito, em 1 Crônicas 21:1: *Satã se levantou contra Israel e incitou Davi contra eles: vai, disse ele, e faze o recenseamento de Israel e Judá.*

– Meu Deus! – disse eu. – Isso quer dizer que a expressão *Ira de Deus,* escrita há quatrocentos anos, foi revisada e substituída, em *Crônicas,* pela palavra *Satã* (nome próprio), como uma entidade angélica contrária ao povo de Israel? – Sim, meu amigo, foi assim mesmo. Você tem que entender uma coisa importante. Para os judeus daquela época mais antiga, Deus tanto podia fazer o bem quanto o mal. Ele tinha ambas as prerrogativas e atributos. Não havia, então, a necessidade de um Diabo, ou Satanás, de um anjo caído para fazer o mal, pois Deus o fazia, se assim o quisesse –, explicou o rabino. – Somente para ilustrar o que eu estou afirmando, veja agora, nos escritos do profeta Amós (que viveu cerca de quatrocentos anos antes de Samuel) em seu livro, capítulo 4:12 a 13. Menachen, novamente, recorreu à sua *Bíblia hebraica* para comprovar o ponto que discutíamos. E estava escrito: *Enviei a peste contra vós outros à maneira do Egito, os vossos jovens matei-os à espada...*

– Há inúmeras passagens assim, demonstrando que o Deus de Israel podia fazer o bem ou o mal, desde que o seu povo escolhido fosse protegido ou corrigido de seus desvios. Não havia necessidade de um anjo diabólico para fazer em Seu nome, enviado por Ele. Contudo, com o passar dos séculos, esse conceito foi mudando e a figura do Satanás, como criador do mal, foi crescendo pouco a pouco, até se tornar um nome próprio, uma figura angélica que veio para fazer o mal.

Mas, o que é importante ressaltar, meu amigo Frei Ignácio, é que este anjo do mal, para nós, judeus, está subordinado às vontades de Deus. Deus Se utiliza dele, para que os homens sejam alertados e corrigidos de seus caminhos, pelas dores que tal anjo inflige em nosso planeta. Ele só age por ordem de Deus; ele está subordinado a Deus. Isso é teologicamente muito diferente da crença de vocês, cristãos, pois vocês creem que Satanás é um anjo caído, que desobedeceu a Deus e, assim, Deus o expulsou do Paraíso, e ele veio parar na Terra, para afligir os homens, desafiando Deus. Sinto dizer-lhes, mas vocês, cristãos, estão muito equivocados. Nada, nem ninguém, pode ir contra Deus; não há anjo rebelde nem nada semelhante. Deus é que se utiliza dele para que o mal ocorra, e nós possamos aprender, com nossas dores, a não mais nos desviar de Deus e seus ensinos.

Após refletir um pouco, eu lhe disse: – Amigo Rabino, há algumas contradições no que você me diz sobre Satanás, o Diabo. Ele foi como uma invenção, uma interpretação de textos para personificar o mal. Ele não existe como entidade maléfica, não há uma citação dele na *Torá*. O que são os demônios, então, que até os Evangelhos de Jesus nos apontam? Vocês não acreditam nos demônios? – Sim, acreditamos nos demônios, que são entidades menores, não são anjos – respondeu Menachen. E complementou de maneira contundente:

– Talvez sejam as almas das pessoas más que morreram e que, de alguma maneira, continuam fazendo o mal. O mal existe, meu amigo, e nós, judeus e muçulmanos aqui na Hispânia, estamos sob a ameaça constante desse mal, que é representado pela Inquisição, que vocês, cristãos, ironicamente qualificam de 'Santa' Inquisição. Não foi Deus que a instituiu, foram os homens! E Deus assim o permite para que o sofrimento possa comover a muitos e, quem sabe, um dia, todos nós, judeus, cristãos e muçulmanos possamos viver em harmonia, aqui neste belo país e em todo o mundo. Os demônios, no caso da Inquisição, são os representantes da Inquisição entre nós. Deus não necessitou de entidade angélica caída alguma para fazer o mal. Os homens já são suficientes para este labor, eles já são a personificação do mal em corpo presente.

Eu nada disse, triste pelas verdades sobre a Inquisição. Levantei-me, agradeci a suas lições, dei-lhe um abraço bem apertado e acrescentei, ao me despedir: – Obrigado, meu amigo, muito obrigado. Você me iluminou muito, eu, que cheguei aqui com ideias preconcebidas, estou saindo mais rico. Fique com Deus!

A lembrança dessa conversa, além de ganhar vida em minha mente, foi providencial, levando-me a constatar que Huss havia trilhado um caminho similar para concluir sobre a inexistência do Diabo. Fiquei muito feliz e resolvi abrir seu último caderno; lá estava escrito, na primeira página, em letras garrafais: "Moisés, o grande medianeiro"!

Moisés, o grande medianeiro

Abri seu último livro e me surpreendi com a página de abertura, dedicada a Moisés – o grande legislador hebreu –, esse homem magnífico que nos trouxe os Dez Mandamentos, um dos códigos de justiça mais concisos e completos jamais escritos. Li com muita atenção e curiosidade, pois não entendia por que Moisés seria parte dos estudos de Huss. Moisés, para mim, foi sempre uma figura incontestável, por seu relacionamento direto com Iavé, o Deus de Israel, e pela liderança *com mão de ferro* que exerceu durante o êxodo de toda aquela população de judeus, submissa à escravidão por gerações, durante quatro séculos, no Egito.

A *Torá* judaica, parte do nosso *Antigo Testamento*, no seu segundo livro, *Êxodo*, nos diz que mais de seiscentos mil homens foram liberados por Moisés e o seguiram em busca da Terra Prometida. Este é um número muito grande e exagerado, pois poderia dar mais de dois milhões de pessoas, no total entre homens, mulheres e crianças. Essa quantidade foi alvo de muitos debates, quando de meu estudo de teologia, na Hispânia, sem que chegássemos a uma conclusão, nós, meus colegas de estudos, e até nossos preceptores e mentores. Muitos anos se passaram e um dia, conversando sobre o assunto com meu amigo rabino, a quem já me referi anteriormente, ele me disse que o número total de pessoas, inclusive mulheres e crianças, aceito pelos exegetas dos estudos da *Torá*, poderia ter variado entre sessenta mil a quase cem mil pessoas. De qualquer forma, é um número expressivo de indivíduos que necessitavam ser alimentados, visto que estavam atravessando um deserto.

Como conseguir água e alimentos para essa gente toda? Importante lembrar que essa população não se preparou para a saída do Egito, que ocorreu repentinamente; não houve tempo suficiente de modo a preparar provisões suficientes a uma caminhada tão extensa e duradoura. Então, esse mesmo amigo rabino me disse: "Aí entra o poder de Moshe (o nome hebraico de Moisés)". Ele, por meio de seus poderes especiais, e com o intercâmbio de energias com emissários de Iavé, conseguia fazer brotar água das pedras e chover pão do céu, chamado de "maná" na *Torá*. Eu, como rabino e estudante da *Torá*, creio que Iavé, em si, não aparecia para solucionar esses problemas corriqueiros. Eram alguns de seus emissários, ou assistentes, visto o linguajar deles, que conversavam com Moshe. O relato da água está registrado no livro *Números* capítulo 20:1-8:

Por que vocês trouxeram a assembleia do Senhor a este deserto, para que nós e os nossos rebanhos morrêssemos aqui? Por que vocês nos tiraram do Egito e nos trouxeram para este lugar terrível? Aqui não há cereal, nem figos, nem uvas, nem romãs, nem água para beber!

Moisés e Arão saíram de diante da assembleia para a entrada da Tenda do Encontro e se prostraram, rosto em terra, e a glória do Senhor lhes apareceu. E o Senhor disse a Moisés: Pegue a vara e, com o seu irmão Arão, reúna a comunidade e, diante desta, fale àquela rocha, e ela verterá água. Vocês tirarão água da rocha para a comunidade e os rebanhos beberem.

Já a alimentação sólida, o maná está assim registrado também em *Números, 11:9: O maná era como semente de coentro e tinha aparência de resina. O povo saía recolhendo o maná nas redondezas, e o moía num moinho manual ou socava-o num pilão; depois cozinhava o maná e com ele fazia bolos. Tinha gosto de bolo amassado com azeite de oliva. Quando o orvalho caía sobre o acampamento à noite, também caía o maná.*

Maná

Após essa minha introdução, passamos a examinar os registros do último caderno de Huss a respeito de Moisés.

"Moisés tinha dons carismáticos extraordinários. Não vou analisar aqui o mérito de seus métodos, usados para conseguir que o faraó liberasse os judeus nem a consequência catastrófica deles, pois foge ao meu objetivo. Que eles foram dramáticos, foram. Todos conhecemos as famosas dez pragas do Egito, empregadas por Moisés para seu objetivo maior, a capitulação do faraó e a liberação dos judeus.

Que custo alto o faraó e os egípcios tiveram que sofrer para que isto pudesse ser conseguido. Em minhas reflexões, Moisés era um grande medianeiro com as entidades celestes, possuía uma ampla diversidade de carismas, que abriam caminho de modo que as entidades atuassem através dele. Certamente, havia ele treinado também Arão, seu irmão, pois foram os dois que comandaram algumas das pragas. Mas, o Faraó tinha também seus sacerdotes, possuidores de muitos desses dons. Afinal de contas, está claro para mim que, desde o início dos tempos, havia medianeiros entre os dois mundos; e o Egito tem tradições documentadas de que tal comunicação era executada por uma classe especial de sacerdotes, que passava esse conhecimento entre eles, de geração a geração. E a cada praga que Moisés enviava, após alguns dias, os sacerdotes a anulavam. E foi assim até a última – a morte de todos os primogênitos de qualquer ser vivo, com exceção feita aos primogênitos de Israel. Foi somente aí que o faraó capitulou e liberou o êxodo dos judeus, amaldiçoando aquele Deus dos hebreus, que até crianças matava, indiscriminadamente.

Quero deixar registrado que nunca aceitei essa última praga, sendo mandada por Deus, que é Pai de todos. Para mim estava claro, com os conhecimentos adquiridos nesses meses de pesquisas, que Moisés usou de seus carismas, entrando em contato com entidades espirituais, para conseguir seu objetivo. Por sua pouca evolução espiritual, elas não saberiam distinguir onde estariam os filhos dos judeus e onde os do Egito, e, portanto, Moisés ordenou que cada casa judia com primogênito tivesse marcada à sua porta um sinal grande, visível, para o quê foi usado sangue de cordeiro. E esse *anjo da morte* cumpriu sua missão, saltando as casas marcadas, passando por elas e ali não entrando. Esse evento, da passagem do *anjo* pelas portas, para cumprir o comando de Moisés, é celebrado como *Pessach* (*passagem*, em hebraico) ou *Páscoa Judaica*. Sim, a *Páscoa Judaica* é a celebração dessa *passagem*, desse salto de casas, que levou à morte os primogênitos do Egito e à capitulação do faraó, liberando o povo de Israel da escravidão.

Analisei, em seguida, os fatos antes e depois do recebimento das Tábuas da Lei com os Dez Mandamentos, pois ali estavam relatados fatos que serviam para lançar luz em nossas pesquisas sobre os dons de Deus, os carismas, e seus intermediários, de uma maneira simplificada: Moisés disse a seu irmão Arão que tomasse conta de seu povo, pois ele iria ao topo do Monte Sinai para conversar com Iavé e receber suas orientações. Moisés subiu o Monte e lá permaneceu por quarenta dias. O povo de Israel, uma grande multidão, enfadada com a demora de Moisés, confeccionou um deus – um bezerro de ouro, para adorar e festejar. E, com isso, festas pagãs foram celebradas, e a lembrança do Deus único, que os havia retirado da escravidão do Egito, foi logo esquecida. Moisés, após os quarenta dias, desceu do Monte Sinai com as Pedras da Lei, gravadas com os Dez Mandamentos. Mas, ao ver, ainda de longe, o que estava ocorrendo, ficou irritadíssimo e, num ataque de fúria, lançou ao chão as tábuas que continham os Dez Mandamentos, que se romperam. Ele chamou Arão e mandou matar todos aqueles que tinham promovido e executado aquela ignomínia – e cerca de três mil pessoas de seu próprio povo foram assassinadas. Isto está registrado em *Êxodo*, capítulo 32.

E, logo depois, ele voltou ao topo do Monte Sinai e recebeu novamente de Iavé outras duas tábuas, com esse código de lei inigualável. Mas, é muito importante, então, ressaltar uma vez mais, que esses dons carismáticos, ou dons de Deus, que são dados aos medianeiros, ou ensinados a eles, não são privilégio de pessoas boas, de almas cristãs, como eram os apóstolos e seus seguidores. Moisés, no caso das pragas que lançou no Egito, principalmente a última, adicionadas a seu ato de fúria, que o levou a quebrar as Tábuas da Lei e a mandar matar mais de três mil pessoas, demonstra o caráter de um líder extremamente duro e que trata seus subordinados com mão de ferro. Contudo, ele era possuidor de variada e portentosíssima lista de carismas, que permitiam a ele se comunicar, de maneira consciente, com qualquer espírito de que precisasse. Isto vem provar, uma vez mais, aquilo que os apóstolos Paulo e João disseram da diversidade dos carismas e do cuidado em saber de onde eles vêm e qual é o seu caráter, pois uns são de Deus e outros não. Enfim, estava convicto de que havia descoberto a respeito de Moisés. No entanto, me questionava, como Deus permitiu que Moisés reagisse de maneira tão furiosa e violenta? Na verdade, creio que Deus, em sua infinita misericórdia, deixou que Moisés descarregasse sua fúria e não impediu seu livre-arbítrio. Todos nós fazemos aquilo que queremos fazer e temos de responder pelas consequências de nossos atos e gestos.

Moisés era o líder de que aquele povo necessitava, e ele era tanto amado quanto temido, por seus atos de extrema generosidade e compreensão, de um lado, e outros de extrema dureza e até criminosos, por outro. Um grande líder, um grande medianeiro das forças dos céus e das sombras. A quem vier após mim, caso se debruce sobre a história de Moisés, poderá ir além do que eu fui, em minhas pesquisas, nas próximas páginas, que passei a escrever de maneira sintetizada. O restante estava dedicado a um estudo do duelo de forças carismáticas entre Moisés e os sacerdotes do faraó."

Nas últimas páginas, porém, Huss escreveu uma oração de encerramento de seus trabalhos, extremamente emotiva, de profundidade tocante. Oração essa que seria reproduzida, posteriormente, visto que pelo barulho das chaves LeClerk estava chegando...

Ao abrir a porta, ele me disse: – Boa tarde, querido Frei Ignácio; vamos logo, pois nosso amigo Benedetto está cheio de informações para lhe dar. Como você sabe, ele está há quatro dias pesquisando na biblioteca, e nada me fala, só anotando em uns papeizinhos aquilo que ele acha significativo. Hoje ele está mais excitado do que nos demais dias, e me pediu para usar o *Scriptorium* e sua mesa principal, para as explicações que ele lhe quer dar. Já dispensei os copistas e estamos somente nós no *Scriptorium*. Benedetto parece ser uma criança, brincando com seus passatempos prediletos, e ansioso para mostrar suas descobertas. Vamos?

Quando lá chegamos, Benedetto andava de um lado para outro, muito agitado. E eu lhe disse, em tom de gracejo: – Então, você tem passado os dias aqui e não tem comentado nada comigo... Tenho visto você, no nosso quartinho, mais quieto que o normal e ensimesmado; não quis perguntar, respeitando seu momento. E o motivo está aqui nesta mesa revirada de documentos e livros, posso ver. Até a *Bíblia judaica*, a *Torá* completa, você a tem aqui! – Benedetto esboçou um sorriso, puxou algumas cadeiras e nos convidou a sentar; e foi o que fizemos, eu de um extremo da mesa, LeClerk do outro, e ele, no centro.

– O meu objetivo inicial – disse Benedetto – foi pesquisar, em dez diferentes edições e idiomas, o *Novo Testamento*, como nelas estaria relatada a presença dos homens de vestes brilhantes, vestes brancas ou anjos, nas passagens de Maria Madalena no túmulo vazio de Jesus, e quando da ascensão de Jesus aos céus, dias antes da festa de Pentecostes. As edições que recolhi abrangiam o grego e o latim, em trezentos anos entre a mais antiga e a mais nova. E pude observar que, em duas delas, a tradução era "homens de vestes brancas", em outras duas, "homens de vestes brilhantes", em outras quatro delas, "anjos", e, em duas delas, "anjos brilhantes". Todas elas contam o mesmo fato, e a tradução mais comum é "anjos".

Benedetto fez uma pausa, então, eu lhe disse: – Logo, a sua mãe estava certa! Ele me olhou e riu, dizendo: – É verdade, ela estava certa. – E prosseguiu: – Depois de procurar informações sobre os anjos, algo me veio à cabeça, para pesquisar os seus contrários, os demônios e satanás, o anjo inimigo de Deus e o Inferno.

Nesse momento, meu coração começou a bater mais forte; escutei, calado e atento, a tudo o que o irmão dissera, que coincidia integralmente com o que eu conhecia (ensinado pelo rabino Menachen), e que Huss havia colocado em seu caderno, apenas com menos referências. E Benedetto terminou dizendo que o Inferno não é mencionado uma única vez no *Pentateuco*, a *Torá judaica*. Nesses cinco livros há somente uma menção a algo semelhante ao Inferno de fogo e danação eterna, em *Deuteronômio* 32:22. Ele apanhou a *Torá* em hebraico, abrindo o mesmo texto, e ali estava escrito: *Porque um fogo se acendeu na minha ira, e arde até o mais profundo do Seol*[18], *e devora a terra com o seu fruto, e abrasa os fundamentos dos montes*.

– Se o Inferno existisse, tal como o conhecemos hoje, pelos ensinamentos do Cristianismo ortodoxo, esse lugar de danação eterna teria

---

18 Seol – palavra relacionada com a morte, como Hades, citadas ambas na *Bíblia*.

sido detalhado e mencionado várias vezes, nesses cinco primeiros livros da *Bíblia* hebraica. Mas não há nada! Então, meus queridos amigos, nem o satanás existe nem o Inferno existe – exclamou Benedetto, com grande gravidade em sua voz.

Neste momento, LeClerk tomou a palavra: – Não poderiam ser mais convincentes suas explicações e conclusões, apesar de que, se elas vierem à tona, poderão levá-lo a ser considerado herético e até ser encarcerado e excomungado. Quem sabe até ser condenado pelo braço secular da Inquisição! Mas, você não parece surpreso com essas descobertas, Frei Ignácio! Respondi-lhe calmamente: – Não, na verdade não estou surpreso, pois Huss escreveu algo semelhante em suas pesquisas, o que demonstra estar Benedetto e Huss coincidentes, um aspecto muito bom para uma das mais importantes conclusões de nossa tarefa aqui: o Deus Pai não castiga Seus filhos para sempre, não há Inferno. Não há anjo caído, não há Satã nem Satanás. Há amor de Pai e Mãe, na emanação de Deus que chega até nós; há oportunidades incessantes para os chamados demônios se transformarem em anjos. Como Deus é Pai, amoroso e bom! Faltam poucas páginas de Huss a serem analisadas e, em breve, em uma semana no máximo, daremos por concluída nossa missão aqui.

Olhei para meus dois amigos, levantei-me e os abracei com muito carinho, dizendo: – Obrigado por esta oportunidade, LeClerk e Benedetto. Que alegria e privilégio ter convivido e compartilhado esses meses com vocês dois. Em seguida, recolhemos todo o material ali exposto por Benedetto e seguimos para descansar. – Foi um dia muito proveitoso – disse eu em voz alta. – Uma semana muito produtiva, de verdade! Estou muito feliz!

LeClerk, carinhosamente, nos levou até à porta da biblioteca, abriu a parte menor dela, aquela de uso individual, e saímos. Fomos caminhando, Benedetto e eu, vagarosamente, pelo tapete branco com que a Natureza nos brindava. A lua era cheia e as estrelas pipocavam em todo o céu da região do Monastério. Era de tirar o fôlego a beleza do momento! Talvez nossas vozes pudessem até macular o cenário – e seguimos silentes até nossa casinha. Ali, Benedetto insistiu para eu repousar um pouco, enquanto ele preparava o chá e pães com fatias de queijo e mel. Eu não insisti em ajudá-lo, pois me sentia realmente cansado, e meu coração estava um pouco acelerado. Depois de tudo pronto e servido, Benedetto me ajudou a me levantar e nos sentamos à mesa, fazendo nossa oração de agradecimento.

– Estou muito leve hoje; sempre soube que Deus era perfeito e bom, um supremo criador do Universo, um Deus Pai, cheio de amor e bondade. Pai e Mãe, pois nos deu a vida e tudo o que vemos, homens, plantas, árvores, pássaros, animais. O cântico do Wachau é voz de Deus, o vento que sopra é outra emanação de Deus. A chuva e as tempestades, com seus raios e trovões, são ferramentas de Deus para limpar nosso ambiente, contaminado e fétido com nossas ações vis e maldades. E, nesses dias, vi que o que mais me atormentava a Seu respeito eram invenções e interpretações do homem, e nada mais. Não há demônios, não há anjos caídos, não há Inferno. Tudo agora faz sentido, tudo agora faz muito sentido – disse Benedetto, em voz alta, como se estivesse falando somente para si.

Em seguida, Benedetto levantou-se e me recomendou: – Irmão querido, muito obrigado por tudo isto. Vá descansar agora. Vou dar-lhe seu tônico antes que se deite. Minha sugestão a você: não vá à biblioteca amanhã, vá orar na Catedral, passeie um pouco, mas volte e descanse mais. Deixe que eu avise a LeClerk, logo de manhã, que você tirou o dia para descansar. Eu aceitei sua recomendação, tomei o tônico e fui me deitar. Meu peito doía um pouco, meu coração não batia de forma cadenciada; eu fiz uma prece sentida, pedindo a Deus mais algumas semanas, nada mais. Cansaço profundo chegou a meus olhos e dormi profundamente.

As últimas páginas de Huss

Ao acordar, senti que tinha dormido mais do que devia. Olhei assustado para a nossa pequena cozinha e lá estava Benedetto, que me disse sorrindo: – Já passou da hora nona e estamos a meio caminho da hora sexta. Você nunca dormiu tanto. Fui a seu canto observá-lo e vi que estava ronronando suavemente, que não valia a pena acordá-lo. Como você se sente? Levante-se, faça sua higiene pessoal e venha tomar seu café da manhã, que eu mesmo preparei. Trouxe algo especial, seus bolos e algumas tortas, principalmente aquela de nozes com avelãs, que você tanto aprecia, peguei-as na cozinha central. Espero-o.

Passados cerca de quinze minutos, eu voltei e sentei-me à mesa com ele, saboreei com fome as iguarias da cozinha e o chocolate quente que ele havia preparado. E lhe disse que me sentia muito bem, mas acataria sua sugestão de não trabalhar naquele dia, mas sim repousar. Saí um pouco, para ver a neve e o sol. Caminhei por alguns poucos minutos, a fim de respirar aquele ar especial e, logo depois, voltei ao quartinho e me recostei, voltando a dormir. Ao despertar, já havia passado muito da hora sexta. Benedetto estava sentado numa poltrona, próximo à minha cama, lendo alguns papéis, que percebi serem os diversos relatórios e informes periódicos que ele havia preparado para Torquemada. Benedetto sempre preparava duas cópias, uma para ser enviada e outra para nossos registros.

– Como você sabe – falou Benedetto –, nesses oito meses que aqui estamos, enviamos quatro informes ao Sumo Inquisidor. Inicialmente, a remessa seria mensal, mas, depois do primeiro, escrevemos-lhe uma carta, propondo que fosse bimensal e que, se ele concordasse, não precisaria nos responder. Como não recebemos nada contra, acreditei que ele tinha concordado com nossa proposta. O último, como me disse, você mesmo escreverá. Minha sugestão é que você o escreva aqui mesmo, em Melk, e o finalize antes de chegarmos a Sevilha, pois, certamente, nossa chegada ali deverá ser anunciada a Torquemada, que nos convocará para a apresentação final, em poucos dias. Deixe somente os retoques finais para serem feitos lá.

Como sempre, as observações e sugestões suas eram irretocáveis e eu anuí, dizendo que sim, era a melhor estratégia. Comuniquei ao meu amigo que, talvez, em um, ou no máximo dois dias, eu terminaria a leitura do último caderno de Jan Huss e daria por encerradas as visitas às salas internas da gloriosa biblioteca. Utilizaria as mesas reservadas e individuais das pequenas salas comuns lá existentes, para a emissão do informe final.

Resolvemos colocar as poltronas de nosso quartinho do lado de fora e nos sentamos ali e permanecemos até a chegada da hora *véspera*, conversando sobre as nossas impressões e experiências, desde o dia que chegamos até aquele momento tão próximo de nossa partida. E como o nosso entendimento havia mudado, ao longo daqueles quase nove meses. Os segredos da biblioteca tinham trazido à superfície personalidades fundamentais, que deram suas vidas ao estudo dos ensinos verdadeiros de Jesus, ou moldaram o Cristianismo que vivíamos. Eram muitos nomes que nos vinham à mente, nessa conversa privada e íntima.

Nomes como Gamaliel, Nicodemos, Orígenes, Ário, Constantino, Justiniano, Teodora, Pelágio, Agostinho, Wycliffe, Huss, Jerônimo de Praga e outros, todos interconectados, numa trama que levou a uma interpretação totalmente equivocada dos ensinamentos de Jesus, que ainda prevalece, mas que um dia será desvelada. Para não falar dos evangelhos apócrifos, em geral, e dos de Tomé e Judas, em particular. E Benedetto me disse, em tom de gracejo na voz: – São mais de mil anos de tradições equivocadas e que não serão facilmente modificadas. Afinal, a existência do Purgatório, do Inferno, dos demônios e de uma única vida, ou melhor, de uma única existência, é muito conveniente para manter o *status quo*, o poder sobre o povo iletrado que temos. O medo do Inferno, do castigo eterno, é a chave para a manutenção desse poder. E, para quem é contra, ou para quem vê outras possibilidades, o destino é o braço secular da Inquisição e as lenhas da fogueira. E talvez seja o que nos espera na Hispânia, depois que você tiver a sua reunião com Torquemada. Talvez não seja a palavra certa. Será certo que ele nos enviará à prisão, condenados por heresia. Porém, não estou preocupado não, de verdade. Aceito a condenação como consequência de uma visão estreita dos poderes da Igreja.

E eu complementei dizendo que também aprendemos que a preexistência das almas e as vidas sucessivas são uma verdade preconizada por Jesus, ensinada para demonstrar que todos somos fadados a ser um dia como Ele e estarmos sentados à direita do Pai. E aprendemos também que os *dons* de Deus, os *dons* carismáticos, podem ser possuídos por algumas pessoas, e assim uma ponte de comunicação pode ser criada por esses medianeiros, entre o nosso mundo de carne e o dos que se foram antes de nós, o mundo das almas, ou dos espíritos. – Estamos saindo daqui muito mais ricos do que quando entramos, meu amigo e irmão. Muito mais ricos – eu finalizei.

Aquietamos por alguns segundos; Benedetto rompeu o silêncio, com uma pergunta que estava atravessada em sua garganta e que não queria calar. – Não podemos ficar com esses ensinamentos somente para nós. Como fazer para divulgá-los, antes que sejamos presos, acusados de heresia e levados à morte? Os que escreveram e tentaram divulgar essas verdades foram todos mortos, acusados de heresia. Por que isso seria diferente agora? E se fôssemos levados à fogueira, que bem essas descobertas terão feito ao mundo, se elas não podem ser divulgadas? Veja que temos tudo o que você descobriu escrito nestes dois volumes. Um deles será entregue a LeClerk, para que fique na sala 16. E o outro, que destino daremos a ele?

Eu olhei, carinhosamente, para Benedetto e lhe respondi: – Irmão, essa pergunta já me assaltou várias vezes e, de verdade, passei largo tempo preocupado, pois sabemos o que ocorrerá comigo ao entregar a carta final ao Sumo Inquisidor. E perguntei muitas vezes aos céus como deveria proceder, depois que tivéssemos finalizado nossa pesquisa. Um dia, eu estava na Catedral, sozinho, orando angustiado, com essa pergunta em minha alma e escutei dentro de meu coração uma voz que me dizia: *Não se angustie com essas questões. Faça o seu trabalho, que as orientações chegarão, no momento certo.* E assim prossegui, meu amigo. E é assim que terminaremos nosso trabalho. A resposta à sua pergunta, que também foi minha, virá e está próxima, porque também meu tempo se extingue nas paragens desta existência, e quem sabe seja você a dar prosseguimento à nossa tarefa, depois que eu me for.

Benedetto, com sua total e completa confiança em Deus e em seus desígnios, retrucou: – Se é assim que Deus quer, assim será. Mas, que eu vou sentir muito sua falta, isto de verdade eu vou. – Ele silenciou, e algumas lágrimas desceram pelo seu rosto. Levantamo-nos, pegamos nossas poltronas e adentramos nossa casinha. E lá se foi meu amigo preparar o chá, trazendo-me o tônico energético; eu passei a cortar os pães e abrir os potinhos de mel das diferentes flores daquela linda região da Áustria.

No dia seguinte, cheguei cedo à biblioteca e logo estava na sala 16, abrindo o último caderno de Jan Huss. Sensação diferente me tocou, como se, naquele dia, algo de especial fosse ocorrer. Não sei se pela excitação com o término das minhas pesquisas, se por algo ainda inesperado, não saberia dizer. Ao abrir as últimas páginas de Huss, percebi, uma vez mais, o missionário que ele foi. Assim estava escrito:

"Meu Jesus amigo, meu companheiro de todas as horas. Sempre soube que algo me empurrava para colocar à frente todos os vossos ensinamentos de humildade, perdão e intenso amor às vontades de nosso Deus Pai. Oh! Senhor, meu Jesus amigo, nunca estivestes longe de mim, em nenhum momento de minha vida. Lembro-me de minhas primeiras dúvidas sobre a carreira sacerdotal, lembro-me de ter escutado Vossa voz, na igrejinha do povoado onde nasci. Com o decorrer dos anos, vi que o que a Igreja estava ensinando não seguia tudo aquilo que Vós, Senhor, nos havíeis deixado. A Igreja consoladora e refúgio para os sofredores se havia tornado em lugar para ricos e homens sedentos de poder, muitos dos quais sequer possuíam o mínimo de vocação religiosa nem conheciam Vosso Evangelho! Tive que falar, tive que relembrar às autoridades e aos fiéis de minha Igreja, em Praga, as verdades dos Evangelhos, tive que escrever estas verdades e denunciar aquilo que acreditava incorreto. Sempre senti que eu Vos tinha, Senhor, atrás de mim, apoiando-me e estimulando-me.

A Vossa presença é tão visível em minha vida e foi uma vez mais demonstrada, com a chegada de meu querido amigo Jerônimo, que me trouxe os escritos de um dos seus mais fiéis seguidores, o meu querido Wycliffe, de Oxford. Eles foram o despertar para uma nova fase em minha vida e me incentivaram a combater os abusos da Igreja. As reações desse clero infiel a Vós não se fizeram esperar, fui condenado a não mais pregar e até excomungado eu fui. Mas uma vez mais, Vossa presença se fez evidente e, com o aparente sonho e o encontro com o espírito Wycliffe, uma outra fase, agora um divisor de águas, se iniciou, e aqui estou, com todas estas verdades que Vós revelastes a Vossos apóstolos e que agora são de meu conhecimento completo. Por favor, orientai-me como prosseguir, como desvelar esses maravilhosos horizontes de verdades consoladoras aos fiéis de minha Igreja e de toda a Vossa Igreja. Por muito menos, por expor verdades ainda menores e denunciar os abusos e equívocos, fui condenado e excomungado. O que não farão quando essas novas e antigas verdades forem reveladas? Não estou preocupado por minha segurança, em nada! Estou preocupado em não conseguir demonstrá-las e elas serem, uma vez mais, consideradas heréticas e terem sua divulgação proibida. Isso não pode ocorrer de novo. Ajudai-me, meu amigo, iluminai-me para eu prosseguir.

Nesse momento, parei de escrever, para enxugar lágrimas que começaram a descer por minhas faces. E eu disse para mim mesmo: será que fracassarei, meu amigo Jesus? Será que não serei capaz de levar à frente estas verdades? Será que eu não serei capaz de desenvolver minha parte, nessa imensa rede de missionários que estão determinados a trazer sua mensagem de volta? Lágrimas copiosas voltaram a inundar meu rosto, até que, ao enxugá-las, uma sensação de calma invadiu minha alma. Senti algo atrás de mim, como um ar reconfortante ligeiramente frio, virei-me e vi que uma figura se condensava cada vez mais, tornando-se uma pessoa alta, forte, já idosa, vestida como rabino da antiga Palestina. Ao completar sua condensação, ele se apresentou nestes termos: 'Meu querido irmão de outras eras, Jan Huss. Sou Nicodemos, o rabino que esteve com nosso Mestre e Amigo Maior Jesus de Nazaré. Como você sabe, o venerado apóstolo João foi quem escreveu a meu respeito. Os outros apóstolos foram contra minha visita e não quiseram que o Mestre me recebesse, pois eu era do Sinédrio e poderia comprometê-los. Mas, João foi o único que aprovou que Jesus me recebesse, sem restrições. E, com certeza, o Mestre contou-lhe sobre nosso encontro. Mas, estou aqui para orientá-lo e lhe dizer o rumo a seguir. Os seus caminhos nesta existência estão para chegar a seu termo. Confie na bondade de Nosso Deus Pai e no companheirismo do Amigo Maior, Nosso Jesus de Nazaré. Seus sofrimentos, Jan, serão enormes, mas passageiros, durarão segundos apenas, e logo estaremos recolhendo seu corpo imortal'.

Eu, ingenuamente, lhe perguntei: 'Venerando Rabino, mas então estes ensinamentos e descobertas se perderão de novo? Que utilidade terá de conhecê-los, se não conseguimos levá-los adiante?'. O rabino Nicodemos abriu um sorriso e me disse: 'Jan, o grande objetivo de sua missão em Melk foi o de você entrar em contato com esses conhecimentos. E o conhecimento é do espírito imortal e não do corpo, vestimenta sagrada temporária para nossas manifestações na carne. Esses conhecimentos ficarão com você, para que, em próxima existência, possa trazê-los em sua plenitude para todo o mundo cristão e não cristão. Hoje, o mundo não está preparado para receber essas verdades, mas logo estará, e você voltará. Estaremos em legião com você, para o restabelecimento das verdades. Espere, o tempo chegará. É assim que o nosso Mestre planejou e tudo está saindo conforme Ele disse que ocorreria'. E eu lhe respondi: 'Rabino Nicodemos, mas eu posso, pelo menos, tentar fazer algo aqui, enquanto estiver ainda nesta existência'? Nicodemos me respondeu com um enorme sorriso: 'Não esperava outra coisa de você. Claro que sim, pode fazer, sim, mas vá devagar, pois você ainda tem um tempo precioso nesta existência. Converse com Jerônimo, planeje com ele como prosseguir e façam o que o coração de vocês mandar. Estaremos juntos sempre e que a amizade e luz de Jesus de Nazaré esteja presente em nossas vidas'. Nicodemos estendeu suas duas mãos em minha direção e se despediu. Sua aparição foi-se desvanecendo, o ambiente voltou àquela condição anterior, e eu, ainda, com um ligeiro calafrio no corpo.

Parei, pensei em tudo o que tinha acontecido e rezei: *Jesus, meu amigo de todas as horas, obrigado pela resposta tão clara aos meus questionamentos. Obrigado por fazer parte deste grupo amoroso formado por Vós. Sinto que sou muito pequeno neste planejamento, mas se Vós, Senhor, assim considerastes que eu fosse parte dele, por favor, dai-me forças de modo a não esmorecer perante as dificuldades, que certamente se avizinharão em minha próxima existência. Em presença de uma tarefa tão colossal, reconheço minha fraqueza, minha debilidade. Supri, amigo, minhas deficiências, e dai-me as forças necessárias para que consiga levar à frente esta tarefa. Sustente-me nos momentos difíceis e, com Vossa ajuda e de Vossos colaboradores e celestes mensageiros, me esforçarei e farei de tudo para responder a Vossos desígnios. Aqui estou, Senhor, Vosso servo e amigo de sempre.*

Esta oração de Jan Huss a Jesus era seu último escrito. Eu, emocionado, li uma vez mais e, devo confessar, também senti lágrimas descerem pelo meu rosto. Que missionário, meu Deus! E quando será que ele viria para restaurar essas verdades? Nicodemos disse que seria logo. Huss morreu na fogueira da Inquisição em 1415, e já havia se passado mais de setenta anos, e não via o mundo, até então, pronto para receber essa mensagem. A Inquisição que o condenou estava ali e ainda mais forte. Quando seria, meu Pai?

Meus pensamentos voaram até o dia em que recebi a convocação de Tomás de Torquemada, em uma carta escrita de próprio punho. Talvez ele a tenha escrito – e não somente me convocado à sua oficina de trabalho, anexa à Catedral de Sevilha, por meio de um dos guardas que o serviam – por consideração do parentesco que nos unia. Havia algo a mais também: fui eu que pedi a seu tio, então, seu preceptor legal, que o induzisse à carreira sacerdotal. Foi, certamente, por essas considerações que ele escreveu a carta. Lá fui eu a seu *pequeno palácio* (ele assim o denominava, por se sentir um rei ali, a autoridade máxima) e, quando ele expôs seu pedido, fui claro e lhe retruquei que não era o melhor nome, pois ele sabia de meu desagrado com os métodos da Inquisição. Porém, ele insistiu em meu nome, dizendo que o Frei Benedetto de Florença, que era meu amigo, tinha sido escolhido para me secundar nessa missão. Eu me lembro de ter lhe dito que colocaria em meus informes as verdades, fossem quais fossem, mesmo que lhe desagradassem e frustrassem seus objetivos.

Em resposta, Torquemada riu e me disse: – Foi por isto que o convoquei, meu tio Frei Ignácio. Porque tudo o que você colocar em seu informe será verdade e é isto que eu quero. Não há outra pessoa mais qualificada, pois não quero receber falsas verdades, só para me agradarem. Eu estou certo de minhas ações, pois é preciso expulsar os demônios dos corpos dos hereges, para salvar suas almas, de qualquer maneira que seja. A salvação das almas é o que interessa, o que, de verdade, importa, assim eu vejo e acredito. Os demônios ocupam os corpos dos homens fracos e equivocados. Eu tenho que ser fiel a Jesus e expulsar esses demônios, mesmo que leve à morte do corpo material. A salvação da alma é que importa, não o corpo! E meus métodos precisam ser respaldados. Confio em seu trabalho. Vá e que Deus os abençoe, aos dois. Benedetto chegará em dois dias e logo após o devido descanso, iniciem a viagem. O tempo corre e não para. – Ele se aproximou e eu o abracei, como tio, quase pai, daquele lindo menino e jovem, que havia se transformado no mais temível dos homens de sua época. Contudo, eu tinha seu nome constantemente em minhas orações, na esperança de que Deus iluminasse sua alma por outros caminhos.

Lembrei-me de nossa chegada em Merk, dos primeiros encontros com LeClerk, sua desconfiança e, mais tarde, sua intensa amizade. "Ainda me restavam três semanas em Melk", pensei em voz alta. Prepararia minha carta final, supervisionaria os escritos de Benedetto sobre nossas descobertas e partiríamos de volta a Sevilha. Nessas três semanas, certamente, receberíamos as orientações de como prosseguir com esses escritos e nossas descobertas. Levantei-me e, simultaneamente, a porta se abriu; era meu esquálido e alto amigo bibliotecário que me esperava, e eu caminhei em sua direção. Em seguida, voltei-me e abençoei a sala com minhas mãos, dizendo: – Muito obrigado por tudo, por ter aberto seus segredos para mim. – LeClerk colocou suas mãos em meus ombros e recomendou: – Vamos, amigo, já é tarde.

Capítulo 9

A carta a Torquemada – o relatório final

Ao sair do edifício interno da biblioteca, adentramos o *Scriptorium*, que já estava praticamente vazio. Dos copistas que lá trabalhavam, apenas um permanecia no local. Era Albert Freihof, um monge nascido nos arredores de Viena, a cidade imperial. LeClerk me havia confessado que talvez ele fosse seu escolhido para sucedê-lo, pela sua dedicação e atenção aos detalhes de funcionamento da biblioteca. Segundo LeClerk, Albert constantemente ficava após o horário normal de expediente, a fim de ajudá-lo nas arrumações finais e até se oferecera, algumas vezes, para auxiliá-lo na revisão de documentos. Ele, realmente, era muito dedicado. Toda vez que eu ajudava outro copista, lá vinha ele para aprender algo. Ao nos ver, Albert, pedindo licença ao bibliotecário, solicitou-me que, nos próximos dias, o ajudasse a revisar e opinar sobre alguns desenhos que ele havia imaginado, para ilustrar algumas passagens de cópias restauradas de livros em que ele estava trabalhando. Eu lhe respondi que, a partir do dia seguinte, sim, poderia ajudá-lo, e ele muito me agradeceu. Saí da biblioteca, caminhando, lentamente, sob a luz fulgurante e cristalina da lua cheia, refletindo no branco imaculado da neve; eu respirava profundamente, apesar de sentir ligeira dificuldade em absorver aquele ar purificado, que pudesse entrar plenamente em meus pulmões. Contudo, sentia leveza em minha alma, pois sabia, dentro de mim, que a minha tarefa de pesquisa e aprendizado havia terminado, restando somente a carta a Torquemada, com meu testemunho. "Havia planejado começar no dia seguinte, após ajudar Albert, pensei comigo mesmo". Poucos minutos depois, cheguei ao nosso quartinho, e o cheiro de sopa quente inundava o ambiente. Benedetto sempre ali, sempre Benedetto! Que teria sido de mim, sem esse meu querido amigo?

Enquanto cortava os pães e preparava o mel, contei-lhe sobre meu dia e a oração final de Huss. Benedetto, sem parar de remexer a sopa, parecia estar profundamente tocado com as palavras de Huss. Ao terminarmos, nós nos sentamos em nossa salinha improvisada, nas duas poltronas, ele colocou seu licor e meu chá e nos acomodamos. Depois de alguns minutos, meu amigo Benedetto assim se expressou: – Ignácio, meu irmão, tem uma mente privilegiada. Poderia, uma vez mais, repetir a oração final de Jan Huss? Queria absorvê-la em meu ser, palavra por palavra. – Tomei um pouco do chá, fechei meus olhos, e as últimas páginas do caderno de Huss se abriram em minha mente e as li em voz alta, pausadamente.

Ao terminar, eu estava emocionado; as últimas palavras saíram com dificuldade, pois minha voz estava embargada de emoção; ao abrir os olhos, vi que Benedetto soluçava baixinho. Respeitei seu momento, e, ele logo ponderou: – Huss era um homem extraordinário; depois da visita de Nicodemos, ele, sabendo que logo iria morrer, ainda insistiu em passar aqueles ensinamentos adiante, ainda no seu tempo. E, nessa oração, ele se ajoelha e se submete aos desígnios do Pai, sem reclamar, e se entrega em sua fidelidade total a Jesus. Ouso dizer que sua oração tem muito em comum com as palavras de Maria, nossa Mãe Santíssima, ao dizer ao Anjo Gabriel: *Eis-me aqui, faça-se a vontade de Deus Pai.* Ele se levantou e falou: – Terminamos! E com chave de ouro, sinceramente, creio eu. Amanhã vou começar a dar os toques finais nos dois volumes que escrevemos, e você deve iniciar sua carta a Torquemada. Vamos repousar, meu amigo, pois já é noite densa.

O dia seguinte chegou sob intensa borrasca de neve. Não havia como sair de nossa casinha; até tentamos, porém, a neve nos impediu de abrir a porta. Benedetto estava numa animação incontida e me disse que ficaríamos trabalhando em casa. Para evitar o acúmulo de mais neve, ele pegou a pá, começou a limpar pouco a pouco a frente da porta, até que ela se abrisse, e continuou, abrindo um pequeno caminho até a via principal que levava à direita, em direção ao monastério e à biblioteca, e, à esquerda, para a colinazinha que serpenteava até os jardins e meu *banquinho*. Mas, a neve continuava a cair e logo tudo já estava novamente coberto, com aquele manto suave e fofo, que mal deixava levantar os pés para caminhar. Não havia como ir à biblioteca, certamente, boa parte dos copistas mal lá poderia ter chegado. A borrasca continuou por três dias consecutivos e, quando parou, apareceu aquele sol imenso, num céu azul incomparável. A porta estava coberta de neve até a altura de minha cintura, mas podíamos escutar o canto alegre dos monges, limpando os caminhos e vielas.

Durante esses três dias, Benedetto e eu resolvemos iniciar a revisão do que havia sido escrito, desde nossos primeiros dias, e ele dispôs como se fosse um diário, registrando tudo e fazendo seus comentários, dia a dia. Como dito, tínhamos dois volumes exatamente iguais, com quase trezentas páginas cada um. Já sabíamos que LeClerk guardaria um deles na sala 16; quanto ao outro, ainda não sabíamos que destino daríamos a ele.

Porém, a orientação logo viria, estava confiante. No quarto dia, já sem a borrasca, saí caminhando vagarosamente para a biblioteca e, a meio caminho, apareceu, ao meu lado, chegando rápido e ofegante, o monge Albert, que me ajudou com sua companhia e seus braços para me apoiar. Conversamos um pouco sobre a neve e os atropelos que ela causa, apesar da beleza e da poesia de que é portadora, e chegamos à biblioteca. Lá estava LeClerk à porta, nos esperando com ar de preocupação, dizendo-me, logo ao chegar: – Tinha já pedido a Albert que fosse à sua casinha para ver se vocês precisavam de algo, afinal esta borrasca foi a mais forte e longa dos últimos dez anos e nos pegou a todos desprevenidos. Mas tudo está bem, pelo que vejo, graças ao bom Deus.

Vamos entrar, a lareira já está acesa há dias e aqui dentro está confortável. – Agradeci a Albert pela atenção e carinho comigo, e LeClerk me levou à sua salinha para que eu tomasse um chocolate quente e, para surpresa minha, ele tinha com ele maravilhosos *churros* e *porras*,[19] que haviam sido feitos na cozinha por um monge cozinheiro, cuja mãe era de Madrid, na Hispânia. Nós dois nos deliciamos com essas iguarias típicas de minha pátria. E, enquanto eu me dirigia à mesa de Albert, LeClerk preparava uma mesa reservada para mim, em umas das pequenas salinhas individuais, que existem para estudos e pesquisas, no edifício interior, nas alas comuns.

Interessante, Albert estava ilustrando um livro, que falava das consolações reservadas àqueles que tinham conseguido terminar sua jornada terrena sem blasfêmias a Deus. Seus desenhos rabiscados mostravam céu azul, pássaros, estrelas; ele tentava colocar algo que simbolizasse música no ar e, como estava com dificuldades, não avançava, pois, para ele, sem música o céu não poderia ser o Paraíso, visto que a música, ele me disse, era uma das manifestações mais belas de Deus aos homens.

Tomei uma de suas penas, desenhei um riacho, coloquei umas nuvens em movimento, representando o som que saía do rio, e o vento era cheio de flores, borboletas e notas musicais. Ele ficou encantado e, dentro de meus rabiscos da nuvem, ele colocou as diversas cores – ali estava representada a música. Ficou realmente muito bom. Então, ele me disse que desenharia variações desse rabisco inicial e me mostraria mais tarde, ao que lhe respondi, de bom grado, que sim. E, antes de sair, eu lhe perguntei se sabia da origem das notas musicais, como elas foram criadas, e ele afirmou ter ouvido falar que havia sido há alguns séculos, na Itália, e nada mais, mas que gostaria de saber. E eu lhe respondi: – Jovem Monge Albert, foi um monge como nós, Guido de Arezzo, na Itália, que, como professor de música, recebeu uma intuição magnífica dos céus, quando ensaiando uma música em latim, em louvor a São João Evangelista, que dizia assim: *Ut queant laxis / Resonare fibris / Mira gestorum / Famuli tuorum / Solve polluti / Labii reatum / Sancte Iohannes*. Ele reuniu as

---

19 Porras – no idioma espanhol significa churros em tamanho maior.

letras iniciais de cada estrofe e assim ficou: Ut, Ré, Mi, Fá, Sol, Lá, Si. Esta última, Si, é a junção das primeiras letras de Sancte Iohannes! Que intuição grandiosa, não é mesmo? Meu jovem amigo ficou feliz por mais esse conhecimento, e me despedi, pois LeClerk já estava de volta e me aguardando.

O cantinho preparado por ele não poderia ser mais adequado. Era uma pequena sala, com uma mesa, uma cadeira, uma singela poltrona, papéis e pena com tintas diversas. O detalhe foi uma pequena pintura de Francisco de Assis, que ele colocou em uma moldura à mesa. Eu lhe agradeci de coração por toda essa gentileza. Ao sair, LeClerk me disse que voltaria em algumas horas, para que tomássemos chá, pois, de acordo com ele, uma pausa era sempre importante para reavivar nossos pensamentos, quando documentos e escritos importantes estavam sendo preparados.

O vestíbulo das salas internas começa por um pequeno caminho, que depois se bifurca em vários outros caminhos e portas. Uma dessas portas abre para aquele espaço anelar que leva às salas secretas. E outra porta dá acesso ao salão principal interno, acessível a todos os que desejam consultar seus enormes arquivos. Esse salão interno é enorme e impressionante, em sua riqueza de detalhes. Eu saí de minha salinha e passei a perambular por entre as estantes e, eventualmente, apanhando um ou outro livro, abrindo-o para ver seu estado. Era de impressionar o cuidado com os livros. Recoloquei-os em suas estantes e continuei a andar de um lado para outro, naquela imensidão de átrio, pensando em como escrever, o que escrever e, na verdade, nada concreto vinha à minha mente. Havia tanto a contar, mas tinha que ser contada de forma precisa. E uma ideia veio à minha mente. Os volumes preparados por Benedetto necessitam de uma abertura, um introito, de modo que aqueles que os abrissem soubessem do que se tratava o seu interior, o motivo da compilação daqueles escritos e seu objetivo final, os destinatários dos conhecimentos ali depositados. Benedetto teve uma ideia muito boa, que aceitei de imediato, que era elaborar um sumário de nossas descobertas para entregar a Torquemada, junto com minha carta. Benedetto levou o restante dos dias compilando as informações em um livrinho com mais ou menos cinquenta páginas, e, nele, evidentemente, nenhuma referência à sala 16 e seus pergaminhos e livros.

E foi ali, nos salões internos, que dei início à minha tarefa final. Dirigi-me à salinha reservada por LeClerk, fechei a porta, fiz minha oração a Francisco de Assis, pedindo que ele me intuísse. Coloquei o papel virgem à minha frente, mergulhei a pena na tinta escura e comecei a escrever o Introito ao nosso livro final, o produto de nossas pesquisas.

A você que vem após mim: este livro foi escrito pela pena do Frei Benedetto de Lucena, meu companheiro, amigo e irmão. Tudo o que está aqui escrito foi derivado direta ou indiretamente de minhas pesquisas na Biblioteca de Melk, na Áustria, e toda opinião ou conclusão aqui é de minha inteira responsabilidade. Frei Benedetto não pode ser culpado ou condenado por nada, pois todas as ações pessoais e experiências que ele aqui conta somente vieram à tona por causa deste trabalho, atribuído a mim e não a ele, pelo Sumo Inquisidor Tomás de Torquemada. Insisto em sua total isenção de responsabilidade pelo conteúdo e, se os braços da Inquisição descobrirem sua existência e julgarem que este livro mereça ser condenado e destruído, Benedetto de Lucena nada tem absolutamente a ver com seu conteúdo. E o mesmo, por extensão, aplica-se ao Monge Bibliotecário LeClerk, que também não tem responsabilidade por seu conteúdo. O acaso fez com que ambos contassem algumas de suas experiências, que serviram somente para eu completar minhas ideias e conclusões. O braço secular da Inquisição poderá alcançar-me, e até entendo isso, mas não a Benedetto e LeClerk, isentos que são das decisões tomadas por mim. O conteúdo exposto é de minha completa responsabilidade.

O Sumo Inquisidor da Hispânia, Tomás de Torquemada, encarregou-me de uma tarefa, a de encontrar, nos livros sagrados do Cristianismo, justificativas irretocáveis para os métodos diversos de tortura aplicados aos hereges, para a salvação de suas almas. Eu, que sou tio de Torquemada, disse-lhe que talvez o decepcionasse, ao final de meu trabalho, mas que lhe traria a verdade, fosse qual fosse. Após mais de oito meses estudando e pesquisando, descobri maravilhas. E uma delas é a de que Deus é nosso Pai e nossa Mãe, portanto, sempre misericordioso e bom, pois nunca castiga seus filhos para sempre. Aliás, descobri que não é Deus quem castiga, mas sim nós mesmos que, através da semeadura de nossas ações vis e equivocadas, colhemos os resultados decorrentes. Aprendi que semeando dores e lágrimas, colhemos dores e lágrimas, não sorrisos e ventura. Acaso alguém que semear morangos colherá pêssegos? Acaso alguém que plantar cardos colherá rosas? Aprendi que Deus nos dá sempre a oportunidade de novas existências, até que purifiquemos nosso espírito. A vida deste é única, ele nunca morre, está sempre experimentando novas vivências. Você verá, ao estudar este livro, como os ensinamentos de Jesus foram deturpados ao longo dos séculos, para que a manutenção do poder pudesse ser a tônica da nossa Igreja. Não a Igreja consoladora e local de refúgio, que seria o seu objetivo inicial.

Uma das maiores lições que aprendi aqui, e neste livro estão relatadas, é a de que somos espíritos eternos, imortais, vivendo experiências terrestres em novas existências – oportunidades de aprender e resgatar nossos erros. Somos o filho que saiu ao mundo para gozar a vida, perdeu tudo e voltou à casa do Pai, que lhe dará sempre nova oportunidade de reinício. Somos a ovelha de número cem, que ficou para trás, querendo desbravar novos pastos e que, ferida de morte, foi achada pelo Bom Pastor, que não descansou até que a reencontrasse. Você, que agora está de posse deste livro, leia-o com cuidado e carinho. Verdades históricas aqui estão relatadas. Dogmas são descartados – o Inferno, por exemplo, como ensinado pela Igreja, não existe. Existe, sim, aquele inferno interior, que é a nossa ausência na festa de Deus, causada por nossa própria insensatez; não existe o Diabo, o Satã, o Satanás, que nada mais são do que figuras de linguagem para retratar aquele espírito ainda perdido, nas trevas da ignorância, longe das verdades de Deus Pai, que representam, também, a ovelha número cem, tão bem contada por nosso querido Senhor Jesus, Amigo e Irmão Maior. Esses *demônios e satanases* serão, um dia, após diversas existências, inicialmente bem difíceis, espíritos resplandecentes, que sairão em busca de outras ovelhas desgarradas, como eles um dia foram. É uma marcha incessante, a da nossa evolução espiritual. A morte do corpo de matéria é a passagem para um mundo perene. O retorno à carne é a matrícula em nova experiência escolar, em nova existência. Leia com atenção e dedique o tempo que for necessário. Você assim aprenderá o que nós, antes de você, aprendemos. Que o humilde Jesus de Nazaré esteja com você nesta leitura. Fique em paz!

Ignácio de Castela,
Frei Franciscano, Monastério de Melk, 1485.

A carta a Torquemada
À Vossa Eminência,
Sumo Inquisidor Tomás de Torquemada

Dirijo esta carta ao Sumo Inquisidor da Igreja Católica também ao meu sobrinho Tomás. Tenho a ilusão de que o menino *chaval* dos folguedos juvenis em Sevilha possa, junto com o Inquisidor, entender o que eu escrevi nesta carta. Ela é o Informe final, conclusivo, da pesquisa que o Sumo Inquisidor me comissionou há quase um ano. Lembro-me de lhe ter dito que eu escreveria a verdade e nada mais, custasse o que custasse, e assumiria com isso as consequências decorrentes dessas verdades. Chegamos a Melk nos últimos dias de janeiro e estamos de regresso agora, em dezembro; foram pouco mais de dez meses de pesquisas e investigações. O Abade de Melk nos recebeu com toda a amabilidade e nos cedeu uma casinha, uma modesta residência com uma sala central e uma pequena cozinha com lareira, localizada no canto de um pequeno caminho que unia o jardim da colina à entrada do complexo do Monastério. Essa casinha nos serviu de abrigo, tornou-se nosso lar durante esse período. Tivemos todo o suporte e nada nos faltou. Por favor, seria cordial que o Senhor Inquisidor escrevesse uma carta com agradecimentos ao Senhor Abade. Nós, Benedetto e eu, já fizemos isso, em sua oficina de trabalho, pelo que ele ficou muito feliz, ao saber de nossa satisfação e do fim exitoso de nossa missão ali. Somente como contraponto à seriedade desta carta, o Abade ressaltou que estaríamos levando, de volta à Hispânia, não apenas conhecimentos, mas também barrigas mais proeminentes!

Rimos muito juntos, pois, realmente, a cozinha, disse a ele num tom jocoso, é um portal do pecado da gula.

A Biblioteca de Melk é um portento, em comparação a todas as que conheço; não há outra que se iguale em magnitude, livros, conteúdo e majestade. A vista do complexo do Monastério, ao longe, ainda quando estávamos na estrada de chegada, é de tirar o fôlego. Ali de longe, pude inferir a imensidão da biblioteca. Quão excitados ficamos! Ao adentrar a biblioteca, no seu salão de entrada e *Scriptorium*, pude constatar o zelo, o cuidado e a total dedicação dos escribas, copistas e da mão maestra, severa e paternal do bibliotecário, Monge LeClerk, que nos facilitou o acesso a tudo de que necessitávamos. Sem sua cooperação, nossa missão teria sido incompleta, pois tivemos acesso a todas as salas e arquivos. A tradição oral entre os teólogos e exegetas diz que ali existiriam salas secretas ou proibidas ao pesquisador comum. Eu posso afirmar que pude visitar todas as salas e os salões restritos que lá havia, neles pesquisar, e não vi nem soube de qualquer sala escondida ou proibida.

Quando mencionei esse aspecto ao bibliotecário, ele riu e me disse que há muita conversa e boatos sem fundamentos. Que sim, há salas restritas ao pesquisador comum, mas quem traz justificativas sólidas pode ter acesso a elas; LeClerk me disse que cerca de dez a quinze pessoas têm acesso a essas salas restritas a cada ano. E eu fui uma delas, e esta oportunidade eu agradeço ao Sumo Inquisidor, de coração.

O objetivo de minha missão era muito claro, procurar justificativas mais sólidas do que as atualmente em vigor, para validar os procedimentos de tortura aos hereges e possuídos pelo *poder maligno* – é o que está escrito, de maneira clara, na carta que o Senhor Inquisidor me entregou em mãos, quando de nosso encontro em seu escritório de trabalho, na Catedral de Sevilha. Naquela ocasião, eu lhe respondi firmemente que era contrário a esses procedimentos, mas o Senhor insistiu em meu nome, pelo zelo, cuidado e detalhes de minhas pesquisas anteriores, em artigos (muitos) e livros (poucos, é verdade) publicados.

Agora vou dirigir-me a meu sobrinho, na liberdade e autoridade do tio, que o encaminhou à carreira sacerdotal. O enunciado que se segue não será do agrado do Sumo Inquisidor, mas espero que o meu sobrinho reflita sobre o que passarei a escrever adiante. Você agora terá que colocar as vestes do teólogo, do conhecedor da Boa Nova, do Evangelho de Jesus. Leia com atenção. Dispa-se das vestes do Inquisidor e volte às vestes do confessor: todas as justificativas que existem hoje, e são a base para os fundamentos teológicos do uso da tortura, são provenientes do *Antigo Testamento*, onde a *lei de talião* é a regra fundamental. Procurei em todos os Evangelhos de Jesus, nos vinte e sete livros do *Novo Testamento*, e neles não há uma só frase, um ensinamento sequer, que possa ser usado para justificar os processos de tortura. Nosso Senhor, Jesus de Nazaré, o Cristo esperado por nós, o Nosso Salvador, no maior hino de amor e orientação moral à humanidade, que é *O Sermão da Montanha*, nos falou do perdão e da tolerância. Vou escrever aqui somente parte dele, extraído de *Mateus* 5:38-44, que desmonta toda e qualquer argumentação a favor da violência contra nossos supostos inimigos, mesmo os considerados hereges:

Ouvistes o que foi dito: olho por olho, dente por dente. Eu, porém, vos digo que não resistais ao mal; mas, se qualquer te bater na face direita, oferece-lhe também a outra; e, ao que quiser pleitear contigo, e tirar-te a túnica, larga-lhe também a capa; e, se qualquer te obrigar a caminhar uma milha, vai com ele duas. Dá a quem te pedir, e não te desvies daquele que quiser que lhe emprestes. Ouvistes que foi dito: Amarás o teu próximo, e aborrecerás teu inimigo. Eu, porém, vos digo: Amai a vossos inimigos, bendizei os que vos maldizem, fazei bem aos que vos odeiam, e orai pelos que vos maltratam e vos perseguem; para que sejais filhos do vosso Pai que está nos céus.

Meu sobrinho, todos os capítulos das *Sagradas Escrituras* são um hino ao perdão. Veja em outro ensino, quando Pedro pergunta a Jesus quantas vezes ele deveria perdoar a quem o ofendesse, e Jesus responde que *setenta vezes sete vezes*, significando *ao infinito!* Deus é Pai, por nos orientar a cada dia e nos ter dado mensageiros, mentores e tutores que nos guiassem ao longo de nossas marchas. Deus é Mãe, por nos ter dado a vida e um amor infinito, que nos alimenta a cada dia, que nos levanta a cada queda e nos recebe em seu regaço, quando estamos cansados. Deus é Pai, que nos mostra os caminhos a seguir. Deus é Mãe, que nos suporta nessas caminhadas.

Nessa condição de Pai e Mãe, este Supremo Arquiteto do Universo todo nunca poderia castigar um filho para a eternidade. O conceito de Inferno, que é de tanto agrado das autoridades eclesiásticas, da Inquisição em especial, em suma, da doutrina cristã em todo o mundo, simplesmente é falho, e totalmente uma inverdade, que foi criada ao longo dos séculos para manter sob pressão os fiéis, como ameaça constante, como uma espada pendente sobre nossa garganta, caso não seguíssemos os dogmas da Igreja. Não sei se meu sobrinho sabe, mas nada existe escrito sobre o inferno na Lei Sagrada dos judeus – (Jesus de Nazaré era judeu), a *Torá*, que é para nós, cristãos, constituída dos cinco primeiros livros da *Bíblia*. O inferno é uma criação dos homens. E seus habitantes, seus senhores, os demônios e satanases são outra criação dos homens, de forma que o inferno pudesse ter seus algozes, esperando pelas almas más, para as torturar por toda a eternidade! Que absurdo, que incoerência com os ensinos de Jesus, nosso Mestre e Senhor. Jesus, ainda em O *Sermão da Montanha*, ensinou-nos a chamar Deus de Pai. Não é mais o Deus da guerra, o Deus da destruição, o Deus vingativo, o Deus que exigia sacrifícios, o Deus retratado no *Antigo Testamento*, mas sim o Deus Pai e Misericordioso, que sempre nos ama, desde o momento de nossa criação durante todas as nossas lutas até nossas vitórias como espírito imortal.

O *Inferno*, que insisto em escrever em letras minúsculas é, lamentavelmente, a *rocha firme e sólida* em que a Igreja Cristã se apoia para impor medo às pessoas, um temor desmesurado, e, assim, possa incutir seus dogmas, seus dízimos, seus impostos, como a única saída para a salvação das almas. Esta rocha firme, lamento dizer, é porosa, é feita de areia e vai desmoronar, não sei quando, mas será inevitável. Ela é errada, é falsa e vai contra a bondade de Deus. Um pai e uma mãe nunca castigam um filho para sempre. Eu vi, muitas vezes, mães chorando, desesperadas, em segredo da confissão, dizendo-me desse desespero delas, pelos seus filhos criminosos que padeceriam no inferno para sempre.

A confissão de uma delas me impressionou profundamente, quando me disse, no segredo do confessionário, que pedia a Deus, diariamente, que a colocasse no lugar do filho, no Inferno, se isto pudesse salvá-lo do fogo eterno. Ela iria para o Inferno, para retirar seu filho de lá. Ela trocaria seu lugar – aonde quer que fosse, pelo inferno onde o filho certamente estaria, por seus crimes cometidos. Veja só, meu sobrinho, o amor de uma mãe para com seu filho equivocado! Se essa mãe, pecadora como todos nós, tem imenso amor por seu filho, o que não fará Deus para nos salvar de nossos desatinos?

Em suma, a queda, a destruição do conceito do Inferno e de seus habitantes, os *satanases*, foi uma das grandes descobertas minhas em Melk! Mas você, meu sobrinho, pode questionar-me, dizendo que nem todas as pessoas vão para o Inferno, pois há o purgatório, destinado àquelas pessoas não tão más para irem ao Inferno nem tão boas para irem ao Céu. E aqui eu também lhe digo que o purgatório é outra invenção dos homens, criado que foi séculos depois dos ensinamentos de Jesus. Não há qualquer menção desse lugar nos nossos vinte e sete livros do *Novo Testamento,* nem em todos os livros do *Antigo Testamento*! Esta criação do purgatório foi muito inteligente, pois se tornou uma fonte de riqueza enorme para a Igreja Católica: os ricos e endinheirados poderiam comprar as Indulgências Plenárias, a peso de ouro, para que eles, ou seus beneficiários passassem menos tempo no purgatório e fossem logo para o céu! Esta foi a minha segunda grande descoberta: o purgatório é outra invenção dos homens e, portanto, também merece ser escrito em letras minúsculas.

Agora, você pode me perguntar: se não há inferno nem purgatório, somente haverá Céu? E os maus e os não tão bons, para onde vão depois da morte? A resposta para essa pergunta é muito clara e simples. Ela está nos ensinos de Jesus. Está em seus Evangelhos, está nas cartas dos apóstolos, está nos diversos escritos dos primeiros Pais da Igreja. Peço que se recorde de João, que registrou o encontro do Rabino Nicodemos com Jesus. Jesus, no diálogo com Nicodemos, disse claramente que, para chegar ao Pai, temos de renascer de novo. No *Sermão das Bem-Aventuranças*, na colina ou montanha, às margens do lago de Genesaré, Jesus nos fala das esperanças e consolações, que somente têm sentido e entendimento, se o conceito de espírito imortal e de vidas sucessivas for considerado. Em várias outras passagens dos Evangelhos, na cura do cego em Betânia, e nos diálogos com seus apóstolos, Jesus fala abertamente desse tema da preexistência da alma e das vidas sucessivas. O que os nossos irmãos da Índia nos ensinam, a *palingênese*, ou retorno da alma a novo corpo, à nova existência, a denominada reencarnação, foi uma das mais importantes descobertas que me deslumbrou em Melk. Tudo faz sentido com a preexistência da alma, do espírito e de suas vidas sucessivas, até atingir a perfeição dos Anjos do Senhor. Aí está a prova da Justiça Divina. O que semeamos colhemos; se não nesta existência, certamente será na próxima. Se a vida, se a existência do espírito, fosse somente uma, Deus seria muito injusto, caprichoso e preconceituoso. Pois, escolheria a seu bel-prazer pessoas para sofrerem e outras para gozarem da felicidade. A frase comumente usada por nós, religiosos – *os desígnios de Deus são insondáveis* – para justificar esses sofrimentos e esses gozos, não tem mais cabimento, é falsa e mentirosa. Deus é amor e justiça e não castiga seus filhos, não há punição divina. Deus nos dá sempre outras oportunidades em nova existência, a fim de repararmos os erros cometidos nas anteriores.

As dores que aqui sofremos, ou são consequências de nossos atos impensados, nesta própria existência, ou são provenientes de colheitas da semeadura equivocada que fizemos em outras vidas. Nascer, viver, morrer e renascer. Esta é a Lei Divina, até nos tornarmos espíritos perfeitos. O Senhor Inquisidor poderá até dar um basta nesta leitura, mas eu peço a meu sobrinho que, por favor, continue. Você poderá me dizer: mas eu não me lembro nada da vida passada, como eu *pagarei* por algo que não me lembro? A pergunta é lógica e tem sua razão de ser. Mas imagine uma situação hipotética, em que você, em uma existência anterior, em sua condição de um juiz justo, nos afazeres de sua missão, tenha emitido um julgamento e condenado à morte um suposto criminoso, que era um pai de família, e, por consequência desse ato, sua família perdeu seu provedor e, para sobreviver, a mãe e as filhas se prostituíram e morreram depois de alguns anos, por doenças do sexo comercializado. Depois de alguns anos, você descobre que estivera errado, pois o verdadeiro criminoso foi descoberto, e aquele homem era inocente! Como você ficaria? Como você dormiria em paz? E você pede ao Pai perdão, vai ao confessionário, conta seu erro e o sacerdote o perdoa. Você, sendo um homem justo e honesto, não conseguirá ter paz, mesmo com o perdão do sacerdote e as penitências pagas. Todavia, Deus ouve suas orações. Em próxima encarnação, você constituirá uma família, cujos componentes serão aqueles mesmos que você levou ao desespero, à desgraça e à morte, na existência pregressa. O esquecimento do passado é fundamental, pois seus filhos e filhas não se lembrarão do fato nem você.

O amor de uma nova família irá substituir o ódio que eles, um dia, sentiram por você. E você, educando-os, dando-lhes todas as condições para se tornarem pessoas de Bem, irá resgatar o erro do passado. O equilíbrio, a Justiça Divina foi restabelecida! O Apóstolo Pedro, em uma de suas cartas, nos disse: *O amor cobre a multidão de pecados.* Benedetto, nosso querido irmão, sintetizou essa frase de Pedro em outra, quando me disse, ao conversarmos sobre a reencarnação como a forma de Justiça Divina, substituindo o inferno, o purgatório e até o céu: "A reencarnação é a resposta de Jesus, de consolo e esperanças; é a chave do entendimento das bem-aventuranças de *O Sermão da Montanha;* e Pedro nos disse, em verdade, que o bem que se faz, em uma nova existência, cancela o mal que se fez em outra, pregressa. Deus é justo e é assim".

Agora me dirijo ao Senhor Inquisidor. Não foi fácil para mim aceitar essas verdades e ver que estive equivocado toda a minha vida, quando eu dizia aos sofredores, aos enfermos, aos leprosos, que os desígnios de Deus eram insondáveis, mas que Ele era justo e bom. Eu não estava em sofrimento, mas eles, sim. Era fácil para mim proferir tal afirmação, abençoá-los, rezar uma prece e ir dormir depois. Eu tinha uma régua de medir sofrimentos, e sempre dizia que outro sofria mais e, portanto, essa pessoa deveria agradecer a Deus por seus sofrimentos. Quão injusto eu fui! Hoje tenho arrependimento daquelas minhas prédicas. O sofrimento de cada um é pessoal e não se pode medir, não se pode comparar, é dor! Ah! Se a Igreja não tivesse abolido, escondido e proibido esses ensinamentos de Jesus sobre a reencarnação, como nossa Igreja seria diferente, pois ela seria um local de refúgio, de socorro e de consolações, e poderíamos dizer aos sofredores: espere, suporte mais um pouco, pois nova vida, nova existência você terá, onde será mais feliz, e suas dores terão passado. Certamente, os abusos, os preconceitos, a maldade seriam muito menores, uma vez que todos saberiam que colheríamos aquilo que havíamos plantado. Mas não, não ocorreu assim. Todos aqueles que tentaram manter vivos esses ensinamentos de Jesus foram considerados hereges, proibidos de ministrar sobre a reencarnação, presos e mortos. Seus livros, queimados e destruídos. Tive acesso a fragmentos deles, com as bordas queimadas, nada mais. Nada que expressasse um pensamento completo, somente fragmentos, preservados de modo que soubéssemos do fim que espera aqueles que pregam algo fora dos dogmas ortodoxos aprovados pelos diversos concílios da nossa Igreja.

Uma última mensagem que gostaria de lhe passar: se algo que diz os cânones da Igreja está contra ou em choque com os ensinamentos de Jesus, esqueça os cânones e siga Jesus! Faça assim, abandone os métodos da tortura. Não semeie mais ódio entre as famílias dos acusados, pois Jesus já disse: a semeadura é livre, mas a colheita é compulsória. Seu nome, querido sobrinho e Sumo Inquisidor, está sempre em minhas orações. Deus sabe o carinho que tenho por você. Este é meu informe final. Em anexo a esta carta, há um livreto, com cerca de cinquenta páginas, onde eu detalho as referências e os ditos de Jesus e de seus seguidores, a respaldarem as minhas descobertas. Eu espero que o Sumo Inquisidor, quando a sós em sua cama, quando o sono não chegar, possa lê-lo com cuidado. Peço ao sobrinho que não o queime, não o destrua. Se não quiser lê-lo agora, guarde-o, proteja-o e, quando sentir um chamado, abra-o. Peço a Deus e a Jesus, Nosso Senhor, que assim seja feito.

Todo o escrito deste livro é de minha inteira responsabilidade. Frei Benedetto não pode ser responsabilizado por nada, pois foi meu escriba, nada mais. Assim, se uma condenação for proferida, que seja a mim, não a ele, pois coube, exclusivamente, a mim o processo da pesquisa e a aprovação de todos os escritos de Frei Benedetto, que relatam exatamente o conteúdo que eu lhe contava.

Que a paz de Nosso Senhor Jesus Cristo possa chegar ao seu coração.

Seu tio Ignácio.

Benedetto, ao terminar de ler a carta, deu-me um abraço muito forte, mais longo que o normal, e me disse, com os olhos marejados de lágrimas, que ainda não haviam descido por sua face, que percebi, estava mais marcada com as trilhas que somente o sofrimento é capaz de fazer com tal rapidez. Ali, naquele rosto querido do irmão, havia pequenas rugas não existentes há um ano. Eu lhe disse: – Querido amigo, somente agora vi o sofrimento que lhe causei, pois, seu rosto está mais marcado. Você deve ter sofrido muito nestes dez meses ao meu lado. Perdão, se somente agora eu vi isto. Foram dez meses tão intensos em Melk, que não prestei atenção em seu rosto. Mil perdões!

Benedetto, com sua voz de trovão, sorriu e me disse:

– Ignácio, meu amigo de toda uma vida, sim, estou mais velho, envelheci, sim. Mas, na verdade, estas rugas que aqui trago já estavam aqui; você, com sua bondade, nunca as notou. Eu sofro, sim, mas é pela preocupação do que poderá ocorrer com você. Tenho medo de que o braço secular da Inquisição lhe imponha o lenho da fogueira, a que eu não suportarei assistir. Sim, o Sumo Inquisidor poderá obrigar-me a assistir de perto em local privilegiado. Poderá ser o castigo, a punição da minha condenação. Como sobreviver depois disto?

Eu lhe respondi: – Amigo, não se preocupe, ontem à noite tive um sonho. Ou melhor dizendo, um encontro astral, um encontro de espíritos, certamente o último desta existência. Estava eu caminhando pelo átrio de uma pequena igreja, quando duas pessoas vieram ao meu encontro. Eram os dois Joões, Wycliffe e Huss. Eles se aproximaram, deram-me uma bênção, abraçaram-me e Huss me disse:

"Irmão Ignácio, bom trabalho! Excelentes resultados!" E Wycliffe acrescentou: "Você descobriu que os caminhos de Deus são justos. Seus resultados irão facilitar os trabalhos de nossa equipe, de que você e Benedetto fazem parte. Um outro associado nosso já está em solo terrestre, está aqui ainda na sua infância, e outros estão sendo preparados para dar prosseguimento a este nosso movimento de estremecer os alicerces conservadores e ortodoxos da Igreja, para que o ambiente vibracional religioso da Terra esteja em condições de receber uma vez mais as mensagens verdadeiras de Jesus. Quando este momento estiver próximo, ainda não sabemos quando, eu voltarei e logo depois virá Huss. Não como curas e sacerdotes, mas como professores e educadores. Nós já estamos sendo preparados para dar o empurrão final na total restauração das verdades de Jesus, para que um Cristianismo redivivo seja implementado. Os tempos então serão chegados! Quando isto ocorrerá? Somente Deus, Nosso Pai, o sabe! A nossa parte é estarmos humildemente preparados e à Sua inteira disposição. Nós todos aqui temos enorme privilégio de fazer parte desta equipe que Jesus, Nosso Irmão Maior e Mestre, escolheu, para contrapor e colocar por terra os alicerces dessa grande conspiração, armada pelos irmãos menos esclarecidos, para que Seus ensinos mais profundos e fundamentais fossem escondidos, proibidos e considerados anátemas. Não nos precipitemos, Frei Ignácio, esperemos em Deus sempre. Ele nunca faz nada pela metade. Em meus idos tempos de desespero, quando na carne da última existência, ouvi Sua voz me dizendo: *Eu ainda não completei meu trabalho... espera!* Assim estamos agora, anotando que Seus planos obedecem a uma lógica de amor, tolerância, nunca pressa.

Jesus sabe que nós somos lentos para implementar aquilo que planejamos na Espiritualidade, pois, ao mergulharmos na densidade de nosso planeta-escola, levamos anos para relembrar nossa missão e realizá-la. Alguns de nós falharam por completo, outros, parcialmente, e alguns poucos conseguiram cumpri-las. Vamos pedir ao Pai que saiamos vitoriosos". Wycliffe terminou sua fala e Huss continuou:

"Irmão, seus dias neste corpo estão contados nos dedos de uma mão. Termine seu informe final, entregue-o ao Irmão Torquemada e volte à sua casinha. Faça suas orações, abrace os seus amigos, despedindo-se. Estaremos ao lado de seu corpo, quando você o abandonar. Volte agora à sua cama e descanse um pouco mais". Como era de se esperar, Benedetto não mostrou qualquer surpresa diante do meu relato. Para ele, o sonho, na verdade, foi um encontro verdadeiro. Seus olhos novamente começaram a se inundar de lágrimas e me disse: – Sentirei muito sua falta, terei saudades de nossas conversas, de nossas aventuras e descobertas em Melk.

Benedetto havia trazido o volume de cinquenta páginas que preparamos, nas últimas semanas em Melk. Esse não continha, realmente, qualquer elemento que comprometesse LeClerk e a biblioteca com seus segredos, mas que sumarizava as minhas descobertas e todos os pontos principais. Nada estava ali que pudesse sugerir o verdadeiro resultado de nosso trabalho, os dois volumes produzidos, com mais de trezentas páginas que estavam protegidos, um em Melk e outro com Benedetto até então. Meu irmão dessa jornada inesquecível olhou-me e disse:

– Espero que um dia você me venha dizer o que fazer com o nosso outro livro. Eu retruquei: – Veja o que Wycliffe me disse, que Deus não faz nada pela metade. Ainda não sabemos o que fazer, mas certamente ele terá um uso adequado e bem promissor. Amanhã estaremos nós dois com o Sumo Inquisidor. Tomás de Torquemada me enviou esta carta hoje, incluindo seu nome na convocatória também. E Benedetto: – Fico mais tranquilo assim. Vamos juntos. Venho aqui pegá-lo e tomamos o transporte que ele nos mandará seguramente. Será que haverá alguém com ele nessa nossa entrevista? – Não creio – eu disse –, pois Torquemada sabe que eu direi a verdade, seja qual for, e ele não desejará ser observado por outra pessoa, se esta verdade puder confrontá-lo. Ele é assim. Estaremos somente os três. Eu já estou pronto. Nós já estamos prontos. Descansemos hoje. Amanhã será um dia muito importante.

CAPÍTULO 10

A reunião com Torquemada

Depois da conversa com Benedetto, fui deitar-me. Apanhei meu livrinho e comecei a ler de novo o *Evangelho Segundo João*. Este Evangelista foi o último a escrever sobre Jesus. Nunca soube quem foi o escriba, ou seu seguidor, que colocou em tinta, nos pergaminhos, os ditos de João. Sabemos muito pouco a respeito de João; sabemos que ele foi um discípulo muito chegado a Jesus, tendo-se aproximado dele quando era ainda imberbe, e que esteve na crucificação junto com as mulheres mais chegadas a Jesus, as Marias: Maria, sua mãe, Maria Madalena, ou de Magdala, e Maria de Betânia, a irmã de Lázaro. Seu Evangelho é o único que descreve o encontro de Jesus com Nicodemos.

E ali estava eu revisitando suas palavras, relendo com a nova visão, com nova lente, a da reencarnação e, assim, vendo a riqueza de detalhes dos ensinamentos de Jesus, no diálogo com esse tão importante doutor da Lei. Logo, a Irmã Celeste me chamou para uma sopa e alguns vegetais, com pequenas fatias de *cuchinillo*, que é uma carne muito tenra de leitão, que sempre apreciei, desde minha meninice.

Após essa minha refeição, dei uma caminhada pelas ruas de Sevilha, vagarosamente, mas com prazer enorme, pois apesar do frio, a tarde quase noite estava lindíssima. Não havia neve, o vento era bem suave, as estrelas começavam a aparecer no céu, e, ao longe uma lua cheia subia no horizonte. Agradeci a Deus por essa visão, talvez fosse meu último passeio naquele lugar. Quando parei em uma ponte, para apreciar o grande Guadalquivir em sua marcha incessante, vi, ao longe, a Irmã Celeste, também parada olhando o rio. Acenei, e ela veio célere ao meu encontro. E me confidenciou: – Perdão, Frei Ignácio, o irmão Benedetto me pediu para não tirar os olhos do senhor hoje e fiquei preocupada, pois normalmente o senhor não sai para caminhar depois da refeição da tarde. Eu sorri, abençoei-a e voltamos para o quartinho, conversando sobre a beleza daquela paisagem.

O dia seguinte começou bem frio, com ventos fortes. Logo, Benedetto ali estava e tomamos o *desayuno* juntos, um pouco mais tarde do que o normal, quando a batida dos sinos nos indicava a hora terça. O carro a cavalos chegaria pouco antes da hora nona, que era o horário marcado por Torquemada para o nosso encontro. Após conversarmos um pouco, Benedetto me perguntou como eu me sentia, se estava apreensivo com a reunião. Eu lhe respondi que tinha acordado muito bem-disposto, com calma e serenidade invejáveis. Benedetto destacou a minha palidez, contudo eu lhe tranquilizei a respeito, pois eu estava realmente me sentindo bem, como há muito não me sentia. Benedetto, então, olhou em meus olhos e segredou: – Realmente, sentirei saudades de nossos encontros e conversas. – Em seguida, Irmã Celeste adentrou o recinto e nos comunicou: – O carro já chegou. Ponha esse agasalho e esse cachecol. Não quero o senhor chegando aqui com tosse e espirros.

Ao chegarmos ao pequeno Palácio de Torquemada, um anexo da Catedral de Sevilha, aguardamos à entrada. Eu, com a carta em minhas mãos, e Benedetto portando o livrinho de cinquenta páginas. Para surpresa nossa, o próprio Tomás de Torquemada, o temível Inquisidor, abriu as portas, vindo ao nosso encontro, e abraçou-me dizendo, de maneira carinhosa, eu até poderia afirmar:

– Bem-vindo, meu tio Ignácio, bem-vindo, Frei Benedetto, vamos passar à nossa sala privada de reuniões. Os soldados em guarda mostraram-se surpresos com a efusão do abraço, mas somente o demonstraram com um fugidio olhar, nada mais. Ele, nesse momento, era meu sobrinho, não o temido Inquisidor a nos receber. Ao nos sentarmos à mesa, não havia distância entre ele e nós. Estávamos muito perto, ele, à cabeceira, eu, à sua direita e Benedetto, à sua esquerda. A mesa era muito grande, para aproximadamente vinte pessoas ou mais, no entanto, ele fez questão de nos colocar bem próximos. A sala era imponente, com quadros originais de artistas famosos da época. Era de conhecimento geral que a nossa Igreja funcionava como um mecenato para esses novos e promissores pintores, e suas obras ali estavam, imponentes e muito bonitas. Uma pintura se destacava de todas, porém. Era uma que retratava o próprio Torquemada, com expressão de poder e arrogância raramente impregnada com tal veracidade. Tomás tinha predileção por essa pintura, e quem pedia o nome do autor saía sem resposta, pois ele o protegia, e suas pinturas e desenhos eram somente para a Catedral de Sevilha, nada mais.

Antes de lhe entregar a carta, pedi um minuto de sua atenção, em favor da leitura imediata da referida carta. Solicitei a Benedetto que entregasse a Torquemada o volume por ele produzido, que foi rapidamente folheado, sem muito interesse. Ato contínuo, o Inquisidor apanhou minha carta e começou a leitura. Eu tenho duas dádivas de Deus. Uma delas, vocês já sabem, é minha memória prodigiosa, que grava tudo o que lê. E outra é a de ler a linguagem corporal das pessoas, seus trejeitos e maneirismos, chegando a traçar um perfil delas, por meio de suas reações corporais.

Tomás de Torquemada, inicialmente, se tornara lívido. Segundos depois foi se acalmando. Por momentos, ele parava a leitura, voltava aos parágrafos anteriores e os relia. Um documento, uma carta de mais ou menos cinco páginas, que não levaria mais de dez minutos de leitura cuidadosa, levou mais de meia hora. Silêncio abismal pairava na sala. Podia-se escutar o voar de alguns insetos que voejavam pelo ambiente, descuidados. Notei, por alguns segundos, que, de sua fronte, brotavam algumas gotículas de suor. Estava frio, por isso não era para seu corpo apresentar tal reação. Posso assegurar que ele leu a carta pelo menos três vezes, ali na nossa frente – carta escrita por mim, minha grafia. Várias vezes, ele voltava novamente às páginas anteriores e as relia.

Ao término da leitura, olhou-me com olhar cansado, e, naquele momento, notei que ele tinha envelhecido anos. Ele retirou um lenço branco todo bordado de suas vestes, enxugou o suor de seu rosto e me olhou profundamente, dizendo: – Meu tio Ignácio, meu bom tio Ignácio, em que encruzilhada me colocaste. Eu bem sabia de tua capacidade de pesquisa e da seriedade de teus resultados. Isto no mínimo é uma heresia do início ao fim, não há como escapar deste meu julgamento de mérito. O que fazer com este documento? Queres reformar a Igreja com isto?

Eu esbocei uma tentativa para lhe responder, mas ele continuou: – É a minha vez de me expressar. Tiveste dez meses para pesquisares e te expressares e, pelo que vejo, tudo está aqui nesta carta e neste volume. Tu me trouxeste uma nova doutrina, e queres que eu faça o quê com ela? A Igreja é assim desde os primeiros séculos. Ela sempre foi certa e tanto é assim que o poderoso Império Romano se rendeu às evidências. Não, não esperes de mim que aceite o que escreveste. São dez meses contra mil e quatrocentos anos de tradição ortodoxa. Para a reforma dos cânones da Igreja, existem os Concílios e os Sínodos. Ele parou por alguns minutos, respirou fundo e continuou: – Tu me dizes, aqui em tua carta, que as provas de tuas descobertas estão neste volume, não é assim?

Benedetto e eu respondemos em uníssono: – Sim, estão aí escritas. Torquemada chamou um guarda, tocando seu sino, e pediu uma pira, fogo e lenha. Estávamos em silêncio, mas muito calmos. Benedetto e eu. Nada nos surpreendia. Passados alguns minutos, o guarda entrou com a pira, acendeu-a e saiu da sala. O Sumo Inquisidor pegou o volume cuidadosamente escrito por nós, colocou-o na pira e vimos, durante um bom tempo, o livro ser totalmente transformado em cinzas. Torquemada certificou-se de que não havia folha alguma sem ser queimada, remexendo as cinzas no fundo da pira. Em seguida, chamou o guarda e ordenou-lhe que lançasse as cinzas no rio. Quando o guarda saiu, ele me disse:

— O que eu fiz foi para proteger vocês dois. Estou falhando com um compromisso à nossa Rainha Isabel, de que puniria todos os hereges exemplarmente. Para este tipo de heresia, tão explicitamente documentada, não haveria a necessidade de tribunal; a minha palavra bastaria, e a fogueira seria o destino de vocês dois. Sim, Benedetto, você também, pois sem sua pena e tinta, nada teria sido escrito. Mas vejo que, no fim, eu fui o culpado maior, por tê-los encarregado dessa tarefa. Não os vou punir. Somente peço a discrição total sobre as suas supostas descobertas. Há algum outro exemplar deste volume que queimei? Benedetto respondeu que não, que era o único. Ele se levantou, com expressão bem cansada, pegou a carta e a colocou em um bolso de suas vestes e me ponderou:

— Sei que está muito doente, meu tio, e seu coração está bem fraco. Quando estavam em Melk, eu pedi informes ao Abade Geral e ele me falou de sua saúde abalada, principalmente nos últimos dois meses. Vá para casa, meu tio. Benedetto, pode ficar umas semanas a mais ao lado de Frei Ignácio? Mantenha-me informado sobre a saúde dele, por favor. Nossa reunião está finalizada, vamos sair. Ele abriu a porta e pediu aos guardas que nos colocassem no carro, de volta a casa. Ao nos despedirmos, notei uma lágrima furtiva surgindo em seus olhos cor de mel. Ele me abraçou, agradeceu nossa visita, deu meia-volta e saiu caminhando de maneira cansada, pelo salão principal, para seu escritório particular. Vi quando ele tocou com a mão direita o bolso onde pusera minha carta, talvez para se certificar de que ela estava ali, bem guardada.

Todos os movimentos involuntários de Torquemada revelavam sua surpresa e inquietude por tudo o que havia lido. As gotas minúsculas de suor a brotar em seu rosto me apontavam uma luta interna profunda, desabrochando dentro do Sumo Inquisidor. A lágrima furtiva, ao me despedir, significava um adeus, ao mesmo tempo talvez um agradecimento. O toque de sua mão, por fora, no bolso de sua túnica púrpura, para se assegurar de que a carta estava ali, demonstrava que ele a estudaria novamente, quem sabe, quando estivesse sozinho em sua cama.

O trajeto todo até meu quartinho no Convento de Santa Clara fizemos em silêncio. Ao chegarmos, Benedetto desabafou: – Meu Deus, irmão querido, será que conseguimos tocar as profundezas mais remotas do coração do Sumo Inquisidor? Vi, por segundos, não o mais temível dos homens da Hispânia, quiçá do mundo católico, mas sim um Cura, em luta bravia interna. Pude percebê-la, mas, certamente, o poder temporal que ele possui abafará o renascimento do Cura; posso entender suas reações. O que você me diz, Ignácio?

– Meu sobrinho, ao abraçar a carreira religiosa, o fez por várias razões. Havia nele uma alma boa, que se digladiava com seus instintos mais terrenais. Ele era um jovem belíssimo, suas conquistas amorosas eram incontáveis. Seus cabelos longos, encaracolados e claros, com aqueles olhos amarelos, eram insinuantes a todos os corações femininos. A maior dúvida que ele tinha não era sobre a fé e sua missão como futuro sacerdote, mas, sim, como manter o celibato, que, para ele, era uma aberração. Eu lhe disse que sim, era muito difícil, mas que algumas pessoas conseguiam mantê-lo através de muitas orações e retiros. Outros tinham que usar o cilício e autoflagelação, para que as dores da carne sufocassem os desejos do sexo. E outros, simplesmente não conseguiam controlá-lo e mantinham suas concubinas e até famílias, às escondidas... E, para acalmar suas consciências, utilizavam o confessionário e faziam suas penitências correspondentes. Eu lhe disse, na época, que cada um com sua consciência. Quem sou eu para julgar os desafios das necessidades do corpo de uma determinada pessoa?

E complementei, asseverando que para mim as orações e o trabalho foram suficientes; quando o desejo da carne vinha, eu ajudava nossos médicos alquimistas a curar e tratar das feridas e sofrimentos de nossos irmãos, na casa de cuidados. Quando saía, passava na capela, para agradecer a Deus a minha saúde e a oportunidade de ajudar. O desejo sexual tinha passado e eu tinha vencido mais uma etapa.

– Sabe, Benedetto, os primeiros anos de Tomás como sacerdote foram exemplares. O tempo foi passando, as promoções chegando, e o poder começou a inebriá-lo. O clímax aconteceu na época em que ele foi indicado a confessor da Rainha Isabel de Castela, bem antes de seu casamento com Fernando de Aragão, quando ela era ainda uma menina-moça. A partir desse momento, o jovem monge dominicano desapareceu, dando ensejo a um homem sedento de poder, próximo da Rainha e, posteriormente, de seu marido. Eu não tenho dúvida alguma, meu caro Benedetto, de que Tomás de Torquemada era ouvido pela Rainha em todas as suas importantes decisões. Ela o procurava com esse intuito. E, para chegar ao posto de Sumo Inquisidor, foi um passo.

Benedetto, com suas conclusões tão inteligentes, respondeu com uma assertiva extremamente real: – O poder tem tudo para corromper os homens, até aqueles que, no início, queriam utilizá-lo para o bem comum. Há de tudo na esfera do poder: bajulações, riquezas possíveis, e comando de vida e morte sobre as pessoas que incomodam. Posso dizer-lhe, irmão, que o poder é uma das provas mais difíceis que uma pessoa pode enfrentar. Veja o caso de Torquemada, um exemplo vivo do que falo agora.

– Sim, é verdade o que diz, Frei Benedetto. É uma prova muito difícil, e poucos conseguem vencer. Mas podemos estar certos, sim, ele irá ler e reler a nossa carta. Pena que tenha queimado o livrinho, mas entendo bem sua decisão, ele poderia ser cobrado por alguém – alguns de seus inimigos na própria Igreja – pelos resultados de nossas pesquisas, e ele simplesmente dirá que nada havia de extraordinário em nossas descobertas, que elas nada acrescentam ao que já se sabe, e que nada foi produzido, além de uma conversa longa em uma reunião de mais de duas horas. E ele colocará um ponto final nesse assunto.

Benedetto concordou com um meneio de cabeça, levantou-se, foi à sua bolsa e pegou um jarrinho com um líquido escuro, dizendo que tinha procurado um amigo, que trabalhava com plantas medicinais, e que aquele tônico me fortaleceria. Tomei de bom grado e respondi que iria descansar, mas que ele poderia ficar ali ao meu lado, eu até lhe agradeceria, se ele ficasse comigo. Pedi que chamasse a Irmã Celeste, e ela veio pressurosa. Solicitei-lhe um caldo verde com pequenas fatias de *cuchinillo*[20] para nós dois, e ela saiu rapidamente para me atender. Pouco mais de meia hora, Irmã Celeste aprontou uma pequena mesa em meu quarto, e nós degustamos o que seria nossa última sopa juntos. Durante essa refeição e depois, começamos a lembrar de nosso tempo em Melk, da amizade com LeClerk e dos fatos engraçados que ali passamos. Rimos um pouco juntos e logo fui deitar-me, pedindo a Benedetto que ficasse próximo a mim até o meu adormecer, e que ele poderia depois sair para sua cama, carinhosamente, montada por Irmã Celeste, no mesmo quartinho.

Benedetto fez uma oração de agradecimento pela vida e pela amizade, tomou seu livrinho e começou a ler. Eu fechei os olhos e entrei em sono profundo. Ao abri-los novamente, creio que após algumas horas, me levantei vagarosamente e fui à cama de meu amigo de sempre, olhando-o com muita ternura. Voltei o olhar para minha cama e lá estava eu, deitado, ou melhor, lá estava meu corpo, minha ferramenta de uso, meu burrinho de carga, como dizia nosso Irmão Francisco.

Olhei para a porta de entrada e lá estavam Huss e Wycliffe, que me disseram: "Vamos"? Eu lhes respondi que sim, mas antes gostaria de me despedir de Irmã Celeste. Fui ao seu quarto, e lá estava ela dormindo profundamente. Cheguei perto de seu ouvido e lhe sussurrei: – Muito obrigado pelo carinho que você teve comigo. Que Deus a guarde sempre.

De maneira inconsciente, ela se moveu levemente na cama e murmurou: – De nada, meu querido Frei Ignácio, de nada.

---

20 Cuchinillo, em espanhol, significa pequeno leitão.

O desabafo de Torquemada

A notícia de minha morte chegou a Torquemada em meio a uma reunião importante, em que ele estava deliberando sobre alguns casos de judeus conversos de Toledo. Imediatamente, ele a suspendeu e foi ao Convento me ver (meu corpo, é claro) e falar com Benedetto. Meu companheiro e amigo lhe disse que, quando acordou, logo ao ouvir os sinos do Louvor, olhou para mim e viu imediatamente que eu havia partido. Ele foi à cabeceira de minha cama, beijou minha face e chamou Irmã Celeste, que, sem surpresa, mas muito triste, pediu ajuda aos monges especializados nessa tarefa de preparar o corpo. Fazia muito frio, o que era bom, para que demorassem os odores da morte a se fazerem presentes.

Torquemada chegou logo ao bater a hora terça. Ele foi ao quarto de preparação, pediu que os monges saíssem e lá ficou ao meu lado. Benedetto expressou desejo de se retirar, mas o Sumo Inquisidor pediu que ficasse, que Benedetto se sentasse ao longe. O que se passou a seguir foi inesquecível para mim. Ali, era uma mescla de meu sobrinho querido com o Inquisidor cruel. Depois de um longo silêncio, em que ele tinha colocado sua mão direita em minha cabeça, Tomás de Torquemada começou a soluçar baixinho, devagar, lentamente, até que um soluçar sem freio invadiu seu peito. Após alguns minutos assim, ele enxugou as lágrimas e passou a falar em voz alta, como se conversasse comigo, como se tivesse certeza de que eu estava ali, ouvindo-o em espírito. E era verdade. Estávamos ali, eu e os dois Joões.

"Errei, meu tio, errei muito, ao não ter enviado o senhor para Melk muitos anos antes, quando ainda eu não tivera conhecido as delícias do poder eclesiástico. Eu já tinha autoridade para conceder-lhe este desejo, que sempre acalentou. Mas nada, meu orgulho queria que viesse a mim e pedisse, implorasse a minha intercessão, autorizando-o a ir a Melk estudar em sua biblioteca. Ah! Se eu tivesse feito isto àquela época, talvez ainda pudesse evitar que o homem orgulhoso e ambicioso se transformasse no Sumo Inquisidor da Hispânia. Talvez, quem sabe, esses ensinos e descobertas que agora, tardiamente, o senhor me trouxe, poderiam mexer com meu coração e eu pudesse dar outro rumo à minha influência com a Rainha Isabel e, quem sabe, esses rios de sangue, esses gritos e maldições que ouço agora não existiriam. Quem sabe, outros caminhos pudessem ser descobertos para os problemas dos judeus conversos, os cristãos-novos. Quem sabe, a Inquisição se restringiria a poucos e especiais casos. Mas não foi assim, meu caro tio Ignácio. Essas descobertas chegaram tarde para mim.

Leio a sua cartinha toda noite e cada vez mais ela se torna para mim uma peça acusatória sem escape, sem escusas, sem defesas. Estou condenado ao Inferno! O Senhor me disse que não há Inferno, mas, para mim, não há mais escapatória, Deus tem de fazer um Inferno especial para mim. Sabe por que, meu tio? Porque agora eu sou um monstro, pois tenho prazer nas torturas que comando. No começo, eu tinha horror aos gritos, tinha náuseas ao sentir os odores das carnes arrancadas e queimadas. Mas, com o passar dos casos, algo estranho começou a acontecer. Eu não só tolerava bem esses procedimentos, como passei a ter prazer em assistir a eles. Todo esse espetáculo, digno das novelas de Dante, me dá satisfação, prazer e, ao invés de náuseas, eu saboreio vinhos com iguarias, durante todas as torturas a que assisto. Já as músicas clássicas, os concertos que tanto admirava, não têm mais nexo para mim. Tenho necessidade de ver sofrimento e sentir o medo das pessoas, ao ouvirem meus passos e meu nome. Eu até escrevi, de meu próprio punho, uma revisão do Manual do Inquisidor[21], aprimorando os já terríveis métodos de tortura.

O prazer que eu sinto, ao ver esses desgraçados da sorte caírem em minhas mãos e serem torturados, é tão intenso, que eu chego a um prazer semelhante ao sexual, veja só o senhor, o monstro em que eu cheguei a me transformar. Sou consciente disso e vejo-me como uma aberração.

---
21 Manual do Inquisidor, Parte 2, capítulo 7.

O demônio, o diabo, o satanás, que eu tento arrancar do corpo daquelas pessoas, entraram todos em mim. Mas, você me disse que nem eles existem..., mas como não, se somente pessoas possuídas pelo maligno fazem o que eu faço e sentem prazer nos sofrimentos e dores que a tortura produz. Você diz, na sua cartinha, que Deus perdoa sempre. Não, para mim não há perdão possível, não há outro lugar para mim, após a morte, senão o Inferno.

Agora que estou aqui, falando para um corpo sem vida, veja só, sinto a falta dos gritos, sinto a falta do cheiro de sangue, sinto a falta de ver o medo na face das pessoas. Não, meu tio, não há salvação para mim. Vou embora agora, pois tenho muito trabalho a fazer. Há muitos judeus conversos a torturar, muitas riquezas a expropriar. Tenho um plano que estou desenvolvendo, e se tudo seguir conforme espero, não haverá mais judeus na Hispânia em futuro próximo. Não, não se preocupe, meu tio, não matarei todos, não há como fazer isso, são centenas de milhares. Pena que não posso contar esses planos agora, mas com o tempo, Benedetto saberá. Sei que o tempo passa rápido, sei que meu poder é temporário, mas enquanto eu puder, vou desfrutá-lo ao máximo.

O poder é inebriante e sedutor e sou seu completo escravo. Mas, tenho total consciência de que meus detratores terão um dia sua vitória. Porém, não será agora. A Rainha Isabel precisará de mim por muitos anos ainda. Todavia, sei perfeitamente que, quando eu for afastado de minhas funções e estiver velho em meu canto, os fantasmas irão visitar-me à noite. Haverá muitos deles, milhares. Contudo, eu não deixarei que eles me atormentem muito, pois saberei dosar a cicuta que estará presente em minha cabeceira. De qualquer maneira, meu querido tio Ignácio, quero dizer-lhe que você não foi apenas meu tio querido, mas também foi a única pessoa em quem confiei em toda a minha vida. E agora, ao despedir-me de seu corpo, quero fazer-lhe um pedido: não peça a Deus por minha alma. Eu sei que não mereço o Seu perdão. Não perca tempo com isso."

Torquemada pegou minhas mãos frias, beijou-as e saiu, inicialmente, caminhando vagarosamente e cabisbaixo e, ao chegar à porta, interrompeu sua marcha, levantou seu corpo e chamou em voz alta e arrogante:

– Guardas, chamem meu transporte agora!

Virou-se para Benedetto e disse em voz de comando e altivez:

– Esqueça tudo o que você ouviu aqui, sob pena de morte. Cuide do féretro de Frei Ignácio, ele está em suas mãos! Eu não estarei presente.

Vi Benedetto levantar-se, ir à porta e observar o Sumo Inquisidor entrar em seu carro; ele se dirigiu aos monges que estavam de serviço ali, pedindo para esperarem mais alguns minutos. Ele entrou, fechou a porta e se dirigiu ao local onde estava o meu corpo, no centro da sala, e me disse: – Sinto que você está aqui, querido amigo. Eu sei que está aqui. Eu só queria dizer duas palavras antes de você partir. Se não objetar contra meus sonhos, eu queria dizer-lhe que tenho algumas ideias do que fazer com o volume que está comigo. Há alguns sacerdotes, que são meus amigos de muitos anos, na Itália, que têm similares inquietudes às que temos, você e eu. Eles poderão ser os primeiros a ler esse nosso livro. Creio que farei isso, para iniciar, lentamente, a divulgação desses conhecimentos. Segundo: já estou sentindo muitas saudades de você e de nossas conversas. Vá em paz, meu amigo de sempre!

FIM

PARTE 2
Humberto Werdine

Sumário da Parte 2

1. A contagem do tempo em nossa história..................329
2. Algumas conclusões minhas...................................330
3. O Monastério de Melk hoje....................................336
4. O monumento erguido a Jan Huss em Praga..........338
5. Personagens..339
6. Um pequeno sumário da Inquisição Espanhola......341
7. Tratado ou Manual dos Inquisidores......................343
8. A expulsão dos judeus da Hispânia........................347
9. Últimas palavras...349

1. A contagem do tempo em nossa história

A história contada por Frei Ignácio se desenrola no século XV, no ano de 1485. A contagem do tempo, nesse período da Idade Média, era feita por meio das badaladas dos sinos das igrejas. Os monges controlavam o tempo, de modo que as atividades religiosas e as orações fossem feitas sempre no mesmo horário e com a mesma duração. As horas eram assim denominadas:

Louvor (ao alvorecer)

Prima (cerca das 6 h)

Terça (cerca das 9 h)

Sexta (cerca das 12 h)

Nona (cerca das 15 h)

Véspera (pôr do sol)

Completa (antes de adormecer)

Matina (cerca da meia-noite)

O intervalo entre as horas era medido por ampulhetas com areia. Também havia monges cuja missão era rezar orações, com determinada duração, para marcar o tempo exato em que os sinos seriam dobrados. Os relógios mecânicos eram muito raros, caríssimos de serem construídos, e demoravam anos para serem funcionais. O mais antigo do mundo está na Catedral de São Vito, em Praga, inaugurado em 1410. Bem provavelmente, Jan Huss esteve em sua inauguração.

2. Algumas conclusões minhas

2.1 As encarnações de Gamaliel

Uma das revelações desses escritos de Frei Ignácio que mais me chamou atenção foi o relato de Gamaliel, o rabino preceptor de Paulo de Tarso, aqui identificado como amigo de Nicodemos, aquele do diálogo com Jesus, descrito em O *Evangelho de João*. Gamaliel conta que renasceu duas vezes depois, a primeira como Orígenes de Alexandria, e posteriormente como Ário. O mesmo espírito! Eu pesquisei na *Internet* e pude ver que Ário nasceu logo após a morte de Orígenes. Evidentemente, não se consegue saber as datas exatas, pelos motivos evidentes.

Gamaliel, certamente, morreu alguns anos depois de Jesus. Ele já era ancião, à época. Orígenes de Alexandria viveu provavelmente entre os anos 184 e 254; Ário, entre 256 e 336. Conclusão: o relato de Gamaliel e suas encarnações seguidas têm lógica, com respaldo nas informações colhidas na *Internet*, sobre as datas de nascimento e morte dessas personalidades.

2.2 As traduções da *Bíblia* e textos sagrados

Frei Ignácio conta-nos que, na sala 16, os pergaminhos dos Evangelhos estavam no idioma aramaico, e que havia duas traduções, uma em latim e outra em grego. Sabemos que o idioma de Jesus era o aramaico e, portanto, seria lógico que as primeiras versões dos Evangelhos estivessem nesse idioma. Porém, nenhuma cópia em aramaico chegou aos dias de hoje. A versão em latim também é fácil de explicar, porque Roma era quem controlava o mundo, e seu idioma era o latim; havia cidadãos romanos entre os novos convertidos ao Cristianismo. A tradução para o grego também era lógica, pois esse era o idioma das artes e da cultura, muito falado na região da Palestina. O evangelista Lucas era um médico grego e, evidentemente, seus escritos originais estavam em grego. No entanto, como a maioria dos cristãos era de origem palestina, seu Evangelho e seus registros em *Atos dos Apóstolos* foram escritos também no idioma hebraico.

As traduções mais antigas que temos dos Evangelhos estão em grego e são do século IV. A famosa *Vulgata* latina – a *Bíblia* integral, com o *Novo* e o *Velho Testamentos* – foi escrita em latim, por São Jerônimo, contemporâneo de Santo Agostinho, provavelmente no ano de 382; ele utilizou versões mais antigas do hebraico e do grego. Mencionei a *Vulgata* latina, porque ela é considerada a tradução oficial da Igreja Católica – como se fosse o original, para os católicos. Essa chancela foi dada no *Concílio Ecumênico de Trento*, que teve duração de vinte e três anos, entre 1545 e 1563, e se desenvolveu em várias sessões. Esse Concílio foi importantíssimo, pois definiu muitas regras e cânones; também o celibato para os padres foi tornado compulsório, a partir dele.

Somente como informação adicional, até hoje, se compararmos diferentes versões dos mesmos versículos dos Evangelhos, constatamos que as traduções são diferentes e se adaptam aos interesses de quem as organizou. Como exemplo de tradução *livre*, citaremos trechos usados por grupos que visam a atingir diretamente os espíritas, deturpando seus ensinamentos; nessas citações, observamos que o Espiritismo e a prática da mediunidade são *proibidos* em dois capítulos do *Antigo Testamento*, como a seguir se diz, em *Levítico 20*, com a transcrição de três versões: uma da *Torá* judaica, uma da *Bíblia* católica e outra da *Bíblia das Testemunhas de Jeová*:

1. *E a alma que se voltar para as magias e para as feitiçarias errando atrás delas, Eu porei a Minha ira contra aquela alma e a banirei do meio de seu povo.*

Torá. São Paulo, SP: Editora Hebraica Sêfer, 2001.

2. *Se alguém se dirigir aos espíritos ou aos adivinhos para fornicar com eles, voltarei o meu rosto contra esse homem e o cortarei do meio do seu povo.*

Bíblia Sagrada. Versão 35. São Paulo, SP:
Centro Bíblico Católico Editora Ave Maria, 1982.

3. *Quanto à alma que se vira para os médiuns espíritas e para os prognosticadores profissionais de eventos, a fim de ter relações imorais com eles, certamente porei minha face contra essa alma e deceparei dentre seu povo.*

Bíblia Sagrada das *Testemunhas de Jeová*. São Paulo, SP:
Torre de Vigia, 1967.

Vejamos agora o que nos diz o capítulo 18 do *Deuteronômio*:

Não se achará entre ti quem faça passar seu filho ou sua filha pelo fogo, nem agoureiro, nem prognosticador, nem adivinho, nem feiticeiro, nem encantador de animais, nem necromante ou yedomita, nem quem consulte os mortos, porque abominável é ao Eterno todo aquele que faz essas coisas, e por causa dessas abominações, o Eterno, teu Deus, os desterra diante de ti.

Torá. São Paulo, SP:
Editora Hebraica Sêfer, 2001.

Não vos dirijais aos espíritos nem aos adivinhos; não os consulteis, para que não sejais contaminados por eles.

Bíblia Sagrada. Versão 35. São Paulo, SP:
Centro Bíblico Católico Editora Ave Maria, 1982.

Conforme apuramos, as traduções podem estar comprometidas, mesmo hoje. Imaginemos, então, naquela época em que as primeiras versões foram elaboradas. É importante notar que estou tomando, de referência, a edição da *Torá* pela Editora Sêfer e o motivo é simples: a *Torá* tem somente uma tradução em qualquer idioma, apenas uma. E essa tradução deve ser aprovada por um conselho de rabinos, pois a palavra de Deus, que de acordo com o Judaísmo, está na *Torá*, não pode ser deturpada por traduções e interesses vários; ela é única. Outro ponto a considerar é que na tradução oficial do original hebraico da *Torá*, em nenhum momento as palavras *médium* e *espiritismo* estão presentes, o que está perfeitamente correto, pois tais vocábulos não existiam na época de Moisés, uma vez que foram cunhados por Kardec, em 1857.

Vamos agora, em poucas palavras, explicar a razão pela qual os escritores desses dois livros foram tão severos contra aquelas pessoas que consultavam os mortos. Minha explicação não é exaustiva, pois há vários livros e artigos a respeito, inclusive por Kardec. Para entendermos essa recomendação, precisamos entender o contexto em que ela foi proferida. Os hebreus estavam para chegar à Terra Santa e lá se sabia que seus habitantes faziam uso comum dos feiticeiros e das magias.

Os *feiticeiros* de Canaã, que consultavam os mortos, tinham o hábito de se deitarem sobre a tumba desses mortos, porque acreditavam que, assim, a comunicação seria mais fácil. Moisés, proibindo essa comunicação, visava a vários aspectos. Um deles era o de que a consulta rotineira aos mortos teria o potencial de diluir a fé no Deus único, pois qualquer coisa que acontecia, ou estava para acontecer, os mortos seriam consultados primeiramente e, com isso, o culto à Divindade poderia afrouxar-se. O povo de Canaã adorava vários deuses, e Moisés não queria que seu próprio povo se misturasse com ele, de maneira alguma. Há também outro ponto a considerar, talvez o mais relevante de todos. Moisés era um médium extraordinário, era respeitado e extremamente temido pela facilidade com que se comunicava com os espíritos, e pelos efeitos físicos que conseguia produzir. Ora, se ele deixasse que a prática da comunicação com os mortos fosse disseminada, seus poderes poderiam ser imitados e sua autoridade ser, eventualmente, colocada em xeque.

Naqueles tempos, a autoridade era conseguida mais pelo temor do que pelo amor. Foi através do temor ao Deus único, que era invocado por Moisés a qualquer momento, que o povo hebreu conseguiu ficar por quarenta anos no deserto, após a fuga do Egito, preparando-se militarmente para conquistar a Terra Santa. Esse temor era fundamental para se manter a autoridade de Moisés. Daí a razão principal dessa proibição. E, por último, podemos acrescentar que nós, os espíritas, não consultamos os mortos, conforme a conotação expressa por Moisés.

O intercâmbio entre o mundo espiritual e o físico que nós, espíritas, praticamos, visa a aprender, para não cairmos nos mesmos erros. Visa a fazer nossa reforma íntima, aprendendo com os desacertos e sofrimentos alheios, de forma a não falharmos como eles falharam. E, nesse intercâmbio, há uma troca de energia fluídica, em que o médium serve de captador das energias deletérias do espírito comunicante, tornando sua carga negativa mais leve e, assim, mais suscetível de ajuda espiritual, onde quer que se encontre. Contudo, esse assunto não faz parte de nosso livro agora.

O objetivo deste capítulo foi demonstrar que traduções recentes podem ser e foram adulteradas e, portanto, na época em que a história se desenvolve, as conclusões de Frei Ignácio, Wycliffe e Jan Huss, a respeito dessas versões e suas manipulações, são totalmente plausíveis e confiáveis.

2.3 Os códices de Nag Hammadi

Em 1945, alguns beduínos egípcios encontraram, em algumas covas localizadas perto da cidade de Nag Hammadi, vários vasos de cerâmica que continham treze livros e cinquenta textos, escritos entre o segundo e o terceiro século. Ninguém sabe como eles foram parar ali, mas podemos imaginar que alguns monges, preocupados com a sua possível destruição, talvez comandados por autoridades religiosas, que discordavam de seu conteúdo, resolveram salvar alguns, escondendo-os nessas cavernas. Como a umidade ali é muito baixa, graças a Deus eles foram conservados, mas em estado de muita precariedade, mais de mil e setecentos anos depois. Nesses códices estão alguns documentos mencionados por Frei Ignácio, como o *Evangelho de Tomé*, o *Livro de Tomé*, o *Evangelho de Felipe*, o *Evangelho da Verdade*, um texto chamado *A sabedoria de Jesus Cristo* e muitos outros. Se algum leitor ou leitora quiser ter acesso a esses livros, eles já estão à venda, em qualquer boa livraria. Pela *Internet*, consegue-se fazer o *download* de todo o seu conteúdo. Eu, pessoalmente, adquiri toda essa maravilha de conhecimentos e, apesar de não serem lidos com facilidade, por faltarem trechos que foram destruídos, pude confirmar a beleza dos textos de Tomé e como ele apresenta um Jesus muito mais espiritualizado do que os Evangelhos tradicionais apontam. Frei Ignácio relata-nos que esses escritos de Tomé mostram seus diálogos com Jesus, depois de Sua ressurreição.

Considerando isso como verdade, podemos afirmar que são escritos singulares que mostram ensinamentos de Jesus após sua morte na cruz. Os quatro Evangelhos tradicionais não contam ensino algum de Jesus durante seus quarenta dias com os apóstolos.

2.4 O Evangelho de Judas

No ano de 2006, a Revista *National Geographic* publicou o *Evangelho de Judas*, que foi descoberto no Egito, também em uma caverna, na década de 1970. Acredita-se que foi escrito por alguns seguidores de Judas, no segundo século da era cristã. Também disponível em livrarias. Adquiri um exemplar, onde se reforça a descrição feita por Frei Ignácio.

UMA PÁGINA DO EVANGELHO DE JUDAS

3. O Monastério de Melk hoje

ABADIA DE MELK, ÁUSTRIA
(FOTO: CUCOMBRE LIBRE FROM NEW YORK, NY, USA)

As confissões de Frei Ignácio são praticamente baseadas em suas descobertas na Biblioteca do Monastério de Melk, hoje Abadia de Melk. Na época desses eventos, os edifícios não deviam ser tão suntuosos assim, como vemos na foto acima, pois reformas e grandes modificações foram feitas entre os anos de 1702 e 1736. O monastério foi fundado em 1089 e, no século XII, um importante centro de estudos foi inaugurado, com sua biblioteca, que se tornou conhecida como a mais importante do mundo católico. Evidentemente, os artefatos ali albergados são de imensa valia histórica. Eu visitei Melk em três ocasiões, nos últimos vinte anos. A última e mais recente foi em setembro de 2020, junto com minha esposa

Claudia. Esta viagem foi especial, pois eu já estava nos capítulos finais do livro e queria ver os locais que Frei Benedetto descrevera. Pena, a biblioteca estava praticamente fechada, com somente um salão para visitação. Quando estive lá, nas duas primeiras vezes, há mais de dez anos, pude visitar uma das salas abertas ao público e ela era imensamente rica e ampla.

Frei Ignácio nos conta que a entrada para as salas interiores, algumas de visita restrita e outras, secretas, se dava por uma porta, no fundo do *Scriptorium*, e que havia uma escada em caracol, que descia a essas salas. Sim, pude constatar agora, nessa visita, que no único salão aberto hoje, havia uma escada em caracol, na parede do fundo, cujo acesso estava fechado aos visitantes. Posso concluir, com alguma certeza, que esse salão, que visitamos agora, podia ter feito parte do *Scriptorium* original, que Frei Ignácio tanto menciona. As fotos da Biblioteca, que vemos pela *Internet*, mostram salões internos, com luz exterior.

As salas secretas, que recebiam a luz solar, por espelhos nos tetos, conforme relata Frei Ignácio, estariam localizadas em pisos inferiores, o que pode ser aceito como bem provável, pois, como vemos pela foto da Abadia, ela é edificada sobre uma grande colina, e, certamente, suas fundações e pilares podiam esconder tais salas e estruturas, abaixo dos pisos normais. Tentamos também descobrir o local onde estaria a casinha em que Frei Ignácio e Benedetto ficaram, durante todos aqueles dez meses, mas não conseguimos identificá-lo, infelizmente. Mas, foi possível descobrir o caminho que levava ao famoso banquinho, onde ele se sentava para admirar o Wachau (Danúbio) e refletir. As fotos, tiradas por minha esposa, mostram o caminho percorrido por ele, que subia até esse banquinho, instalado de maneira especial para ver, ao longe e abaixo, o caudaloso rio. Eu me sentei num banco de jardim, com vista para o rio, que deveria ser bem próximo e similar ao que Frei Ignácio menciona. É claro que o meio ambiente, as árvores e a vegetação, hoje, são bem diferentes daquela época, mas pude sentir ali terna presença e sensação de paz toda especial. Seria impressão? Não poderia afirmar ou descartar uma coisa nem outra...

4. O monumento erguido a Jan Huss em Praga

Jan Huss, sabemos nós, espíritas, reencarnou como o Professor Rivail, na França. Ele se tornou depois Allan Kardec, o Codificador da Doutrina Espírita. Como lemos na narração de Frei Ignácio, Jan Huss foi uma figura muito importante na então, Boêmia, hoje República Checa. Abaixo, o monumento dedicado a ele, na Praça Central de Praga, a capital da República Checa.

O MONUMENTO A JAN HUSS EM PRAGA

5. Personagens

Logo após Frei Ignácio ter nos mostrado a carta escrita a Torquemada, com o seu relatório final, ele nos conta o que Wycliffe lhe disse:

"Um outro associado nosso já está em solo terrestre, está aqui ainda na sua infância, e outros estão sendo preparados para dar prosseguimento a este nosso movimento de estremecer os alicerces conservadores e ortodoxos da Igreja, para que o ambiente vibracional religioso da Terra esteja em condições de receber, uma vez mais, as mensagens verdadeiras de Jesus. Quando esse momento estiver próximo, ainda não sabemos quando, eu voltarei e, logo depois, virá Huss. Não como curas e sacerdotes, mas como professores e educadores. Nós já estamos sendo preparados para dar o empurrão final na total restauração das verdades de Jesus, e para que o Cristianismo redivivo seja implementado."

Segundo minha interpretação desse texto, Wycliffe viria a ser o educador Pestalozzi, e Huss, Allan Kardec. O outro associado que estaria já encarnado seria Lutero, e um dos outros, em preparação, poderia ser Giordano Bruno. Ambos, Lutero, na Alemanha, e Giordano Bruno, na Itália, foram expoentes em abalar a Igreja Católica conservadora, nessa época. Vejamos a linha do tempo, se condiz com minhas conclusões:

1. O diálogo de Wycliffe com Frei Ignácio se deu provavelmente em fins de 1485.
2. Lutero nasceu na Alemanha em 1483 (tinha, então, dois a três anos de idade, na infância ainda).
3. Lutero morreu em 1546.
4. Giordano Bruno nasceu em 1548, dois anos após a morte de Lutero, e morreu em 1600.

Lutero dispensa maiores explicações, pois muito se sabe a seu respeito, logo não vou me alongar em mais informações. É sabido que abalou os alicerces da Igreja, mostrando seus excessos e incoerências, condenando a venda de indulgências. Suas teses, em número de 95, causaram um *terremoto* na Igreja tradicional, dando origem à Reforma Protestante. Ele, evidentemente, foi excomungado pela Igreja Católica, porém o mundo cristão nunca mais foi o mesmo depois de Lutero.

A respeito de Giordano Bruno, não se fala muito. Vou elaborar um pouco, porque ele, em minha opinião, é uma das personalidades a que Wycliffe se referia. Bruno era um filósofo Italiano, sacerdote dominicano, que, por suas teses filosóficas, foi considerado herege e levado à fogueira pela Inquisição Romana. Ele ensinava que o Universo é infinito e povoado de planetas, que poderiam ser habitados; que Deus está em toda parte; que o Universo é o Espírito de Deus; que a Terra tem uma alma e essa alma vem de Deus. Ele antecipou Galileu Galilei, afirmando que todo o Universo está em movimento, e que a Terra gira em torno do Sol. Além disso, ele era um fiel seguidor das ideias e ensinos de Ário e, como ficamos sabendo neste livro, Ário foi também considerado herege, condenado pela Inquisição e queimado na fogueira. Por tudo isso, Bruno foi condenado. Nós, espíritas, sabemos que muitas de suas ideias, na verdade, foram confirmadas pela Codificação Espírita. Há uma estátua dedicada a Giordano Bruno, na Praça das Flores, em Roma.

6. Um pequeno sumário da Inquisição Espanhola

Sobre a Inquisição Espanhola, rios de tinta foram já usados e, a cada mês, em cada ocasião, aparecem mais dados, mais histórias, mais fatos. Esse tema é inesgotável para autores e produtores. A *Internet* abarca vasta informação a respeito e, evidentemente, temos que analisar, comparar e filtrar, fazendo realçar as informações verdadeiras. Vou relatar os fatos que possam ter relação com a história deste livro de Frei Ignácio. Não foi possível obter dados completos sobre a família do Inquisidor Tomás de Torquemada. Os disponíveis mostram que ele tinha um tio, que era o Cardeal Juan de Torquemada, mas nada li sobre outro tio, que seria o Frei Ignácio.

Todavia, Frei Ignácio era um religioso comum, em relação a seu irmão e a seu sobrinho, bem conhecidos, e, portanto, seria difícil encontrar algo a seu respeito. Ele, Frei Ignácio, era um monge franciscano, exegeta e pesquisador, quase anônimo, cujas produções escritas eram em pequeno número, de acordo com suas próprias palavras. O que significa que nada dele pode ter sobrevivido com o passar dos anos, inclusive seu nome. Isso tudo para dizer a vocês que, se nada existe a seu respeito, não significa que ele não tenha existido. Essa confirmação não consegui apurar em minhas pesquisas, o que não desmerece, em hipótese alguma, a beleza de seu testemunho neste livro, demonstrando uma vida importantíssima para todos os que buscamos um Cristianismo mais espiritualizado.

Torquemada tinha também um desejo enorme de reconquistar Granada e expulsar os muçulmanos, que ali viviam há séculos. Para entendermos um pouco dessa situação, é importante recordarmos parte da história da Península Ibérica, a Hispânia. Desde os anos 420 até 711, toda a Hispânia era território pertencente aos visigodos, um povo originário da Germânia, cuja capital era Toledo. Eles eram originalmente cristãos arianistas.

Já sabemos sobre Ário, e como ele influenciou todo o Cristianismo. Guerras internas ocorreram e, finalmente, o Cristianismo ortodoxo venceu, e os arianistas foram expulsos, ou convertidos à ortodoxia católica. Em 711, a Hispânia dos visigodos, então católicos ortodoxos, foi tomada pelos árabes e toda a região tornou-se de religião islâmica, conhecida como o *Califado de Omaya*, também chamada de *Al Andaluz*. Ao largo de mais de setecentos anos, a Igreja Católica, através de guerras localizadas, conseguiu tomar, pouco a pouco, partes da Hispânia, e esse processo todo recebeu a denominação de *Reconquista*.

O último enclave muçulmano, na época de Torquemada, foi Granada. Daí sua obsessão de expulsá-los da Hispânia, tornando-a livre de marranos (judeus) e mouros (árabes de Granada). Com tal conquista, Hispânia seria somente católica, e as outras religiões totalmente proibidas! A Inquisição Espanhola começou muitos anos antes de Torquemada, como Frei Ignácio nos conta, mas foi sob seu comando que ela atingiu seu clímax de crueldade. Antes dele, outros terríveis Inquisidores já existiram, como o frei dominicano Nicolas Eymerich, Inquisidor Geral do Reino de Aragão, em 1376. Ele foi o autor do *Manual* ou *Tratado dos Inquisidores*.

7. Tratado ou Manual dos Inquisidores

Datado do século XIV, este livro alcançou enorme repercussão, por detalhar as argumentações teológicas que justificassem todo o processo inquisitorial, inclusive as torturas. Ele, igualmente, detalha de que maneira deve ser feito o interrogatório, as perguntas que devem ser feitas, os tipos de tortura e tormentos a que o réu será submetido, até se obter sua total confissão ou abjuração.

Esse Manual tornou-se uma referência para todos os Inquisidores e foi utilizado por Torquemada que, na realidade, o aperfeiçoou, fazendo com que até os mortos e defuntos, há anos enterrados, pudessem ser julgados e condenados, seus descendentes perdessem todos os bens e seus restos mortais fossem exumados e lançados à fogueira! O livro de Eymerich foi tão importante para a Igreja Católica, que foi o segundo livro impresso, em 1503, após a *Bíblia*. Um *acaso* fez com que eu conseguisse uma cópia desse manual. Morei em Madri, capital da Espanha, por quase nove anos; estava ali por motivos profissionais. A Inquisição Espanhola sempre me fascinou, levando-me a ler muito sobre ela. Um dia, pesquisando em um sebo, perguntei ao vendedor se havia livros de religião, e ele me mostrou um canto com centenas de livros amontoados. Folheando-os, deparei-me com um, pequeno e com a capa quase toda destruída – estava, à minha frente, o *Manual dos Inquisidores*, escrito por Eymerich e atualizado por Torquemada. Eu já tinha lido comentários a respeito dele, em algumas páginas da *Internet*, mas jamais poderia pensar em ter uma cópia completa, em papel, desse livro. Atualmente, pode-se comprar, via *webpages*, versões dele. Eis um pequeno extrato de seu conteúdo.

1. Aplica-se a tortura ao réu que visa apressar a confissão de seus delitos. As regras a serem observadas, durante o processo inquisitório, são as seguintes:

   - A tortura aplica-se ao réu que tente confundir os interrogantes, negando a acusação principal.

   - A tortura aplica-se ao réu que, sendo já denunciado como herege, e sendo pública essa denúncia, tenha contra si, pelo menos, uma testemunha, que o ouviu ou viu dizer algo contra a fé.

   - Mesmo não havendo testemunha, mas existindo muitos indícios de heresia, aplica-se a tortura.

   - Mesmo que não tenha havido denúncia, um só testemunho de que se ouviu o réu dizer algo contra a fé justifica a aplicação da tortura.

   - Os nomes das testemunhas não podem ser publicados, nem o réu deve saber quem são.

2. O julgamento dos hereges e a constatação de heresia devem ser feitos de maneira rápida, sem sutilezas de defesa de advogado, sem solenidades no processo. Ele deve ser o mais curto possível, negando-se toda apelação, que somente serve para atrasar a sentença.

3. Um filho delator de seu pai não incorre nas penas atribuídas por direito aos filhos dos hereges, e esse é o prêmio por sua delação.

4. Nunca será de sobra a prudência, a circunspecção e a integridade do Inquisidor, durante o interrogatório do réu. Os hereges são muito astutos para dissimular seus erros, aparentam santidade e vertem lágrimas fingidas, que poderiam afetar os juízes mais rigorosos. Um inquisidor deverá armar-se contra todas essas artimanhas.

Torquemada, como foi anteriormente mencionado, aperfeiçoou o *Manual de Eymerich*, tornando-o ainda mais contundente e amedrontador. Alguns de seus novos artigos estão listados a seguir, de modo a conhecermos mais sobre sua personalidade doentia.

1. Os filhos dos hereges maiores de vinte anos são também considerados hereges.
2. Ao herege que se acredita ser mentiroso ao pedir perdão, sua pena será a fogueira.
3. Se, durante o interrogatório, persistir alguma divergência entre as testemunhas e o acusado, deverá ser aplicada a tortura. Se ele confessar devido à tortura, é necessário que ele confirme a confissão, três dias depois. Se ele não confirmar, deverá recomeçar a tortura.
4. No caso de denúncia póstuma, deverá ser exumado o corpo do herege, queimado, e suas cinzas espalhadas pelos rios.

Os números de mortos pela Inquisição Espanhola, depois de Torquemada, são de difícil apuração, por motivos óbvios de *maquiagem* e despistes, e de falta de documentação factual. Há estudos que sugerem que, somente durante o período de Torquemada à frente da Inquisição Espanhola, quase quinze anos, cerca de duas mil pessoas foram torturadas e mortas. Isso dá uma média de cento e trinta e três pessoas por ano, ou onze por mês, ou uma cada dez dias!

Torquemada foi nomeado Sumo Inquisidor em 1483, e a Inquisição foi abolida em 1834, o que equivale a trezentos e cinquenta e um anos de existência em

MANUAL DOS INQUISIDORES

funcionamento, com plenos poderes. Uma pergunta nos ocorre: quantas pessoas foram torturadas e mortas durante todo esse período? Nunca saberemos o número exato, mas parece haver um consenso de que entre trezentos e trezentos e cinquenta mil pessoas foram executadas nesse período. Se considerarmos o menor número, trezentas mil pessoas, isso perfaz um pouco mais de oitocentas e cinquenta mortes por ano, ou pouco mais de duas diariamente.

Um dia, em conversa com um amigo na Espanha, que pertence à *Opus Dei*, eu lhe disse que estava pensando em escrever um livro, cujo tema envolveria a Inquisição Espanhola, e que havia lido alguns livros a respeito, e que estava admirado com a crueldade e com os números de mortos. Ele me respondeu: – Há muito exagero sobre tudo isso. A Inquisição foi muito importante para o Catolicismo firmar-se como a religião única da Espanha; e complementou: – Humberto, se você estuda isso seriamente, verá que são números pequenos e totalmente justificados, quando comparados com os benefícios trazidos pela Inquisição ao Catolicismo e à nação espanhola. Fiquei admirado com a resposta dele, fria, calculista e totalmente fundamentalista, certo de que sua verdade é a única correta.

A *Opus Dei*, organização fundamentalista da Igreja Católica, é muito forte na Espanha atual, onde foi fundada em 1922. Hoje, a *Opus Dei* está representada em sessenta e seis países – no Brasil, desde 1957.

8. A expulsão dos judeus da Hispânia

A Inquisição Espanhola, em sua face mais cruel, tem, muito evidente, o DNA de Torquemada. Poucos anos depois da morte de Frei Ignácio, Torquemada conseguiu o que havia confessado, quando se despediu do corpo de seu tio, conforme o relato de nossa história. Em 1492, no ano da descoberta da América, a Rainha Isabel assinou o decreto de expulsão dos judeus da Hispânia. Esse decreto fora extremamente rígido, visto que concedeu aos judeus quatro meses para venderem tudo e irem embora. Entretanto, eles não podiam levar nem ouro nem prata, somente seus pertences. E quem os ajudasse seria preso e teria seus bens confiscados. O decreto ainda falava das decisões tomadas em Toledo, em 1480 – os judeus deveriam sair da vida comum da cidade e se instalar em bairros especiais, as *juderías* e as *aljamas*, onde pudessem exercer seus pecados – sua fé – intramuros. A seguir, trechos do decreto de expulsão dos judeus da Espanha, em espanhol da época.

Castela (1492)

Don Fernando y Doña Isabel, por la gracia de Dios rey e reina de Castela, de León, de Aragón, de Sicilia, de Granada, de Toledo, de Valencia, de Mallorca [...] duques de Atenas y Neopatria. Al Príncipe don Juan, nuestro hijo, e a los Infantes, prelados, duques, marqueses, condes [...] a los concejos, corregidores, alcaldes [...] de todas las ciudades, villas y lugares de nuestros reinos, y a las aljamas de los judíos y a todos los judíos y personas singulares, de cualquier edad que sean [...] salud y gracia. Sepades e saber debedes que porque Nos fuimos informados que hay en nuestros reinos algunos malos cristianos que judaizaban de nuestra Sancta Fe Católica, de lo cual era mucha culpa la comunicación de los judíos con los cristianos, en las Cortes de Toledo de 1480 mandamos apartar los judíos en todas las ciudades, villas y lugares de nuestros reinos, dándoles juderías y lugares apartados donde vivieran juntos en su pecado, pensando que se remorderían; e otrossi ovimos procurado que se ficiese Inquisición, [...] por la que se han hallado muchos culpables, según es notorio.

Y consta ser tanto el daño que se sigue a los cristianos de la comunicación con los judíos, los cuales se jactan de subvertir la fe católica, que los llevan a su dañada creencia [...] procurando de circuncidar a sus hijos, dándoles libros para escribir y leer las historias de su ley [...] persuadiéndoles de que guarden la ley de Moisés, faciéndoles entender que no hay otra ley nin verdad sino aquella; lo cual todo consta por confesiones de los mismos judíos y de quienes han sido pervertidos, lo cual ha redundado en oprobio de la Fe Católica. Por ende, Nos, en concejo e parescer de algunos prelados, e grandes e caballeros, e de otras personas de ciencia e de conciencia, aviendo avido sobrello mucha deliberación, acordamos de mandar salir a todos los judíos de nuestros reinos, que jamás tornen; e sobrello mandamos dar esta carta por la cual mandamos [...] que fasta el fin del mes de julio que viene salgan todos con sus fijos, de cualquier edad que sean, e non osen tornar bajo pena de muerte. E mandamos que nadie de nuestros reinos sea osado de recebir, acoger o defender pública o secretamente a judío nin judía pasado el término de julio sob pena de confiscación de todos sus bienes.

Y porque los judíos puedan actuar como más les convenga en este plazo, les ponemos bajo nuestra protección, para que puedan vender, enagenar o trocar sus bienes. Les autorizamos a sacar sus bienes por tierra y mar, en tanto non seya oro nin plata, nin moneda nin las otras cosas vedadas.

Otrossí mandamos a nuestros alcaldes, corregidores [...] que cumplan y hagan cumplir este nuestro mandamiento. Y porque nadie pueda alegar ignorancia mandamos que esta Carta sea pregonada por plazas e mercados.

Dado en Granada, a treinta y uno de marzo de 1492.

9. Últimas palavras

Ao me dar conta de que o livro chegava ao seu final, com a aproximação da reunião de Frei Ignácio e Frei Benedetto com Torquemada, senti uma ponta de tristeza em minha alma. Nesses últimos seis meses de 2020, o livro deslanchou, tramas tornaram-se claras e os personagens se fizeram protagonistas principais. Eu usava a caneta (o teclado) e Frei Ignácio, minha mente. Ao constatar que Frei Ignácio morreria, realmente fiquei triste e, quem sabe, um pouco desapontado, pois ele estava muito presente no meu dia a dia. Com sua morte e o livro terminado, ele e Benedetto não necessitariam mais de mim. Contudo, agradeci, do fundo do meu coração, a oportunidade de contar esta história, que espero possa ajudar muitos a entender, cada vez mais profundamente, as palavras de Jesus, sem mais proibições e alegorias.

Como informação final, a Santa Inquisição foi extinta em 1834. E Torquemada morreu em 1498, em um convento dominicano de Ávila, na Espanha, após ter sido afastado de seu cargo, em 1494, pelo próprio Vaticano, pelas crueldades de seus métodos. Alguns dizem que ele morreu enquanto dormia. Frei Ignácio informou que Torquemada, em seus últimos meses, nesse convento de reclusão para maiores anciãos, comportava-se feito louco, correndo de um lado para outro nos vastos corredores, como se estivesse perseguido por fantasmas. Por diversas vezes, ele foi contido em sua cama e medicado contra essas *alucinações*.

Frei Ignácio ainda me revelou que esteve junto a ele em seu último suspiro, a fim de poder interceder a Deus por ele. Ao interrogar Frei Ignácio, acerca do que foi da alma do Sumo Inquisidor, ele me respondeu: "O bom pastor não descansa até que a ovelha cem seja resgatada"!

A Terapia do Amor
Antonio Demarchi pelo Espírito *Augusto César*

Quando Augusto César despertou, descobriu um mundo estranho e surpreendente, descortinando em sua visão uma nova realidade de vida.

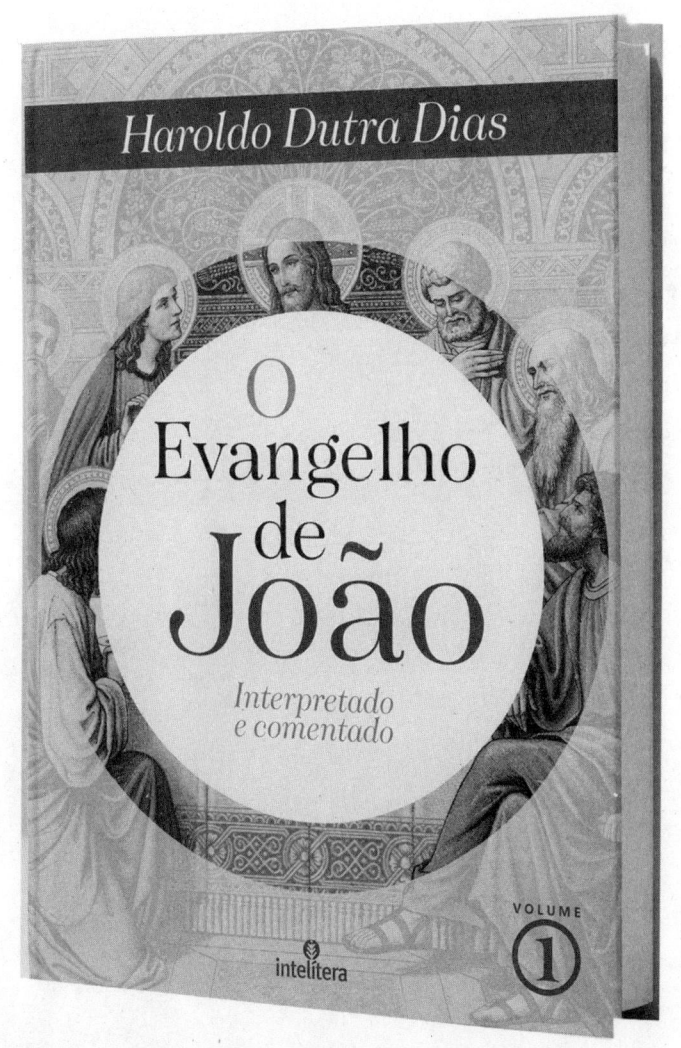

O Evangelho de João
Haroldo Dutra Dias

Em que *O Evangelho de João* se diferencia dos *Evangelhos* de *Lucas, Mateus* e *Marcos*?

Neste maravilhoso livro, Haroldo Dutra Dias traz um estudo aprofundado, didático e emocionante do capítulo 1, versículos 1 ao 18 de *O Evangelho de João*.

Para receber informações sobre nossos lançamentos, títulos e autores, bem como enviar seus comentários, utilize nossas mídias:

intelitera.com.br
@ atendimento@intelitera.com.br
▶ inteliteraeditora
○ intelitera
f intelitera

Esta edição foi impressa pela Lis Gráfica e Editora no formato 160 x 230mm. Os papéis utilizados foram Off White UPM Creamy Imune 60g/m² para o miolo e o papel Cartão Supremo 250g/m² para a capa. O texto principal foi composto com a fonte Sabon LT Std 11/15 e os títulos em Garamond 30/34.